FUCKING KING

De la même auteure dans la collection

Luv

Mariée par accident à un connard
arrogant rencontré la veille...
My Best Enemy

ELLA LORES

FUCKING KING

Luv

L'histoire est imaginaire. Toute ressemblance avec des faits, des personnages existants ou ayant existé serait pure coïncidence.

À mon mari, mon roi à moi.
Il est mon ancre qui me permet de rêver
à de lointains horizons.

1

Elsie

Avec un craquement sourd, la haute porte en bois du vestibule s'ouvre sous la poussée d'un groupe plus surexcité que les autres d'être enfin en vacances. En tant qu'étudiants en histoire de la très prestigieuse université d'Oxford, nous sommes censés être pondérés et responsables. Eh bien non ! Je les suis de près, aussi pressée qu'eux d'en finir avec cette année intensive, je courrais presque dehors à l'air libre si je n'étais pas coincée par un grand type qui pue la transpiration sous les aisselles (le déodorant, tu connais pas ?) et une fille timide de mon cours sur le douzième siècle. Les rires fusent derrière moi dans le couloir. Jusqu'en septembre, je ne verrai plus la cour entourée par ces bâtiments aux hautes fenêtres à meneaux, ni certains profs soporifiques que j'espère éviter à la rentrée, ni ces bandes d'aristos avec leur air de supériorité imbuvable. Assise à notre table attitrée, j'attends mes trois compères perdus dans la foule. Veda, Will et Keira repartent dès demain dans leur famille pour quelques jours de congé. Nous ne nous reverrons ensuite qu'après un été à travailler chacun de notre côté.

Pour ma part, j'ai décroché le Saint-Graal : un boulot au département des manuscrits de la Bibliothèque nationale d'Écosse à Édimbourg. Petit bémol : je suis obligée d'y louer une chambre.

Mes parents habitent près d'Inverness, à plus de trois heures de train, mon budget est donc plus que serré. Mais ma passion pour l'histoire vaut bien les sacrifices de ces derniers mois : pas de sorties, pas de cinéma, pas d'achat de fringues. Mes parents nous ont appris la valeur de l'argent, ils ne sont pas pauvres mais pas riches non plus, avec cinq enfants à élever. Ils se sacrifient pour nous et j'ai hâte de finir mes études pour les soulager, il ne restera ensuite que celles de mon plus jeune frère Elliott à financer. Keith et Angus ont déjà quitté la maison et volent de leurs propres ailes. Mes frangins ne veulent pas s'éloigner des alentours de Muir of Ord, même si Calum, qui gagne aussi sa vie, fait des allers-retours pour aller à la fac. Je suis la seule à être partie loin.

La seule chose à laquelle je n'ai pas renoncé est de boire une bière chaque vendredi à la fin des cours. Mon petit plaisir partagé entre amis dans notre pub préféré.

– As-tu enfin acheté ton billet de train ? demande Veda, une Anglaise d'origine indienne.

De petite taille, elle passerait presque inaperçue si elle n'avait pas une imposante chevelure noire tressée jusqu'aux fesses. Elle est la conscience de notre quatuor, toujours à essayer de calmer nos disputes. Qui commencent souvent à cause de mon esprit de contradiction breveté.

– Non, pas encore, lui réponds-je en haussant les épaules.

Mes amis font tous les trois la moue : je sais, je suis une calamité pour m'organiser dans la vie quotidienne. Je passe une grande partie de mes journées le nez dans les bouquins, oubliant souvent de me nourrir. Mais ce n'est pas pour autant que je suis mince, la génétique n'a pas sauté une génération en ce qui me concerne : malgré tous mes efforts, j'ai la poitrine et les hanches de ma mère.

– Par contre, je suis sûr que tu es fin prête pour notre soirée d'adieu de ce soir ? rit Will.

Avec ses lunettes rondes et ses cheveux châtains perpétuellement en bataille, ce garçon ressemble à un ado prépubère, pourtant il est l'un des étudiants les plus brillants de la fac et bave devant Veda. Mais elle est destinée au fils des voisins de ses parents. Je n'aime déjà pas les traditions et tous les trucs qui vont avec, alors un mariage arrangé me donne envie de gerber. En plus, Veda n'y trouve rien à redire !

Pauvre Will...

Il a raison, je suis parée pour ce soir : j'ai lavé mon jean préféré qui moule à la perfection mes fesses, mon tee-shirt fétiche de Biffy Clyro acheté à leur concert au Usher Hall d'Édimbourg. Je suis folle dingue de ce groupe, au grand désespoir de mes colocs dont je casse parfois (souvent) les tympans.

– Rendez-vous à dix-neuf heures ! leur hurlé-je avant d'enfourcher mon vélo.

Nous sommes fin juin, le soleil est chaud et les fleurs des jardinets embaument l'air. Ma rue aux maisons bien alignées est calme en cette fin d'après-midi, seule la vieille dame d'à côté soulève le rideau de son bow-window à mon arrivée. Aujourd'hui, elle a une moue encore plus hargneuse que d'habitude. Je comprends mieux quand j'approche de ma porte : des cris d'excitation s'entendent jusqu'ici. Je reconnais la voix de ma meilleure amie Milly. J'ai à peine pénétré dans l'étroite entrée de notre résidence étudiante qu'elle se jette sur moi. Ses longues boucles blondes m'étouffent et ses hurlements stridents éclatent mon conduit auditif :

– Il l'a fait ! Il l'a fait !

Je la repousse en riant.

– Oh, tu sens encore ta foutue piscine ! dit-elle, le nez retroussé par le dégoût.

Oui, je vais souvent nager le matin, mon autre passion, et le chlore imprègne toujours longtemps ma peau claire. Elle agite devant moi une enveloppe et une lettre ; ses yeux bleus magnifiques brillent de joie et elle sourit de toutes ses dents. Elle se met à danser jusqu'à la cuisine en chantant :

– Il l'a fait ! Il l'a fait !

Je la suis, intriguée par son état fébrile. Milly est plutôt une jeune fille discrète, peu encline à extérioriser ses émotions. Au contraire de moi qui ne peux m'empêcher de dire tout haut ce que je devrais parfois taire. J'insiste sur le mot « parfois » parce que bon, être franche est une qualité primordiale à mes yeux, tant pis pour ceux qui s'offusquent. Je pose mon sac fourre-tout, chiné dans une recyclerie, sur une des chaises de notre cuisine commune, que notre propriétaire vient enfin de rénover. L'année dernière, le frigo a failli faire brûler l'immeuble à cause d'une installation électrique défectueuse.

Mon amie et moi avons trouvé cette résidence grâce à l'université. Nous sommes toutes les deux en master à Oxford, toutes les deux boursières et toutes les deux originaires d'Écosse. Trois très bonnes raisons pour conserver notre amitié qui dure depuis l'enfance, d'autant que nos cinq autres colocataires sont tous anglais. Alors les soirs de match de rugby, nous quittons les lieux pour notre bar favori où flotte avec fierté notre drapeau bleu et blanc.

Avec précaution, Milly pose une carte sur la table en bois clair. Un filigrane représentant des armoiries est imprimé sur un luxueux papier cartonné ; l'écriture, quoique non manuscrite, est stylée. Nos deux noms figurent au-dessus de notre adresse.

Miss Milly Watson et Miss Elsie MacNee
127 Walton Street
Oxford

Son Altesse le prince Mark Von Karan vous invite le vingt-six juin de cette année dans son palais familial à Letaspok.

Il célébrera à cette occasion son diplôme de l'université d'Oxford et son vingt-quatrième anniversaire.

Surprise, je lève des yeux interrogateurs vers une Milly radieuse.

– Je t'avais bien dit qu'il voulait nous inviter chez lui ! Tu n'y croyais pas, eh bien voilà, tu en as la preuve maintenant ! s'exclame-t-elle.

– Milly, je sais que Mark et toi, vous vous entendez bien, mais de là à ce qu'il nous invite dans son pays… C'est un prince, quand même !

– Oui, et charmant.

Milly a un faible pour le beau Mark depuis notre arrivée à Oxford il y a trois ans. Il a été son tuteur en première année car elle est sortie major de sa promotion. Ils se sont vite découvert des affinités en dehors du fait qu'ils suivent tous les deux un cursus au HERC[1]. Leur but, d'après ce que j'ai vaguement compris, est d'informer les populations sur la prévention des maladies pour éviter un impact trop important sur l'économie. Avec son cœur généreux, Milly a trouvé la voie parfaite pour elle. D'après elle toujours, le prince a à cœur de doter son pays d'un système de santé ultraperformant. Voilà pourquoi son choix s'est porté sur Oxford, car son département de recherche en ce domaine est très réputé.

– Milly, tu sais que je n'ai pas les moyens d'aller à l'autre bout de l'Europe ! protesté-je.

Elle me colle sur le visage une feuille qui ressemble à un parchemin. Il n'est pas un peu vieux jeu, ce Mark, avec son courrier d'une autre époque ?

– Lis, m'ordonne-t-elle.

1. The Health Economics Research Centre (HERC).

Informations sur votre voyage du vingt-six au trente juin

Tous vos frais seront pris en charge par Son Altesse le prince Mark Von Karan.

Rendez-vous mardi vingt-six juin à Oxford Parkway à huit heures, où un autocar vous mènera à l'aéroport de Heathrow. L'avion affrété par Son Altesse s'envolera à onze heures quinze pour le royaume de Karanie. Un déjeuner vous sera proposé à bord. Arrivée à l'aéroport de Portbor prévue à quatorze heures trente-cinq.

Un autocar vous mènera à l'embarcadère de Strasa, d'où vous prendrez le bateau royal pour l'île de Letaspok.

L'intendant du palais, M. Ludwig Janov, vous accueillera et sera à votre disposition pour tout complément d'information.

Chaque participant bénéficie d'une chambre et d'une salle de bains attenante.

Les horaires des repas seront affichés à la porte de la salle à manger du palais, mais chaque participant a la possibilité de se rendre quand il le souhaite à Strasa avec les navettes à sa disposition à l'embarcadère.

Une fiche des activités proposées vous sera remise à votre arrivée.

Une soirée de gala aura lieu le samedi vingt-six juin dans la salle de réception du palais. Une garde-robe est à la disposition de chaque participant. Smoking pour les hommes et robe de soirée pour les femmes exigés.

Informations pratiques :

Pièce d'identité à jour obligatoire.

Poids autorisé des valises contenant vos effets personnels : trente kilos.

Carton d'invitation à présenter à l'aéroport.

Protocole de sécurité :

Photos strictement interdites sur l'île de Letaspok.

Interdiction d'emporter sur l'île de Letaspok : téléphone, ordinateur, tablette, appareil photo.

Vos appareils personnels seront conservés en lieu sûr à Strasa et vous seront restitués dès votre descente de l'embarcadère.

Interdiction de divulguer la moindre information sur l'île de Letaspok : votre venue sera considérée comme une acceptation du contrat.

En cas d'urgence :

Vous pouvez communiquer le numéro suivant +2020/27 09 19 67 à vos proches.

Un téléphone est à votre disposition : demande à formuler auprès de M. Janov.

Eh bien ! Je suis scotchée ! J'ai rencontré Mark plusieurs fois mais je n'aurais jamais cru qu'il me proposerait un voyage jusque chez lui ! Et gratuit, en plus !

– C'est toi qui lui as demandé de m'inviter ? demandé-je, suspicieuse, à Milly.

– Ben oui ! Tu ne pensais tout de même pas que j'irais seule sur son île ? Je tremble dès que je le vois, alors imagine ce que ça va être quand nous serons dans son royaume, avec tout cet or et ce marbre qui l'entoureront ! J'ai besoin de toi pour ne pas m'évanouir à l'arrivée.

– Bon sang, Milly ! Réveille-toi ! Mark est prince ! Arrête de baver sur lui. Tu crois vraiment qu'il sortira avec une Écossaise sans sang royal ?

– William a bien épousé Kate.

Je soupire longuement. Ma copine sera une éternelle rêveuse, elle ne veut pas voir la réalité : les contes de fées ne sont pas pour nous, de simples étudiantes boursières. J'aimerais y croire. Pour elle. Parce qu'elle a vraiment flashé sur Mark, mais lui ne m'a jamais laissé l'impression que c'était réciproque lors du peu de fois où je les ai croisés ensemble.

– Tu sais combien nous serons pour ce voyage? la questionné-je.

J'évite d'avoir l'air dégoûté mais ce truc sent mauvais, foi d'Écossaise!

– Non. Mais je suppose que sa bande est aussi invitée.

Ouais… Je m'en doutais et je ne peux pas dire que j'en sois ravie. Les copains de Mark sont comme lui, des mecs fortunés, tous des aristocrates prétentieux et snobs. Milly se fond toujours dans le décor, elle a reçu une éducation stricte et en tant que fille unique, elle a eu l'attention permanente de ses parents. Le contraire de moi qui détonne dans ce milieu où personne n'ose élever la voix. Seule fille au milieu d'une fratrie de cinq, j'ai appris très tôt à me faire entendre. Ma famille entière – j'ai des wagons entiers d'oncles, tantes et cousins – milite pour l'indépendance de l'Écosse, alors quand j'ai été acceptée à Oxford, certains n'ont pas été enchantés que j'aille faire mes études chez les Anglais et pas à Édimbourg. Mais c'est mon avenir, pas le leur.

Je reviens vers la lettre que je relis une troisième fois. Je ne savais pas que le pays de Mark était une dictature: c'est quoi cette histoire d'interdiction de photos? Et en plus, ils veulent nous confisquer nos portables? Je considère ces règles comme une perte de mes libertés personnelles: inadmissible!

– Nous n'avons pas beaucoup de temps pour nous préparer, souligne Milly, le doigt sur la date de départ.

– Écoute, c'est gentil de vouloir de moi dans ce voyage mais j'ai d'autres projets, tu le sais. Et puis regarde ces règles à la con que ton « cher prince charmant » nous impose! Hors de question que j'obéisse!

Le visage de mon amie se décompose d'un coup. Les larmes aux yeux, elle s'assoit face à moi. Elle a une tête de chien battu, pire qu'un cocker à qui on refuse un nonos. Sa sensibilité, si elle lui joue parfois des tours, m'a toujours touchée. Élevée avec quatre frères, j'ai toujours considéré Milly comme une sœur, celle avec qui je peux vraiment partager mes secrets.

– Tu ne peux pas me faire ça, Elsie. Je suis ta meilleure amie, argue-t-elle, des trémolos dans la voix.

– Non, mais franchement, tu me vois avec ces snobinards pleins aux as dans un palais en marbre? Je suis une fille de la campagne, moi!

Milly me prend les mains, les siennes sont froides. Elle est au bord de la crise de nerfs:

– Demande-moi ce que tu veux, je suis ton homme! assure-t-elle d'un ton ferme en me regardant droit dans les yeux.

– Mon homme? lui réponds-je, prête à éclater de rire. OK, je n'oublierai pas ta proposition.

Je cède parce que j'adore cette fille et que je ne pourrais jamais me pardonner de lui faire de la peine. Un immense sourire éclaire à nouveau son visage, elle se lève et se remet à danser autour de la table. Je ne l'ai jamais vue si enthousiaste! Je regrette déjà ma décision, mais la voir aussi joyeuse vaut tous les sacrifices que je m'apprête à faire. Elle m'entoure de ses bras, avec un bisou sur ma joue. Elle est très câline, au contraire de moi.

– Réfléchis à ce que tu vas mettre dans ta valise.

– Oh, ça va. On n'est que mardi.

– Elsie! Il ne nous reste que quatre jours!

– Une heure me suffira pour faire ma valise, ronchonné-je, sachant déjà qu'elle va me pourrir le week-end à réfléchir à quoi emporter...

– Comment peux-tu être aussi insouciante? Nous devons choisir des vêtements pour le voyage, d'autres pour les activités. En plus, ils n'ont même pas précisé ce que nous ferons. Il faut prévoir différentes tenues. Et puis la soirée de gala! Mon Dieu, comment vais-je me coiffer? Toi, tu n'as pas besoin de t'inquiéter de ça avec tes cheveux courts! Qu'est-ce que tu emportes comme maquillage?

Je croise les bras sur la table et y laisse tomber ma tête … Qu'avais-je dit? Elle commence déjà à stresser. Je me lève et pose mes mains sur ses épaules:

– Milly, lui dis-je calmement et fermement. Nous sommes vendredi, jour de notre bière de l'amitié. Donc, ce soir, tu laisses ton fameux Mark de côté et nous allons fêter la fin de l'année avec les autres au pub. Demain, promis, je t'aide avec ta valise.

Elle hoche la tête, dubitative:

– OK. Mais tu as intérêt à tenir ta promesse. Je te connais, tu es capable de dormir toute la journée demain et de me laisser tomber comme une vieille chaussette.

– J'aime les vieilles chaussettes! lui réponds-je. Je vais prendre une douche.

Après deux heures de natation et cinq heures de cours, un tour dans la salle de bains est nécessaire. Dans ma chambre, où un coup de rangement serait aussi utile, je me plonge dans mon ordi: je ne connais pas grand-chose au petit royaume de Karanie, perdu au milieu de la Méditerranée; pas plus de trois cent cinquante-quatre kilomètres carrés et une économie qui s'appuie sur un taux d'imposition bas (pourquoi je ne suis pas surprise?) et sur des avantages fiscaux accordés aux sociétés orientées vers les nouvelles technologies. Étonnant… Son histoire se mêle souvent à celle de ses envahissants voisins, jusqu'à la proclamation de leur indépendance au dix-huitième siècle. Les philosophes des Lumières sont passés par là, apparemment. Je suis étonnée de trouver peu d'informations sur l'époque actuelle, sinon qu'une partie de la famille royale a été tuée par un fou il y a dix-sept ans, quelques commentaires, tous liés à Mark, et des milliers de jolies photos touristiques. Une chape de plomb semble avoir été posée sur l'histoire de ce pays depuis le drame. Je referme mon portable, insatisfaite de mes recherches.

Après que j'ai pris une bonne douche, Milly et moi rejoignons mes amis et nos colocs au Eagle and Child. J'adore cet endroit où nous avons nos habitudes hebdomadaires, déjà parce que leur *game pie* est excellente, la bière bien fraîche mais surtout parce que mon auteur préféré, Tolkien, a posé ses fesses dans ce pub ! Avant que je ne perde la notion du temps (ils connaissent mon amour immodéré pour la *cask ale*…), Will et Keira me font promettre de leur rendre visite cet été, ils habitent à Liverpool. Si je trouve un job en dehors mon stage pour me payer des extras. J'ai eu plusieurs contacts mais rien de concret encore. Je compte aller le plus vite possible à Édimbourg, tant pis pour ma famille qui me manque beaucoup : mon avenir est ma priorité. Et installée avec nos potes dans notre pub, devant ma bière hebdomadaire, j'oublie totalement mon voyage en Karanie.

2

Elsie

Les coups frappés à ma porte résonnent dans mon crâne comme un marteau-piqueur entre les mains du Joker. Je me masse les tempes pour me réveiller :

– Elsie ! Lève-toi et viens m'aider ! hurle Milly dans le couloir.

Nos colocataires vont la maudire, il est huit heures du mat et elle crie le premier jour des vacances… Bon sang, j'ai trop bu hier, chacun de nous a payé sa tournée… Ce qui fait… Oh, je n'arrive même pas à compter combien de bières j'ai ingurgitées. Je descends presque en rampant de mon lit et ouvre la porte.

– Tu as une sale tête, remarque mon amie que je déteste à cet instant précis.

– Et toi, tu es folle. Qu'est-ce que tu me veux à une heure pareille ?

– Que tu m'aides, comme promis, à faire ma valise, répond-elle, les mains sur les hanches et les yeux furieux.

– Laisse-moi cinq minutes.

Elle repart avec ses chaussons en forme de licorne – ridicules – vers sa chambre avant de pointer un doigt vers moi :

– Cinq minutes !

Je cours à la salle de bains: j'ai une mine à faire peur. Même Mercredi Addams a plus de couleurs que moi. Dans la cuisine, je me sers un thé et je pénètre avec dans la chambre de ma copine. Elle a déjà mis sa valise, énorme, sur son lit. Une tonne de vêtements est éparpillée sur sa couette, son bureau et sa chaise. Son armoire est vide.

Losh![1] Nous en avons pour des heures…

– Milly, tu es sûre de vouloir aller là-bas? Tu n'arrives pas à rester une heure sans consulter ton portable, alors une semaine…

Mon amie s'acharne sur la fermeture Éclair récalcitrante d'un de ses jeans; elle est tellement sous tension qu'elle l'arrache puis elle se tourne vers moi, dépitée:

– Bien sûr que je veux y aller! Une telle occasion ne se refuse pas, mademoiselle MacNee. Nous nous en souviendrons toute notre vie, crois-moi. Et puis, Mark m'a promis que nous irions manger une glace tous les deux.

Non, mais sur quelle planète vit-elle? Aucun mec ne propose un truc pareil sans arrière-pensée, à notre époque. Sa glace, il la voit parfum fellation, oui!

À la voir si frénétique, je n'ai pas le courage de la dissuader de faire ce voyage. Et je suis de corvée pour la suivre, parce que je ne veux pas la laisser se faire manger par le beau prince, peut-être pas si charmant que ça.

En fin de compte, les heures se sont transformées en trois jours de lamentations et d'exaltation. Lundi midi, j'ai claqué la porte de l'appartement. J'ai passé mon après-midi à faire des longueurs à la piscine. Je l'ai laissée à son stress. J'espère que Mark répondra à ses attentes malgré mes doutes. Elle s'est toujours refusée à sortir avec quiconque parce qu'elle est folle dingue de ce prince – certes hyper mignon, mais prince quand même, quoi! Pour

---

1. Interjection: *Lord* en anglais, « Seigneur » en français.

moi, c'est l'obstacle infranchissable. Il ne fait peut-être pas partie de ces aristocrates qui dénigrent le peuple, ce peuple dont nous sommes issues, mais en tout cas, il les fréquente. Je n'ai jamais discuté avec lui suffisamment longtemps pour savoir si oui ou non, il partage les idées de certains de ses amis qui dénigrent ouvertement ceux qui n'ont pas de titre… ou d'argent, le genre de discours qui a le don de m'agacer! Mais Milly, avec son cœur tendre, a toujours occulté leurs remarques parce qu'elle reste persuadée que son prince peut entretenir une histoire sérieuse avec elle. Je ne veux pas détruire les illusions de Milly, donc je la ferme. Sinon, quel genre d'amie serais-je?

Ma valise est bouclée en une heure, et j'avoue avoir copié celle de ma copine: j'ai pris un peu de tout, mais surtout mes deux maillots de bain: un pour la mer et un pour la piscine. Ils ont bien une piscine dans leur palais, non?

Lorsque Paul, notre colocataire, nous dépose le mardi matin à la gare routière, Milly est surexcitée. Elle est impeccablement habillée avec un ensemble jupe et chemise en soie assorties et de jolies ballerines bleu marine. Elle a tressé ses cheveux, on dirait une instit du siècle passé. Elle est très belle et les garçons qui nous attendent au bus ne se gênent pas pour siffler leur admiration. Ils n'ont pas dû piger qu'elle est chasse gardée. Hors de l'enceinte de l'université, ils sont infernaux: lourds, pédants et affreusement riches. Quant aux filles, je ne leur ai jamais adressé la parole, elles ne m'intéressent pas. Je ne prends même pas la peine de me présenter, s'ils veulent savoir mon nom, ils n'ont qu'à me demander. Je suis très sociable, mais je sais aussi quand je suis tout juste tolérée. Comme c'est le cas maintenant, il suffit de voir la brune siliconée qui me détaille de la tête aux pieds. Mes vêtements ne sortent pas de chez Chanel…

Et alors, Miss Pouffiasse?

Franchement, rien que le fait d'être ici me vaudrait la médaille d'or de l'amitié. C'est pour Milly que j'attache ma ceinture dans ce jet privé en compagnie d'une bande d'aristos prétentieux. Ils semblent avoir l'habitude de voyager ainsi. Mon amie inspecte chaque centimètre de l'appareil avec des yeux émerveillés : les sièges larges et confortables, les lumières tamisées ou les toilettes spacieuses.

– Bonjour, je suis Erling de Harsem, lance mon voisin de couloir, un grand type châtain clair aux mains manucurées, d'origine néerlandaise.

Mark s'est assuré d'être constamment entouré de la riche noblesse européenne. En tant que prince et surtout en tant qu'icône de son pays, ses fréquentations sont sous surveillance, je présume. Ce type ne peut pas faire un pas sans qu'un paparazzi le guette au coin d'une rue ! J'ai même dû quitter la bibliothèque une fois parce qu'une séance photo était prévue avec lui. Ça m'a définitivement convaincue que moins je traînerais autour de lui, moins je serais embêtée par « sa cour ». Avec ma langue bien pendue, j'aurais été capable de sortir un truc beaucoup trop cash devant un journaliste.

– Bonjour. Elsie MacNee, lui réponds-je avec un sourire.

Parce qu'il m'a souri, je reste polie.

– Je suppose que tu n'as jamais voyagé en jet privé ? continue-t-il avec un ton plus que condescendant.

J'arrête de sourire. Le voyage s'annonce long…

– Ne t'inquiète pas, les jets privés sont aussi sûrs que les avions commerciaux, poursuit-il.

– Merci pour l'information.

Je me cale avec mes écouteurs dans les oreilles et fais semblant de dormir pendant que les dix autres discutent. Ils sont aussi excités par ce voyage que Milly car ils en savent aussi peu que moi sur ce petit royaume. Je trouve cela étrange, ils devraient en connaître davantage : Mark est leur ami. Ce dernier ne semble pas parler beaucoup de son pays et encore moins du roi, son frère. Chacun s'interroge sur les activités de la semaine : c'est à qui veut faire du jet-ski autour de l'île ou randonner en montagne. Les filles penchent plutôt pour le farniente sur la plage paraît-il paradisiaque, au pied des falaises blanches, ou le shopping – le royaume regorge de boutiques de luxe. Ils me verront peu, je souhaite passer le plus de temps possible à Strasa, la ville principale située en face de Letaspok, loin d'eux. Je ne compte pas sur Milly pour m'accompagner, elle sera collée à son prince.

– Elsie, on arrive, me secoue Milly.

Je me suis vraiment endormie. Je me frotte les yeux et regarde par le hublot. Nous sommes enfin en approche. La Méditerranée brille d'un bleu turquoise magnifique sous le soleil étincelant. J'aperçois des montagnes assez hautes recouvertes de forêts sombres, avec quelques villages perchés. C'est absolument magnifique ! Au bord de la mer, une ville importante s'étend le long du littoral. Quelques buildings modernes forment un quartier non loin de l'aéroport mais le reste est noyé dans la verdure. Quand les roues du jet touchent le sol, je peux voir palmiers, oliviers et parterres de fleurs multicolores orner les abords d'une immense aérogare. D'autres avions, petits ou grands, sont stationnés sur le tarmac. Je n'aurais jamais cru qu'il y aurait autant de rotations avec ce pays !

– Ah, enfin le soleil ! s'exclame Maria de Umboia, avec son chapeau à larges bords qui lui donne une allure à la Maria Callas.

Originaire du Portugal, elle souffre du manque de lumière en Angleterre. Moi, je trouve qu'il y en a trop ici, mes yeux vert clair ont besoin de lunettes noires.

– C'est magnifique, tu ne trouves pas? demande Erling.

– Oui. Ils ont tout juste à côté, la mer et la montagne, avoué-je, enchantée par cette première approche de la Karanie.

– Je sens que nous allons nous éclater! ajoute-t-il en me montrant un parapente s'envolant d'une colline à quelques miles.

Très peu pour moi!

Il enlace mes épaules et me pousse vers le hall d'arrivée. Je lui dirais volontiers d'aller se frotter à quelqu'un d'autre, mais Milly m'en voudrait de gâcher sa semaine dès le premier jour. Je préférerais que James Battsor soit mon cavalier, mais il n'a d'yeux que pour la belle Rafaëlla Luboń, une superbe brune aux cheveux soyeux et aux mensurations de Cara Delevingne. Clairement, nous ne jouons pas dans la même cour… Dans tous les sens du terme…

À l'intérieur de l'aérogare, un périmètre a été délimité juste pour nous. Nous y attend un homme en livrée rouge sombre à brandebourgs dorés. Ouais… Nous y sommes… Tout le clinquant désuet de ces monarchies obsolètes en la personne d'un valet en uniforme. Devant ma tronche dépitée, Milly me pince le bras:

– Arrête de tirer une tête de trois pieds de long, je ne t'ai pas emmenée au bagne, quand même! me chuchote-t-elle dans l'oreille.

– Presque…

L'homme se présente:

– Bonjour, mesdemoiselles et messieurs. Je suis Ludwig Janov, votre majordome personnel. Je serai à votre disposition pour répondre à vos demandes lors de votre séjour.

Les autres, à l'exception de Milly et moi, lui passent devant avec un simple hochement de tête. Nous sommes à peine arrivés que déjà, je ne les supporte plus. Mon amie sourit timidement à M. Janov qui lui répond d'un signe raide de la tête.

– Bonjour, Ludwig, le salué-je en lui tendant la main.

Surpris, il la prend après quelques secondes d'hésitation. Du coin de l'œil, je vois Anne et Rafaëlla hausser les épaules dédaigneusement. Saluer un employé ne doit pas être de mise dans leur monde. Je m'en moque, je suis bien élevée, moi.

Ludwig s'occupe de nos bagages pendant que nous grimpons dans deux minivans. Je me retrouve à côté d'Erling que je soupçonne de me draguer ; il a posé son bras sur le dossier derrière moi, sa jambe est délibérément collée à la mienne. Il est beau gosse, mais s'il veut que je lui cède, il a intérêt à changer son attitude un peu trop orgueilleuse à mon goût. Il commente tout et rien, je ne l'écoute que d'une oreille. Le trajet jusqu'à l'embarcadère, quoique rapide, me permet d'admirer la capitale de la Karanie. Strasa est une ville intéressante, avec des parcs partout, des rues bordées de palmiers, de micocouliers ou d'albizias en fleur. Les maisons aux couleurs chaudes sont plus nombreuses que les immeubles, lesquels ne sont pas très hauts, à l'exception de ceux aux alentours de l'aéroport, récents et tendance avec leurs façades souvent végétalisées. Nous traversons certainement les quartiers les plus huppés : tout respire ici l'opulence, les bidonvilles n'existent sûrement pas.

Un antique bateau en bois entièrement restauré nous attend sur le quai, et un drapeau aux armoiries de la famille royale flotte à l'arrière. Je suis époustouflée par la vue splendide sur les îles, nimbées d'une brume de chaleur, qui s'égrènent sur la mer turquoise. Je ne suis jamais venue au bord de la Méditerranée, je ne connais que les eaux froides d'Écosse ; j'ai hâte de plonger dans cette eau d'un bleu limpide. La promenade qui longe le quai est pavée de briques ocre et bordée de parterres fleuris. Chaque centimètre de ce royaume semble être nickel ; pas un papier par terre, pas de poubelle qui déborde ni d'odeur de pollution.

Ludwig nous montre une caisse métallique militaire pour y mettre nos appareils électroniques. Nous rechignons tous mais nous obéissons. Je n'ai que mon téléphone, je ne voyais pas l'intérêt d'apporter autre chose, cependant les autres ont un attirail digne des journalistes professionnels. S'ils pensaient échapper à cette règle, ils sont visiblement déçus.

Bienvenue chez le tyran de Letaspok.

Ludwig charge la caisse dans le coffre d'une voiture de luxe, puis range nos bagages à l'arrière de l'embarcation tandis que nous nous asseyons à l'avant, sur des bancs aux coussins en cuir écru. Une toile blanche nous protège du soleil. Le capitaine, un certain Alfio, navigue à faible allure entre les autres bateaux, très nombreux dans ce détroit entre Strasa et l'île de Letaspok. L'archipel, constitué de sept îles, est très prisé des touristes. Quatre se visitent, deux sont des réserves naturelles ouvertes uniquement aux scientifiques et Letaspok est interdite au public, ce qui n'empêche pas les bateaux-promenades ou les yachts privés de circuler autour, dans l'espoir, je suppose, d'apercevoir le roi – personnage mystérieux, voire mythique : je n'ai trouvé qu'une photo de lui avec ses parents sur laquelle il n'a pas plus de 15 ans. Depuis, rien. Et il en a 35.

Vingt minutes plus tard, nous approchons de l'île-rocher de l'archipel à la forme oblongue, une perle verte au milieu d'une mer bleu marine. Alors que nous allons accoster, je ne peux qu'admirer le travail qu'a dû demander l'aménagement des jardins fleuris, la construction des multiples terrasses en espalier et des bâtiments aux toits de tuiles rouges, les matériaux ayant été apportés obligatoirement par bateau de la terre ferme. Bien que l'architecture et les jardins diffèrent, l'image des îles Borromées en Italie surgit dans ma tête. L'embarcadère protégé par deux murs en arc de cercle se situe au pied d'un palais grandiose mélangeant les styles Renaissance et baroque. Si j'évalue correctement, du ciel, il représente à peu près la lettre H. Je me pince pour me convaincre que je ne rêve pas : je suis face à un trésor de l'Adriatique. Un groupe de personnes nous attend en haut d'un gigantesque escalier qui domine le ponton. Milly se met à murmurer sans s'arrêter : « Oh, mon Dieu, il est là. »

– Tu ne vas pas t'évanouir, hein? lui demandé-je tout bas.

– Il est encore plus beau que dans mon souvenir, répond-elle.

Je secoue la tête, désespérée par tant de « guimauverie ». Je sais, ça n'existe pas, mais je n'ai pas trouvé mieux. Elle l'a vu la semaine dernière, bordel ! Il n'a pas eu le temps de changer !

Avec ses cheveux châtains courts, ses yeux bleus et son corps de sportif, Mark est à tomber, c'est vrai. Il porte un bermuda hyper classe bleu marine et un polo blanc immaculé. Bref, le prince idéal à tous les niveaux, beau, intelligent, souriant, affable. Propre sur lui, quoi. Il faut dire qu'il n'a pas trop le choix, il représente son pays partout où il va puisque son frère n'apparaît nulle part. Il nous accueille avec un sourire chaleureux, tendant la main aux filles pour nous aider à monter sur le quai :

– Bienvenue à Letaspok, mes amis. Je suis ravi de vous voir !

Il salue ses potes d'une accolade :

– Oh, les mecs ! On va faire la fête cette semaine ! Je vous ai prévu un programme d'enfer !

– Pas trop chargé quand même, proteste Aloïse, une jeune fille timide qui préfère les livres au plein air.

Celle-là, je l'aime bien.

– Vous n'êtes obligés à rien. Sauf évidemment à participer à ma super soirée de gala. Vous allez adorer !

Mark se place à côté de Milly et lui murmure à l'oreille :

– Je suis sûr que tu seras la plus belle de la soirée.

Oh, non… Ma Milly rougit jusqu'à la pointe de ses cheveux. Je lui attrape le bras, de peur qu'elle ne tombe dans les pommes. Je lance un regard courroucé à Mark, je n'ai pas envie de ramasser mon amie à la petite cuillère quand il en aura fini avec elle. Parce que c'est inévitable. Le prince hausse les épaules et articule silencieusement à mon attention :

– Quoi ?

Dans le dos de Milly, j'agite la main : il a intérêt à bien la traiter ou il aura affaire à moi. Qu'il soit prince ou pas ! Il secoue la tête puis se dirige vers Erling :

– Allez, Ludwig va vous montrer vos quartiers. Rendez-vous dans une demi-heure pour le déjeuner.

Je le tiens à l'œil…

Nos bagages ont déjà disparu, emportés par des valets qui les transportent sur des chariots en métal doré, comme dans les hôtels de luxe. Le bruit des roues sur la mosaïque de galets résonne quelques secondes dans la petite cour.

Service efficace et rapide.

Nous suivons à l'intérieur de l'aile ouest notre intendant attitré, qui nous explique succinctement le fonctionnement du palais et les cuisines. Dans l'aile centrale se trouvent différents salons, les bureaux du roi et la salle à manger principale ouverte sur la cour sud. Les hautes fenêtres encadrées de lourds rideaux en damas éclairent d'une chaude lumière d'été les longs corridors ornés de boiseries ou de tentures murales. Partout, des tableaux, des bustes et des lustres en cristal : j'ai atterri dans le palais des *Mille et Une Nuits*… Je suis en plein décalage historique.

Nos pas claquent sur le sol en marbre lustré. Ludwig a la patience de répondre à chaque question. Avec mon mauvais sens de l'orientation, je vais galérer à me repérer dans ce dédale ! En plus, il y a des portes partout. L'une d'elles est entrouverte sur une pièce aux murs recouverts de tissu rouge carmin. Au fond, un grand blond en jean et polo bleu parle très sèchement à une personne invisible depuis le couloir. Le seul truc que j'ai le temps d'entendre est :

– Dépêchez-vous de régler le problème !

Le ton de cette voix ne souffre aucune objection ! Je plains celui ou celle qui se prend une engueulade pareille ; ma gorge émet, presque involontairement, un petit son de compassion envers cette personne.

Putain ! Le blond vient de tourner la tête vers moi et le regard qu'il me lance me foudroie sur place, un parce qu'il est glacial, deux parce que le type est tout simplement à tomber !

Mais je ne peux pas l'observer plus longtemps, les autres sont déjà au bout du couloir. Par peur de me perdre, je cours vite les rejoindre, sauf que mes sandales glissent sur le marbre et je me retiens comme je peux à une commode marquetée qui vacille contre les boiseries. J'entends un cri de frayeur derrière moi : le blond, debout dans l'encadrement de la porte, me fusille de ses yeux plissés par la colère. Il faut dire que j'ai rattrapé de justesse un vase en porcelaine, une partie de l'eau du bouquet de fleurs se répand par terre. Je grimace en reposant doucement l'objet qui doit valoir une fortune et continue ma course.

Mon séjour commence mal si je me fais déjà remarquer par le personnel…

Je réussis à retrouver le groupe dans l'aile est grâce à la voix haut perchée de Miss Pouffiasse, autrement dit Rafaëlla. Milly me jette un œil réprobateur. Elle me connaît, je suis capable des pires gaffes, mais je secoue la tête pour lui indiquer que je n'ai pas – encore – fait de conneries.

Composée de trois étages, cette partie du palais possède plusieurs chambres, toutes différentes les unes des autres. Mark nous montre d'abord son immense logement sur deux niveaux au bout de la bâtisse : les balcons de chaque façade lui permettent d'avoir une vue extraordinaire sur la mer et les autres îles. Il a dû se sentir à l'étroit dans sa chambre d'étudiant à Oxford. Je n'ai jamais compris, d'ailleurs, pourquoi il avait voulu rester dans cette résidence alors qu'il avait les moyens de vivre dans son propre appartement.

J'ai la chambre située entre celles de Milly et d'Aloïse, les filles au deuxième étage et les mecs au premier. Ils vivent au Moyen Âge dans ce pays ! Mark nous accompagne l'un après l'autre, mais il entre dans celle de mon amie, laissant toutefois la porte grande ouverte :

– La chambre te plaît ? demande-t-il.

– Elle est magnifique. Merci pour tout, Mark. Tu fais preuve d'une grande générosité en nous offrant ces vacances.

– De rien, Milly. Ça me fait plaisir que vous soyez ici. Que tu sois ici.

Je ne veux rien entendre de plus, je ferme la porte derrière moi. Je dois surveiller de près ce prince séducteur, je ne veux pas qu'il rende mon amie malheureuse. Nous nous sommes croisés plusieurs fois à Oxford, mais malgré les demandes incessantes de Milly de me joindre à leur groupe, je suis toujours restée éloignée de ces aristos snobinards. Je réalise maintenant que ma copine a dû pendant trois ans partager son temps entre eux et notre bande de potes, en plus de ses études. Cette fille est trop gentille…

Ma valise est déjà sur le porte-bagages. J'inspecte la chambre des yeux. J'ai l'impression d'avoir remonté le temps jusqu'au dix-huitième siècle : le lit à baldaquin est recouvert d'un plaid aux armoiries des Von Karan, également brodées sur le tissu des fauteuils. Parce que oui, j'ai un salon à moi toute seule, placé devant deux grandes fenêtres qui s'ouvrent sur des balcons donnant sur la cour intérieure sud. Les boiseries alternent avec du velours tendu sur les murs, les luminaires dorés apportant une touche encore plus baroque au lieu. La salle de bains est vintage et luxueuse. Digne d'un palace. Je suis loin de ma chambre mansardée chez mes parents !

Allongée sur le lit (j'ai posé soigneusement le plaid sur un siège), je me dis que je suis ingrate : Mark nous a gentiment invités, je ne devrais pas me plaindre. Je suis frustrée de ne pas pouvoir prendre de photos pour les envoyer à ma famille. Ils hallucineraient de me voir dans un tel décor. Je ne leur ai pas dit toute la vérité, sinon ma mère aurait tenu une conférence de presse au village ! Et mes frères me traiteraient de châtelaine corrompue. Je ne vous raconte pas mon retour… Je leur ai juste dit que Milly et moi avions été invitées par un pote dans sa maison familiale en Italie, ce n'est qu'un demi-mensonge, non ? Allez ! Un petit rafraîchissement s'impose avant d'aller dans la salle à manger. Qui est où, déjà ?

Ah oui, je descends l'escalier au bout du très large couloir orné des portraits des ancêtres de Mark et je tourne à gauche dans l'aile centrale. Ensuite, les portes du milieu aux moulures dorées. Jusqu'ici, pas de bourde : les autres sont déjà là, debout autour d'une table garnie d'un grand choix de boissons. Une légère brise marine s'engouffre dans la salle à manger. *Losh !* J'adore la lourde chaleur qui se répand dans mon corps, elle me donne l'impression d'être enfin en vacances. Le serveur me sert une bière à ma demande. Je la boirais bien au goulot mais je suppose que ça ne se fait pas, alors je prends le verre qu'il me tend.

– Mes amis, trinquons à cette fabuleuse semaine ! s'écrie Mark, en levant son verre de whisky.

En cercle autour de lui, nous l'imitons. Oui, il a raison, profitons. Je bois une gorgée de ma bière, locale si j'en juge l'étiquette. Et délicieuse. Erling s'approche de moi, tout sourire :

– Ce palais est magnifique, n'est-ce pas ?

– Oui, c'est vraiment beau.

Je ne peux décemment pas le nier.

– C'est absolument divin ! s'exclame Rafaëlla en balançant ses bras pour bien nous montrer ses beaux bracelets en or qui cliquettent à chaque mouvement.

Et Anne qui minaude d'extase devant : « Oh, qu'ils sont beaux tes bijoux ! Des Cartier ? »

Non, ils viennent d'Asda, le hard discount d'Écosse...

Quels boulets, ces deux-là ! Par chance, les garçons commencent à parler plage et baignade, mon projet de vacances favori.

– Nous avons de magnifiques plages, dont certaines accessibles uniquement par la mer. Nous irons demain, propose Mark. Mais prévoyez de la crème solaire, nous ne sommes plus en Angleterre.

– Il faudra que l'un de vous me la mette, intervient Rafaëlla, la main sur le bras de James.

OK, elle a des vues sur le plus beau gosse de l'équipe. Mark ne fait évidemment pas partie de l'équation puisqu'il se réserve pour Milly, qui rougit sous son regard sans équivoque. Une autre bière me permettra peut-être de supporter cette soirée !

Je ne sais vraiment pas quoi penser du prince. Il me semble être un mec correct avec les femmes, mais bon, comment me faire une idée juste en quelques jours ? Je ne suis pas dupe, il n'a pas intérêt à croire qu'il peut tout acheter avec son fric et surtout pas le cœur de Milly, du moins tant que je la surveille. Le faste de ce palais impressionne mon amie mais ne l'éblouit pas, elle est seulement attirée par la personne de Mark et non le prince...

Soudain, le bruit sourd d'une porte me fait sursauter et je m'étrangle à moitié.

– Sa Majesté le roi ! s'exclame Ludwig.

Ses talons ont claqué l'un contre l'autre en même temps qu'il parlait.

Nous nous retournons tous vers la porte qui s'ouvre. Je frappe ma poitrine pour éviter de m'étouffer. La bière me brûle les boyaux, les picotements remontent jusque dans mes paupières. Quand j'ouvre les yeux après une quinte de toux qui n'en finit pas, je sens deux billes d'acier bleu sur moi qui me transpercent le cerveau. Je me redresse d'un coup : j'ai devant moi le grand blond, celui que j'ai entraperçu à notre arrivée, à la voix si inflexible. Il s'est changé, il porte avec une élégance raffinée une chemise d'un blanc immaculé et un pantalon bleu marine aux plis impeccables. De près, il est le plus bel homme de la terre, un spécimen mille fois mieux que tous ceux qui circulent sur les réseaux sociaux…

De tels mâles existent donc vraiment… En chair et en os, mais malheureusement, pas palpable.

Parce que, putain ! C'est le souverain de Karanie !

Mon ébahissement ne dure que quelques secondes car ses yeux restent ancrés aux miens et j'y lis une irritation contenue. Je suppose que s'étouffer devant un roi ne se fait pas. Je déglutis avec peine, ma gorge soudain sèche.

– Darian ! Merci de passer nous voir ! s'exclame Mark pour détendre l'atmosphère.

Il serre son frère dans ses bras avec enthousiasme. Une brève expression de joie traverse le visage impassible du roi mais il se reprend vite, ses yeux toujours sur ma petite personne. Je crois que je ne lui fais pas une bonne première impression. Mes vacances risquent d'être écourtées si le maître des lieux, que dis-je, le maître de ce pays décide de me renvoyer pour manquement au protocole.

– J'ai effectivement beaucoup de travail, dit le roi d'une voix forte et ferme qui démontre un véritable sens de l'autorité. Mais j'ai décidé de rencontrer tes amis quelques minutes.

– Viens, je te les présente. Mes amis, voici mon frère, le roi Darian Von Karan.

Mark énonce le pedigree de ses potes, plus long que ma liste de bouquins de cours, c'est dire. Son aîné les salue d'un hochement de tête rigide, il esquisse à chaque fois une sorte de truc qui s'apparente à un sourire et prononce un « Ravi de vous rencontrer » en mode automatique. À se demander si notre petit groupe est le bienvenu sur son rocher.

Pas très sociable, le roi…

Devant Milly, Mark sourit de toutes ses dents. Le monarque le fixe alors avec un rictus interrogateur sur ses lèvres pincées. L'enthousiasme soudain de son frère cadet ne semble pas lui plaire, ses yeux deviennent suspicieux et je n'aime pas ça. Mark ne paraît pas l'avoir remarqué mais moi, oui. Et Sa Majesté a vu que j'ai vu. Je bloque un soupir d'énervement dans ma poitrine. Vivement la fin de la semaine que je quitte cet endroit trop petit pour contenir mon caractère rebelle. Je n'aime pas les protocoles et leur soumission induite. Encore moins mes émotions contradictoires. Cet homme dégage un sex-appeal hors normes. Sans mentir, je n'ai jamais croisé un type aussi séduisant, mais il est si coincé… du postérieur.

Putain, je pourrais presque devenir polie après mon séjour ici !

– Voici Milly Watson, dont j'ai été le tuteur. Excellente étudiante promise à un brillant avenir.

– Enchanté, mademoiselle Watson. Mon frère m'a beaucoup parlé de vous.

Ma pauvre Milly devient rouge coquelicot. Elle réussit à balbutier un vague remerciement après que je lui ai pincé le bras.

– Votre frère exagère un peu, articule-t-elle. Lui aussi est brillant.

– À vous deux, vous pourrez certainement changer beaucoup de choses dans le monde, répond le roi avec une voix enfin sympathique.

Je respire : il approuvera peut-être la présence de Milly auprès de son frère ! Mais d'abord, il faut que ce prince à la réputation de dragueur soit irréprochable envers ma meilleure amie. Mark me supplie du regard quand vient mon tour. Il croit quoi ? Que je vais lui faire honte ? D'accord, je n'ai jamais montré une quelconque déférence à son égard due à son rang princier, mais ça ne veut pas dire que je ne sais pas me tenir. Je ne bouge pas, je ne tends pas la main : ce n'est pas dans leurs traditions, si j'ai bien saisi le message, le roi n'en a serré aucune.

– Et pour finir, voici Elsie MacNee.

– Écossaise, l'interrompt le roi.

– Oui, lui confirmé-je en me demandant comment il le sait, étudiante en histoire à Oxford comme Milly.

Son visage est redevenu autoritaire dès qu'il m'a adressé la parole, ça me refroidit direct. Après notre brève entrevue de tout à l'heure, il pense sûrement que je suis une calamité, ce qui n'est pas faux. Il ne m'intimide pas, il a juste… Je ne sais pas. Un truc indéfinissable. Une sorte de magnétisme qui me donne envie de m'enfuir en courant, cet homme est trop… dominateur, cassant et… despotique. Ça, c'est le bon mot pour le décrire. Sa présence suffocante alourdit l'air autour de moi, je dois prendre une grande aspiration avant de détourner mes yeux des siens, qui seraient capables de vous clouer d'un seul coup sur une croix. Il n'est pas dupe de mon envie d'être ici, ses mâchoires carrées se contractent sous l'effet de ma réponse laconique qui pue l'ennui.

Bordel, je viens de contrarier le roi de Karanie.

– En fin de compte, je vais déjeuner avec vous, déclare-t-il.

– Super ! s'exclame son frère cadet, ravi, qui ordonne aussitôt de rajouter un couvert en bout de table.

Merde, non ! Il vient de me couper l'appétit avec son regard sur moi qui en dit long sur son mécontentement.

Pourquoi suis-je aussi tendue ? En temps normal, je suis à l'aise partout, avec tout le monde. Mais le roi me déstabilise complètement. Il faut dire que son statut de monarque a de quoi impressionner, pas par son titre, en ce qui me concerne, mais par la façon dont il le porte : comme une armure à travers laquelle se dégage une aura fascinante de puissance et d'autorité.

Il s'installe en premier, puis nous nous asseyons tous. Mark, face à son aîné, entame la conversation car Sa Majesté intimide notre petit groupe pourtant habitué aux dîners mondains. Tous le détaillent, curieux de voir enfin cet homme si secret qui nous oblige à nous dépouiller de nos téléphones pour soi-disant préserver son intimité. Il discute, interroge les uns et les autres sur leurs études ou sur leurs projets d'avenir, mais il mesure chaque mot prononcé, le choisissant avec précision. Il s'intéresse à chacun d'entre nous. Sauf à moi. Il ne m'adresse plus la parole. J'ai pigé le message : je ne suis qu'une roturière, tout juste tolérée dans leur monde. Milly a droit à un minimum de faveurs de sa part parce qu'elle est l'amie, bientôt intime (il l'a compris aussi) de son frère. S'il croit que je vais avoir un complexe d'infériorité, il se met le doigt dans l'œil ! Je suis fière de ce que je suis et tant pis si ça déplaît à Sa Majesté de Karanie. Des petits doigts d'honneur défilent dans ma tête en direction de ce roi imbu de sa personne.

Lorsqu'il parle de quelques projets d'aménagement pour son pays, Sa Majesté le-plus-beau-mec-de-la-terre-mais-le-plus-tyrannique (je ne digère pas du tout la confiscation de mon portable) s'anime un minimum. Il n'est vraiment pas expressif, c'en est déconcertant. Assise près de Mark, je peux l'observer du coin de l'œil. Il est en permanence sur la défensive. Je le plains, en fait. Être en charge de quelque quatre-vingt-seize mille personnes ne doit pas être une tâche facile. La Karanie est un minuscule pays dans une Europe où les gros essaient de dominer les petits.

– Je dois vous quitter, mes obligations m'attendent. J'ai passé un excellent déjeuner en votre compagnie, jeunes gens, dit-il en s'essuyant la bouche avec une serviette.

Argh, je voudrais être une serviette !

Je finis mon dessert glacé pour me refroidir le cerveau et mon intimité devenue soudain très chaude. Le roi a dépassé la trentaine, mais, bordel ! il est sexy à en tremper toutes les petites culottes du royaume.

Quand il se lève, suivi des autres, je vois sa musculature saillir sous sa chemise. Je ne sais pas quel sport il pratique mais sa silhouette élancée est digne d'un athlète de haut niveau : des épaules plutôt larges, un ventre plat et de longues jambes. Il a un charisme indiscutable. Ses cheveux blonds sont impeccables, peignés en arrière – à l'exception d'une mèche qu'il repousse souvent machinalement, seul détail rebelle de sa silhouette sans défaut –, sa peau bronzée est soulignée d'une fine et courte barbe. Ses yeux bleu acier (oui, oui, ça existe aussi…) sont surmontés de sourcils clairs, souvent froncés. Sa bouche, aux belles lèvres appétissantes, est dotée de dents blanches parfaitement alignées.

Oh, putain ! Je l'ai décortiqué de la tête aux pieds !

Je fais ça avec tout le monde, j'aime bien savoir à qui j'ai affaire quand je rencontre quelqu'un mais cette fois, j'aurais peut-être dû m'abstenir.

Oui, enfin… Allez dire ça à mon subconscient qui rêve éveillé de voir le roi nu sur mon corps.

Son regard appuyé me dit qu'il a remarqué mon manège, j'espère juste qu'il n'a pas compris que je m'adonnais à un strip-tease mental de sa royale personne. Debout devant la table, je préfère admirer le très compliqué blason de la famille Von Karan dans le fond de mon assiette pendant qu'il salue chacun d'entre nous.

– Si les armoiries des Von Karan vous intéressent autant, mademoiselle MacNee, je peux vous les expliquer, me propose-t-il.

Je tourne la tête, étonnée qu'il me parle enfin, mais son ton ironique ne m'a pas échappé. Il se tient près de moi, droit, les mains dans le dos. Je soutiens son regard mystérieux et pourtant… Ses yeux océan sont parcourus de mille vagues. Cet homme peut se déchaîner comme la mer du Nord, j'en suis sûre. Cette certitude me provoque une bouffée de chaleur, une goutte de sueur coule le long de ma colonne vertébrale et je me mords le bout de la langue pour ne pas trahir le trouble que provoque sa proximité. Si ses pupilles me dévisagent sans retenue, il garde une parfaite maîtrise de lui-même, pas un muscle de son visage ne bouge. Vu sa position en tant que souverain dirigeant depuis des années, il a de l'expérience en la matière, il ne doit pas s'autoriser à montrer ses émotions.

– J'en serai ravie, Votre Majesté.

Mauvaise idée, oui !

– « Sire » suffira.

Il se détourne de moi pour entraîner son frère dans un coin de la pièce où ils se parlent en karanien. Ces deux-là sont à l'évidence complices.

– Le roi est intimidant, tu ne trouves pas, Elsie ? demande Milly à voix basse.

– Oui, il est roi. Je ne crois pas qu'il ait d'autre choix que d'être intimidant s'il veut être respecté, lui réponds-je.

Merde, le souverain nous a entendues !

Sa tête a légèrement pivoté vers nous quand il a mis la main sur la poignée de la porte. J'ai le temps de noter une contraction musculaire de sa mâchoire avant qu'il ne sorte.

– Oh, soupire-t-elle. Tu as certainement raison. Mais n'empêche, il m'effraie un peu. Tu crois qu'il approuvera si Mark…

Elle ne continue pas sa phrase, tellement peu persuadée que son prince cherche à la séduire. Moi, je n'ai plus aucun doute. Je ne veux juste pas que Milly ne soit qu'une amourette de vacances pour le prince et qu'il piétine ses sentiments.

Dès que la porte est refermée, la bande se jette sur Mark avec des dizaines de questions. Milly et moi demeurons à l'écart ; je termine mon café – une coutume méditerranéenne – perdue dans mes pensées. Je n'ai jamais vécu de moment aussi intense. Cet homme, cette énigme à deux pattes avec une carrure de rêve, me perturbe. Je ne le cerne pas et ça m'énerve. À ma décharge, le roi cache habilement ses pensées sous un masque de neutralité parfaite. Il a piqué ma curiosité d'historienne en érigeant le mystère en dogme.

Bah, nous ne le verrons pas beaucoup de toute façon. Et tant mieux.

Mark nous propose piscine et tennis pour l'après-midi afin que l'on se repose de notre voyage. J'approuve, des longueurs me feront oublier ce roi de glace. Nous nous retrouvons tous avec nos sacs de sport dans la cour sud, puis nous suivons le prince jusqu'à la terrasse du dessous. Le palais est construit sur la partie haute du rocher. Plusieurs terrasses de tailles et formes différentes descendent vers la mer, chacune avec de magnifiques jardins composés de bosquets de fleurs, de topiaires et d'arbres d'essence méditerranéenne, le tout soutenu par de beaux murs en pierres gris clair. La terrasse où a été creusée la piscine à débordement est dotée de deux cours de tennis, d'un lounge ombragé et d'un local technique. Nager ici est paradisiaque, je flotte entre la mer d'un bleu azur et la terre, entourée d'une pelouse tondue au millimètre. La piscine d'Oxford où j'ai un abonnement est nettement moins glamour !

– C'est quoi le bâtiment en contrebas ? demande Gustav de Bedland avec son accent flamand.

– La maison de Darian, répond Mark.

– Il n'habite pas le palais?

– Non. Et il vous est interdit de pénétrer dans cet espace.

Ouais, Ludwig nous l'avait déjà dit. T'as pas écouté, Gustav.

Mark nous indique une haute balustrade qui borde la belle bâtisse aux façades sculptées entourée d'immenses arbres: une forteresse à l'intérieur d'une île-citadelle. On frise la paranoïa, là!

Nous acquiesçons mais je sens la curiosité envahir mes compagnons. En ce qui me concerne, qu'il y reste, dans sa maison, ça m'arrangera. Oh, je ne suis pas intimidée par le roi, non. C'est autre chose, j'éprouve envers lui un mélange de fascination pour son côté mystérieux, très attirant, je l'avoue, et puis une réelle aversion pour son autoritarisme implacable qui suinte par tous les pores de sa peau. Je gâcherai le séjour de mon amie si je ne garde pas ma langue insoumise enfermée dans ma bouche. Je n'ai donc pas intérêt à croiser le chemin de Sa Majesté.

Je fais plusieurs allers-retours dans une eau à la température parfaite pendant que les autres s'amusent au ballon. Rien de mieux pour évacuer mes pensées désordonnées qu'une bonne dose de chlore dans les narines. Mes vacances s'annoncent plutôt pas mal en fin de compte, quand je sors de la piscine et que j'admire les îles verdoyantes aux alentours.

– Ton téléphone bipe, Mark, signale Milly, alanguie sur son transat.

Le prince sort de l'eau avec des yeux qui trahissent son intérêt flagrant pour mon amie et son corps de sirène. Il faut vraiment que je garde un œil sur lui. Il s'assoit à côté d'elle pour consulter son portable, fronce les sourcils devant son écran puis se tourne vers moi qui m'essuie les cheveux:

– Mon frère veut te voir dans la bibliothèque dans une demi-heure.

Il est aussi étonné que moi. Mais qu'est-ce qu'il me veut, ce roi? Mark n'en sait rien. Je m'écroule sur une chaise longue avec un livre, bien décidée à utiliser ces trente minutes à bon escient.

Ouais… Les phrases n'ont aucun sens, les lignes se brouillent parce qu'un roi sexy m'a convoquée dans sa bibliothèque ! Je ferme violemment mon bouquin au bout de dix minutes et plonge à nouveau dans la piscine. Dix longueurs plus tard, mon cœur bat fort mais je sais pourquoi : je n'ai aucune envie d'obéir, j'ai l'impression d'être convoquée par le doyen de l'université. D'accord, plus jeune et plus canon que le mien, mais encore plus intraitable. Je me sèche vite et enfile mon short en jean et mon tee-shirt rouge orné d'un énorme chardon noir.

Ouais, je suis fière d'être écossaise. Et alors ?

Le groupe s'est déplacé au court de tennis, même Milly qui fait office d'arbitre. Je doute qu'elle sache compter les points, vu qu'elle déteste le sport. Après une certaine errance dans l'immense palais, je trouve la bibliothèque située au second étage de l'aile ouest, pile en face de ma chambre. Je m'interroge encore sur cette convocation, cependant, je me voyais mal la refuser. Devant la porte, je suis stoppée par un valet en livrée peu affable :

– Je dois vous annoncer à Sa Majesté, me dit-il.

Il ouvre la porte et annonce à la mode victorienne :

– Mlle MacNee.

– Faites-la entrer, Jared.

Le valet me fait signe d'avancer dans l'incroyable et immense bibliothèque. Je viens de pénétrer au paradis ! Du sol au plafond, des centaines de livres sont alignées sur trois des murs. Des escaliers en colimaçon de bois sculpté permettent d'accéder aux plus hautes étagères. Ma passion pour l'histoire m'a entraînée des heures dans les bibliothèques, je passerais ma vie ici si je pouvais !

Au fond de la pièce éclairée par de grandes fenêtres, le roi se tient debout, les mains derrière le dos. Il s'est encore changé – trois fois déjà en une seule journée ! – et porte maintenant un pantalon noir à pinces, une fine chemise bleu ciel et une cravate bleu marine : le parfait businessman. Il se raidit à mon entrée, me détaillant avec désapprobation.

Oups, j'aurais peut-être dû me changer. Tant pis, c'est trop tard maintenant.

– Qu'est-ce que je fais ici ? lui demandé-je, ne pouvant retenir mon ton revêche.

Son soupir exaspéré s'entend à travers toute la pièce ; à mon avis, mes lacunes en protocole karanien sont la cause de son agacement. Ne sachant que faire, je reste plantée à la porte.

– Vous ne connaissez pas les bonnes manières, mademoiselle MacNee. Peut-être parce que vous êtes boursière ? me lance-t-il.

Sous l'insulte puant le snobisme, je redresse les épaules. Il est peut-être roi mais je ne l'autorise pas à me rabaisser !

– Pour qui vous prenez-vous ? Mes parents m'ont bien élevée ! J'ai mérité cette bourse ! m'exclamé-je hors de moi en marchant vers lui, les poings fermés au bout de mes bras tendus.

Il recule de plusieurs pas comme s'il craignait que j'envahisse son espace vital. Ses pectoraux roulent sous sa chemise sous l'effet de sa respiration devenue lourde. Il tente de maîtriser son ressentiment devant mon manque de bienséance, malgré l'absence d'émotion apparente sur son visage ; je le lis dans ses yeux en mouvement.

– Je sais. Vous avez obtenu les meilleurs scores dans toutes les matières.

Je bosse dur pour ça !

– Comment le savez-vous ? lui demandé-je, encore plus sur mes gardes.

– Aussi piquante que les chardons, murmure-t-il pour lui-même.

Il n'a encore rien vu s'il continue ainsi ! Il s'approche d'un des bureaux au milieu de la pièce, appuie ses poings dessus et m'assène d'une voix sèche :

– Vous ne pensez tout de même pas que les amis de mon frère peuvent débarquer sur cette île sans que je sache rien sur eux ?

– Vous avez enquêté sur nous ?!

Je suis absolument furieuse que quelqu'un ait eu l'audace de fouiller dans ma vie ! Il lève un sourcil, j'ai un peu trop haussé le ton. Ou je suis trop près de lui…

Quoi qu'il en soit, je n'avance plus, j'ai atteint ma limite. Plus proche de lui, je serais tentée de le toucher pour vérifier la dureté de ses muscles et…

Ça ne serait pas très malin de ma part de me retrouver derrière les barreaux parce que mes hormones sont perturbées par un roi au charme torride.

– Je suis roi et qui plus est, chef de gouvernement. Donc oui, j'enquête sur qui bon me semble, jeune demoiselle.

Douche froide ! Son ton sardonique me déplaît au plus haut point ! Je croise les bras et là, je comprends pourquoi le valet et lui m'ont regardée bizarrement : mon maillot de bain mouillé a laissé des traces très… suggestives sur mon tee-shirt. Je ferme les yeux de honte.

Je suis une vraie calamité !

– La prochaine fois, mademoiselle MacNee, tâchez d'être un peu moins… humide en ma présence, dit-il avec une pointe d'humour.

Je préfère cette voix…

– Je suis désolée, Votre…

Eh… A-t-il fait un sous-entendu concernant ma libido ?

– Je vous pardonne pour cette fois, continue-t-il en se tournant vers une vitrine. Je voulais vous montrer quelque chose qui va vous plaire.

Il me pardonne ?!

Ce nouveau ton paternaliste m'horripile, je ne suis décidément pas adaptée à ce milieu.

Elsie, pense à Milly… Ne lui gâche pas ses vacances.

Je serre les dents avant de lui livrer le fond de ma pensée. Il me tend des gants blancs et en enfile une paire sur ses belles mains bronzées. J'avale ma salive plusieurs fois ; imaginer ses doigts fins sur moi est hautement indécent à cette minute. Il ouvre la porte vitrée avec une clé de son trousseau et sort un livre superbe, relié en cuir. Un incunable ! Mon côté étudiante en histoire reprend immédiatement le dessus.

– C'est le premier livre sur l'histoire de la Karanie.

Losh !

J'oublie aussitôt ma colère contre lui. Je soulève délicatement la couverture du livre puis le feuillette. L'écriture manuscrite révèle que les moines ont travaillé dessus durant plusieurs siècles, les lettrines sont différentes selon les époques. Je m'émerveille à chaque page, les commente toutes. Lui ne dit presque rien, il m'écoute, je crois, avec intérêt.

J'oublie qui il est, emportée par mon enthousiasme à propos de l'incunable, mais pas que… Son parfum s'insinue dans mes narines, je divague en pensant à ce que ce serait de le sentir sur la peau de son cou. Le plus difficile est de garder la tête baissée sur l'ouvrage à chaque fois que sa manche frôle mon bras parce que je voudrais déboutonner sa chemise et admirer la forme de ses pectoraux.

Irrécupérable, moi ? Peut-être, mais j'ai de quoi : je suis dans un lieu magique, rempli de livres, en compagnie d'un mec que je rêve de déshabiller !

Ramenez-moi sur terre, il est roi !

Ensuite, le souverain, qui, par chance, ne s'aperçoit pas de ma confusion, me montre les armoiries de sa famille dessinées sur la dernière page. Il m'explique un à un chaque quartier de leur blason. Il parle avec un calme où pointe sa passion pour l'histoire de son pays. Y aurait-il un peu de chaleur dans ce sang bleu ? Quand il a fini, je referme avec douceur cette œuvre d'art.

– Merci, Sire. Vous m'avez fait un incroyable cadeau en me permettant de voir ce livre.

Vous voyez, je peux même utiliser les formules de politesse.

– Je vous en prie. Il est dommage que vous ne connaissiez pas notre langue, sinon vous auriez pu l'étudier.

– Cela aurait été un grand honneur pour moi, mais non, je n'ai rien compris. Je suppose aussi qu'il est écrit en karanien ancien.

– Oui. Seules quelques personnes maîtrisent cette vieille langue. Elles travaillent actuellement à sa traduction en karanien et en anglais.

– C'est une excellente idée ! L'histoire de votre pays mérite d'être connue.

Un froid glacial s'abat soudain dans la bibliothèque. Le bleu de ses pupilles prend la couleur d'un iceberg. Il s'empare du livre et le remet dans la vitrine.

Qu'ai-je dit de mal ?

– Ce sera tout pour aujourd'hui, mademoiselle MacNee. Bonne soirée.

Il quitte la pièce d'un pas pressé. J'entends ses chaussures cirées grincer sur le marbre du couloir. Il est encore en colère.

Contre moi ?

3

Elsie

Je ne suis pas mécontente que Mark nous invite à dîner dans un restaurant de Strasa : mon entrevue avec le roi m'a contrariée le reste de l'après-midi. J'ai cherché une raison à la colère du roi et je n'en ai vu aucune.

Le capitaine Alfio nous restitue nos portables : nous sommes, tous les onze, des gosses de 5 ans devant le sapin de Noël ! (Car bien sûr, Mark conserve le sien au palais.) Pathétique de constater à quel point nous sommes soumis à ces rectangles lumineux. J'envoie un message groupé à ma famille pour répondre à la vingtaine de mails reçus. Mes frères sont des sangsues qui voudraient que je leur communique minute après minute mon emploi du temps. Mon mail court (« Bonjour. Tout va bien. Climat idéal. ») ne plaira à personne mais ils devront s'en contenter, parce que les minivans nous déposent devant un palace.

– Heureusement que je t'ai convaincue de mettre une robe, me signale Milly lorsque nous entrons dans un hall gigantesque.

– Cet hôtel est charmant, commentent Rafaëlla et Anne.

Charmant ? Cet endroit est tout simplement fantastique ! Non, mais quelles snobs, ces filles ! Elles déambulent aux côtés de Mark, telles des princesses de pacotille. Elles ont peut-être un titre d'aristocrate mais leur cerveau n'a rien de noble, leur attitude hautaine est à vomir.

– Pourquoi Mark supporte ces deux pouffiasses ? murmuré-je à Milly.

– Elles sortent avec James et Henrik. Il a peu de considération pour elles.

Bien, mon respect pour Mark augmente de plusieurs points, cependant il n'a pas encore atteint le stade où je lui ferai totalement confiance en ce qui concerne mon amie. Lorsque, il y a trois ans, Milly m'a parlé de Mark la première fois, je l'ai mise en garde contre lui : un prince ne pouvait pas devenir ami avec une simple étudiante du fin fond des Highlands. Son tutorat avec elle était avant tout une obligation. Mais elle n'a eu de cesse d'essayer de me convaincre que j'avais tort. En tant qu'image de son pays, Mark se devait d'être irréprochable à Oxford où son père avant lui avait fait ses études. Pourquoi, d'ailleurs, tient-il ce rôle d'image publique ? Ça devrait être son frère, c'est lui, le roi, non ? Mais depuis son couronnement, le roi envoie Mark aux quatre coins du monde représenter la Karanie. Je ne m'étais jamais posé de question à ce sujet. Maintenant que je suis ici, je trouve ça étrange. Je n'ai aucun exemple en tête d'un dirigeant qui, à une époque, aurait délégué son rôle de représentation à une autre personne, le pouvoir en général a tendance à les pousser sur le devant de la scène… Le roi de Karanie est pourtant un homme intelligent, bien élevé et très, très beau.

Elsie, ne va pas sur ce terrain miné !

Je ne comprends pas sa volonté de se dissimuler aux yeux du monde. Dans tous les livres d'histoire, on trouve les portraits des souverains – ou des chefs de gouvernement –, l'image ayant toujours été essentielle pour consolider leur autorité auprès de leur peuple. Il existe un tas d'exemples… même actuellement. Le seul portrait en pied du roi aujourd'hui est un tableau officiel, repris systématiquement tous les ans avec quelques nuances sur son costume et l'arrière-plan : son visage semble figé dans le temps et fait davantage penser à celui de son père qu'au sien.

OK, j'ai fait beaucoup de recherches sur la Karanie… J'aime creuser quand je tombe sur un mystère. J'ai même retenu le nom de l'artiste, une femme, Ana Marja Cankarja.

Cette histoire est plus qu'énigmatique à l'ère d'Internet, où notre vie privée s'étale partout, parfois contre notre volonté. Comment le roi a-t-il réussi la prouesse de rester hors connexion ? J'ai juste trouvé quelques informations sur son parcours scolaire : il n'est pas allé à Oxford comme son cadet mais a été admis dans une école militaire, dont il n'a pas terminé le cursus puisqu'il a été couronné avant. La tradition veut que depuis des générations, les Von Karan intègrent de prestigieuses universités, de préférence européennes, pour être de parfaits dirigeants, bien que leur pays en possède une petite. Mark et lui ont tous les deux choisi l'Angleterre. En dehors de la qualité de l'enseignement, peut-être est-ce aussi pour devenir parfaitement bilingues, compétence nécessaire, je suppose, à leurs fonctions.

À la fac, Mark a transporté avec lui son mode de vie princier. Le « pauvre » garçon, qui ne peut pas faire un pas sans ses amis issus de la meilleure société, tous des aristos ou enfants de millionnaires… Ni sans les nombreux chienchiens que sont ses gardes du corps – qui ne donnent surtout pas envie de vous frotter à eux ! – et qui le suivent à la trace sans pour autant avoir su éviter les journalistes réussissant à le piéger parfois dans des recoins du campus avec sa langue dans la bouche de quelques filles. Mais les scandales ont vite, très vite, été étouffés, parce que Mark est l'image de la Karanie : il ne faudrait pas qu'elle soit écornée, n'est-ce pas, par son aventure avec une roturière. Donc s'il fait le moindre faux pas avec Milly, je l'étrangle!

Nous sommes encadrés par le service d'ordre du prince, le personnel de l'hôtel est au garde-à-vous et mes compagnons se pavanent dans leurs vêtements de grands couturiers. Mon amie m'a prêté un collier en (fausses) perles qui rehaussent ma robe noire un peu trop simple comparée aux tenues des autres convives. Nous traversons le hall de la réception sous le regard médusé des clients. De la coupole descend un énorme luminaire en cristal. Je me marre toute seule en m'imaginant débarquer ici avec mon jean troué, mon tee-shirt vintage des Rolling Stones et mes Converse usées jusqu'à la trame. Le service d'ordre ne m'aurait de toute façon pas laissée mettre le bout de mon orteil gauche sur la frange du tapis rouge de l'escalier. Mais ça vaudrait le coup d'essayer, non? Juste pour voir la tête du roi après.

Elsie, ne pense pas à lui! Tu vas te gâcher la soirée!

Nous sommes installés à une table ovale, la seule sur la terrasse dominant la mer. Les autres clients ont été relégués à l'intérieur suite à la réservation du prince. Je me détends une fois que je suis servie: je n'ai jamais mangé dans un restaurant étoilé et mes papilles salivent à la vue des mets excellentissimes.

Le serveur nous propose un vin italien quand un discret brouhaha se répand dans la salle. Les yeux de tous les convives convergent vers un point central: le roi! Un frisson descend dans ma colonne vertébrale. Bien que ce soit impossible d'où je suis, je sens son parfum d'océan, si bien assorti à la couleur de ses yeux.

Yeux qui se sont posés sur notre table une seconde avant de revenir sur les personnes l'accompagnant. Je me sens débile de croire un instant qu'il n'a regardé que moi. Et pourtant, mon corps, lui, a réagi à la lueur bleutée de son regard. Je suis parcourue de frissons le temps que le directeur de l'établissement, qui les accueille lui-même, les dirige vers un salon privé. Puis mon attention revient vers notre petit groupe, mais pas suffisamment car je donne un coup de coude au serveur qui s'apprêtait à verser le chianti dans mon verre, et quelques gouttes tombent sur ma robe. Surprise, je recule ma chaise et je lui écrase les orteils avec. Le pauvre garçon qui grimace de douleur s'excuse cent fois et je lui présente les miennes, sous l'œil courroucé de Mark et celui, narquois, de Miss Pouffiasse. Je me lève, suivie de Milly, pour aller me nettoyer dans les toilettes discrètement situées près de l'entrée du restaurant.

– Je ne te savais pas si maladroite, s'esclaffe mon amie.

– Je te jure, si ce n'était pas pour surveiller tes arrières, je n'aurais jamais mis les pieds ici, ronchonné-je en secouant le bas de ma robe mouillée. Contrairement à toi, je ne suis pas adaptée à ce milieu.

– Hum, hum.

Oh, merde !

Ce raclement qui s'apparente à un rappel à l'ordre ne provient pas de la gorge de Milly. Je redresse la tête d'un coup pour voir face à moi le roi…

Et re-merde !

Il se tient à la porte du salon privé, encadré par deux gardes du corps, et attend l'un de ses hôtes qui, de retour des lavabos, passe près de nous. J'étais trop occupée à inspecter les dégâts sur ma robe pour noter qu'il était là. Il a visiblement entendu ma remarque et elle ne lui plaît pas, mais alors pas du tout, car il laisse paraître sa colère sur son visage.

Je n'ai énoncé que la vérité, je n'ai pas dénigré la Karanie, à ce que je sache !

Mais c'est lorsque Milly se penche devant moi et rabat ma robe d'un grand coup avec la tranche de sa main que je comprends pourquoi il est si furieux : déroutée par sa présence, je tenais mon vêtement remonté jusqu'en haut de ma cuisse qui s'est donc retrouvée presque entièrement dénudée en plein dans la ligne de mire du roi et de son convive. Celui-ci a l'air d'en être ravi, d'ailleurs…

Un strip-tease dans un hôtel de luxe, ça ne se fait pas, hein ?

Je me mords les lèvres pour ne pas éclater de rire, ce qui augmente encore plus la fureur du souverain qui tourne les talons et claque la porte du salon. La scène s'est jouée en quelques secondes mais la tension reste en moi tout le long du dîner. Je peux comprendre que moi et mon pedigree ne collons pas à son royal environnement luxueux, mais de là à provoquer une telle animosité chez lui…

Quant à Mark, je ne sais pas quoi en penser : il drague ouvertement Milly qui est depuis longtemps tombée dans le panneau. J'espère qu'il ne joue pas avec ses sentiments, elle aurait du mal à s'en remettre. Il est peut-être plus ouvert que son frère aîné, mais il reste une part de mystère en lui, comme chez le roi.

À la sortie du restaurant, nos véhicules nous attendent sur le parvis.

– Si mademoiselle veut bien monter, me prie Erling en m'ouvrant la portière d'un geste galant.

Je grimpe dans le van avec l'élégance d'une brebis écossaise sur le point de mettre bas : j'ai trop mangé, histoire de digérer l'attitude antipathique du roi.

– Aucune allure, murmure Rafaëlla à Anne.

– Je préfère n'avoir aucune allure qu'avoir votre cervelle de moule congelée ! lui répliqué-je.

– Comment oses-tu ? s'écrient-elles en chœur.

Pliée de rire devant leur tronche de tourterelles offensées, je hausse les épaules. Heureusement que Milly est avec Mark dans l'autre voiture, ou elle m'aurait blâmée d'avoir fait une telle remarque devant son prince. Quant à la désapprobation lisible sur les visages de James et Erling, je m'en moque. Seul Henrik, moins pédant que les autres, esquisse un sourire.

***

Le lendemain matin, je me réveille, perdue dans ce grand lit à baldaquin. La lumière filtre à travers les persiennes. Il est l'heure de mes longueurs. J'enfile mon maillot et noue un paréo autour de ma poitrine. Il est tôt, je marche en silence, mes tongs à la main, jusqu'à la piscine. Je plonge avec bonheur dans l'eau déjà tiède. La natation a toujours été une façon pour moi de me débarrasser du stress de mes études difficiles. Après une dizaine d'allers-retours, j'aperçois une silhouette floue au bord de la piscine. Je m'arrête et relève mes lunettes sur mon bonnet de bain.

Le roi!

Malgré l'heure très matinale, il est déjà habillé d'un élégant costume gris et d'une cravate d'un joli rouge foncé, prêt, je suppose, à faire des « trucs de roi ». Je m'accoude au rebord.

– Bonjour, Sire.

– Bonjour, mademoiselle MacNee. Vous êtes bien matinale.

– Je nage tous les matins.

– Vous avez été championne de natation dans votre collège.

Contrariée qu'il en sache autant sur moi (et moi rien sur lui), je sors de l'eau, décidée à m'éloigner de lui; sa royale présence m'oppresse. Je m'appuie sur le rebord pour grimper quand je vois sa main se tendre vers moi. Hors de question qu'il me touche! J'ai trop peur de trahir mon trouble si sa peau rentre en contact avec la mienne. Je me hisse sans difficulté, seule, sur le bord. Il remet la main dans la poche de son pantalon en toile aux plis comme toujours impeccables.

– Vous n'êtes pas une demoiselle facile.

– Vous non plus, lui réponds-je du tac au tac.

Et là, il me surprend par un rire retentissant qui le rend… humain.

– Je ne suis pas une demoiselle.

J'éclate de rire avec lui :

– Ah ça, non !

Il me regarde me sécher et mettre mon paréo. Pourquoi reste-t-il planté là ?

– Vous nagez aussi ? lui demandé-je pour rompre ce silence bizarre.

– Oui. Tous les matins.

Je fronce les sourcils et inspecte le pourtour de la piscine. Il répond avant que je ne le questionne :

– Ma maison possède sa propre piscine.

– Ah…

Ouais… Une seule piscine ne suffit pas à ce palais…

– J'aime mon intimité, continue-t-il comme s'il lisait dans mes pensées.

Même ici, sur cette île hyper protégée ? *Losh !* Quel être solitaire…

– Me ferez-vous l'honneur de prendre un café avec moi ? Ou un thé, puisque vous êtes anglaise ? propose-t-il.

– Écossaise, rectifié-je. Je prendrai volontiers un thé avec vous, je n'ai pas encore déjeuné.

Pourquoi s'attarde-t-il auprès de moi ? Peut-être est-il simplement content d'avoir quelqu'un avec qui partager sa passion pour l'histoire, car en remontant jusqu'à la salle à manger où un buffet gargantuesque est servi, nous discutons héraldique : il est très calé sur les blasons des familles karaniennes. Bon, d'accord, ce n'est pas mon sujet de prédilection, pourtant, malgré son ton monocorde, j'adore en parler avec lui, il est froid mais super intelligent. J'espérais qu'un membre de notre groupe serait déjà installé, mais nous sommes rentrés tard hier et ils dorment encore tous. On m'aurait dit la semaine dernière que je mangerais en compagnie d'un roi, j'aurais éclaté de rire. Là, je ne sais pas comment me comporter. Pendant que je me compose un bol en fine porcelaine avec des céréales et des fruits secs, il se fait servir un simple expresso par une servante vêtue d'un uniforme noir avec le traditionnel tablier blanc. Il s'est assis à une petite table ronde nappée de blanc près de la porte-fenêtre ouverte. Une brise chaude et agréable me fait frissonner.

Ou est-ce le roi ?

Pas le choix, je m'installe face à lui, un peu gênée par ce tête-à-tête, et m'empare d'une cuillère en argent. À chaque fois que je lève les yeux de mon bol, je remarque un détail différent : les quelques taches de rousseur sur ses joues, son nez rectiligne, ses longs cils blonds et ses yeux bleu acier impénétrables.

– Vous pouvez aller quand vous le souhaitez dans la bibliothèque, me déclare-t-il.

– Merci. Elle doit renfermer quelques trésors.

– Je crois que vous y trouverez en effet des livres intéressants. Quelle est votre période de l'histoire préférée ?

Il n'aurait pas dû me lancer sur ce sujet ; je deviens intarissable quand on me pose cette question. Notre discussion dure si longtemps que Mark et Milly s'approchent de notre table sans que nous les ayons vus ni entendus entrer. Les deux frères se donnent l'accolade mais je sens le regard prononcé de Mark sur moi. Notre tête-à-tête l'étonne, je suis d'accord avec lui.

– Je vous laisse, nous lance Sa Majesté avec une hâte soudaine. Bonne journée à vous.

Je ne m'attarde pas non plus dans la salle à manger, je ne veux pas tenir la chandelle aux tourtereaux. Parce que cela crève les yeux qu'il s'est passé quelque chose entre eux cette nuit. Mes avertissements n'ont servi à rien, mon amie a succombé au prince.

La suite me donne raison : Milly et Mark ne cachent plus leur relation pendant notre excursion du jour. Leurs mains se frôlent, ils s'embrassent en catimini ; les paparazzi ne doivent pas les surprendre, alors chacun d'entre nous surveille les intrus à notre groupe. Au moins, ma copine peut profiter de son prince à sa guise pendant ce court laps de temps que sont ces vacances irréelles.

– Maintenant, comme promis, je vais vous faire découvrir la plus belle plage du royaume, accessible uniquement par bateau, nous annonce Mark.

– Tu es un véritable amour, lui murmure Milly avec un baiser sur la joue.

Argh, j'ai l'impression d'être devant un de ces films hyper romantiques de Hallmark Channel que ma mère et ma grand-mère regardent sans arrêt. Aloïse est bien la seule à s'extasier devant ce nouvel amour ; les autres s'en moquent complètement du moment que ça ne gâche pas leurs vacances et moi, ça me fout la trouille.

À notre retour à Letaspok, les serviteurs ont préparé un buffet exotique dans la cour sud pour le dîner. Palmes vertes, fleurs jaunes et bougies odorantes décorent les nappes blanches amidonnées ; des guirlandes lumineuses entourent les troncs des arbres et des palmiers, et une multitude de lampions en papier sont disséminés dans les parterres. Je constate que nous sommes plus que gâtés quand je vois les salades colorées, les plats de crustacés et les corbeilles de fruits qui m'ouvrent l'appétit. J'apprécie cette convivialité, moins guindée qu'un repas servi à table avec tout son pesant décorum.

– Ton frère dîne avec nous ? demande Rafaëlla à Mark en arrivant, vêtue d'une robe aux couleurs chatoyantes qui épouse sa silhouette parfaite.

James ne lui suffit pas, elle a à coup sûr des vues sur le roi, ses minauderies ne m'ont pas échappé. Son attitude de prédatrice m'agace sérieusement, elle ne peut pas laisser le souverain tranquille?

Je soupire en croquant dans une crevette, parce que pour être franche, je refuse de chercher à comprendre pourquoi ça me tape autant sur les nerfs.

– Aucune idée. Il est très occupé.

– Bonsoir, tout le monde.

Je me raidis aussitôt au son de la voix forte du roi derrière moi. Il nous fixe quelques secondes de ses yeux glacials avant de reporter son attention sur son frère qui a lâché la main de Milly. Celle-ci trouve soudain ses escarpins très intéressants. Les mâchoires du roi bougent sous sa peau, difficile de savoir ce qu'il en pense mais il a compris à propos de Milly et Mark. Je croise les doigts pour qu'il n'ait rien contre leur idylle.

– Tu dînes avec nous? demande Mark.

– Non, je ne fais que passer.

Son ton abrupt surprend même son frère qui sursaute. Ce type ne se déride donc jamais? Ses yeux glissent sur nous, sans montrer aucun indice sur ses émotions.

Ou presque, parce que j'ai l'impression qu'il s'est attardé un millième de seconde de plus sur ma personne et qu'il a esquissé un rictus contrarié.

Putain! Mais qu'ai-je fait pour mériter un tel dédain?

Un énorme bruit nous fait tous lever la tête: un hélicoptère descend vers l'héliport situé à l'arrière du palais, dans la cour nord. Les deux frères se parlent par regards interposés, Mark ne dira rien de plus et le roi nous quitte aussi rapidement qu'il est arrivé. Ils ont des liens étranges, ces deux-là. Très différents de ceux que j'ai avec mes frères. Nous avons toujours beaucoup parlé, la plupart du temps en hurlant, au désespoir de ma mère. Nous nous disputons souvent, même en tant qu'adultes. Nous avons chacun notre jardin secret ; pourtant, lorsqu'il s'agit de choses importantes, nous en discutons ensemble, en famille.

Avec un étrange petit pincement au cœur, je le regarde partir.

Allez, crache le morceau, Elsie : tu es déçue qu'il ne reste pas avec nous.

Maso, moi ? Non…

Après le dîner, je me couche seule, dans ce grand lit, le corps en ébullition. Quand j'entends l'hélicoptère atterrir, je m'endors avec l'image d'un blond aux yeux bleu acier…

4

Elsie

Ce matin, j'ai l'impression que la piscine est plus longue que d'habitude, j'ai du mal à avancer. Je termine en brasse coulée comme si me noyer la tête dans l'eau allait lessiver mon cerveau perturbé.

À mon grand étonnement, quand je sors, il est là, debout, à me tendre ma serviette, sans aucune expression sur son beau visage tanné par le soleil. Sa barbe, bien que proprement taillée, a poussé en deux jours, elle le rend plus âgé. J'essaie de rester calme quand j'attrape ma serviette car sa proximité a un peu trop tendance à me réjouir, et ce n'est franchement pas une bonne idée d'être troublée par l'inaccessible souverain de Karanie.

– Merci, Sire.

– Vous avez passé une bonne soirée ?

– Excellente. Et vous ?

Je regrette de suite ma question inappropriée : je n'ai aucun droit de lui demander un tel truc ! Pourtant, il me répond :

– Décevante.

Je m'essuie rapidement – l'avantage d'avoir les cheveux courts. J'enroule mon paréo et mets mes lunettes, le soleil est déjà fort à cette heure matinale.

– C'est dommage de cacher d'aussi beaux yeux avec des lunettes, fait-il remarquer.

J'ouvre la bouche, surprise : ai-je bien entendu un compliment de sa part ? Toujours aucune trace d'émotion sur son visage. À croire que j'ai rêvé…

– J'ai rendez-vous à dix heures avec le Pr Tergni, chargé des fouilles archéologiques du site antique à la sortie de la ville. Souhaitez-vous vous joindre à moi ?

– Oui. Merci, lui réponds-je, enthousiasmée par sa proposition. Vous le recevez dans la bibliothèque ?

– Non. Le rendez-vous est sur le site, il doit me montrer leurs dernières trouvailles. Je vous attends à l'héliport à neuf heures quarante-cinq.

Par chance, j'ai mes lunettes de soleil, il ne peut pas voir mes yeux écarquillés. Je murmure un vague « OK », tellement je suis scotchée par son invitation. Les mains derrière le dos, il s'en retourne vers sa maison. Je le suis du regard jusqu'à ce qu'il pénètre à l'intérieur de sa cour particulière par un portillon qui s'ouvre avec un code digital. Il m'intrigue de plus en plus…

Après un petit déjeuner en solitaire, je cours me préparer. J'ai entendu parler du Pr Tergni, un ponte en archéologie romaine qui donne des conférences dans les plus grandes universités, dont Oxford. Je n'aime pas particulièrement cette période mais je ne veux pas manquer cette chance de me confronter à la culture latine, si éloignée de la mienne. Une fois prête, je frappe à la porte de Milly pour l'avertir de mon départ. Personne ne me répond. À mon avis, elle ne dormira plus dans sa chambre… Dans la salle à manger, Léopold, Aloïse, Maria et Erling sont attablés devant une montagne de nourriture.

– Tu es déjà prête ? me demande Erling qui s'est levé pour m'accueillir.

– Oui. Le roi m'a invitée à voir les fouilles archéologiques, alors je me suis dépêchée de m'habiller.

Erling est aussi surpris que je l'ai été. Les autres également.

– Vous pouvez prévenir Milly si je ne la vois pas d'ici mon départ ? continué-je.

– Oui, oui, répond Erling, évasif.

À neuf heures et demie, Ludwig entre dans la salle à manger et me demande de venir. Erling décide de m'accompagner jusqu'à l'héliport où le pilote attend à côté de son appareil.

– Sa Majesté arrive dans quelques minutes. Je vous prie de l'attendre ici, mademoiselle MacNee.

J'acquiesce, soudain pas très sûre de moi. L'engin est un peu trop minuscule à mon goût, ça vole vraiment, ce truc ? J'ai peur d'avoir le vertige, pire, d'avoir la nausée et de vomir sur le roi.

Losh ! Pourquoi ai-je accepté ?

– Si tu es malade en vol, pense à regarder au loin, me conseille Erling.

– Personne n'est malade avec moi quand je pilote, assène une voix cinglante derrière nous.

Erling bondit et bégaie :

– Bonjour, Sire... Je... ne savais pas que vous pilotiez.

Erling ressemble à un gosse devant le roi, lui, l'héritier d'une grande famille aristocratique d'Europe. C'est un garçon sûr de son pouvoir de séduction et encore plus de celui que son argent lui apporte. Cependant, là, leurs différences d'âge et de titre me sautent aux yeux, et pas seulement ça... Il y a autre chose. Plus profond. Le plus jeune n'aura jamais le charisme inné du roi.

– À plus tard, comte de Harsem, dit le roi d'un ton sec. Mademoiselle MacNee, veuillez me suivre.

Je fais un petit signe de la main à Erling et rejoins à grandes enjambées le roi devant l'hélicoptère. Celui que j'ai pris pour le pilote me montre mon siège, m'attache et me pose de gros écouteurs sur les oreilles. Le roi s'installe dans le cockpit, il commence par allumer l'appareil dont les pales font un bruit assourdissant. D'où l'utilité du casque. Lorsque nous nous élevons dans le ciel, je m'accroche à mon fauteuil. Je ferme les yeux, terrorisée, avec le cœur à la place de l'estomac.

Je vais mourir, je vais mourir.

J'ouvre les yeux quand une main se pose sur mon genou. Je n'ose plus respirer. Il électrise ma peau nue, mon cœur ne survivra pas à ce vol si mon voisin continue de me toucher. Je me transforme lentement en statue parce que sa main se met à me caresser mon genou :

– Du calme, Elsie, tout ira bien. J'ai mon permis de pilote depuis quinze ans.

Sérieux ? Il croit que cette information me sert à quelque chose ?!

Je le fixe avec de grands yeux, le corps sur le point de s'embraser. Je suis larguée, je ne comprends pas ma réaction disproportionnée à un simple contact sur ma jambe. Sur mon genou en plus, un endroit pas du tout érogène chez moi, en principe. Le roi tourne la tête vers moi, inquiet :

– Ça va ? demande-t-il.

– Regardez la route ! hurlé-je, en panique totale.

Il grogne à ma remarque stupide. Je m'en fous ! Je veux descendre de cet engin !

À mesure que nous approchons du sol, ma tension diminue mais mes jambes tremblent toujours quand je descends de l'hélicoptère. Je me force à me remettre d'aplomb sinon j'aurai encore droit à une désobligeante grimace royale pour manquement à toute bienséance.

Rien de ce que je fais ne lui convient… et je ne comprends pas pourquoi je recherche autant son approbation…

Un terre-plein a été dégagé près du site, et le Pr Tergni, un homme d'une quarantaine d'années avec un chapeau en toile sur la tête, nous accueille seul, son équipe ayant été priée de ne pas être présente lors de la visite du roi.

– Sire, ravi de vous revoir.

– Moi aussi, Giovanni. Je vous présente une jeune amie de Mark, Mlle MacNee, étudiante en histoire à Oxford. Je suis sûr que vos découvertes l'intéresseront.

« Jeune amie » ? Voilà la raison de sa circonspection envers moi, je ne suis qu'une gamine pour lui.

Le roi avait raison, les fouilles ont dévoilé des mosaïques extraordinaires. Je suis émerveillée par les couleurs qui ont traversé les siècles, intactes. Pendant deux heures, le professeur nous fait visiter l'ensemble des ruines. Je me régale à l'écouter, il répond à toutes mes questions. Le roi parle peu, il cautionne l'avancée des travaux pour la plus grande satisfaction du Pr Tergni. Je vois bien que le souverain s'intéresse au site, mais il conserve son attitude rigide même lorsqu'il pose ses questions, utilisant toujours sa voix « royale ». Je ne peux pas m'empêcher de lui jeter des coups d'œil de temps en temps. J'essaie de deviner pourquoi il m'a emmenée s'il ne me supporte pas. Moi, je savoure ma chance d'avoir une visite privée avec un éminent professeur… et un homme, d'accord, bien plus âgé que moi, mais super, super sexy. Avant notre départ, l'archéologue m'invite à revenir. Je le remercie chaleureusement puis monte à nouveau dans cet hélicoptère de malheur.

– Quand vous voudrez revenir, dites-le-moi, Ludwig vous emmènera, dit le roi.

– Merci, mais je ne crois pas avoir le temps. Mark a prévu beaucoup d'activités cette semaine.

– Mark ou le comte de Harsem ?

Non, mais en quoi ça le regarde ?

Je ne lui réponds même pas. Je préfère regarder par la vitre la ville de Strasa qui semble plus petite qu'à mon arrivée alors que la montagne paraît plus haute… et plus proche ! Je distingue trop bien à mon goût quelques constructions agricoles sur les flancs des collines, où les terrasses sont cultivées de vignes et d'oliviers. Bientôt, je pourrai toucher les feuilles des arbres si nous continuons à nous en approcher… Une boule se forme dans ma gorge.

On va s'écraser ! C'est pas possible ! Ça l'amuse de me faire peur !

Je coince mon sac contre mon ventre tendu. Ces foutus arbres seront bientôt notre tombeau, à cette allure-là ! Soudain, l'appareil amorce une descente vertigineuse vers Letaspok. Je m'agrippe à la poignée, en proie à une terreur irrépressible. Aucun doute : mon élément est la terre ferme. Je hais être dans les airs ! Pour mon royal pilote, c'est l'éclate totale, il ressemble à un gamin aux commandes de son jouet.

Sauf que je suis dedans aussi, merde !

Je l'étranglerais s'il n'avait pas le manche entre ses mains. Lorsque l'engin se pose – enfin ! – sur le sol, je suis tellement énervée que je peine à me détacher. Un garde du corps m'ouvre la porte et me tend la main. Je saute sur le sol en béton sans un regard pour lui. Le rotor encore en mouvement m'oblige à me baisser et à piquer un sprint jusqu'au palais. Une fois dans le couloir, je me penche en avant pour reprendre mon souffle : j'ai été en apnée tout le temps du vol. Le roi me suit avec un sourire éclatant sur sa face de tortionnaire et de… Je n'ai pas de mot pour le qualifier ! Il ne s'est même pas rendu compte qu'il me faisait peur !

Hystérique, je fonce vers lui et enfonce mon doigt dans sa poitrine.

– Vous êtes complètement taré ! hurlé-je.

Illico, je suis projetée en arrière par quatre bras musclés. Les gardes du corps me tiennent éloignée de leur roi. J'ai commis un crime de lèse-majesté que je ne regrette pas une seconde ! Je m'en fous si je dois regagner l'aéroport à la nage pour ne plus avoir affaire à lui... Ce type m'a foutu la trouille de ma vie !

– Lâchez-la et laissez-nous, ordonne le roi d'un geste de la main.

Aussitôt dit, aussitôt fait. Je mouline des bras quelques secondes, ces brutes m'ont tirée trop fort par les épaules. Ma fureur est montée d'un cran mais la sienne brille dans ses prunelles.

– Personne ne s'attaque à moi impunément, jeune demoiselle, dit-il d'un ton tranchant. Vous avez de la chance d'être une amie de Mark.

Je serre les dents, une réplique bien sentie me brûle les lèvres et mes poings me démangent. Il se croit sur le mont Olympe, un dieu inaccessible à qui on doit lécher les orteils... Qu'il aille se faire voir ! Il a raison de tourner les talons, sinon je ne réponds plus de rien. Je frappe du pied le sol en espérant évacuer un peu ma colère. Dans un accès ultime de défi très enfantin, je lui tire la langue.

Manque de chance, il se retourne pile à ce moment-là et me voit faire. En deux enjambées, il est sur moi. Sa main puissante m'attrape le menton et me force à lever la tête vers lui. Sous le choc, je ne remue plus, pas même un cil. Ses yeux bleus sont très agités, ils me détaillent, ils percent mon âme, ils bloquent ma respiration. Mon cœur bat si fort qu'il pulse dans mes tempes. Là, maintenant, à cette seconde, le roi me terrorise littéralement. La puissante domination qu'il exerce sur moi, aussi bien morale que physique, annihile toute volonté de rébellion. L'expression « faire face à l'autorité » prend tout son sens, le roi en est la parfaite interprétation. Pourtant, ses traits, d'abord durs, se détendent puis, à mon grand étonnement, se font amusés.

– La prochaine fois que vous me tirez la langue, je vous la mange.

Il me lâche, me laissant déconcertée par son geste plus que surprenant. Quand il se détourne de moi, ses semelles crissent sur le parquet. Il ouvre violemment les deux portes battantes et disparaît, suivi de ses deux gardes du corps postés dans le couloir.

Je suis encore debout au milieu de la pièce, sonnée par ses paroles incompréhensibles, lorsque le groupe apparaît. Ils ont entendu l'hélicoptère atterrir et viennent me chercher pour partir en excursion. Erling me prend par le bras, un gentil sourire éclaire son visage. Un peu de réconfort fait du bien après ce moment oppressant avec le roi qui a totalement grillé mes neurones.

Il m'a fait quoi, là ?

– Alors, c'était bien les fouilles ? Tu as dû te régaler ! s'exclame Milly.

Sa voix me paraît loin.

Elle répète sa question :

– Elsie ? Ça va ? C'était bien avec le Pr Tergni ?

– Génial. Juste que je n'aime pas les hélicoptères. Et toi, tu as passé une bonne nuit ?

Mieux vaut que je détourne la conversation ou ma mauvaise humeur se verra. Mark risque de ne pas trop apprécier si je traite son frère d'abruti. Après, mon côté sadique refait surface : j'adore voir la tête de mon amie virer au rouge tomate. Merde ! Elle est accro, son regard en oblique vers le prince en dit plus long que n'importe quel discours. Nous montons tous sur l'embarcation conduite par Alfio. Je me sens plus à l'aise sur l'eau que dans les airs.

Surtout quand Sa Royale Majesté pilote !

Mon corps et mon cerveau sont désespérément en ébullition depuis notre arrivée en Karanie. Ce n'est pas le cas de Milly. Mark et elle sont l'un sur l'autre, de vrais amoureux tout frais volant sur un nuage dans une totale zénitude.

Pour l'activité de l'après-midi, Mark a prévu un atelier cuisine avec le meilleur chef de Karanie dans un palace de la côte.

– Tu te rends compte, Elsie ! s'extasie Milly. Mark a réservé le chef juste pour me faire plaisir. Nous allons nous régaler ! Oh, je suis trop contente !

D'accord, le prince veut vraiment séduire Milly, il connaît son penchant pour les bons petits plats. Mon amie a un don pour sublimer une simple boîte de conserve tandis que moi, je suis capable de brûler une casserole parce que, plongée dans mes livres, je l'ai oubliée sur le feu.

À notre retour sur l'île, Mark nous annonce que notre dîner aura lieu dans la grotte artificielle de Letaspok. Applaudissement général pour ses idées géniales. Avant d'aller me détendre un moment dans ma chambre, je me rends dans la bibliothèque pour prendre un livre ; elle regorge de bouquins d'histoire et certains sont en anglais. Un instant, je suis tentée de m'allonger sur l'un des confortables canapés en cuir pour lire, mais j'ai d'abord besoin d'une douche, mes vêtements sont imprégnés d'odeurs de cuisine. Je marche dans le couloir de l'aile est lorsqu'un bruit derrière moi me fait bondir.

C'est quoi, ce cliquetis ?

Je me retourne et ô surprise, une porte cachée dans le mur, comme dans les films, pivote sur son axe. Abasourdie, je vois alors le roi apparaître en smoking noir, cravate à rayures assortie à sa pochette et chaussures vernies. Waouh ! Il est trop classe ! J'imagine que même en boxer, il doit être élégant. Mieux vaut que mes neurones ne s'engagent pas sur ce chemin piégé.

Mais d'où est-ce qu'il vient ?

Ma question reste en suspens dans mon cerveau, troublé par son allure si… royale.

Il émane de lui une force qui en impose à tout le monde. Moi en premier.

Son regard en biais en dit long quand il se frotte le coin de la joue avec son pouce : il n'est pas du tout ravi de me voir dans les parages. Je monte la première marche de l'escalier, je veux m'éloigner le plus vite possible de lui, de son parfum océanique et de sa foutue aura magnétique si déstabilisante.

– Vous êtes déjà rentrés ? demande-t-il d'un ton brusque.

OK, notre présence le gêne, il ne doit pas avoir l'habitude d'avoir de jeunes gens chez lui.

– Ne vous inquiétez pas, je monte m'enfermer dans ma chambre. Vous n'aurez pas à me supporter plus longtemps.

Il parcourt les trois mètres qui nous séparent en un millième de seconde et se plante sur la marche au-dessus de moi. Je dois lever la tête pour le regarder. Je n'aime pas du tout sa façon de me toiser de haut !

– Votre insolence commence à être insupportable, jeune demoiselle.

Il n'a pas élevé la voix, pourtant elle me cloue sur place. Il pince les lèvres que je m'oblige à fixer exprès pour ne pas rencontrer son regard exaspéré. Pas une bonne idée, car sa bouche est carrément un aimant à baiser torride, sa lèvre inférieure plus pulpeuse me donne envie de la mordre. Il a perdu son flegme habituel, son irritation sort par tous les pores de sa peau. Je suis dans la merde… Je blêmis, me maudissant d'oublier toute politesse devant lui. Il est roi, bordel ! Pourquoi je ne peux pas fermer mon clapet de temps en temps ? Je serre le livre contre ma poitrine, mes mains sont moites, je déglutis avec difficulté en relevant la tête et là, ses yeux me percutent. Ils me scrutent, me semble-t-il, jusqu'au tréfonds de mon esprit incapable de réagir, mais je ne baisse pas les miens. Sans un mot, il se secoue plusieurs fois comme s'il s'ôtait de mauvaises ondes et redescend les marches. Je m'aperçois alors que je ne respirais plus. Ses larges épaules se soulèvent sous l'effet de son exaspération. J'ai de la chance d'être une vague copine de son frère, j'évite ainsi l'expulsion pour manquement à la bienséance. Mais lui aussi a le don de me hérisser le poil, il est si… si… si dominateur ! Et ce n'est pas uniquement parce qu'il est roi. Non. C'est sa nature et ça, j'ai des difficultés à l'admettre. Mon côté enfantin reprend le dessus, je lui tire à nouveau la langue dans son dos. Sauf qu'encore une fois, il se retourne au mauvais moment.

Oh, je vais avoir des ennuis !

Pas très courageuse sur ce coup-là, je monte les marches deux par deux afin d'échapper à sa colère, mais il est plus grand et plus rapide que moi. Son corps vient me plaquer contre les boiseries du mur. Je ne pensais pas qu'il avait autant de force, je ne peux plus bouger. Ma non-réaction me surprend, je reste les bras ballants, en transe… Peut-être parce que j'aime beaucoup trop le sentir contre moi, peut-être aussi parce que l'odeur de son parfum qui flotte dans mes narines mouille mon string, ou peut-être qu'avoir sa bouche si proche de la mienne me donne faim. Peut-être…

Elsie, calme-toi !

Le problème est que je n'y arrive pas, ma circulation sanguine s'affole dans mes veines, mes muscles sont tétanisés et une chaleur intense s'insinue sous ma peau. Sa main vient encercler mon cou et comme ce matin, il me soulève le menton :

– Je t'ai dit que si tu recommençais, je te la mangeais, grogne-t-il en caressant ma lèvre de son index.

Le bleu de ses yeux passe du glacial au volcanique, sa musculature vibre à travers ses vêtements : il est à la limite d'exploser, lui qui semble toujours sous contrôle.

5

Darian

Je perds le contrôle de moi-même…

À cause d'elle…

Seigneur ! Je ne peux pas me le permettre, je suis roi !

Mais comment résister à sa jolie bouche rose qui me défie perpétuellement ? Comment éviter ses prunelles vertes où je ne lis que de la franchise, et surtout, comment dire non à ses courbes parfaites qui m'attirent depuis le premier jour ? Et même avant… Je ne pense qu'à une chose : la baiser. De la tête aux pieds.

Ma bouche vient s'écraser sur la sienne. Surprise, elle l'entrouvre et j'en profite pour y plonger ma langue. Elle a un goût subtil de chocolat qui me donne encore plus envie de la déguster. Malgré mon obstination, elle ne répond pas à mon baiser ; je me presse plus fort contre elle. À mon grand regret, ma queue se durcit au contact de son entrejambe. Elle a un hoquet d'étonnement mais ne me fuit pas. Au contraire, ses hanches s'appuient sur moi. Je resserre ma main sur sa gorge, je veux qu'elle partage mon désir, qu'elle m'obéisse. Cependant, quand je crois y être enfin arrivé, avec sa cheville qui entoure mon mollet, je sens ses dents sur ma lèvre inférieure.

La garce ! Elle m'a mordu !

Je me recule d'un pas, avec le goût de mon sang dans la bouche. D'un revers de la main, je m'essuie la lèvre. Ses yeux verts lancent des éclairs qui pourraient me pulvériser sur place. Pourtant, ses joues sont rosies à cause de mon baiser, sa poitrine qui pointe sous son tee-shirt – pas mouillé cette fois, ce qui m'évite de bander encore plus – se soulève très vite et elle respire par saccades. Malgré ma vie de reclus, je côtoie assez de personnes au quotidien pour avoir appris, en vieillissant, à lire entre les lignes sur les visages. Je l'ai déstabilisée mais je ne lui fais pas peur. Réaction rare chez mes interlocuteurs. Je la saisis par la taille.

– Embrasse-moi, lui ordonné-je.

– Non.

Elle a appuyé ses mains sur le revers de ma veste de smoking ; pour autant, elle ne me repousse pas. Au contraire, elle me nargue de ses grands yeux splendides. Je remonte la main sur l'arrière de sa nuque. D'habitude, j'aime les cheveux longs chez une femme. Chez elle, j'adore le contact de la peau nue de son cou dans ma paume. Je glisse mes doigts dans ses mèches courtes et approche mes lèvres de sa bouche. Son petit sourire ironique me dit qu'elle s'amuse avec mes nerfs. Furieux, je prends le joli cadeau qui s'offre à moi : je vais à la rencontre de sa langue, joue avec et la mange, comme promis. Elle grogne sous mes légers coups de dent puis soudain, c'est elle qui prend le contrôle. Elle enfouit ses mains dans mes cheveux blonds et enfourne sa langue tentatrice dans ma propre bouche ! Jamais une femme n'avait essayé de me dominer !

Mon sexe est douloureusement à l'étroit dans mon pantalon noir. Ma main glisse sous sa cuisse, je la lève contre ma jambe pour mieux me frotter à son intimité. Elle se colle plus à moi, enfin, si c'est encore possible, car je sens sa peau à travers le tissu multicolore.

J'ai perdu le contrôle.

Ma main descend sur ses fesses et se glisse dans la poche de son short en jean, ses formes rebondies me font complètement craquer. J'ai une envie dingue de la prendre, là, sur les marches.

Au-dessus de nos têtes, une porte claque et des voix résonnent dans le couloir du deuxième étage. Nous bondissons tous les deux loin l'un de l'autre. Inquiète, elle se mord les lèvres.

Non, non, pas ça!

Je m'avance vers elle et passe mon pouce sur sa bouche:

– Ne me tente pas plus, lui murmuré-je. J'ai une inauguration à faire.

– C'est toi qui m'as sauté dessus! réplique-t-elle tout bas.

Les pas se rapprochent du haut de l'escalier.

– À demain, mademoiselle MacNee, lui lancé-je en descendant les marches.

J'espère que mon ton sec lui remettra définitivement les idées en place. Il faut qu'elle arrête de me tenter comme ça. Pour évacuer la tension sexuelle qui court dans mes veines, je voudrais courir jusqu'à l'embarcadère où m'attend Alfio.

Mais un roi ne se comporte pas comme un adolescent en rut.

Sur mon quai privé, mon capitaine m'attend déjà dans le Riva Acquaviva de mes parents. Je l'ai fait restaurer l'année dernière, il est magnifique avec son bois lustré et son cuir brun; je ne pouvais pas le laisser pourrir dans le hangar à bateaux. Mon père aimait nous emmener à notre plage privée lui-même les dimanches où il n'avait pas d'obligations: des moments merveilleux en famille, malheureusement pas assez nombreux dans ma mémoire.

Nous filons à vive allure vers le musée de Strasa, situé sur le littoral à la sortie de la ville. Alfio, en général très loquace, ne me parle pas. Il me connaît depuis ma naissance, il sait quand il doit se taire rien qu'en me regardant. Et ce soir n'est pas un bon soir pour discuter sport.

Cette jeune étudiante a chamboulé ma constante sérénité. Pire : pour elle, j'ai transgressé mes inaltérables habitudes et je m'en veux. Mais ce n'est pas le moment de faire une introspection. Depuis des années, j'ai appris à me barricader en moi-même. Sur le tapis rouge bordé de poteaux à cordes, je marche vers l'entrée du musée avec un sourire de façade placardé sur mon visage de marbre.

Alors ce n'est pas une Écossaise de 23 ans qui va changer les choses !

La foule constituée de Karaniens et d'invités venus de toute l'Europe, triés sur le volet, m'observe avec curiosité. La sécurité leur a confisqué leurs appareils électroniques, les journalistes ne pourront venir à l'exposition temporaire qu'une fois que j'aurai quitté les lieux. Je sais que les paparazzis vont jusqu'à l'imprudence pour essayer d'avoir un cliché de ma tête, mais je suis extrêmement prudent, et j'ai le meilleur service technique ainsi que les meilleurs avocats qui soient pour effacer des photos volées, même si je suis bien placé pour savoir que rien ne disparaît vraiment sur le Net.

Je choisis avec minutie mes rares apparitions publiques qui se déroulent automatiquement en Karanie, jamais à l'étranger (obligations dévolues à Mark) et avec un nombre de personnes restreint comme ce soir. Je visite parfois des classes dans les écoles ou un service de l'hôpital, mais je ne participe pas aux grandes festivités ou aux galas. Par respect pour mon peuple, je ne peux décemment pas me cacher de lui en permanence.

Le commissaire d'expo et le conservateur du musée se tiennent debout devant les portes grandes ouvertes de la nouvelle aile, un savant mélange de parois en métal sculpté et de colonnes végétales. Œuvre d'un de mes grands amis, l'architecte américain Blake Parks, un génie de l'urbanisme. Mes parents avaient commencé à moderniser notre pays et je suis fier de perpétuer leurs actions, à ma manière toutefois. Ils avaient le sens de la communication, je hais toute forme de publicité.

L'exposition porte sur la place de la nature à travers l'histoire de mon pays. Elle devrait plaire à l'invitée de Mark.

Je me maudis d'avoir cédé à mes pulsions ; je ne veux pas… je ne peux pas la laisser s'insinuer dans ma tête, les conséquences pourraient être catastrophiques. À tous les niveaux. Pour mon équilibre mental et, par effet domino, pour mon royaume.

– Votre Majesté souhaite-t-elle de plus amples informations sur notre exposition ? me demande le nouveau conservateur, un type d'une trentaine années, parti faire ses études en France et qui a une réelle passion pour notre pays, d'où le fait que j'ai accepté sa nomination malgré son âge et son peu d'expérience.

– Non merci, lui réponds-je sèchement.

Ça ne servirait à rien, je n'ai quasiment rien écouté… Le pauvre est dépité par ma réaction un peu agressive, je me rattrape avec un ton plus rassurant :

– Votre exposition est très intéressante, monsieur Jurkovič. Vous avez fait un magnifique travail de recherche.

Merde et merde ! Concentre-toi, Darian, ou ta réputation de type irascible ne va pas s'arranger.

La plupart des habitants de mon pays ne comprennent pas pourquoi je suis aussi énigmatique. Je n'ai jamais rien expliqué et je ne le ferai jamais. Alors au fil du temps, des théories plus saugrenues les unes que les autres courent sur mon compte. Beaucoup pensent que je suis homosexuel. Tant mieux, ça m'arrange et même si c'était vrai, je ne m'en cacherais pas. J'ai des secrets bien plus graves à garder…

6

Elsie

Aloïse et Anne m'ont regardée, interloquées, courir jusqu'à ma chambre. Je leur ai lancé un :

– Envie pressante !

Avant de refermer vite la porte sur moi et de m'effondrer en boule sur le sol. La tête entre les jambes, j'essaie de me calmer mais rien n'y fait. Je tremble de partout. J'ai l'impression d'avoir été foudroyée. Qu'un éclair m'a traversée de part en part, explosant mon cerveau et mon cœur au passage. Je reste prostrée longtemps, à me remémorer le goût des lèvres du roi sur les miennes, un goût frais et sensuel, un goût qui restera gravé à jamais en moi.

Il me l'a dit ce matin, personne ne lui tire la langue impunément, il m'a promis qu'il me la mangerait si je recommençais. J'ai cru à une métaphore, presque à une blague bien que je ne pense pas qu'il sache en faire. Alors quand il a réellement tenu sa promesse, j'ai été si surprise que je suis restée paralysée. Mais de là à ce qu'il me donne le baiser le plus… Le plus quoi, hein ? Mon vocabulaire pourtant fourni se heurte à un vide linguistique. Son baiser m'a envoyée au plus près des étoiles, mon esprit est parti dans l'espace, j'y suis encore.

Je réalise que je suis toujours assise sur le parquet de ma chambre quand j'entends la troupe s'interpeller dans le couloir. Je me dépêche de me préparer : Mark nous a concocté une soirée sur le thème des pirates. Ce matin, j'ai pioché dans sa grosse malle le costume idéal, un pantalon corsaire en cuir rouge assorti à un gilet sans manches sur une ample chemise blanche. Un bicorne noir complète mon attirail. Avec mes cheveux courts, je pourrais passer pour un homme si ma poitrine n'était pas aussi voyante.

À mon arrivée, mes compagnons sont déjà tous devant la grotte, un verre à la main. J'ai descendu les quatre terrasses sans me presser, admirant ainsi le soleil orangé décliner par-delà les montagnes et respirant à fond les subtiles senteurs des fleurs des jardins : cette minuscule île est un paradis hors du temps. Je rejoins les autres avec un peu plus de sérénité dans mes neurones en vrac. Je décide de profiter de la soirée et de laisser de côté un mystérieux monarque blond. La grotte rococo est décorée de torches enflammées et de lierres tombants ; les tables sont dressées à l'entrée avec une vaisselle en bois, de grosses cruches en poterie remplies de vin et un cochon de lait en train de rôtir sur un tournebroche arrosé toutes les minutes par un maître coq. Repas champêtre version royale. L'odeur alléchante aiguise mon appétit.

– Tu as décidé de te saouler ce soir ? me demande Erling avec un regard de séducteur avide quand j'avale une deuxième bière.

Le roi m'a sauté dessus, j'ai besoin de déstresser !

Ouais, soyons logique. J'ai répondu à son baiser. Et pas qu'un peu ! Il m'aurait prise sur les marches que je n'aurais rien trouvé à redire…

Toute la soirée, Erling tente de m'entraîner dans sa chambre. Sauf que non, pas ce soir, ni aucun soir d'ailleurs. Pas ici, dans ce palais qui affecte mon raisonnement. S'il aurait pu être mon « dessert » pendant ces vacances, maintenant, impossible.

Le roi a marqué mes lèvres de son sceau.

Tard dans la nuit, bras en croix dans mon lit, les yeux sur le baldaquin à frange, je me repasse sans cesse la scène dans l'escalier. Incapable de m'endormir, je me tourne et me retourne dans mes draps froissés. J'ai ouvert en grand la baie vitrée et éteint la climatisation. Une brise chaude pénètre dans la pièce par les persiennes. L'odeur iodée de la Méditerranée me rappelle celle du roi. Beaucoup de filles seraient aux anges à ma place, mes « copines » de couloir par exemple. À l'exception bien sûr de Milly, qui a déjà son prince à ses pieds. En ce qui me concerne, cette situation m'énerve, je n'ai rien demandé à personne. Même pas à venir ici ! Mon objectif pour la fin de la semaine : esquiver le roi. Je m'endors sur cette bonne résolution, le drap sur la tête.

***

Vingt longueurs matinales ne changent pas mon humeur maussade. Je termine seule ma séance de natation. J'espérais quoi ? Que le roi me pourchasse tous les matins ? Je ne peux m'empêcher de regarder vers sa maison. Au fond de moi, je voudrais le voir apparaître derrière les saules pleureurs qui cachent en partie son habitation. Je scrute chaque fenêtre à la recherche d'un rideau qui bougerait derrière celles qui sont ouvertes, je regarde s'il sort par la rotonde ornant sa façade principale. Il n'y a pas que lui qui cherche des informations. Lorsque mon groupe et moi sommes allés à l'île d'Ice, nous avons contourné Letaspok et vu l'arrière de sa belle maison, perchée sur un éperon en saillie. Ainsi, de ce côté-là, il ne peut pas être exposé aux photographes impudents. Il a la phobie des photos. Contrairement à ma première impression, il est tyrannique à ce sujet pour se protéger mais pas pour emmerder les autres. Alors quelle est cette raison ?

Allez, Elsie, ça ne te regarde pas !

Pour le petit déjeuner, j'attends mes compagnons. Il me reste deux jours à tenir, je ne vais pas bouder mon plaisir d'être sur une île paradisiaque !

– Elsie, allons choisir nos robes maintenant, s'il te plaît, me demande Milly avec de grands yeux.

Les autres filles préfèrent attendre l'après-midi, mais elles ne connaissent pas assez mon amie : elle est capable de monopoliser le dressing jusqu'à la dernière seconde ! Ludwig nous ouvre les portes d'une salle située au-dessus de la salle à manger : des armoires aux battants moulurés couvrent presque entièrement les murs. Deux d'entre elles sont uniquement pour les robes de soirée, toutes plus belles les unes que les autres. Toutes neuves. Dans les tiroirs, des accessoires permettent d'orner chaque tenue. Plusieurs placards renferment des chaussures elles aussi neuves, qui provoquent des cris suraigus chez Milly : sous son lit, dans notre résidence, elle a entassé des dizaines de boîtes de chaussures qu'elle chine aux puces. Une addict des escarpins, cette nana. Moi, je préfère mes *sneakers*… Je soupire devant ces objets de torture : non seulement je souffrirai des pieds mais en plus, je ne sais pas marcher avec. Je fouille partout à la recherche de ballerines assorties au premier vêtement que j'ai chopé dans l'armoire, un truc jaune. Milly a enfilé une splendide robe bleu nuit. Elle effleure de sa fine main la délicate dentelle du bustier. Son émotion visible me pousse à la prendre dans mes bras :

– Prends celle-là, Milly. Elle te va à ravir. Mark va tomber à tes pieds ce soir.

Une larme coule sur sa joue, elle renifle puis court à son sac à main pour prendre un mouchoir.

– Je vis un rêve, Elsie. Nous n'avons pas eu le temps de parler ces derniers jours, mais si tu savais à quel point Mark est gentil !

Il est doux, prévenant et si galant. Je n'ai jamais rencontré un garçon aussi charmant. Oh, bien sûr, il est comme tous les mecs de son âge, parfois un peu fou, mais il ne dit jamais un mot plus haut que l'autre. Tu as vu comme il est poli avec son personnel ? Et puis, les Karaniens l'adorent. Ça veut bien dire quelque chose, non ?

– C'est un bon amant aussi ? lui demandé-je.

– Oh, arrête de te moquer de moi ! répond-elle en me frappant le bras.

Je grimpe sur un guéridon et croise les jambes, les mains sur mes genoux :

– Je veux tout savoir.

– Tu ne crois tout de même pas que je vais te raconter mes nuits avec lui ? s'offusque mon amie.

Je hoche la tête, hilare :

– Si, si…

Elle attrape une paire de chaussures puis s'assoit sur une jolie banquette tapissée de velours gris souris et bordée de franges dorées. Cette pièce au style très féminin est un vrai cocon, avec ses murs tendus de tissu rose poudré et blanc, ses miroirs en pied, ses causeuses et repose-pieds, et surtout la coiffeuse en bois sculpté dans l'alcôve. Toutes les filles rêveraient d'avoir un tel dressing. Sauf moi.

– Tu n'auras aucun détail. À part qu'il est fabuleux au lit.

– Tu as grimpé combien de fois aux rideaux, alors ?

Milly me balance un escarpin que j'évite de justesse. Ce dernier atterrit dans le gros pot d'un ficus, il trempe maintenant dans la terre humide. Nous éclatons de rire quand je le sors, dégoulinant d'eau.

– Tu expliqueras maintenant à ton cher prince que tu lui as bousillé une paire de chaussures à mille euros !

– Je ne crois pas qu'il sache ce qu'il y a dans ce dressing, tu sais. Il ne s'intéresse pas à ce qui se passe dans ce palais.

Je me rembrunis aussitôt : Mark non, mais le roi oui. Rien ne lui échappe. Milly et moi n'avons pas les moyens de rembourser notre bourde… Je prends le paquet de mouchoirs dans le sac de mon amie et m'évertue à nettoyer l'escarpin.

– Mais qu'est-ce que tu fais ? demande Milly. Ne t'inquiète pas, Mark ne dira rien. Je suis sûre que l'intendant aura une solution pour sécher cette chaussure sans l'abîmer.

– Peut-être que Mark ne dira rien, mais son frère oui.

– Son frère se fout complètement de ce que fait notre groupe. Il n'a prêté attention à aucun d'entre nous. Il a des soucis autrement plus importants à gérer ! Mark ne sait même pas s'il sera présent à leur gala annuel.

Je suis soulagée qu'elle n'ait rien remarqué des échanges entre le roi et moi, trop accaparée par son prince.

– Allez, range cet escarpin et occupons-nous de toi. Tu ne vas pas mettre cette horreur, elle ne convient pas à ton teint de porcelaine, dit-elle.

Je ferme les yeux, mon supplice ne fait que commencer… Pendant les deux heures suivantes, elle m'ordonne d'enfiler l'arc-en-ciel : une robe de chaque couleur. Pour finir sur une en mousseline vert impérial (selon les dires de Milly), très près du corps avec un bustier brodé de perles argentées dont les bretelles se nouent autour du cou. La fente latérale me permet de bouger sans me prendre les pieds dans la jupe longue. Surtout, avec, je n'ai pas besoin d'accessoire ou de bijou, sinon je ressemblerais à un sapin de Noël en plein été.

– Que comptes-tu faire avec Erling ? Il fait tout pour te séduire, il t'a même proposé hier soir d'être sa cavalière pour le gala d'anniversaire de Mark. Mais je te connais, tu es réticente. D'habitude, tu n'es pas du genre à dire non à un beau gosse, demande Milly pendant qu'elle essaie une millième paire de boucles d'oreilles.

De vraies perles, pas des breloques.

Je regarde par la fenêtre les autres qui discutent dans la cour intérieure. Ils sont tous très chics avec leurs vêtements discrets et chers. Ils élèvent rarement la voix, ne disent jamais de grossièretés même quand ils sont en comité restreint, pensent être supérieurs aux autres, tout en faisant croire qu'ils se mêlent volontiers au bas peuple. Eux sont de parfaits gentlemen et elles de futures belles-filles idéales, tous dignes de paraître devant la reine d'Angleterre.

Milly et moi sommes issues d'un milieu modeste. Mais mon amie mérite sa jolie histoire avec Mark, tandis que moi, je ne pourrais jamais supporter le poids d'un protocole.

Quand je me tourne vers Milly, qui attend ma réponse, transformée en princesse Disney sublime, je me force à ne rien lui confier de mes pensées révolutionnaires :

– Oui, j'ai accepté d'être sa cavalière tout simplement parce qu'il me fallait un cavalier pour le gala et qu'il me l'a gentiment proposé. Oui, il est beau gosse mais je ne ferai rien avec lui. Il est comte. Ça calme.

Pieux mensonge…

– Mais non, Elsie ! N'y pense pas ! Mark et moi n'avons jamais abordé le sujet de son titre. Nous sommes juste deux jeunes gens amoureux l'un de l'autre. Le reste est sans importance ! Ne te prends pas la tête pour un simple titre de comte.

Et pour un titre de roi ?

Elle se poste à côté de moi et un sourire béat illumine son visage à la vue de son prince qui plonge dans la piscine :

– Il est craquant, hein ?

– Ouais.

– Erling peut être un peu prétentieux, mais tu n'auras pas souvent l'occasion dans la vie de te taper un comte.

J'éclate de rire :

– Sur ce coup-là, tu me bats, tu te tapes un prince !

Ensuite, Milly ne tarit pas d'éloges sur Mark, je réussis même à obtenir d'elle qu'elle m'avoue pourquoi il est un merveilleux amant. Son bonheur éclaire ma journée. J'adore cette fille, franche, sincère et pas du tout guindée comme les pimbêches qui se pavanent dehors. Ouais, je pense surtout à Rafaëlla, celle-là me sort par les yeux avec ses grands airs, et je ne parle même pas de ses incessantes simagrées devant le roi ; elle m'écœure ! Et la petite voix dans ma tête me confirme que je ne supporterais pas qu'elle pose ses mains sur le roi.

Losh ! Je n'ai aucunement le droit de désirer une exclusivité sur le roi !

Notre choix enfin fait, Ludwig se charge de faire porter nos robes dans nos chambres. Ensuite, nous pouvons nous prélasser sous les parasols de la piscine. Répit de courte durée parce que Erling, Henrik et Gustav nous rejoignent sur les transats voisins. Ils sont pires que des filles, ils ne parlent que de jeux vidéo et de sport automobile. Bref, de trucs qui ne m'intéressent pas du tout.

– Bon, tu m'excuseras mais je dois aller me préparer pour le bal, indiqué-je à Erling qui tente de m'entraîner dans la piscine.

– Oui, il faut que ma cavalière soit éblouissante ce soir pour paraître à mon bras.

Losh, il me prend pour une BB crème qui rehausserait son teint ou quoi ?

Je m'éloigne à petits pas tant que je suis à portée de vue. Après, j'ôte mes chaussures et cours à travers les couloirs, devant des serveurs étonnés. Je ne supporte plus cet endroit, ces murs couverts de tissus chatoyants et de portraits de famille, ces lustres dorés, tout ce marbre veiné partout, je me sens à l'étroit sur ce minuscule îlot où l'omniprésence du souverain flotte dans chaque pièce. Mon pied est sur la première marche de l'escalier à balustrade lorsque la porte cachée pivote. Je ne suis pas d'humeur à papoter avec un roi. Tant pis pour mon impolitesse, je monte une deuxième marche.

– Mademoiselle MacNee!

Sa voix autoritaire exacerbe ma colère sous-jacente depuis ce matin. Je suis à cran et je n'arrive pas à mettre le doigt sur la raison de cette irritation grandissante. Bon, admettons que cela puisse avoir un rapport avec ce palais et son propriétaire. Troisième marche… J'ai eu ma dose aujourd'hui de types qui se pensent supérieurs aux autres.

Quoique celui-là, sa position de souverain l'autorise à y croire…

Le roi m'attrape par le bras et me fait redescendre l'escalier. Je tente de résister, mais il est trop fort et je n'ai pas assez de courage pour lui envoyer mon genou dans l'entrejambe. J'ai de l'éducation, quand même: on tranche la tête aux rois mais on ne les émascule pas, non?

Il me pousse derrière la porte qu'il referme d'un violent coup de main sur un digicode. Je me retrouve dans un drôle de couloir aux murs couverts de plaques de métal, qui descend en sous-sol, à peine éclairé par quelques spots dans le plafond. La pénombre ne me permet pas de voir le bout de la pièce, qui semble vide. Où est-ce que je suis?

Le roi me plaque le dos contre le mur froid. C'est quoi cet endroit? On dirait un bunker, nous n'entendons que nos respirations irrégulières. Mes vêtements mouillés me font frissonner au contact de l'acier. Ou de ce corps dur qui pèse sur moi?

– Tu as couché avec de Harsem? demande-t-il.

– Non, mais…

– Et tu ne le feras pas !

– Je vous demande pardon ? je m'écrie, agacée par son ingérence dans ma vie privée.

Non mais franchement, de quoi se mêle-t-il ?!

Ses longues mains viennent encadrer mon visage. En quelques caresses de ses pouces sur mes joues, le roi réussit à m'électriser.

– Tu ne le feras pas parce que tu sais très bien que tu as envie de moi autant que j'ai envie de toi.

Sur cette affirmation péremptoire mais ô combien juste, il me retourne et ma poitrine s'écrase sur le mur lisse. Pourquoi n'ai-je pas peur ? Je ne vois pas grand-chose, je devrais être terrifiée. Eh bien, pas du tout car je sens son souffle haletant dans mon cou, ses lèvres frôlent mon oreille et mon corps couvert de frissons d'excitation se met alors entièrement à sa merci, le traître.

Je ne bouge pas parce que bordel, je n'ai aucune envie de me rebeller ! Je veux juste ressentir, je veux qu'il me touche, je veux sa bouche partout sur moi, je veux sa peau contre la mienne, je veux qu'il assouvisse mon désir qui n'a fait que croître depuis le premier jour. Le roi n'existe pas à cet instant, il n'y a que l'homme qui me rend folle avec sa langue traçant un sillon sur ma nuque.

– Ta peau a un goût salé, grommelle-t-il avant de me mordre plusieurs fois le lobe de l'oreille.

Ma peau se hérisse sous la pression double de ses dents et de sa main qui frôle mon ventre sous mon tee-shirt. Soyons honnête, j'ai totalement craqué pour lui dès mon arrivée : il est si sexy, à rendre jaloux tous les mâles et à faire frissonner toutes les femmes. Le mystère qui l'entoure joue comme un aimant sur mon cerveau en perpétuel mouvement ; je me posais déjà des milliers de questions sur lui et là, un milliard d'autres s'entrechoquent dans mon esprit. Il ne se rend même pas compte de son charisme, il ne voit pas ce qui l'entoure, son regard paraît la plupart du temps perdu loin de ce monde. Maintenant, je voudrais voir ses yeux, voir s'ils brillent autant que lors de notre visite aux fouilles car là-bas, il était devenu un homme (presque) normal, les pieds sur terre et sensible à la beauté des lieux.

Mais je suis coincée face au mur, il est appuyé sur moi et en toute franchise, je ne veux pas changer de position, j'aime trop sentir son excitation contre moi. Son magnétisme peu commun a un côté sauvage qui détruit en moi toute volonté. Je suis même consentante pour un rapprochement plus approfondi au point que mes hanches se cambrent contre les siennes avant que mon cerveau ne leur en donne l'ordre.

Il tend sa main gauche vers le boîtier digital sur le mur. Le couloir est aussitôt plongé dans le noir absolu. Je ne suis pas effrayée, néanmoins je me raidis, déconcertée par la tournure des choses. C'est inexplicable mais il me désire, son érection contre mes fesses en est une preuve incontestable. Je suis dans le même état que lui, assoiffée de sexe. Triviale peut-être, comme réaction, mais mon excitation n'a jamais été aussi forte. Avec quiconque.

J'entends le bruit d'une boucle de ceinture qu'on défait, suivi de celui du plastique qu'on déchire. J'ai un éclair de lucidité quand il baisse son pantalon. Il est en smoking et il trimballe des préservatifs dans sa poche ? Où a-t-il l'intention de se rendre ce soir ? Ma question reste en suspens quand son sexe enflamme mon entrejambe avec des frottements très suggestifs. Je prends appui sur le mur avec mes coudes, pour assouvir, au moins temporairement, mon désir grandissant. D'une main experte, il déboutonne mon short qui descend sur mes pieds. Il écarte mon maillot de bain et atteint mon clitoris.

Losh ! Je ne peux presque plus respirer !

Je suis au bord de l'extinction, il s'amuse avec mon bouton, le titille de ses doigts habiles, le quitte pour revenir plus fort dessus. Putain ! Il sait jouer avec le corps féminin.

Oh, oui, il sait quoi faire avec mon sexe !

J'en redemande, je bouge sur sa main à la recherche de la délivrance. Mon souffle s'amenuise, je suis obligée d'aspirer de grandes bouffées d'air car le plaisir monte dans mes jambes, devient presque insupportable et…

Quand je suis au bord de l'orgasme, il retire ses doigts.

Non, pas ça !

7

Darian

– Je ne baise que dans le noir, lui murmuré-je dans l'oreille.

J'ai repris le contrôle, je ne baisserai plus ma garde comme l'autre jour quand je l'ai embrassée en pleine lumière dans le couloir. Je ne suis pas un détraqué sexuel aux goûts spéciaux qui cherche à assouvir des besoins de dépravé. Non. J'ai bien sûr des tendances de dominateur, mais qui ne le serait pas dans mon cas ? Je suis un roi régnant sur un pays minuscule avec les responsabilités de n'importe quel chef de gouvernement. En dix-huit ans, j'ai acquis une autorité que plus personne ne conteste.

Sauf elle.

Ou serait-ce moi qui lui ai montré une faille dans ma carapace ?

Mon envie d'elle est trop forte, je ne peux pas me maîtriser plus longtemps. Sous mes doigts, son sexe palpite autant que le mien. Elle halète à chaque passage sur son petit bouton, elle s'impatiente, tend son bassin vers ma queue rigide. Son souffle s'accélère de plus en plus, signe qu'elle est prête à jouir et moi aussi alors que je ne suis même pas en elle. Sait-elle à quel point les cris de plaisir qu'elle tente de retenir m'excitent ? Que l'odeur de son désir est un véritable aphrodisiaque ?

Les femmes que je fréquente habituellement sont plus mûres, plus expérimentées et elles doivent bien sûr accepter toutes les conditions imposées dans leur contrat : je ne les vois pas et elles ne me voient pas. Principe numéro un de ma vie. Elles ne sauront jamais qui je suis, mais moi, je connais leur nom, leur adresse postale, leur numéro de téléphone et même leur adresse IP. À cause de mes fonctions en tant que chef de gouvernement qui ne doit en aucun cas être impliqué dans un scandale, quel qu'il soit, je juge qu'une totale maîtrise de mes actes est indispensable. En toutes circonstances. Même pendant mes pratiques sexuelles. D'où le fait que je connaisse aussi parfaitement le comportement du corps des femmes. J'ai ainsi appris à discerner dans l'obscurité chacune de leurs réactions avec mes mains, ma bouche ou mon nez : je n'ai pas besoin de la vue pour savoir ce qu'elles veulent de moi.

Et puis comme ça, j'évite certaines questions auxquelles je refuse de répondre…

Et elle, elle me veut, c'est l'évidence même et l'inverse l'est aussi. Je lui refuse donc la jouissance sur mes doigts malgré ses protestations, elle aura son orgasme avec le mien. Le préservatif mis, je plonge en elle. Le choc du contact avec sa peau intime me force à entourer sa taille de mon bras et à prendre appui avec l'autre sur le mur. C'est si doux, là à l'intérieur, que ma respiration s'arrête net, c'est juste…

C'est juste parfait comme sensation.

Son sexe vibre sur ma queue qui gonfle encore plus. Elle a appuyé ses deux mains sur la paroi d'acier au-dessus de sa tête, elle se cambre et m'oblige à aller plus vite. Malgré la climatisation, la transpiration sur son épaule dénudée laisse sur ma langue un goût salé mélangé au chlore de la piscine. Hum, délicieux… Ma main glisse de son ventre à sa poitrine. Sous son maillot de bain, ses seins ronds se dressent, fermes et tendres à la fois. Je passe mes doigts en dessous du tissu pour caresser un téton. Le petit cri de plaisir qu'elle pousse intensifie mon appétit, je m'enfonce plus profond en elle. Nos respirations s'accélèrent ensemble, nos hanches remuent dans un rythme qui existe depuis la nuit des temps, celui qui nous dicte d'assouvir notre soif de l'autre. Son corps me happe complètement et m'entraîne dans un orgasme surpuissant. Et si inattendu, car euphorisant et apaisant à la fois. Rincé par l'effort violent que je viens de fournir, je m'écroule la tête dans son cou.

Elle reprend lentement sa respiration puis se tourne vers moi. Elle pose ses mains sur mes joues, je sais qu'elle ne voit pas puisqu'aucune lumière ne pénètre dans le bunker, pourtant j'ai l'impression qu'elle me regarde comme en plein jour, droit dans les yeux. Elle approche son visage et m'embrasse. Ce baiser est étrange, elle ne s'impose pas, elle ne veut pas non plus que je le fasse. Nos langues dansent un ballet lancinant et voluptueux. Elsie glisse ses mains dans mon cou et me masse doucement la nuque de ses pouces, m'envoyant un nouveau courant électrique dans le corps. Je n'ai jamais expérimenté ce genre de baiser, presque tendre.

Puis tout s'arrête net.

– Elsie ?

Les bras appuyés sur le mur de chaque côté de sa tête, j'ai parlé tout bas. Ce n'est pourtant pas la peine, le couloir est aussi insonorisé. Elle remue, je crois qu'elle arrange son soutien-gorge, puis elle se baisse et remet son short.

– Elsie ? Parle-moi.

Je m'inquiète maintenant. Ai-je commis une erreur de jugement ? Je n'ai jamais de ma vie forcé une femme, c'est contre mes principes bien que je connaisse beaucoup d'hommes de pouvoir qui ne se gênent pas. La nausée me prend soudain à la gorge quand je m'imagine être un de ces pervers qui pullulent, je suis bien placé pour le savoir.

Elsie pose légèrement ses lèvres sur le coin de ma bouche, ce qui me rassure quelque peu :

– Merci, c'était génial, Sire. Mais je dois rejoindre Milly pour me préparer.

Je me rhabille avec l'impression d'avoir reçu une gifle. Elle ne veut rien de moi. Une première dans la longue liste des femmes qui se sont succédé sur mon sexe. Elles veulent toutes obtenir des faveurs : elles savent que je suis riche puisque je fais appel à une agence qui ne recrute que les plus belles filles du monde, elles espèrent toutes que je leur dévoilerai mon identité. Ce qui est évidemment impensable vu ma position.

Elsie sait qui je suis. Alors pourquoi, quand elle referme la porte cachée derrière elle, ai-je la sensation qu'elle n'en a rien à foutre de moi, que j'étais uniquement là pour lui donner un orgasme ? Les mains dans ma tignasse blonde, j'arpente le couloir, les nerfs à fleur de peau, avec une forte envie de rebrousser chemin et de m'enfouir encore en elle pour lui montrer que c'est moi qui commande ici. Attendre 35 ans pour avoir une réaction d'ado est un comble, non ?

J'allume mon bunker et cours à la porte qui me permet de rentrer et de sortir de chez moi sans que personne le sache. À part ceux que je souhaite mettre au courant. Le couloir mène à mon bureau souterrain, une place forte avec des écrans d'ordinateur dernier cri sur un mur et des télévisions sur un autre. Elle me sert de quartier général sécurisé, en lien direct avec les différents services du royaume. Avant de monter dans ma suite royale pour changer mes vêtements souillés, je me lave les mains dans la salle de bains attenante à ma bibliothèque personnelle.

Ma femme de ménage a laissé les portes-fenêtres de ma chambre ouvertes, les rideaux en voile gris tirés volent à travers la pièce. Je bénis cette brise marine et respire à pleins poumons en étirant mes bras. Je m'accouderais bien sur la balustrade de la terrasse mais je ne peux pas m'exposer à d'éventuels paparazzis. Je ne m'affiche que dans les endroits sûrs. Je suis conscient que je deviens parano, Mark me le reproche d'ailleurs de plus en plus souvent. Il en a marre d'être la cible des journalistes, ils n'ont que lui à harceler, ils n'ont aucune prise sur moi. Oh, bien sûr, certains arrivent à voler des clichés de moi mais ceux-ci ne circulent pas longtemps sur le Net. En plus, je suis loin du monde depuis de très nombreuses années, si bien que je suscite peu l'intérêt des médias, sauf quand le nom de Mark ou de la Karanie surgit pour un quelconque événement. Or, je crains que mon pays ne soit rapidement au cœur de l'actualité…

Je soupire lourdement ; si Mark continue de voir cette Milly, les choses empireront pour lui. Ils lui tourneront autour comme des vautours. Nous en avons discuté hier soir : il veut la protéger parce qu'elle est sensible et émotive, il veut lui éviter les critiques trop désobligeantes.

Oui, eh bien, si elle tient à mon frère, il faudra qu'elle s'y fasse ! Qu'elle s'endurcisse. Elle n'a qu'à prendre exemple sur sa copine ! Un bloc de marbre brut… Mais du marbre de Carrare, blanc, pur et si doux au toucher.

Tout à l'heure, elle ne s'est pas totalement lâchée avec moi. Mon titre ne l'effraie pas, j'en suis à peu près certain. Mon habitude bizarre de baiser dans le noir absolu l'a peut-être empêchée de se donner vraiment. Elle m'a quitté si rapidement… Je le regrette. Elle doit être sublime quand l'orgasme la terrasse…

Bon, je ne le saurai jamais. Je ne baise jamais deux fois la même femme.

8

Elsie

Devant le miroir de la salle de bains, je tremble comme une feuille. Je suis livide, mes lèvres blanchies par la tension nerveuse sont presque invisibles. Mes jambes flageolent au point que je suis obligée de me retenir au meuble du lavabo. Je ne reconnais pas mon visage, je ne sais plus qui je suis.

Je viens de renier ma propre personnalité, je me suis livrée corps et âme à cet homme que je ne connais pas, je l'ai laissé me donner le plus puissant orgasme de ma vie telle une vulgaire *escort girl* ! Il a annihilé en moi toute volonté de me rebeller. Parce qu'en temps normal, aucun mec n'aurait eu le droit de me traiter ainsi, de me plaquer avec autorité contre un mur et de me prendre sans préambule.

Je frappe de mon poing le marbre froid. Je ne suis pas en colère contre lui, je suis indignée par mon comportement irrationnel. Ma fureur est tournée contre moi. Lui a pris uniquement ce que je lui ai donné. Il n'a même pas eu à demander, mon corps était marqué par un tel désir… Extrêmement violent et incontrôlable. Je suis loin d'être prude – Milly peut en témoigner, elle a vu quelques mâles défiler dans mon lit l'année dernière –, mais de là à baiser avec un parfait inconnu… Parce que bon, il est peut-être roi de Karanie mais je ne le connais pas !

Losh, Elsie ! Il ne t'a rien volé !

Soyons honnête : je ne lui ai opposé aucune résistance. Au contraire, même. Je lui ai offert mon sexe sur un plateau d'argent !

Je rouvre mes yeux et inspecte mon reflet.

Non, il n'est pas normal, rends-toi à l'évidence, Elsie !

Il est roi d'abord et un incroyable amant ensuite. Il dégage une sensualité à laquelle je n'ai pas pu résister.

Redescends sur terre, ma grande, jamais ça ne se reproduira !

Je pars demain pour ne plus jamais revenir ici. Je me le promets !

Mais ce qui me fait mal est qu'au plus profond de moi, je sais qu'il ne souhaite pas recommencer. Il prend, il jette. Ça se saurait s'il avait eu une petite amie officielle un jour malgré sa personnalité si énigmatique. Il a un appétit sexuel à satisfaire, je suis bien placée maintenant pour le savoir. Il est obsédé par son anonymat, d'où, à mon avis, cette curieuse habitude de baiser dans le noir. Elle confirme qu'il ne doit le faire qu'avec des filles de passage.

Ce que je suis.

Voilà pourquoi je me sens si mal. Pas parce qu'il m'aurait prise pour une pute, il a trop de respect pour les gens pour ça. Non : parce qu'à partir de maintenant, il m'ignorera. Il a obtenu ce qu'il voulait, il passera à autre chose alors qu'il a imprimé sous ma peau un affreux sentiment de frustration sexuelle, une envie incontrôlable de le sentir encore et encore. Envie que je ne pourrai plus jamais satisfaire.

– Elsie ? crie Milly dans ma chambre.

– Je suis dans la salle de bains, lui réponds-je en me déshabillant à la hâte.

J'enroule une serviette autour de mon corps nu et entrebâille la porte :

– Je prends ma douche et j'arrive.

Elle a déjà posé sa robe sur mon lit ; sa mallette de maquillage sous un bras et ses chaussures dans la main, elle est prête à me torturer.

– Non, mais tu n'es pas encore douchée ? Bon sang, Elsie, le gala est dans deux heures ! Je vais mourir avant la date prévue à cause de toi ! Tu es ma cause unique de stress, tu sais ça ?

– Je croyais que c'était Mark.

– Ah non ! Lui, au moins, il m'écoute. Je te l'ai dit, il a un don inné pour me relaxer. Allez, ferme cette porte et savonne-toi !

– Bien m'dame, lui crié-je une fois la porte refermée. Explique-moi, alors : c'est quoi le don de Mark pour te relaxer ?

– Bouge ton cul !

Si elle savait que le frère de son cher prince possède le même don que lui…

Je peux compter sur elle pour me changer les idées, en tout cas : papotage sur son prince, engueulade sur la couleur du rouge à lèvres, torture de coiffure (j'ai les cheveux courts pourtant !) et pour finir, câlins de félicitations. Y a pas à dire, avec une robe de bal haute couture et de jolis escarpins, n'importe qui peut se prendre pour une princesse. La preuve, je suis présentable ce soir. Quant à Milly, elle est toujours fabuleuse, avec un simple jean ou une tenue digne des contes de fées comme celle de ce soir ; Mark ne peut que se mettre à genoux devant sa beauté. Elle a relevé ses boucles blondes en un savant chignon tenu par une épingle en strass, son maquillage rehausse ses traits fins, sa démarche est digne d'un podium de Chanel.

***

Nous sommes attendus pour le dîner à dix-neuf heures tapantes, devant la salle de réception située au rez-de-chaussée de l'aile ouest. On y accède par quelques marches en marbre. Gigantesque, la pièce recouverte d'un superbe parquet en chevron de bois ciré est éclairée par des chandeliers muraux et des lustres en verre vénitien. Les tables rondes sont placées en quinconce, sauf la principale, rectangulaire, située devant la scène décorée de lourdes guirlandes de fleurs blanches et de tentures rouges. Une armée de domestiques attend, serviette au bras, le début du service. J'ai sauté dans un film d'époque.

Mark est déjà en place à notre arrivée. Il accueille les invités un par un, plus de deux cents, je crois. À la vue de Milly, son sourire devient étincelant, il est sous son charme et j'en suis ravie. Notre petit groupe est prié de se tenir à côté du prince pendant que les autres s'installent. Nous aurons le privilège d'être assis à la table d'honneur. Nos deux amoureux ne cessent de se jeter des coups d'œil. Ce soir, ils ne sont pas très discrets sur leur relation, mais ils savent ce qu'ils font, non? Enfin, je l'espère. Des personnalités de Karanie ou étrangères, des nobles bien sûr mais aussi des artistes, des politiciens ou des scientifiques sont présents à ce gala annuel, un prétexte pour faire se rencontrer des gens dont les intérêts convergent vers le thème de la soirée : l'économie et la santé publique, les sujets de prédilection de Mark et Milly. Ludwig annonce chaque personne d'une voix tonitruante, on se croirait revenus au temps de la monarchie absolue.

Oui, je suis bien dans un pays gouverné par un monarque qui m'a prise contre un mur trois heures auparavant. La température quoique élevée de cette fin juin n'est pas la cause de la subite transpiration qui perle dans le dos de ma robe, c'est de repenser à ses mains sur moi, sa bouche sur ma nuque…

– Elsie, nous y allons, signale Erling.

Il me sort de ma rêverie quand son bras glisse sous le mien. Nous sommes le dernier couple à nous avancer dans la salle. Les invités se lèvent soudain de leur siège comme un seul homme. Tous les regards sont braqués vers nous. Une seconde, je pense que mon string est coincé dans ma robe ou que mon eye-liner a coulé. La seconde d'après, je sais que les invités ne me regardent pas. Je le sens derrière moi. Il est là, dominant l'assemblée. Je tourne la tête en arrière vers lui, il a les yeux fixés droit devant mais serre les dents. Je ressens une petite pointe de satisfaction à l'imaginer aussi troublé que moi. J'en avale ma salive de travers, il émane de lui une force si fascinante qu'elle me cloue sur place.

Erling ne se rend compte de rien. Il descend une marche, pensant que je vais le suivre, mais mon attention est focalisée sur le roi dont je ressens avec beaucoup trop d'intensité la présence. Mon cavalier me tire en avant et à cause de ces escarpins de merde avec lesquels je ne sais pas marcher, je n'aurais pas manqué de m'étaler devant l'assemblée entière si le roi ne m'avait pas retenue par ma jupe.

– Elsie ! grommelle-t-il tout bas. Regarde où tu marches !

Je descends une marche, les épaules soudain contractées par la honte. C'est sa faute si j'ai failli m'écraser sur le sol ! Selon Milly, il n'était pas censé venir ! Donc pas censé me troubler autant ! Mon amie m'a persuadée cet après-midi que ce serait un souvenir mémorable.

« Un gala royal, tu te rends compte, Elsie ? Ce sera notre bal des débutantes ! »

Ouais… Ça commence mal. Je crois plutôt que cette soirée sera une catastrophe inoubliable. Erling continue d'avancer dans l'allée centrale, il se prend pour le roi. Il suffit de voir son torse bombé, son port de tête hautain et sa démarche lente et étudiée pour qu'on l'admire. Je lui sers de faire-valoir, j'en suis maintenant convaincue. Je ne suis pas moche, d'accord, et habillée avec des fringues hors de prix, je conviens à son standing. Pour Milly, j'éviterai toutefois de lui mettre les points sur les I façon MacNee. J'accélère le pas ; ma seule idée est de m'asseoir et que tout ça se termine. Vite.

Pourquoi est-il là, d'abord ?! Il devait être ailleurs, non ?

Ce n'est qu'au moment où j'arrive devant la table que l'horreur m'apparaît claire et nette. Milly me fusille du regard à la vue de ma mine déconfite. Elle ne comprend pas pourquoi, mais elle me connaît trop pour ne pas voir mon désappointement : je suis placée entre Erling et le roi, face à l'assemblée entière ! Pitié, qu'un extraterrestre m'enlève immédiatement, ou qu'un incendie se déclare, ou je ne sais pas, moi, qu'un tsunami me noie. Un truc qui m'éviterait de me retrouver entre ces deux-là…

Je m'assois le plus dignement possible, et le roi reste debout à côté de moi. Ses mains fines sur ses cuisses fermes, il est aussi raide qu'un piquet. Aucun muscle ne bouge, il a le total contrôle de lui-même. Sauf que…

Il a senti mes yeux consternés levés sur lui. Il remue son index gauche dans ma direction. Il veut que je baisse la tête. Dingue que je puisse le comprendre d'un simple geste. Je détourne donc mon regard vers les invités, avec un faux sourire sur mon visage. Je l'entends soupirer lourdement, il semble soulagé que je lui obéisse.

Silence complet dans la salle, chacun attend qu'il prenne la parole. D'une voix forte et maîtrisée, micro sans fil à la main, il commence son speech appris par cœur. Concis, structuré et très bien documenté, son discours est juste… parfait, adapté au thème de la soirée et valorisant pour son frère. Ma fascination pour lui augmente d'un cran, j'admire son intelligence et j'aime les liens qui l'unissent à Mark. Il ressemble à une boule à facettes, je n'en connais que quelques-unes mais je les apprécie – presque – toutes. Une en particulier.

Elsie, arrête ou tes joues vont s'enflammer en direct devant ces personnes illustres !

Vêtu d'un uniforme d'apparat, le roi s'assoit, et pas un pli de son pantalon noir ne se froisse. Même sa façon de poser ses fesses sur une chaise est empreinte du protocole. Jamais il n'est lui ? Quand il baise, selon sa détestable expression, c'est dans l'obscurité. En dehors de ces rares moments, donc, il ne se livre jamais en pleine lumière, à personne. *Losh*, quelle vie solitaire !

Sur la scène, l'orchestre composé d'une vingtaine de musiciens en tenue de soirée entame son concert avec une musique douce pour ne pas couvrir les conversations. Mark, à la droite du roi, chuchote à son oreille :

– Merci, Darian, de participer au gala. Tu sais à quel point il est important pour moi.

– Il était aussi important pour nos parents.

– C'est ce que tu m'as toujours dit, oui. Et merci aussi pour ton discours. Je ne te décevrai pas.

– Je n'en doute pas une seconde, petit frère.

– Tout est OK pour toi, ce soir ? J'ai fait réarranger la table comme tu voulais.

– Parfait, Mark. Merci.

Réarranger ? Ça veut dire quoi ça, hein ? Non seulement il n'avait à l'origine pas prévu de venir mais en plus, je suis persuadée qu'il a demandé que je sois placée à ses côtés ! Pour continuer à me torturer, sans doute ? Furieuse, je lui balance un coup d'escarpin dans la cheville. Il se tourne vers moi en sursautant sur sa chaise, les sourcils relevés :

– Que puis-je pour vous, mademoiselle MacNee ?

Je déteste son ton ironique !

– Rien, lui réponds-je, les dents serrées, mon regard orienté vers les invités.

Être la voisine de table du roi rend ma soirée nettement plus compliquée. Je voudrais que sa main s'aventure sur mon genou et remonte le long de ma cuisse, je voudrais l'embrasser dans le cou, juste là, au-dessus de sa veste d'apparat, je voudrais...

– Parfait. C'est tout ce que vous obtiendrez dorénavant de moi : rien, murmure-t-il si près de mon oreille que son souffle provoque une onde de frissons sur ma peau.

Argh ! J'espérais ne plus entendre cette voix autoritaire ! J'aurais même aimé ne plus le croiser jusqu'à mon départ !

Puis il se retourne vers son frère. J'avais raison, il m'a baisée vite fait, bien fait. Point. Il passe à autre chose. Je suis à la limite du régicide à cette seconde, je tords ma serviette brodée de son monogramme pour me calmer les nerfs. Une façon métaphorique de l'étrangler !

Par sa faute, mes émotions s'entrechoquent, toutes plus contradictoires les unes que les autres. Comment puis-je vouloir à la fois qu'il s'intéresse à moi et, à côté de ça, souhaiter qu'il me laisse tranquille ? Je suis illogique avec moi-même et je m'agace toute seule à chercher une raison à ma nervosité.

À présent, je doute que les changements de dernière minute me concernent : je n'ai aucune importance, ni pour lui ni pour mon autre voisin de table. Erling, qui discutait avec Rafaëlla, pose alors son bras sur le dossier de ma chaise et se penche vers moi :

– Cette soirée s'annonce inoubliable.

– C'est aussi l'avis de Milly, lui réponds-je, agacée.

– Pas le tien ?

Il est surpris par ma réaction teintée de réticence.

– Si, si, mais tu sais, je ne suis pas du tout habituée à ce type de soirées. Moi, c'est plutôt bières dans un pub avec une bonne *game pie*.

Sur mon dernier mot, je sens la cheville du roi s'enrouler à la mienne. Il me bloque la jambe contre le pied de ma chaise. À cause de ce revirement d'attitude improbable, ma salive se coince soudain dans ma gorge, je ne crois pas que je pourrai avaler mon entrée apportée par le serveur et pourtant appétissante. Erling me caresse l'épaule et le roi ma cheville tout aussi dénudée. Pourquoi ai-je choisi cette robe de malheur qui ne couvre qu'une partie de mon corps ? J'essaie de dégager mon mollet, mais mon royal voisin laisse échapper un soupir de contrariété. Le pauvre serveur qui lui apportait son pain recule immédiatement.

Merde, la soirée s'annonce longue entre eux deux… On ne peut même pas avoir une discussion convenable puisque nous sommes alignés en rang d'oignons tous les treize…

Attendez… Treize ?

– On ne peut pas être treize à table.

J'ai parlé tout haut.

– Tu es superstitieuse ? ricane Erling.

– Je suis écossaise, lui répliqué-je. C'est dans nos gènes !

– Il y a un quatorzième couvert, me précise mon voisin de droite.

Je le regarde puis aperçois à mon grand soulagement une place vide en bout de table. Le roi garde un visage impassible mais ses yeux… Ils me transcendent. Je me force à me détourner et à prendre une bouchée de la mousse de dorade sauvage. Je préfère discuter avec Erling, même si je ne respecte pas le protocole en tournant le dos à Sa Majesté.

– Tu n'es pas superstitieux ? lui demandé-je.

– Ah, non ! Je trouve ça stupide à notre époque, avec toutes les technologies et la science que nous avons, de croire encore à des trucs pareils !

– Mais tu respectes les traditions d'un autre temps.

– Ça n'a rien à voir ! Comment peux-tu comparer des traditions séculaires qui nous enseignent les comportements corrects à avoir avec des superstitions imaginées par des esprits dérangés pour nous effrayer ?

– La science n'explique pas tout, réponds-je, encore plus agacée. Certaines superstitions sont fondées sur des faits réels ! Alors que certaines traditions n'existent que pour nous obliger à être des moutons.

Soudain, un coup de talon sur mes orteils me fait serrer mes couverts. Je reste concentrée sur Erling qui ne remarque pas ma poitrine se soulever de colère. Sa Majesté a osé me rappeler à l'ordre ! En écrasant mon pied, en plus ! Je me mords la langue tout en conservant un sourire hypocrite.

Non, mais c'est quoi ce comportement pas du tout royal ?!

Et absolument déloyal puisque je ne peux pas répliquer. Je poursuis ma conversation avec le comte sur un autre sujet moins polémique : ses prochaines vacances en Californie. Dans un coin de mon cerveau, je retiens que le roi s'énerve facilement dès que quelqu'un remet en cause son foutu protocole ! Qu'il aille au diable !

Dans un ballet minutieusement chronométré, les serveurs débarrassent les assiettes en fine porcelaine puis le chef d'orchestre, dans un anglais impeccable, annonce la première valse avant le plat de résistance.

– Mademoiselle MacNee, dit le roi, sa main me montrant la piste de danse au milieu de la salle.

J'écarquille grand les yeux. Il déconne, là ? Il ne veut tout de même pas que je danse avec lui au milieu de ces étrangers ?

– Non merci.

Il se penche vers moi.

– La tradition veut que le roi danse la première valse avec son invitée placée à sa gauche.

Il se moque de moi, là?

– Je ne sais pas valser! lui réponds-je, totalement paniquée.

– Je suis un excellent danseur, vous n'aurez qu'à me suivre.

– Elsie, tu n'as pas le choix, intervient Mark, mécontent de mes réticences. C'est inscrit dans le protocole.

Protocole de merde!

J'ai une envie folle d'étriper les deux frangins, surtout quand l'aîné se lève et tend ostensiblement sa main vers moi, ne me donnant pas d'autre choix que d'accepter. Je l'attrape et me redresse d'un bond:

– Vous tenez absolument à vous payer la honte de votre vie? lui demandé-je à voix basse.

Sans répondre, il m'entraîne vers la piste et enlace ma taille tandis que sa main gauche soulève ma main droite.

– Suis-moi et tout ira bien, dit-il, pas trop fort.

– Ai-je le choix?

Il hoche la tête vers le chef d'orchestre qui attendait l'ordre royal de commencer à jouer. Il me maintient fermement avec son bras droit autour de mes reins. Je me laisse guider mais je vis un calvaire. Être au milieu de ces aristocrates et hautes personnalités est déjà difficile. Mais ce n'est rien comparé au fait d'être dans ses bras. Je suis en apnée, déchirée entre ma volonté de m'enfuir parce que je crains de ne pas respecter la distance de sécurité entre nous, et mon côté rebelle qui le bafferait volontiers pour m'obliger à m'exhiber devant tout ce beau monde! Il ressent ma tension et resserre son étau.

– Tu te moques que je sois roi, n'est-ce pas?

– Oui, lui réponds-je du tac au tac. Je déteste qu'on me force à faire quelque chose que je ne veux pas.

Il se raidit d'un coup, ses mâchoires se crispent si fort que j'entends ses dents grincer. Il ne s'aperçoit pas qu'il a ralenti le rythme alors je le pousse à continuer à danser. Il est blême.

Oh, merde ! Il a mal compris ce que je voulais dire !

– Darian, je ne parle que de la danse. D'accord ?

Oh, remerde ! Je l'ai appelé par son prénom ! Ça m'est sorti tout seul. Foutue bouche qui ne sait pas se taire !

Il ne relâche pas la pression mais il se penche sur moi.

– Je veux une garantie que tu ne diras rien à personne.

Je lui marche exprès sur le pied avec mon talon aiguille, il grimace de douleur. Chacun son tour, hein ? Je suis ravie.

– Dois-je prendre ça pour un oui ?

La musique s'arrête. Je recule d'un pas et lui fais une sorte de révérence.

– Foi d'Écossaise, oui.

Et je tourne les talons pour rejoindre au plus vite ma place. Je suis en sueur, éreintée et très ébranlée par ces longues minutes de danse. Pire que si j'avais fait cinquante longueurs dans une piscine olympique. Autre preuve que le roi me perturbe beaucoup, je n'ai pas remarqué que beaucoup de personnes avaient dansé à côté de nous et qu'elles revenaient s'asseoir. Mark et Milly se tiennent par la main. *Losh !* Avec ce geste, ils officialisent leur relation ! Pourquoi mon amie ne m'a-t-elle pas avertie de sa décision ? Je me relève et passe derrière sa chaise.

– J'ai besoin d'aller aux toilettes.

Elle comprend aussitôt le message et me suit. Une fois dans le couloir, je lui fais signe de venir dans le boudoir qui donne sur la cour nord et l'héliport, celui où le roi m'a menacée de me manger la langue. Je tremble de plaisir à ce souvenir – un peu masochiste, certes, car son geste était plutôt brutal. Je referme les portes et croise les bras.

– Quand avez-vous décidé d'officialiser votre liaison, Mark et toi ?

Elle rougit jusqu'à la racine de ses cheveux puis se précipite sur moi. Elle m'enlace, des larmes roulent sur ses joues. Je la repousse à bout de bras : elle rayonne.

– Pendant la valse, il m'a avoué qu'il m'aimait depuis longtemps et qu'il voulait le dire à tout le monde ! Elsie ! C'est le plus beau jour de ma vie ! Si tu savais à quel point je suis amoureuse de lui !

J'éclate de rire :

– Je le sais depuis trois ans, Milly ! Mais en toute franchise, je doutais des sentiments de Mark pour toi.

– Il attendait le moment propice pour me le dire. Je vis un rêve, Elsie. C'est… Je ne sais pas comment t'expliquer ce que je ressens.

Je l'enlace à mon tour :

– Tu n'en as pas besoin, je peux lire sur ton visage que tu es heureuse. C'est tout ce qui compte pour moi. Bon, maintenant, allons vraiment aux toilettes refaire ton maquillage. On dirait que tu fêtes Halloween.

Pendant que je lui ôte avec soin le mascara qui a coulé sur ses joues, je ne peux m'empêcher d'être inquiète pour elle. Elle vit dans sa bulle, leur relation ne peut pas rester telle qu'elle est maintenant ; les vacances se terminent demain et Milly a encore un an à faire à l'université. Mark travaillera ici dans une société créée par son frère et lui, d'après les quelques explications de mon amie hier. Il a les moyens de venir régulièrement à Oxford la voir, mais la réalité les rattrapera un jour…

Lorsque nous revenons à nos chaises, le plat de résistance, digne des plus grands palaces, est servi.

– La prochaine danse est pour moi, annonce Erling.

Ma main sur son poignet où brille un beau bouton de manchette en or, je lui accorde la danse; après tout, j'ai accepté d'être sa cavalière pour la soirée, je serais mal élevée si je ne dansais pas au moins une fois avec lui.

– Rafaëlla, m'accorderez-vous la prochaine danse? demande le roi à Miss Pouffiasse, voisine d'Erling.

Il a penché la tête, si bien que je peux à loisir observer son visage de près, sa barbe blonde (aux poils doux, ça, je le sais!), ses longs cils courbés (à rendre jalouse une femme), son nez aquilin, sa peau bronzée. Je ne suis pas près d'oublier ses traits parfaits. Cette constatation me laisse dans la bouche un goût amer d'inachevé qui rend acide mon filet de bœuf pourtant cuit à souhait. L'enthousiasme gênant de Rafaëlla finit de me dégoûter, je repousse mon assiette. La musique d'ambiance se termine et le roi se lève pour emmener la brune siliconée sur la piste de danse. Elle n'arrête pas de lui parler, elle se colle à lui sans vergogne. Une sangsue plantée sur des talons de quinze centimètres, moulée dans une robe rouge carmin que j'écraserais volontiers avec l'énorme lustre en cristal au-dessus d'elle. Erling me prend par la main et nous rejoignons la dizaine de couples déjà sur le parquet ciré. Son bras est léger sur mon corps, il me drague mais je ne ressens aucune des émotions que j'ai eues avec le roi. Il veut m'accrocher à son tableau de chasse, passer du bon temps pendant ces quelques jours. Sans plus. Je ne le lui reproche pas, j'ai souvent agi de la même façon. Mais c'est impossible pour moi de coucher avec lui, maintenant. Oh, pas parce que ce maudit roi me l'a interdit. Non, la raison réside dans ma culotte en dentelle noire: mon intimité refuse toute intrusion autre que celle fournie par Sa Majesté…

– Elsie, tu m'écoutes? m'interpelle Erling.

L'orchestre a repris la musique d'ambiance, des danseurs quittent la piste et je n'ai rien remarqué, perdue dans mes pensées.

Rafaëlla est toujours accrochée au bras du roi qui demeure stoïque face à son déferlement de paroles superficielles. Elle lui liste les personnes célèbres qu'elle a, selon ses dires, croisées à des réceptions mondaines.

– Oh, mais, Majesté, votre gala est bien sûr la plus belle réception à laquelle j'ai participé !

Connasse !

Le roi et Rafaëlla retournent à leur place à la fin de la valse. Elle jubile d'avoir dansé avec Sa Majesté et ne prête plus attention à James qui fulmine de son côté. S'il n'était pas aussi désagréable, je compatirais à son désarroi. Au contraire, je ris parce qu'il ne peut rien contre le charisme du roi, qui a toutes les femmes à ses pieds, je le lis dans le regard avide de celles présentes ce soir et je l'ai vu aussi dans celui du personnel féminin du palais. Elles baissent les yeux dès qu'il entre dans une pièce. Oh, pas par soumission, non. Mais par pudeur ou par embarras. Il intimide absolument tout le monde.

La chaise de mon royal voisin grince sur le noyer. Je me tourne vers lui : il discute avec son frère dans leur langue. Je ne comprends rien, néanmoins, son ton implacable me dit qu'il engueule Mark. Je ne vois que son dos très droit et ses larges épaules. Je remarque ensuite son poing gauche fermé posé sur la table. Il est tendu, malgré la façade calme qu'il affiche.

Le dessert débarrassé, le chef d'orchestre annonce l'ouverture de la piste de danse à la musique moderne ; notre petite troupe se regroupe au milieu, autour de Mark et Milly qui se démènent. Je n'ai jamais vu mon amie aussi déchaînée, son bonheur se lit sur son visage. Même Aloïse se laisse entraîner par notre folie, elle drague enfin Henrik et j'adore la tête morose de Pouffiasse Numéro Deux, Anne, qui essaie de s'immiscer entre eux. Je me trémousse comme une dingue avec Aloïse et ma meilleure copine, les garçons nous encerclent en riant. Je crois que nous avons tous bu un peu trop de champagne, mais merde ! Que ça fait du bien de s'éclater et de se dire qu'aucune révision ne nous attend ou qu'aucun examen n'est à préparer. Ou d'oublier quelques instants un certain souverain au regard intense. Un sentiment de liberté s'est emparé de moi. En définitive, je me sens bien sur ce rocher.

9

Darian

Je me verse un autre verre de vin rouge d'Ice. Je prendrais bien une double vodka mais je ne peux pas en public. Je n'ai pas ressenti d'émotions aussi fortes depuis… Depuis le massacre de ma famille, j'ai blindé mon cerveau. Je n'ai pas eu d'autre choix que de me protéger, pour ne plus ressentir cette abominable douleur qui ravage mes tripes à chaque fois que j'y pense. J'ai aussi enfermé Mark dans mes murs d'acier pendant longtemps, je suis conscient d'avoir freiné l'enthousiasme inné dont il a hérité de notre mère. Je n'ai pas su faire autrement. Je me suis retrouvé à 18 ans sur un trône qui ne m'était pas destiné et avec un enfant à élever.

Seigneur ! Et cette étudiante écossaise a réussi à pénétrer dans le coffre-fort qu'est ma tête ! Elle danse au milieu des autres, beaucoup trop près à mon goût de Harsem qui la colle en permanence. S'il n'était pas un ami proche de Mark, je l'aurais volontiers expulsé de Karanie depuis le premier jour où ses yeux de prédateur se sont posés sur elle. Mon instinct de protection s'applique aussi à mes invités, pas uniquement aux habitants de mon royaume. Au point que j'ai décidé à la dernière minute de participer au gala. J'évite en général ce genre de frivolité qui m'ennuie par les platitudes énoncées mais ce soir, l'événement tenait particulièrement à cœur à mon frère. Puisque c'est son anniversaire, il en a choisi le thème et ses meilleurs amis sont présents.

Mieux vaut que je me convainque que ma présence concerne uniquement le bien-être de mes hôtes, sinon cela signifierait que mon attirance pour elle a atteint la limite susceptible de me faire basculer dans une nouvelle obsession… Et ça, ce serait beaucoup trop dangereux pour mon psychisme. Et par conséquent, pour l'équilibre de mon royaume. De plus, je n'ai pas une seconde à consacrer à une femme, aussi excitante qu'elle puisse être.

Comme les autres convives, je reporte mon attention sur mon frère et Milly Watson ; ils forment le plus joli couple de la soirée, encadrés de leurs amis soudés autour d'eux. Pourtant, je ne vois qu'*elle* avec sa silhouette tout en courbes, sa jambe découverte par sa jupe vert sombre fendue jusqu'en haut de la cuisse et ses bras levés qui font se redresser sa poitrine appétissante. Elle est inconsciente des regards posés sur elle, sa nature libre rayonne autour d'elle et son corps affriole tous les mâles. Moi compris. Je transpire dans la veste de mon uniforme : je ne devrais pas, il y a la climatisation ici. Non, c'est elle. Elle me donne chaud et ma queue la réclame.

Ma tête aussi.

Putain de merde ! Je la veux !

Elle me voit la fixer. Nos yeux plongent dans une même bulle hermétique à tout ce qui nous entoure. Elle sait. Elle sait que je la désire comme je n'ai jamais désiré aucune femme. Qu'elle lise en moi me contrarie beaucoup. Peu de personnes me connaissent suffisamment pour interpréter mes messages non verbaux, je suis en principe d'une neutralité parfaite.

Elle, elle a trouvé la faille dans ma forteresse. Je ne peux pas me permettre de déroger aux règles que je me suis fixées il y a dix-sept ans, il faut que je m'éloigne d'elle. Je repousse ma chaise, je dois de toute façon discuter avec Mark du gros problème qu'il vient de créer. Je m'avance jusqu'à la piste de danse pour lui demander de me suivre, mais Rafaëlla m'attrape par la main. Je la retire aussitôt : personne ne peut me toucher sans ma permission ! Mon regard hostile la fait reculer aussitôt.

– Je suis désolée, Sire, balbutie-t-elle. Je voulais juste savoir si vous vouliez danser avec moi ?

Je ne lui réponds pas tout de suite. À côté d'elle, Harsem a enlacé Elsie qui s'est collée à lui. Je déteste voir les mains du comte sur elle, elles sont même beaucoup trop bas sur ses fesses à mon avis. Elsie oblige son cavalier à pivoter, elle me fait face maintenant et me regarde droit dans les yeux. Elle me nargue, cette petite garce !

– Volontiers, comtesse de Luboń, réponds-je à Rafaëlla, le bras autour de sa taille.

J'ai insisté sur le titre de la perruche siliconée, ça la flatte mais surtout Elsie m'a entendu. J'ai besoin de mettre de la distance entre nous deux, même si cela signifie que je dois jouer sur la hiérarchie sociale.

Moi roi, toi roturière.

Oh, Seigneur ! Je hais faire ça, je n'ai jamais montré du dédain envers quiconque ne le méritait pas, mais je n'ai que cette idée pour l'éloigner de moi. Mes mots portent leurs fruits mais ont un goût amer : la petite Écossaise entraîne son compagnon de l'autre côté de la piste.

La musique un peu trop langoureuse donne des idées à ma partenaire qui se presse contre moi. Menton relevé, regard hautain qui balaie la salle, elle babille sans cesse et je l'écoute à peine. Elle est enchantée de danser une deuxième fois avec moi. Je retiens un rictus ironique, ce n'est pas elle que je veux serrer dans mes bras mais sa copine de vacances au visage boudeur. Lorsque – enfin ! – « Despacito » résonne, je me libère de la glu. J'attrape Mark par le bras.

– Suis-moi, nous devons parler, lui ordonné-je en karanien.

Il m'obéit. Toujours. Mais je sens que cette fois, il m'enverrait volontiers balader, il sait pourtant pourquoi nous devons discuter, lui et moi. Nous sortons par une des portes-fenêtres qui s'ouvrent sur la longue terrasse en surplomb de l'embarcadère. De là, la vue sur Strasa est imprenable. J'aime mon pays et ce soir, le panorama sur les lumières de la ville est splendide. Je suis fier d'être le roi de cette nation, petite certes, mais si dynamique. Nous descendons par l'escalier en marbre jusqu'au quai : je ne veux pas d'oreilles indiscrètes autour de nous.

– Je suppose que tu veux me parler de Milly, attaque direct mon frère.

– Oui. Tu aurais dû me dire que tu souhaitais officialiser ta liaison avec elle. D'autant que je trouve ça un peu prématuré !

Mark croise les bras, les mains sous ses aisselles : notre père faisait toujours ça. Il ne le sait pas mais j'ai un coup au cœur en le voyant répéter ce geste. Mon père me manque. Tous les jours...

– Je connaissais tes arguments pour me convaincre de patienter, dit Mark. Tu veux tout régenter ! Mais pas cette fois, Darian ! Je sais, je t'ai pris de court. Mais je n'avais pas le choix, tu m'aurais empêché de le faire.

– Oui. Parce que ce genre d'annonce se prépare à l'avance, Mark ! Le service communication s'arrache déjà les cheveux, vous n'avez pas toujours été discrets tous les deux cette semaine.

– Ludmilla m'a déjà appelé pour que nous fassions des photos officielles.

Ludmilla est la directrice de notre service communication. Je suis un casse-tête pour elle alors si Mark s'y met, elle risque de démissionner et je la regretterai, son efficacité et sa discrétion hors pair sont irremplaçables. Je fais les cent pas sur le ponton, les mains derrière le dos : je dois, encore et toujours, prendre des décisions.

– À la première heure demain matin, vous faites ces photos et vous me pondez un texte d'informations pour le relayer à tous les médias. J'espère que tu as préparé ta copine, parce qu'elle ne sait pas quel merdier tu as enclenché !

– Arrête de me prendre pour un idiot, Darian ! Et surtout, ne t'avise pas de la prendre, elle, pour une idiote ! Nous en avons longuement discuté. Elle a conscience qu'en revenant chez elle ou à sa résidence à Oxford, elle sera cernée par les journalistes. Mais nous engagerons un service de sécurité pour qu'elle puisse continuer le plus sereinement possible ses études.

– Tu as déjà pensé à tout, on dirait… Tu l'aimes vraiment, petit frère ?

Mark s'appuie sur la rambarde du ponton et observe le clapotis des vagues. Il sourit.

– Je l'ai appréciée dès le premier jour de notre rencontre. J'ai d'abord aimé son intelligence, sa discrétion, sa gentillesse. Elle est posée, bien élevée.

– Tu peux aussi me dire qu'elle est très belle, tu sais.

– Ah, ah. Ça aussi, bien sûr. (Mark rayonne de joie.) Elle est la plus belle femme que j'aie jamais vue ! Plus je passais du temps avec elle, plus j'admirais ses qualités. Mais j'ai compris que j'étais amoureux d'elle en mars. La fin de l'année approchait et je me disais que je ne la verrais plus. Moi, j'allais être ici et elle à l'université.

Mon frère se tait un instant puis il tourne son regard vers moi.

– Tu crois que maman l'aimerait ?

Une boule se forme dans ma gorge. Je voudrais lui dire que je n'en sais rien, qu'elle est morte sans me laisser de mode d'emploi sur l'éducation d'un petit frère. Qu'elle me manque encore plus dans ces moments-là où Mark a besoin d'un conseil maternel. Pas celui d'un frère qui ne connaît strictement plus rien à l'amour.

– Milly me semble être une personne raisonnable et bienveillante. Maman l'aurait adorée, lui réponds-je avec une accolade pour le rassurer.

Je crois.

Je me reprends quelques secondes, mes préoccupations royales étant désormais profondément ancrées dans mon cerveau.

– Alors demain, huit heures, dans la salle du trône pour les photos. Neuf heures, débriefing avec Ludmilla, Milly et toi dans mon bureau du palais.

Je ferme les yeux, l'esprit soudain traversé par une angoissante illumination.

– Et avertis Elsie MacNee. Elle aussi doit être au courant des procédures puisque Milly et elle habitent ensemble.

– Oh, merde ! Je n'avais pas pensé à Elsie ! s'exclame Mark. Oui, tu as raison, mais je lui dirai demain matin, je n'ai aucune envie de me pourrir la soirée. Cette fille est une vraie casse-couilles !

Pas vraiment, non… Elle aurait plutôt tendance à me les gonfler…

Exactement l'effet qu'elle a sur moi quand nous revenons dans la salle de réception : elle se déhanche avec la copine de Mark sur la chanson « Happy » de Pharrell Williams et ses jolies fesses remuent en rythme tandis que sa belle jambe galbée se dévoile à chaque mouvement. Ma pomme d'Adam se coince une seconde dans ma trachée : elle seule, parmi les très nombreuses jolies femmes de la soirée, aiguise ainsi mes sens. Mark rejoint Milly mais je reste à la porte-fenêtre à observer les invités s'amuser. Je suis incapable de les imiter, pourtant, quand je regarde Elsie, je voudrais me coller à elle et sentir son corps bouger contre le mien au son de la musique. Je me suis toujours refusé ce simple plaisir et aujourd'hui, mon cerveau – ou, soyons honnête, mon sexe – ne demande que ça : la tenir dans mes bras.

Un léger coup de vent marin me ramène sur mes pieds. Mon garde du corps est exposé dans mon dos ; en cas d'attaque, il recevrait une balle à ma place. Alors je rentre dans la pièce, je ne connais que trop la douleur d'avoir les chairs déchirées par un tir... Je force donc mon esprit à rester ancré dans la réalité.

Non, mais elle veut quoi ?

Elsie penche sa tête sur le côté plusieurs fois : elle m'invite, pas discrète, à la rejoindre sur la piste de danse ! Je secoue la tête. Elle plaisante ? Il n'en est pas question ! Ses yeux verts se froncent et elle plisse la bouche en une moue charmante. J'avale ma salive plusieurs fois parce que cette fille me fait tourner chèvre ; elle n'a aucune considération pour mon statut royal ! C'est déplorable. Je fais volte-face.

– Je retourne chez moi, signalé-je à mon garde du corps qui m'emboîte le pas à travers le palais jusqu'à la porte blindée.

Mon départ ne gênera personne, les invités étant déjà ravis, à mon avis, d'avoir eu l'honneur de ma courte présence. Le poids sur mes épaules s'évapore une fois que je suis arrivé ; ma maison est mon refuge physique et mental, nul n'a le droit d'entrer à l'exception des femmes de ménage, de Janov et de Mark.

***

Tous les jours, toute l'année, mon réveil sonne à six heures. Mon rituel est immuable : mon petit déjeuner se compose d'un café, d'un toast et d'un fruit frais, puis de quelques longueurs dans ma piscine intérieure. Après m'être préparé, je me mets à mon bureau personnel jusqu'à neuf heures. Aujourd'hui, l'activité sur mes écrans est calme. Je déstresse un peu car la semaine dernière a été très chargée, j'ai peu dormi et la proximité de la petite Écossaise n'a pas arrangé les choses ces derniers jours. Je quitte mon repaire pour mon autre bureau, officiel celui-là, que j'utilise afin de régler les affaires de mon pays. Il se situe dans la partie en prolongement de l'aile est.

Lorsque j'arrive à ma porte personnelle, le planton se met au garde-à-vous. Ma secrétaire se lève à mon entrée. Bilka était d'ailleurs la secrétaire de mon père ; elle part à la retraite l'année prochaine et son remplacement me prend déjà la tête. Elle connaît tous les membres du gotha européen, leurs arbres généalogiques et des centaines de petits détails sur chacun, qu'elle a commencé à consigner sur un fichier pour son successeur.

– Bonjour, Bilka.

– Bonjour, Votre Majesté. Ludmilla m'a dit qu'ils arrivaient dans cinq minutes.

– Bien. Faites-les entrer dès qu'ils sont là.

Cette pièce n'a pas changé depuis plus d'un siècle, mon père tenait beaucoup à ce qu'elle demeure ainsi pour rappeler aux visiteurs que la dynastie Von Karan possède des racines anciennes et qu'elle règne toujours sur notre petit pays. Son portrait est accroché derrière moi ; je sens son regard posé sur mes épaules à chaque fois que je m'assois à mon bureau en ébène et bronze doré signé Boulle, et tous les jours, j'essaie d'honorer le mieux possible sa mémoire. Néanmoins, malgré ces longues années passées sur le trône à sa place, je sais que je ne lui arrive pas à la cheville. Il devrait être ici, il n'aurait pas encore atteint l'âge d'abdiquer…

Seigneur, qu'il me manque !

Seuls mes trois ordinateurs tranchent avec les décors moulurés et les plafonds peints. Bilka a déjà posé les dossiers du jour devant mon clavier. J'ai dû modifier mon planning d'aujourd'hui à cause de Mark et de son amourette. Comment peut-il être si sûr de ses sentiments à 24 ans à peine ? Il est bien trop jeune pour s'attacher à une femme, même si celle-ci semble lui correspondre en tout point. Je n'ai pas eu le temps de me faire une opinion sur elle. En revanche, sur sa copine, oui… Grrr ! Je dois me concentrer sur Milly, car au vu des forts sentiments de mon frère, elle risque de devenir ma belle-sœur un jour.

Je ne suis pas enchanté, je dois l'avouer. Pas que je ne l'apprécie pas, mais elle serait la première personne à entrer dans notre intimité familiale si restreinte. Mark et moi avons créé notre propre univers, soudés par le drame qui nous a tant meurtris. Je me doutais que ce jour arriverait, mais pas si tôt. Quoique… Notre dynastie sera peut-être plus vite assurée ainsi. Mark et sa descendance sont appelés à régner, je serai content de transmettre à mes futurs neveux ou nièces mes connaissances tant que je suis encore assez jeune.

Quelqu'un toque à la porte, je reconnais le tintement discret de Bilka.

– Entrez !

Je m'avance au milieu de la pièce pour accueillir mes interlocuteurs. Ludmilla pénètre dans le bureau en premier, les bras chargés de documents, puis suivent Mark et Milly. Je fronce les sourcils parce qu'*elle* n'est pas là.

Elle le fait exprès, ce n'est pas possible !

Elle arrive en courant derrière son amie. Avec une tête contrariée. Cette fille est un livre ouvert, toutes ses émotions s'impriment sur son joli minois et celle du moment m'est directement destinée : elle ne veut littéralement pas me voir, ses yeux balaient la pièce puis reviennent sur ses tongs. Des tongs ! Elle continue de me narguer en se présentant devant moi en tenue de plage.

Elle a de jolis pieds aussi, avec des ongles rose fuchsia.

Seigneur ! Elle a le don de me distraire de mes obligations ! Voilà aussi la raison principale de mon refus d'avoir une vraie petite amie : j'aurais été détourné de mes responsabilités.

Revenons à mes deux amoureux.

Milly a revêtu un tailleur classique et ses cheveux sont relevés en un savant chignon. Parfait pour les photos. Je comprends pourquoi Mark est fou d'elle, elle possède une élégance naturelle qui la rend sublime et elle est très intelligente.

– Vous êtes ravissante, Milly, la salué-je, la main tendue.

– Merci, Votre Majesté, répond-elle d'une poigne ferme.

Elle a du caractère, ce qui est une bonne chose. Sa timidité n'est en revanche pas un atout pour ce qui l'attend, ses joues s'empourprent à chaque fois que je lui adresse la parole.

– Ludmilla, où est le photographe ?

– Il est dans la salle de réception, Sire. Il prépare son matériel.

– D'accord. Mark, je veux voir les photos avant que vous ne choisi…

Mon regard n'aurait pas dû se poser sur la copine, elle a une moue désapprobatrice significative : elle se retient de parler en se mordant l'intérieur de sa bouche.

– Mademoiselle MacNee, auriez-vous quelque chose à dire, par hasard ?

Surprise par ma question, elle redresse la tête et sent le regard des autres sur elle ; Mark est irrité et Milly panique, mais elle respire un grand coup et me fixe sans peur.

– Votre salle de réception est magnifique, je l'admets, mais elle ne correspond pas à l'image que devraient donner Mark et Milly.

– Mais nous souhaitons conserver nos traditions, intervient Mark.

– Oui, je sais. Pour des photos de fiançailles officielles, je serais d'accord mais là, vous officialisez seulement votre liaison.

Vous êtes un couple moderne, jeune, plein d'entrain. Essayez de trouver un compromis.

– Et que suggérez-vous ? lui demandé-je en levant la main vers Ludmilla pour lui intimer l'ordre de se taire. Elle est prête à exploser parce que cette petite étudiante écossaise ose prendre sa place.

Elsie m'amuse et j'avoue, peu de choses m'amusent dans la vie.

Elle s'approche de la porte-fenêtre, je sens l'odeur de la piscine quand elle passe à côté de moi. Elle s'est encore levée tôt pour aller nager, je le sais, je l'ai observée de chez moi. Oui, je suis sur une mauvaise pente.

– Là-bas, c'est pas mal, dit-elle en montrant la terrasse de l'héliport. Vous avez le panorama sur la ville avec quelques immeubles en acier et verre pour le côté moderne, en plus de la mer, des palmiers et de la montagne. Et pour le côté traditionnel, un coin du palais avec la balustrade en marbre devrait faire l'affaire.

Elle se retourne vers nous, qui restons silencieux. Elle hausse les épaules et revient se placer derrière Milly en grommelant :

– Ouais, c'était juste une idée.

– Intéressant, prononce Ludmilla qui s'adresse ensuite à moi. Sire, dans la précipitation, nous n'avons effectivement pas pris en compte tous les paramètres de la situation. Mlle MacNee a peut-être raison.

– Je préfère aussi, soupire Milly, très soulagée. Mark ?

Mon frère attend mon approbation.

– Sur ce coup-là, tu prends seul les décisions, Mark, lui déclaré-je. Cela concerne votre relation à tous les deux mais si j'étais vous, j'opterais aussi pour la terrasse. Les arguments de Mlle MacNee sont convaincants. Toutefois, avant de publier ces photos, réfléchissez bien tous les trois aux conséquences.

– Quelles conséquences ? m'interrompt Elsie.

– Ces photos vont paraître dans la presse et vous serez tous pourchassés par les paparazzis ! m'exclamé-je, agacé. Les journaux du monde entier se rueront sur vous pour des interviews et vous, mademoiselle MacNee, serez peut-être aux premières loges, parce qu'ils se permettront de vous harceler jusque chez vous alors qu'ils prendront un minimum de précautions avec Milly.

Je la vois se décomposer d'un coup. Elle s'assoit sur un fauteuil, sans y être invitée, et plonge la tête dans ses mains. Elle masse ses cheveux courts plusieurs fois puis elle se relève d'un bond.

Une vraie pile électrique, cette fille !

Elle se plante devant Mark et Milly, mains sur les hanches.

– Vous auriez pu m'avertir des conséquences !

– Je pensais que tu y aurais pensé toi-même, murmure Milly, déconcertée.

– Entre hier soir et ce matin ? Non, figure-toi. Et à propos, nous avons renouvelé notre bail, tu veux toujours loger dans notre appart au moins ?

– Oui, bien sûr ! s'insurge Milly. Je compte d'ailleurs sur toi pour m'aider à supporter cette année qui risque d'être très mouvementée.

Milly jette un coup d'œil à Mark qui sourit de toutes ses dents, j'admire leur complicité. Elsie grimace devant tant de démonstrations amoureuses puis tire la langue à sa copine en riant.

Il faut qu'elle arrête de faire ça !

À chaque fois, un puissant courant électrique me traverse et me donne une violente envie de la dévorer. Je contracte tous mes muscles pour me contrôler et conserver une façade neutre, exercice mental et physique compliqué que je faisais régulièrement au début de mon couronnement et qui, au fil du temps, s'est avéré inutile car je maîtrise dorénavant très bien mes pulsions, quelles qu'elles soient.

Jusqu'à ce qu'elle débarque au palais et que je veuille la coucher sur mon bureau !

– Tu sais bien que jamais je ne te laisserai affronter ces connards seule ! s'exclame Elsie.

Elle enlace son amie affectueusement après m'avoir lancé un coup d'œil moqueur. Elle sait pertinemment jouer avec mes nerfs et ça l'amuse !

Ludmilla me distrait en allant chercher le photographe et Mark emmène Milly sur la terrasse arrière. Je me retrouve seul avec elle et ma tension déjà haute par sa faute augmente en flèche... Sur le pas de la porte-fenêtre, elle évite de me regarder, se concentrant sur le couple dehors. Je me poste juste derrière elle et respire son odeur. Elle se crispe aussitôt.

– Ne recommence pas, lui intimé-je à voix basse, bien que personne ne puisse nous entendre.

– Quoi donc ?

Elle ne se retourne pas, elle s'obstine à regarder la terrasse. Je serre les poings, mes mains me démangent de ne pouvoir la caresser en pleine lumière.

– Ne tire plus la langue devant moi.

Elle pivote sur ses talons et je découvre son visage hilare.

Elle me nargue !

– Sire, vous n'aimez déjà plus ma langue ?

– Elsie ! grogné-je de frustration. Ne joue pas avec mes nerfs ou je te fais expulser !

– Pas besoin d'ameuter ta police, nous partons dans deux heures.

Instantanément, mon corps se relâche. Elle s'en va, oui. Je n'aurai plus cette intolérable pression que je ressens depuis son arrivée à Letaspok. Je pourrai à nouveau vaquer à mes occupations sans l'imaginer nue et offerte à quelques mètres de moi.

– Relax, je ne dirai à personne ce qui s'est passé entre nous. Promis, juré, affirme-t-elle en simulant une fermeture Éclair sur sa bouche.

Ensuite, elle part en courant vers mon frère et sa copine. Elle porte une robe jaune paille dont le tissu léger dévoile ses courbes sensuelles. Je suis capable de me les remémorer par cœur, elles sont inscrites dans mon cerveau et dans mes doigts qui s'enfoncent dans ma paume. Je ferme la porte-fenêtre en même temps que je ferme mon esprit à toute pensée érotique la concernant. Mon problème d'aujourd'hui est autrement plus important : mon pays a fait monter les enchères de son extension Internet «.ka», très recherchée par les médias, pour augmenter nos bénéfices. Les sommes engrangées depuis dix ans peuvent paraître dérisoires, mais pour une nation aussi petite que la nôtre, elles permettent à mon gouvernement de garantir des services essentiels à notre population. Ajoutez à cela les revenus de ma propre société et des succursales de multinationales, et nous obtenons un PIB supérieur à la plupart des pays méditerranéens.

Alors je ne vais pas m'encombrer les neurones avec une trop jeune fille, folle et rebelle.

Et appétissante…

Et drôle…

Et sexy en diable !

Assis devant les propositions de contrats, je m'oblige à en lire chaque ligne mais au bout de dix, je m'adosse dans mon fauteuil, les mains dans ma tignasse. Je la vois, elle mime à Milly les positions à prendre avec Mark, elle tourbillonne autour du photographe qu'elle doit rendre fou et Ludmilla rit.

Je n'y arrive pas.

Je ne peux pas travailler avec elle à proximité ! Je prends les dossiers et quitte mon bureau. J'annonce à Bilka que je rentre chez moi. Étonnée, elle n'ose toutefois pas me demander pourquoi ; je suis d'habitude si assidu à mon planning… Je traverse la cour sud quand j'entends Rafaëlla m'appeler :

– Votre Majesté !

Elle vient vers moi d'une démarche ostensiblement chaloupée, elle croit être sur un podium de Chanel ou quoi ?

– Mademoiselle Luboń, que puis-je pour vous ?

– Je suis ravie de vous voir avant notre départ. Je tenais absolument à vous remercier en personne pour votre accueil incroyable.

– C'est Mark qui a tout organisé. Remerciez-le, plutôt.

L'odeur de son parfum entêtant agresse mes narines alors qu'elle s'approche de moi. Je me force à lui faire face avec un visage neutre. Je n'aime pas que des inconnus pénètrent dans mon périmètre vital, c'est-à-dire à moins de trois mètres de ma personne.

Il y a des exceptions, bien sûr…

– Mais c'est vous qui l'avez autorisé à nous inviter dans votre demeure. Ma famille et moi-même en sommes profondément honorées, nous savons que vous tenez à votre intimité.

J'aime encore moins son sous-entendu formulé dans le dernier mot sur un ton trop suave. Elle continue de parler sans se rendre compte de ma crispation :

– Mon père, le duc de Luboń, vous retourne l'invitation. Il souhaite vous présenter notre société multimédia qui pourrait vous intéresser. J'ai un dossier dans ma valise que je…

D'un geste, je l'interromps :

– Veuillez transmettre votre dossier à ma secrétaire, s'il vous plaît. Maintenant, je suis désolé, mais je dois vous laisser.

– Majesté… s'obstine-t-elle.

– Mademoiselle de Luboń, la coupé-je le plus poliment possible parce que je n'admets pas son insistance. J'ai beaucoup de travail.

Je vous souhaite un bon voyage.

Je lui tourne le dos et marche le plus vite possible vers ma grille que j'ouvre avec une télécommande. Une fois à l'intérieur de ma maison à la pointe de la domotique, je jette les pochettes sur le comptoir de la cuisine et me verse une vodka. Il est bien trop tôt pour boire mais je m'en moque. L'alcool avalé d'un trait me brûle la trachée, je me sers un deuxième verre qui passe mieux. Si je n'étais pas aussi raisonnable, je viderais la bouteille pour m'étourdir, oublier qu'elle s'en va, effacer de ma maudite tête le souvenir de ses tétons dressés pour moi, de son intimité si humide ou de ses petits cris de plaisir.

D'un geste rageur, je balance mon verre à travers la pièce. Il atterrit sur ma table basse et se fracasse en mille morceaux. Je m'écroule sur le canapé, la tête entre les genoux à cause d'une tension que je n'ai pas ressentie depuis des lustres. Les yeux fermés, je ralentis ma respiration par étapes, je m'imagine en montagne, loin de toute tentation, seul. Quand mon souffle redevient normal, je me redresse et regarde les dégâts.

Il ne me reste plus qu'à appeler une femme de ménage.

Je descends dans mon bureau non officiel, où se trouvent des ordinateurs parmi les plus puissants de la planète, un système intraçable et inconnu des meilleurs hackers, du moins je l'espère. Et pour cause, JE suis le plus grand des hackers, recherché par toutes les polices et toutes les sociétés du monde entier. Mon antre est le seul endroit au monde où je redeviens moi, un homme à la face obscure qu'il voit chaque matin dans le miroir.

Je vais pour appeler l'office quand, sur une des caméras qui surveillent – en toute discrétion – le palais, j'aperçois Elsie qui s'apprête à rentrer dans l'aile est. Je ne réfléchis pas, je me tape un sprint dans mon bunker, espérant qu'elle n'est déjà pas au premier étage avant que je sois dans le couloir. Je jette un coup d'œil à l'écran près de la porte secrète, elle est là. Lorsqu'elle m'a surpris la première fois en train d'ouvrir ce passage, j'avais oublié de vérifier qu'il n'y avait personne, tellement peu habitué à voir des invités déambuler dans le palais. J'appuie sur le bouton et je tombe nez à nez avec elle. Les écouteurs dans les oreilles, la petite maligne qui a leurré mon service de sécurité en conservant son téléphone ne m'a pas entendu arriver.

– Argh ! s'écrie-t-elle sous l'effet de surprise, puis elle pose son index sur ma bouche, ses yeux toujours sur son portable. Je te vois en rentrant… Non… À plus tard.

Elle raccroche puis me regarde, son doigt toujours sur mes lèvres. J'ôte sa main, en proie à des émotions si contradictoires qu'elles s'entrechoquent comme des quilles de bowling dans ma tête, alors je la tire sans ménagement à l'intérieur du bunker.

– Personne ne pose un doigt sur ma bouche pour me faire taire !

– Tu es à la limite de faire une crise cardiaque, là, chuchote-t-elle au coin de ma bouche.

Puis ses lèvres chaudes se posent sur les miennes. J'ai faim, terriblement faim d'elle, à en avoir des crampes d'estomac. Elle part et cette idée me vrille l'esprit, j'ai si peu de temps pour satisfaire mon besoin d'elle ! Mes bras la plaquent contre mon torse, ma langue s'engouffre dans sa bouche. Elle enroule une jambe autour de ma cuisse et par des mouvements lents et lascifs, son bassin vient se frotter contre mon sexe déjà dressé. Ma main droite soulève sa robe pour ensuite s'insérer entre nous et trouver son string. Je l'ai enfin à ma merci, je tire sur la dentelle afin de donner accès à mon pouce et mon index qui caressent délicatement son clitoris… Mouillé pour moi. Je lui provoque des couinements de plaisir charmants, je pourrais les entendre des jours et des jours sans m'en lasser.

– Qui dois-tu voir en rentrant ?

Je ne suis pas jaloux, juste curieux.

– Calum, dit-elle après avoir aspiré une grande bouffée d'air car je viens de pincer délicatement son bouton rose.

Elle est très réceptive, plus que la plupart des femmes avec qui je baise. Mon majeur s'enfonce dans son intimité dans un mouvement lent de va-et-vient, elle s'accroche à mes épaules et le souffle de sa bouche sur mon cou enflamme ma peau.

– Ton petit ami ?

Mon interrogatoire est purement sécuritaire, je veux savoir à qui j'ai affaire. Elle pouffe au creux de mon épaule. Ce n'est pas vrai ! Elle se moque encore de moi !

– Mon frère, Sire.

Un soulagement immense m'envahit : c'est vrai qu'elle a quatre frères, dont un s'appelle Calum. Sa bouche se plaque sur mes lèvres, comme si elle ne voulait plus que je parle. Dans la pénombre du couloir – je n'ai pas éteint ! – règne un silence entrecoupé de nos râles de désir. Notre baiser d'abord calme devient plus pressant, ma main dans son dos remonte sur son cou nu et vient s'agripper à ses cheveux courts. Une puissante envie d'elle brûle le sang dans mes veines et, au passage, détruit en mille morceaux mon self-control. Mes doigts s'agitent avec frénésie dans son antre chaud.

Un bip strident résonne dans le bunker, qui nous fait sursauter de peur. Je m'écarte, mon cerveau retrouvant un semblant de fonctionnement.

– C'est quoi, ça ? demande-t-elle en regardant vers le fond du couloir dont elle ne peut voir la sortie car il s'enfonce ensuite dans le rocher avant de remonter vers mon bureau.

– Une alarme. Je dois partir.

Je ne la quitte pas des yeux pendant que je remets ma cravate en ordre et tire les manches de ma chemise sur mes poignets où brillent deux boutons gravés à mes initiales.

– Et vous aussi, vous devez partir, ajouté-je après un coup d'œil à ma montre en acier.

Elle croise les bras, les sourcils froncés et les lèvres pincées.

– Je suis congédiée, c'est ça ? Je n'ai plus à être à votre disposition.

Le bip retentit une deuxième fois, je secoue la tête : c'est moi qui ai installé ce système. Dans trois minutes, l'alarme ne s'arrêtera plus.

– Elsie ! Je veux être certain que nous sommes bien sur la même longueur d'onde. C'est juste que là…

– Que là, Votre Majesté a d'autres priorités, me coupe-t-elle. OK, j'ai pigé.

Elle défroisse sa robe et se recoiffe avec ses longs doigts fins. Je suis là, à l'observer comme un idiot, je ne me suis jamais senti aussi… incapable. Très bizarre.

Biiiiiiip.

Je pousse un gros soupir, le temps passe étrangement vite parfois. Trois minutes déjà. Je regarde l'écran de surveillance, personne dans l'aile est, je déclenche l'ouverture de la porte secrète.

– Je vous souhaite un bon retour en Écosse, mademoiselle MacNee.

– Au revoir, Sire. Ce fut un plaisir de vous rencontrer.

Sans un regard en arrière, elle se faufile par la porte à moitié ouverte. Je referme tout de suite de peur que le bip ne s'entende aussi ici. Je file vers mon bureau.

Y a urgence !

10

Elsie

Je fonce dans ma chambre, il me reste peu de temps. Je fourre tous mes vêtements dans ma valise en vrac, ramasse vite mes affaires de toilette et mon maquillage. Si j'oublie quelque chose, tant pis. Je suis persuadée que le groupe est déjà à l'embarcadère et qu'ils m'attendent tous. Ludwig nous avait donné comme consigne de poser nos bagages devant notre porte une heure avant le départ.

Devinez quoi, j'ai eu un contretemps.

Royal…

Je m'assois sur ma valise pour la fermer puis je me la trimballe péniblement à travers tout le palais. En principe, il y a des serviteurs dans chaque coin mais comme par un fait exprès, personne n'est présent quand j'ai besoin d'aide. Ouf, quand j'arrive sur le quai, le majordome n'a pas terminé de charger les bagages dans le bateau.

– Mais t'étais où ? s'écrie une Milly en stress total.

– Je suis là maintenant. Pas la peine de paniquer.

Mark me lance un regard désapprobateur dont je me contrefous. Les autres déjà installés dans l'embarcation ne me prêtent aucune attention. Même Erling qui, à mon avis, digère mal mon refus de coucher avec lui. À moins que… J'aperçois son bras derrière le dos d'Anne. Ils se sont rapprochés quand, ces deux-là?

Je grimpe dans le bateau et m'assois près de Gustav, occupé à jouer avec Léopold sur son téléphone dernier cri qu'Alfio lui a rendu. Maria, comme à son habitude, prend des selfies en rafale pour les poster sur les réseaux sociaux, cette fille n'a pas de vie en dehors de son monde virtuel. Aloïse et Henrik voguent encore sur les préliminaires; en revanche, James et Rafaëlla mangent de la soupe à la grimace, pour ma plus grande joie. Sadique, moi? Mais non, juste revancharde. Mes deux amoureux prolongent les au revoir jusqu'à la dernière seconde, Mark reste dans son pays à cause d'obligations diverses, sûrement chiantes à souhait. Ce matin, Milly m'a informée qu'elle reviendrait d'ici quelques jours, son prince lui a trouvé (comme par hasard, hein?) un emploi super bien rémunéré à Strasa pour l'été. Je m'en réjouis mais en même temps, nous n'avons jamais été séparées aussi longtemps. Nous avions prévu de nous voir à Édimbourg lors du Virgin Money Fireworks, un festival que nous ne voulions pas manquer. Conclusion: l'amour vous empêche de vous éclater. Très peu pour moi, quoi.

Quand mon amie s'assoit à son tour en face de moi, je sors un paquet de mouchoirs de ma poche et les lui tends un par un au fur et à mesure qu'elle essuie ses larmes et sèche son nez dégoulinant. Je dois attendre d'être dans le jet privé des Von Karan pour lui parler.

– Ça y est? Tu vas mieux? demandé-je avec beaucoup de sollicitude à l'égard de son cœur sensible.

– Oui, répond-elle entre deux sanglots. Il me manque tellement!

– Milly, ça fait à peine deux heures que nous sommes partis.

– C'est déjà trop long!

– Oh, tu ne vas pas pleurnicher comme ça pendant tout le vol! s'exclame Rafaëlla.

– La ferme ! répliqué-je.

– Comment oses-tu me parler ? s'indigne la pouffiasse siliconée. Ce n'est pas parce que personne n'a voulu coucher avec toi pendant ces vacances qu'il faut s'en prendre aux autres.

Respire, Elsie, respire. Tu dois garder le secret.

J'essaie de me calmer avec des pensées positives : un travail fantastique m'attend à la bibliothèque d'Édimbourg, je vais revoir ma famille et retrouver mes soirées pub. Je pose ma main sur le bras de Milly et me concentre sur elle, qui me fixe avec de grands yeux. Elle se penche vers mon oreille et me murmure :

– Depuis quand tu ne réponds plus aux provocations ?

Depuis qu'un roi a mis son doigt dans mon string.

Euh, non, changeons de sujet. Oui, enfin, je crois que je devrais surtout changer de cerveau parce que le roi m'obnubile déjà. Alors, je pose une foule de questions à Milly : je ferais bien de me préparer aux emmerdements car son histoire d'amour aura des répercussions inévitables sur ma propre vie. Ça me désespère à l'avance.

***

L'énorme et géantissime avantage d'avoir un copain prince est que son jet vous ramène à votre porte ! J'ai béni Mark quand nous avons atterri à Inverness Airport. Ma mère est venue nous chercher avec sa discrétion habituelle. C'est-à-dire qu'elle a hurlé nos noms dès que nous avons franchi les portes de l'aérogare, tout le monde nous a regardées débarquer de ce jet privé où les armoiries des Von Karan brillaient au soleil. Oui, oui, il y a des journées ensoleillées dans mon Écosse natale.

– Oh, ma chérie, alors comment c'était, ce voyage chez ces foutus aristocrates ?

Je me suis mentalement préparée à mon retour à la maison après avoir envoyé un message à maman pour qu'elle vienne nous chercher ici. Je n'ai pu éviter de lui dire que nous étions en vacances chez la noblesse. Ma mère est antimonarchie. En fait, ma famille et ses extensions au sens large (leurs amis et leur comité agricole très politisé) le sont toutes. Ma pauvre Milly devient toute pâle alors que ma mère fait claquer deux bises sonores sur ses joues; elle connaît ses opinions bien arrêtées à ce sujet. Je prends ma mère par le bras et l'entraîne vers sa voiture, une énorme berline achetée il y a des années pour nous transporter tous les sept. D'un signe de tête, j'ordonne à Milly de grimper dedans.

– Maman, commencé-je avant qu'elle ne se mette au volant. Je dois t'expliquer un truc.

Et comme toute mère qui se respecte, elle pose les mains sur les hanches et me toise de ses yeux gris froncés.

– T'es pas enceinte au moins?

Mes épaules s'affaissent de dépit: c'est sa crainte depuis que j'ai dix ans! Je n'avais même pas mes règles à l'époque! Le pire est qu'elle n'a jamais harcelé ses quatre fils à ce sujet. Seulement moi, son unique fille…

– Maman! Bonjour la confiance! Non, je ne le suis pas, voyons. On est au vingt et unième siècle! Les préservatifs, ça existe.

– Oui, eh bien, j'ai lu qu'ils n'étaient pas fiables à cent pour cent!

– Pour ton information, je suis aussi sous pilule, lui rétorqué-je, exaspérée. Je veux te parler de Milly.

Ma mère tourne la tête vers mon amie plongée dans son portable, puis son attention revient vers moi. Elle semble soulagée. Ça ne va pas durer…

– Voilà, je t'ai dit que nous avions été invitées par une famille noble. En fait, c'est…

Je suis dans la merde…

– C'est la famille royale de Karanie.

– Quoi ?! crie ma mère outrée, tellement fort que les quelques personnes encore sur le parking de l'aéroport se retournent vers nous.

– Oui. Milly est la petite amie officielle du prince, le frère du roi.

Je crois que j'aurais mieux fait de lui dire que j'étais enceinte, elle aurait été moins choquée.

– La pauvre... lâche-t-elle, la main sur le cœur.

– Maman, non. Ils sont très amoureux. Alors s'il te plaît, ne fais aucune réflexion à Milly, elle stresse assez comme ça. Sa vie va être suffisamment bouleversée d'ici quelques jours, quand la nouvelle sera rendue publique, sans que toi ou la famille en rajoutiez une couche.

Ma mère secoue la tête, la mine peu réjouie, puis elle m'attrape les deux bras et me fixe droit dans les yeux. Je n'en mène pas large : elle m'a toujours fait flipper à faire ça.

– Ta vie aussi va changer, Elsie. Vous habitez dans le même appartement. Tu es capable de te défendre mais tu dois protéger Milly, elle est trop gentille avec tout le monde.

Sur ces bonnes paroles, ou devrais-je dire ces ordres, ma mère s'installe au volant et je monte à côté d'elle, pressée d'arriver à la ferme. Elle attache sa ceinture en me regardant.

– Et ne t'avise pas de ramener un aristo à la maison ! m'assène-t-elle avant de se retourner vers l'arrière où Milly est scotchée à son siège, et de lui dire avec douceur : Félicitations, Milly, je te souhaite beaucoup de bonheur avec ton prince.

Nous déposons mon amie super en stress chez elle ; je lui promets de lui rendre visite avant de partir à Édimbourg dans quelques jours. Dans l'intervalle, je l'appellerai, histoire de voir comment ses parents ont pris la nouvelle de son idylle. Je ne me fais pas trop de soucis, les Watson ne ressemblent en rien à ma famille.

Je suis si contente de rentrer à la ferme ! Située à la sortie de notre village, elle est entourée à perte de vue par les terrains agricoles de notre grande famille parfois très encombrante. Les gens viennent et repartent d'ici toute la journée, ma mère a toujours des *shortbreads* ou des *Dundee cakes* à offrir, mon père a une cave remplie de bières ou de whiskys, obligatoirement écossais. Des fois, j'ai l'impression que ma maison est celle des Weasley dans *Harry Potter*.

C'est seulement une fois que je suis allongée dans ma chambre, à admirer par la lucarne la lune pâle qui éclaire la lande, que la réalité de mes actes me rattrape. En Karanie, j'ai bridé ma personnalité, voire joué les cruches avec Erling. Il est vrai que les lieux, par leurs décors somptueux, vous obligent à la décence et je ne voulais pas embarrasser Milly avec mon comportement habituel. Par chance, personne n'a remarqué ce qui se passait avec le souverain. *Losh !* Comment ai-je pu être soumise ainsi au roi ? Pourquoi ai-je autant obéi à mes pulsions ?

C'était si bon.

Et d'une violence inouïe.

Nous n'avons rien contrôlé, ni lui ni moi. Je ne sais pas dans quel état je serais à l'heure actuelle si, avant mon départ, nous avions été jusqu'au bout de notre excitation. Notre baiser était encore plus intense que la première fois, incontrôlable, jusqu'à ce que ce bruit strident résonne dans son bunker. Il nous a sûrement sauvés d'une énorme bêtise parce que sans déconner, le roi est un coup d'enfer. Si j'avais atterri dans son lit, je serais aujourd'hui à ramasser non pas à la petite cuillère mais à la pince à épiler. Je suis consciente que j'étais en vacances dans un superbe endroit au bord de la Méditerranée, un lieu idyllique hors du temps qui a favorisé les rapprochements. Revenue sur la terre ferme, je n'ai plus qu'à refermer la page intitulée « roi de Karanie » pour le bien de tous – surtout pour le mien, parce que si ma mère avait la moindre idée de ce que j'ai fait avec Sa Majesté… Elle creuserait elle-même le trou pour m'enterrer vivante !

Quant à mon cœur, il est encore entier.

Enfin, je crois.

***

Les trois jours qu'il me reste avant mon départ pour Édimbourg sont si chargés que je ne peux pas aller voir Milly, nous ne communiquons que par les réseaux sociaux. Enfin, elle discute avec des « Mark » écrits minimum une fois par phrase. Mes doutes au sujet du prince se sont dissipés au fil de la semaine, il tient ses promesses. Elle part travailler dans le nouveau centre médical de Karanie où un office a été spécialement créé pour relier les médecins, les associations caritatives et les acteurs économiques qui œuvreront à la gestion des cellules de crise dans le monde. Précision qui a son importance aux yeux de mon amie : elle logera seule dans un bel appartement à Strasa. Elle a reçu une éducation stricte et ne veut surtout pas heurter ses parents, mais Mark fera des apparitions régulières chez elle. Les parents de Milly ont accueilli la nouvelle avec fierté, ils sont impatients de rencontrer la famille royale. Pour ma part, moins je vois les frères Von Karan, mieux je me porte.

Calum et moi roulons vers Dingwall sous un chaud soleil malgré l'heure matinale. Même ici, nous ressentons le changement climatique. Il m'a demandé de l'aider à relever des mesures de méthane dans les fermes d'élevage de bœufs dans les Highlands. Étudiant à l'université de Strathclyde, il travaille avec plusieurs chercheurs du Scotland's Rural College (SRUC) et revient donc souvent à la maison.

– Pourquoi tu m'as raccroché au nez l'autre jour? demande mon frère sur un ton de reproche.

– J'étais occupée.

– À te prélasser dans un palais, ouais! Maman m'a raconté.

– Et alors? T'es jaloux?

– De toi, la Tornade? Jamais!

Je le frappe sur son biceps, pas trop fort: je risquerais de me fracasser la main. Mes quatre frères sont des forces de la nature, comme notre père. Nous avons tous travaillé à la ferme, ce qui nous a endurcis physiquement et mentalement, mais je tiens mes formes de ma mère et je n'ai jamais pu les battre avec mes seuls muscles. J'ai donc bossé en classe dès mon plus jeune âge pour me faire une place au sein de notre fratrie. À la sortie de Dingwall, Calum bifurque sur une route étroite.

– C'était bien alors, tes vacances?

Je souris, mes frères sont pires que toutes mes copines réunies: de vrais concierges qui veulent toujours me protéger. Leur rêve serait de me mettre dans une cloche en verre, fermée à double tour, pour avoir tout le temps un œil sur moi.

– Je me suis éclatée, je me suis pris une cuite tous les soirs, j'ai mangé du caviar à chaque repas et j'ai couché avec cinq mecs. Le pied, quoi!

– Petite peste! fait-il en claquant sa portière.

D'habitude, je lui raconte un peu ma vie, pas tout quand même. Il n'a absolument pas envie que je lui dise à quel point j'ai joui sous les doigts du roi d'un petit pays méditerranéen. Je me frappe plusieurs fois la tête avant de sortir moi aussi de la voiture. Je m'en veux d'être incapable de ne pas penser à la Karanie et à son souverain irrésistible. Le fermier, une connaissance de notre famille, me salue avec son accent écossais typique.

Ça fait du bien de rentrer chez soi.

– Il paraît que tu as été chez un roi ? lance-t-il.

Calum éclate de rire.

P'tit con.

Je lui saute dessus et le martèle de mes poings.

– Eh, du calme, les MacNee ! rit M. Lachnagarry. Tout le comté est au courant, ta mère en a parlé hier soir au meeting.

Vivement mercredi que je me barre d'ici ! Ma chère mère n'a pas pu se taire… Elle voulait que je les accompagne au meeting sur le Brexit ; j'ai bien fait de rester calfeutrée devant Netflix, je n'aurais pas supporté les interrogatoires ou les regards en coin. Réflexion faite, marcher dans les champs avec l'odeur des bouses de vache toute la journée me paraît soudain plus sympathique que de faire du shopping avec mes copines d'enfance à Inverness, elles m'auraient elles aussi bombardée de questions. Qu'est-ce que j'aurais pu leur dire, hein ? Que le type le plus sexy que j'aie jamais vu m'a prise dans son bunker ?

– T'es pas d'accord avec moi ? murmuré-je à un énorme bœuf aux longs poils roux et au museau débonnaire en lui flattant le flanc.

Calum et M. Lachnagarry se sont éloignés vers les collines dont le sommet commence à être couvert par quelques nuages, il va peut-être enfin pleuvoir. Mon téléphone vibre dans la poche de mon short. Numéro inconnu. Je raccroche aussitôt. Deuxième appel. Putain, même au fin fond des Highlands, on est emmerdé par des pubs ! Au bout de dix fois, énervée, je suis prête à pourrir la personne au bout du fil.

– Allez vous faire foutre ! grogné-je.

– Mademoiselle MacNee ?

Oh, putain ! Je tourne plusieurs fois sur moi-même pour vérifier que je suis bien seule.

– Elsie ? répète la voix qui me réveille depuis trois nuits parce que mes rêves sont affreusement torrides.

– Sire? arrivé-je à articuler.

– Oui. Puis-je vous parler un instant? À moins que vous ne soyez occupée?

Je regarde l'Aberdeen-Angus qui rumine avec nonchalance à côté de moi.

– Non, non. Je vous écoute.

Mon sourire doit faire tout le tour de ma tête tellement je suis aux anges d'entendre sa voix.

– J'ai un service à vous demander.

– À moi? m'exclamé-je, surprise. Je ne vois pas en quoi je pourrais vous aider. Vous êtes roi, je vous rappelle, vous avez tout à disposition.

Le bœuf s'avance vers moi à la recherche d'une caresse, je lui frotte le museau.

– OK, c'était une erreur de vous appeler.

Soudain, j'ai peur qu'il ne raccroche.

– Sire, je vous aiderai, quoi que vous vouliez.

– Oh… Je n'oublierai pas cette proposition, dit-il, énigmatique. Vous partez bien cette semaine travailler à la bibliothèque nationale d'Édimbourg?

– Euh, oui.

– Un des professeurs de notre université a récemment fait une découverte historique concernant un jeune Karanien venu en Écosse rencontrer l'un de vos compatriotes écossais. Si vous pouviez faire quelques recherches sur lui, nous vous en serions reconnaissants. Je vous ai déjà envoyé toutes les informations par mail, mais n'y voyez aucune obligation.

– Vous avez mon mail… Ouais, évidemment, ronchonné-je en pianotant sur mon portable pour lire son message. Hum… Intéressant. Dès que j'ai quelque chose, je vous le dis.

– Utilisez cette adresse mail, s'il vous plaît. Et uniquement celle-là, elle est sécurisée.

Calum et le fermier reviennent vers moi. Je ne veux pas qu'ils m'entendent lui parler ou j'aurai encore droit à un interrogatoire en règle.

– Je vous laisse, lui lancé-je, et dans la précipitation, je laisse tomber mon portable au sol.

J'ai frôlé la catastrophe, il atterrit juste à côté d'une bouse puante!

Je le ramasse et vois que le roi a raccroché. Je fixe un moment l'écran sali par la terre, intriguée par ce qui vient de se passer. C'est quoi son problème, à ce roi? Pourquoi doit-il trouver un prétexte bidon pour me parler? Il ne peut pas dire, comme tout le monde, qu'il a envie d'avoir de mes nouvelles?

OK, il n'est pas tout le monde…

Je range vite mon portable dans ma poche à l'approche de mon frère, le fouineur de service.

– Tu parlais à qui?

De vraies commères, j'vous le dis!

Je hausse les épaules et marche vers l'étable où l'appareil de son université a été installé. Je retranscris les mesures récoltées dans l'ordi pendant que Calum règle des branchements endommagés, ça m'évite de répondre à sa question embarrassante.

***

Le mercredi au petit matin, j'ai dû mal à émerger, nous avons parcouru des miles entiers avec des températures peu habituelles dans notre région; j'ai attrapé des coups de soleil sur les cuisses. Alors quand j'enfile mon pantalon pour me présenter à ma tutrice, je grimace. Je me suis tartinée de crème solaire en Karanie mais je ne me suis pas méfiée ici.

Pourquoi toutes mes pensées me ramènent-elles là-bas?

En plus, j'effectue le trajet avec mon frère aîné, qui prend la relève de Calum avec ses questions à la con sur mon séjour « aux frais du prince ». Ma revanche s'appelle Chloe, la compagne de Keith, qui prend ma défense.

– Mais vous ne pouvez pas arrêter une minute d'être sur le dos de votre sœur? rouspète ma future belle-sœur.

Eh oui, ces deux-là se marient l'année prochaine et je serai la demoiselle d'honneur de Chloe, qui, j'espère, ne me choisira pas une robe meringue… J'aimerais bien un truc qui ressemble à ma tenue de soirée du gala de Mark…

Oh, tais-toi là-haut, ne pense plus à la Karanie… Ni aux Karaniens!

Presque cinq heures de route plus tard (et c'est super long quand vous avez deux personnes devant vous qui ne pensent qu'à se sauter dessus!), Keith me dépose devant l'entrée de la bibliothèque. Après avoir porté mes affaires dans le petit studio que j'ai trouvé pour l'été, ils ont prévu de se promener dans la capitale: ce n'est pas tous les jours qu'ils peuvent être en amoureux à Édimbourg. Avec leur petite ferme d'élevage de moutons et leurs trois hectares de pommiers pour le cidre, ils ont rarement du temps à eux. J'admire leur ténacité et leur engagement l'un envers l'autre. Pas tous les jours facile de travailler avec son conjoint, en particulier avec Keith, le plus bagarreur de notre fratrie. Je ne compte plus le nombre de fois où les parents ont été le chercher au poste de police.

Ma première journée est stressante, ma tutrice m'a ensevelie sous une tonne d'informations, pire que le pire cours d'histoire médiévale de l'université. Keith et Chloe passent la soirée avec moi avant de repartir demain matin: j'aime ma liberté à Oxford, cependant ma famille me manque et je savoure leur présence. Je ne vois pas passer les deux semaines suivantes, occupée au service des références à classer, organiser et courir. Qui a dit que travailler dans une bibliothèque était reposant ? Pour finir de m'achever, je passe mon temps libre à faire les foutues recherches du roi. J'ai convaincu la plus jeune conservatrice de m'aider. Ma requête l'a étonnée, et encore, je ne lui ai pas avoué de qui provenait ma singulière demande. D'ailleurs, m'aurait-elle crue ?

Fin juillet, je suis enfin en mesure de compiler le résultat de mes fouilles : je dois dire que je me suis passionnée pour ce Karanien venu rencontrer en Écosse les précurseurs des Lumières. Je m'applique à rédiger mon mail à Sa Majesté, j'ai pris des dizaines de lettres officielles adressées à la reine comme références : mon message sera irréprochable, très protocolaire, comme lui. Je bois des litres de thé avant d'écrire un simple mot, je parcours des centaines de yards dans mon studio après chaque majuscule. Je suis pourtant douée en écriture mais là, je bloque à la moindre virgule. Ce courrier créera un lien entre nous, donc je ne veux pas, à cause d'une erreur (je suis douée en conneries, faut avouer), qu'il s'imagine que je lui cours après. Je veux que mon message soit irréprochable.

Accroupie, la tête dans les bras, j'essaie de réfléchir aux conséquences de nos échanges, prétextes dérisoires pour rester en contact. Ce n'est pas sain, cette histoire ! Nous n'aurions jamais dû nous adresser la parole. Il est roi d'un pays, d'un vrai, d'un de ceux qui siègent à l'ONU ! Je ne suis qu'une simple étudiante avec une dette énorme à rembourser à la banque pendant les vingt prochaines années. Il se cache dans son palais, je vis en pleine lumière… Aucune raison, ni pour lui ni pour moi, d'avoir une relation quelconque, même si son frangin et ma meilleure copine s'aiment.

Ouais et pourtant, j'appuie sur la touche Envoi. Terminé.

Fin aussi de mon sommeil.

Je deviens dingue à attendre une éternité un foutu retour par mail en ayant l'impression d'être menottée à mon portable. C'est horrible de bondir à chaque notification de ce putain de truc ! À quoi il sert, hein ? À rien ! Le roi ne me répond pas…

Ce soir, j'ai décidé de me changer les idées avec alcool, danse et sexe si possible. Affalée dans le canapé, je zappe sur toutes les chaînes de la télé en attendant la conservatrice, avec qui j'ai sympathisé, et qui m'a promis de m'emmener au pub le plus branché de la capitale. Bon, elle a un gros défaut : elle est pour l'équipe de rugby de Glasgow, mais je lui pardonne son ignorance. C'est Édimbourg la meilleure ! J'attrape mon portable qui vibre, je suis sûre que Kate est encore en retard.

– Allô. Tu t'es paumée ou quoi ?

– Non. Je suis chez moi.

Je me redresse d'un coup. Merde ! Le roi ! Mon cœur s'est arrêté et refuse de redémarrer.

– Vous attendez quelqu'un, mademoiselle MacNee ? demande-t-il sèchement.

J'avais oublié son ton autoritaire…

– Oui, lui réponds-je de la même façon. Vous avez reçu mon mail, au moins ? Parce que ça fait une semaine que je vous l'ai envoyé et toujours pas de réponse.

– J'ai un pays à gérer.

Voilà, Elsie, un plaquage en règle. En une phrase, il t'a fait la démonstration irréfutable du fossé qui existe entre vous.

– J'ai transmis vos documents au professeur de l'université de Strasa, il vous remercie pour votre excellent travail.

– C'était très enrichissant.

Son silence ensuite est bizarre. Il se racle la gorge et j'entends une grande respiration.

– Mark et Milly organisent un dîner entre amis à Strasa la

semaine prochaine pour la célébration de notre fête nationale. Vous y serez?

– Milly m'en a parlé, lui rétorqué-je, morte de rire.

Il ne connaît vraiment rien à la vraie vie!

– Mais je bosse, moi. À Édimbourg, au cas où vous l'auriez oublié.

– Je vous envoie mon jet.

Sur le coup, je ne sais plus quoi dire. Il veut m'envoyer son avion? Faire des frais énormissimes pour que je participe à leur fête nationale?

– Vous croyez qu'en claquant des doigts, je vais accourir pour que vous puissiez me baiser? Et dans le noir en plus? lui débité-je sans reprendre mon souffle. Je ne suis pas une fille qu'on achète avec un voyage en jet privé!

Pas un son ne sort de mon téléphone. Il ne raccroche pas, il est juste là, dans un silence horriblement pesant. J'ai oublié à qui je parlais. En fait, j'oublie toujours qui il est en réalité parce que je ne vois que l'homme.

– Je suis désolé que vous preniez les choses sous cet angle, mademoiselle MacNee. Je vous souhaite une bonne journée.

Il raccroche et je reste à fixer mon portable, me maudissant d'avoir ouvert ma bouche une fois de trop. Je l'ai vexé, il n'avait peut-être pas l'intention de coucher avec moi après tout. Moi, j'en ai envie, j'en rêve nuit et jour et je viens de gâcher une occasion unique de concrétiser sa présence entre mes cuisses. Mon côté rebelle vient de me jouer le pire tour de ma vie.

11

Darian

Les mains sous ses aisselles, Mark me défie du regard, furieux à cause de mon refus de voir Milly à ses côtés lors de la cérémonie de notre fête officielle. Mais je suis un roi à qui on obéit.

– Je te le répète, vous n'êtes pas ensemble depuis assez longtemps !

– Nous nous connaissons depuis trois ans ! martèle mon frère. Je suis toujours tout seul pour la fête puisque tu n'y participes jamais, alors maintenant que je ne suis plus célibataire, je veux que Milly soit présente.

– Présente, oui. Sur le balcon de l'hôtel de ville, non. C'est trop tôt dans votre relation. Ludmilla et moi sommes d'accord sur ce point. Et puis, qu'en dit Milly ?

Mark baisse les bras et s'assied sur un fauteuil en velours brodé des trois pics, notre blason familial qui symbolise nos plus hautes montagnes.

– Elle pense comme toi.

– Elle, au moins, elle est raisonnable.

J'apprécie de plus en plus cette jeune femme. Elle saura parfaitement tenir son rôle de princesse grâce à son éducation stricte, sa discrétion sincère et sa grande intelligence. Tout le contraire de sa meilleure amie. Enfin, Elsie est aussi très intelligente, il n'y a qu'à lire son rapport pour le constater. Pour le reste, en revanche…

Après réflexion (des heures de réflexion…), Elsie m'a évité de faire une énorme bêtise en refusant de venir pour la cérémonie. Près d'elle, je ne me contrôle plus, or je ne peux pas me le permettre un seul instant. Je me suis déjà trop exposé auprès d'elle, reléguant mes sacro-saints principes à la poubelle. C'est mieux ainsi.

Alors merde, pourquoi suis-je affreusement déçu ?!

– Ça va ? demande Mark. Tu es étrange depuis quelque temps.

– Plus que d'habitude ?

Il sourit et acquiesce.

– Darian, dit-il, très solennel, j'accepte que Milly reste en retrait. Pour cette année seulement, on est bien d'accord.

– Oui.

– OK. Alors pour cette année, sois à mes côtés, s'il te plaît.

Je me fige sur ma chaise.

– Je sais que le fait d'être le seul à nous représenter te pèse, mais j'ai toujours cru que cela te convenait.

– Eh bien, cela ne me convient plus. J'ai toujours pris au sérieux mes responsabilités vis-à-vis de notre peuple. Je fais de même avec Milly. Mais je suis fatigué d'être le seul à courir à droite et à gauche dans le monde entier pour telle inauguration ou pour telle réunion. J'ai bossé comme un dingue entre mes études et les représentations officielles ces dernières années. Désormais, je veux aussi un peu de temps pour moi et la femme que j'aime.

Il ne sait pas ce qu'il me demande…

Ma cicatrice physique est sur mon flanc droit, mais je porte ma cicatrice morale sur mon visage et je ne PEUX pas l'étaler à la face du monde. C'est au-dessus de mes forces.

– Partage ce poids avec moi, je t'en prie, implore Mark. Depuis que Milly est à Strasa, nous nous sommes à peine vus. Bilka et Ludmilla m'ont collé toutes les réceptions que j'avais repoussées pendant le séjour de mes amis ici ces deux dernières semaines. Je n'en peux plus et je veux consacrer du temps à ma future fiancée.

Je n'ai jamais vu Mark dans cet état. Il semble épuisé, il est vrai ; il a des cernes sous les yeux et sa requête est tout à fait justifiée. J'en suis conscient, mais si j'accédais à sa demande, je risquerais d'exposer mon véritable moi. Personne ne l'a jamais vu en pleine lumière, sauf...

Sauf elle.

Quand j'ai perdu le contrôle. Elle était consentante, je le sais au plus profond de moi mais je ne peux m'empêcher de culpabiliser pour mon manque de maîtrise, j'ai pris un risque énorme.

Vraiment trop.

***

Le lendemain matin, mes yeux sont explosés d'avoir scruté mes écrans toute la nuit. J'ai envoyé trois de mes équipes sur le terrain, ils ont fait du bon boulot avec la capture de trafiquants d'êtres humains. Depuis six mois, je travaille sur ce dossier qui m'a donné plusieurs fois envie de vomir. Pour mon malheur, je sais jusqu'où la barbarie humaine peut aller, elle prend différentes formes mais aucune n'est pardonnable. Si cette affaire n'avait pas été aussi importante, j'aurais pu satisfaire mon insoutenable désir pour Elsie. Mais le bip a résonné lorsque mes hommes m'ont averti qu'ils avaient enfin localisé le big boss du trafic. Ils devaient intervenir dans les plus brefs délais mais ils avaient besoin de mon ordre direct, donc impossible de les faire patienter à cause de mon plaisir personnel. Mais depuis, je ne pense qu'à ça : l'avoir à nouveau dans mes bras et m'enfouir en elle jusqu'à me perdre. Elle seule a réussi à effacer le monde pourri où nous vivons.

Bilka hausse un sourcil quand elle me voit ; je suis douché, rasé de près et habillé d'un costume gris de marque, mais je n'ai rien pu faire pour ma tête fatiguée. Elle me tend quelques dossiers et me récapitule avec une efficacité redoutable le planning de ma journée. Je me crispe à la lecture de celui de Mark : il n'aura pas une seconde de répit pendant que je serai assis dans mon bureau à régler les affaires de l'État. D'accord, il faut bien que je le fasse. En tant que roi, je suis le seul à pouvoir prendre certaines décisions. Je travaille entre douze et seize heures par jour, je prends peu de congés et jamais de réelles vacances. Mes collaborateurs pourraient me décharger de certaines tâches, mais je ne m'octroie pas cette possibilité car j'ai le sens des responsabilités chevillé au corps et par-dessus tout, j'aurais l'impression de déshonorer mon père. Je n'ai jamais souhaité porter la couronne, je ne l'avais même jamais envisagé avant le drame. Mon destin était tout tracé, je souhaitais créer et administrer une société multimédia qui regrouperait presse, télévision et jeux vidéo. L'entreprise existe, mais je n'en suis qu'actionnaire alors que mon rêve était d'en être à la tête pour pouvoir me trouver au cœur de la création. Je suis condamné à évoluer au milieu de réalités très terre à terre. Et à nager au plus profond de la misère humaine, poussé par ma soif de justice… ou de vengeance, tout dépend sous quel angle on regarde.

Mark pourrait se charger de certaines réunions où je ne suis pas indispensable tandis que je me rendrais à la conférence du Pr Tergni, par exemple.

Qui me rappelle ma sortie avec elle…

Je regarde Bilka qui attend mes instructions, intriguée. Mark a raison, je ne peux plus me défiler. À chacune de ses apparitions publiques, j'ai fait en sorte qu'il soit hyper protégé. Bien plus qu'il ne l'a jamais su, d'ailleurs. Maintenant, Milly a besoin de la même protection. J'ai peur de m'exposer, oui. Et pour cause. Néanmoins, je serais un lâche innommable, comme les criminels que je poursuis, si je continuais à me terrer sur mon île-bunker.

– Bilka, dites à Mark que je me rendrai à la conférence du Pr Tergni à l'université. Il pourra avoir du temps libre avec Milly ainsi. Et pour ce soir, faites une réservation pour nous trois au restaurant Excelsior, s'il vous plaît.

Ma secrétaire me fixe avec des yeux exorbités par-dessus ses lunettes, la bouche grande ouverte.

– Vous allez bien, Votre Majesté ? demande-t-elle d'une voix très inquiète. Vous savez que votre service de sécurité n'aura pas le temps, d'ici cet après-midi, de mettre en place le protocole quatre à l'université. Peut-être pour ce soir, mais…

Je la coupe d'un geste de la main :

– Je veux le protocole deux, le même que Mark quand il est en Karanie. Ce sera dorénavant suffisant, lui réponds-je avec un sourire pour la rassurer. Ah, appelez Ludmilla, qu'elle vienne d'urgence dans mon bureau : je vais aussi participer à la fête nationale.

– Je crois que ça va être nécessaire que vous lui parliez, marmonne Bilka en s'asseyant lourdement à son bureau.

12

Elsie

Les infos, les réseaux sociaux, les magazines (et parfois même pas people !), bref, la terre entière, ne parlent que de ça : le « coming out » du roi de Karanie. Depuis une semaine, il est partout : sur mon téléphone, à la télé, dans les kiosques à journaux. Je ne peux pas faire un pas sans voir son beau visage royal. À la bibliothèque, mes collègues commentent chaque nouvelle photo d'un « Waouh, qu'est-ce qu'il est sexy ! » ou d'un « T'as vu cette gueule d'ange ! », les *fan pages* pullulent sur le Net. Si, avant-hier, il n'existait aucune image de lui, aujourd'hui des milliers circulent, prises lors de la fête nationale et d'un dîner avec Mark et Milly dans ce même restaurant où nous avions fait notre activité culinaire.

Ce battage médiatique, savamment orchestré à mon avis par la très efficace Ludmilla, a un avantage : il évince l'apparition de Milly dans la famille Von Karan. Tous les journalistes, blogueurs et autres influenceurs se précipitent en Karanie pour avoir la chance de voir ce roi si mystérieux et « si torride », selon le dernier commentaire d'une présentatrice américaine.

Je suis dans les toilettes de la bibliothèque à faire défiler sur mon portable l'intégralité des infos sur ce scoop. Scoop du siècle ! CNN, la BBC et la CCTV (les Chinois, quoi !) relaient sa photo.

Et j'ai couché avec lui !

La porte s'ouvre sur la directrice des achats, une femme d'une cinquantaine d'années, très compétente et toujours habillée d'un tailleur beige et d'un foulard en soie coloré, le cliché typique de l'historienne vieux jeu. Je n'ai pas le temps de fermer la fenêtre sur mon portable, elle a vu que je consultais les infos d'un journal espagnol (je ne parle pas espagnol mais je m'en fous, les photos du roi sont en gros plan).

– Il est charmant, vous ne trouvez pas ? dit-elle avec un petit sourire coquin.

Quoi ?! Même elle qui a l'air coincée du cul reluque MON roi ? J'ai envie de lui répliquer qu'il embrasse aussi super bien mais je préfère me mordre la langue.

Ne fais pas d'impair, Elsie. Ou il te le fera regretter, car il sait tout sur tout.

Je hoche la tête, me lave les mains et me précipite dans mon bureau que je partage avec deux autres collègues, Joan, ma tutrice, et Lisbeth, son assistante.

Qui ne discutent que de lui. Lui, et lui et toujours lui. Enfin, ce n'est pas vrai, mais c'est l'impression que j'ai, qu'il est partout autour de moi, chaque minute de ma journée. J'ai soudain un affreux mal de tête. Tant qu'il restait reclus dans son palais et qu'aucune photo de lui ne circulait, je pouvais encore prétexter à mon subconscient que j'avais imaginé ses mains sur moi. Mais putain, comment je fais, moi, maintenant, avec sa tronche qui pollue ma vision ? Ma tutrice m'accorde un départ avancé pour cause de nausées, je me sens mal.

Une fois dehors, je suis contente de respirer la lourde brise de l'été plutôt que l'air conditionné. Trente minutes de marche jusqu'à mon appartement afin de digérer l'info du jour : le roi accepte désormais les interviews télévisées.

Pourquoi a-t-il soudain changé d'avis?

Bien sûr, il a dû peser le pour et le contre et il doit avoir une excellente raison pour avoir fait ça, une putain de raison même lorsqu'on connaît son aversion pour les apparitions publiques. Je ne devrais pas m'inquiéter de l'épreuve que ce doit être pour lui à chaque fois qu'il répond à une interview ou se montre à un quelconque événement. Pourtant, c'est le cas.

Je n'ai pas fait dix pas qu'une énorme berline noire stoppe à ma hauteur avec la vitre avant abaissée. Un homme en costume noir et casquette me sourit :

– Mademoiselle MacNee?

Inquiète que ce type connaisse mon nom, je recule d'un pas sur le trottoir. Il y a des sadiques partout, même à Édimbourg.

– Oui. Que me voulez-vous? lui demandé-je très froidement.

– Sa Majesté voudrait vous parler, répond-il en me désignant de la tête l'arrière du véhicule.

Je rêve debout dans la rue maintenant, je dois être fiévreuse. Je me détourne de la voiture quand la vitre arrière descend de quelques *inches*.

Putain, c'est bien lui!

– Monte, fait-il de sa voix très royale, celle où se mêlent le charisme et le « T'as-pas-le-choix ».

Je suis si surprise de le voir que je reste plantée sur le trottoir, jusqu'à ce que je réalise qu'il est bien là avec son exaspérant air de supériorité.

– Non! répliqué-je en continuant mon chemin.

Il se met alors à jurer en karanien. Je ne comprends pas cette langue, mais le ton employé ne laisse pas trop de doute sur son agacement.

– S'il te plaît, ajoute-t-il avec un soupir de résignation.

– Ah… C'est mieux.

Sans me presser mais le cœur battant, je contourne la voiture et grimpe à ses côtés.

– Bonjour, Elsie, dit-il, la main tendue.

Je la lui serre machinalement et retire vite la mienne à cause du puissant courant électrique qui m'a traversée, provoquant une vague de frissons sur l'ensemble de ma peau.

Et à l'intérieur de mon corps…

– Que faites-vous là ?

Ma demande est directe et frôle l'impolitesse, mais il a le don de faire ressortir mon côté rebelle. Il contracte ses poings et ses mâchoires se crispent, je l'ai (déjà) énervé.

– J'ai un autre travail à te commander, annonce-t-il, les yeux fixés sur la rue.

Je regarde le garde du corps et le chauffeur devant, je ne peux pas éclater ici, ils me jetteraient aussitôt sur le trottoir loin de leur cher monarque, mais ma colère prend de dangereuses proportions. Il doit le sentir car il remonte une vitre de séparation sans tain. Il se tourne alors vers moi et ses yeux bleu acier me transpercent encore plus que lorsque nous étions dans son pays, ils semblent s'accorder à la couleur du ciel écossais.

– Ne me prends pas pour une idiote ! m'écrié-je. Ton excuse est bidon. D'abord, comment va Milly ? J'espère que Mark prend soin d'elle.

Je pointe mon doigt vers lui :

– Et que toi aussi !

Il se pince les lèvres, je crois qu'il se retient d'éclater de rire. Il attrape mon index et le met dans sa bouche. Sa succion très, mais alors très érotique, enflamme immédiatement mon corps et pour être plus précise, mon intimité. Je suis obligée de croiser les jambes pour réprimer un cri de plaisir. Son sourire se fait narquois quand il retire, sans le lâcher, mon doigt de sa bouche.

– Ai-je répondu à ta question ?

– Non.

Il exagère un soupir puis tend un bras et d'une poigne ferme, avance ma tête vers lui. Ses lèvres, légères, se posent sur mon nez, glissent sur mes joues et atteignent les miennes qui s'entrouvrent immédiatement. Je suffoque déjà, la tourmente dans mon cœur trop grande pour stopper les réactions sexuelles de mon corps. Il apparaît et je fonds ?

Quand nos langues se rejoignent, nous étouffons l'un et l'autre un gémissement de satisfaction.

Ne cherche pas d'explication, Elsie !

C'est comme si ces dernières semaines, nous les avions passées au pain sec et à l'eau. Nous avons faim, nous avons soif parce que notre appétit n'a encore jamais été pleinement assouvi. Notre baiser est à la fois lent et rapide, violent et tendre. Ses mains me plaquent contre lui mais ce n'est pas suffisant ; sans quitter sa bouche, je me mets à califourchon sur lui malgré un habitacle réduit. Ses paumes brûlantes remontent sur ma robe dont il descend le zip et caressent mon dos frissonnant. Je sens son sexe durcir à travers les tissus fins de nos vêtements d'été. Prise dans le tourbillon de mon excitation, je frotte mon intimité sur son pantalon. Il grogne de contentement en pinçant mes hanches. J'accélère le rythme, cramponnée à ses épaules musclées et la tête renversée en arrière. Je ne veux plus rien.

Sauf profiter de cet instant.

Je ne veux plus rien.

Sauf lui.

Sauf me laisser envahir par ce plaisir qui me gagne. Il enfouit son visage dans mon cou et respire mon odeur ; son emprise se resserre alors sur moi, une main caresse la peau nue de mon dos et l'autre soutient ma nuque. Frénétique, je me mets à bouger de plus en plus vite. Il râle, je comprends qu'il tente de se maîtriser mais moi, je ne peux pas. Une force dévastatrice m'emporte qui me fait totalement oublier où je suis. Il n'y a que lui et moi et notre désir. Celui-ci monte en une éruption incandescente. Incroyable! Je n'ai jamais joui aussi vite et encore moins dans ces conditions! Quand je reviens à moi, il m'étreint toujours, ses dents plantées dans la bretelle de ma robe. Il a utilisé toute son énergie pour ne pas craquer. Comment fait-il pour avoir un tel contrôle sur son corps? Avec lui, j'en suis incapable.

Nous reprenons tous les deux lentement notre souffle.

– Tu as ta réponse maintenant, dit-il, en me regardant droit dans les yeux.

– Votre Majesté a des arguments convaincants. Mais…

– Pourquoi ai-je eu le malheur de croire que ça allait être simple avec toi?

J'écarte les bras d'incompréhension mais quand je les rabaisse, les bretelles de ma robe tombent sur mes biceps et dévoilent la naissance de ma poitrine. Le regard du roi se pose direct dessus, il semble en transe devant. C'est vrai qu'il ne l'a pas vraiment vue jusqu'à maintenant. Il apprécie, à le voir déglutir avec difficulté. Il se redresse puis appuie sur un bouton.

– Karl. À la résidence. Immédiatement, ordonne-t-il.

La voiture file alors plus vite vers…

– Où allons-nous?

– J'ai loué une résidence pour trois jours.

– Trois jours? répété-je, interloquée. Attends, attends, là. Tu as pris trois jours de vacances?

Il secoue la tête plusieurs fois, j'adore quand ses cheveux ébouriffés volent sur son front.

– Tu n'as pas voulu venir pour la fête nationale. J'ai donc trouvé une excuse pour organiser un voyage officiel en Écosse.

Je replace une mèche folle sur sa tignasse blonde.

– Un roi n'a pas le droit de mentir.

– Un roi fait ce qu'il veut. Surtout quand une jolie petite brune lui dit qu'elle est à sa disposition.

– Mais le roi a, encore, oublié que la brune bosse.

Il devient plus sérieux.

– Je le sais, Elsie. J'ai des rendez-vous pendant que tu travailleras. J'espérerais juste que tu accepterais de dîner avec moi ce soir.

Effarée par sa demande, je me rassois sur la banquette.

– Tu me proposes un rencard ?

– Non, c'est une partie de pêche, bougonne-t-il. Seigneur, Elsie, aide-moi, là, je n'ai jamais fait ça.

– Jamais fait quoi ?

– Proposé un rencard, comme tu dis.

Ma bouche est si grande ouverte que je pourrais gober un bœuf de M. Lachnagarry.

– T'as 35 ans !

Il hausse les épaules puis sa voix redevient neutre. Royale.

– Tu as pu constater par toi-même que jusqu'à cette semaine, je sortais rarement de Karanie depuis mon couronnement il y a maintenant dix-sept ans. Dès que je quitte Letaspok, c'est sous certaines conditions. Je suppose que tu te souviens de notre visite au Pr Tergni.

Je fais oui de la tête et le laisse poursuivre.

– Quand je quitte la Karanie, c'est toujours incognito. C'est Mark le symbole de notre pays, pas moi.

– Je sais, il n'y a pas que toi qui aies fait des recherches avant d'arriver à Letaspok. Je ne comprenais pas pourquoi aucune photo de toi ne circulait sur le Net.

– C'est un accord que nous avions, lui et moi. Accord qui s'avère difficile à maintenir aujourd'hui.

– Pourquoi ?

Ne me jetez pas la pierre, par nature, je suis une infatigable curieuse.

– Mark est amoureux de Milly.

– Ça, ce n'est pas une nouvelle !

J'éclate de rire devant sa moue malicieuse.

– Je suppose que tu es courant depuis plus longtemps que moi. Ce que je n'avais pas compris, c'est à quel point il l'aime. Il veut être plus souvent avec Milly. Je ne peux pas lui voler son bonheur en l'obligeant à me représenter constamment. Donc voilà, je n'ai pas d'autre choix maintenant que de prendre ma véritable place au sein de ce monde.

Sa voix a sombré sur la dernière phrase. Pourquoi ? Bonne question. Même s'il paraît inébranlable aux yeux de la plupart des gens, j'entraperçois des cicatrices, invisibles certes, mais toujours à vif qui sillonnent ses traits pourtant parfaits. Il a vécu un drame quand sa famille a été tuée. Comment peut-on survivre à ça ? Je tremble, rien que de penser à ce que je ressentirais si ça m'arrivait. Je chasse cette horrible idée d'un coup de balai. De son côté, les mains sur ses genoux, il s'enferme dans le mutisme. Il souffre de se montrer au monde, c'est évident, mais sa priorité est le bonheur de son frère. Je ne peux qu'admirer son sens du sacrifice qui va à l'encontre de sa nature profonde.

La banlieue d'Édimbourg est remplacée par les champs, nous quittons ensuite la quatre-voies pour emprunter une petite route. Forêts et prairies se succèdent, je ne sais pas du tout où nous sommes. La voiture ralentit devant de hautes grilles où plusieurs photographes attendent le roi.

Comment ont-ils su qu'il était là ?

– Ils ne te voient pas, les vitres sont teintées, précise Sa Majesté. Tu n'as rien à craindre.

– Vu le speech que tu nous as sorti à Letaspok, à Milly et moi, j'ai bien compris que j'avais intérêt à m'habituer à tout ce foutoir médiatique, lui répliqué-je en me rhabillant correctement car le portail s'ouvre. Les vitres sont teintées, alors ?

Je peux donc faire ce que je veux...

La gamine qui sommeille d'un œil en moi ressurgit : les pouces sur mes tempes, je tire la langue aux journalistes. Un feulement sourd rugit dans mes oreilles ; la seconde suivante, sa main encercle mon cou, m'obligeant à lever mon menton. Sa bouche s'écrase, implacable et féroce, sur mes lèvres, elle force le passage pour s'emparer de ma langue. Plaquée contre le siège, je ne peux plus bouger ; un genou sur la banquette, il pèse de tout son poids sur moi. J'ai l'impression qu'il va me dévorer toute crue.

Losh, que j'aime ça !

Seule ma bouche peut lui répondre, ma langue s'enroule autour de la sienne. Il a encore le goût de café sur les papilles. Délicieux. Mais il s'écarte à l'arrêt de la voiture devant l'entrée d'un magnifique château en pierres orné de tours et de pignons recouverts de lierre. Il ouvre sa portière et descend de la berline comme si rien ne s'était passé. Il m'énerve avec sa « royale maîtrise de soi ». J'attrape mon sac à main tombé sur le sol de la voiture et m'extirpe du véhicule avec mon naturel habituel, c'est-à-dire en découvrant mes jambes jusqu'en haut de mes cuisses. Ludwig, qui nous attend sur le perron, baisse la tête, gêné par la vue qu'il a sur ma petite culotte. Le roi me fustige du regard, je lui envoie mon plus beau sourire.

– Janov, emmenez Mlle MacNee dans sa chambre, ordonne-t-il à son majordome, puis à sa secrétaire qui vient de sortir aussi sur la terrasse : Dans combien de temps arrivent-ils ?

– Dix minutes, Sire.

Il pénètre dans le château et disparaît. OK. Je suis perdue au milieu de nulle part, sans moyen de locomotion, et lui me plante là ! Ludwig descend les quelques marches et s'approche précipitamment de moi.

– Bonjour, mademoiselle. Enchanté de vous revoir. Veuillez me suivre, s'il vous plaît.

– Bonjour, Ludwig. Je préfère rester dans le parc, il fait trop beau pour s'enfermer, lui réponds-je avec un sourire.

Ce brave homme n'a pas à supporter ma mauvaise humeur due à un roi impoli qui invite une fille dans un château et qui s'empresse ensuite de l'abandonner à son triste sort.

Et mon humeur en montagnes russes monte d'un cran : le majordome a une mimique qui ne me plaît pas du tout.

– Je suis désolé, mademoiselle, mais mes consignes sont de vous emmener dans votre chambre et que vous y demeuriez jusqu'à la fin du rendez-vous de Sa Majesté, me rappelle-t-il, confus.

– Ben voyons ! Bienvenue chez le tyran de la Karanie, Elsie ! fulminé-je en entrant dans le hall de ce maudit château entièrement rénové.

Je suis Ludwig au premier étage jusqu'à une chambre spacieuse, dotée de sa propre salle de bains. Par la fenêtre, je vois une voiture noire se garer à côté de celle du roi. La petite voix dans mon cerveau me pousse à aller jeter un coup d'œil à ces nouveaux arrivants accueillis par le souverain. Je sais, la curiosité est un vilain défaut, mais en tant qu'historienne, c'est plutôt une qualité, non ?

Deux hommes très baraqués transportent d'énormes mallettes renforcées. Leur crâne presque rasé et leur démarche me disent que ce sont des militaires, et pas de ceux qui restent dans un bureau. Non, de ceux qui se salissent les mains. Je suis tombée dans un film d'espions ou quoi ?

J'ouvre donc la porte et tombe nez à nez avec un garde du corps.

– Vous ne pouvez pas sortir de votre chambre, mademoiselle, dit-il.

– Putain de roi, marmonné-je dans ma barbe imaginaire.

– Pardon? demande-t-il en se retournant vers moi, pas certain de m'avoir bien entendue critiquer son patron.

Pour unique réponse, je claque la porte. Que craint le roi? Que je mette mon grain de sel dans sa réunion? Il a vraiment une piètre opinion de moi. Seule, allongée sur le lit, je m'empresse d'envoyer un message à ma meilleure amie:

[Ton futur beau-frère est
un bel enfoiré despotique!]

Cinq minutes plus tard, je me mords le poing de n'avoir pas réfléchi avant d'agir:

[Mais qu'est-ce que tu fous
avec Sa Majesté?]

Je lui répondrais bien: « Il mouille ma culotte », mais elle ferait une crise cardiaque, Mark m'en voudrait à mort, ma famille me bannirait de la maison parce qu'ils adorent tous Milly et son royal frère m'interdirait à vie de la revoir.

[Il est juste passé me dire
bonjour à la bibliothèque.
Ne t'inquiète pas.]

[Évidemment que je m'inquiète.
Tu es Elsie MacNee, la fille
qui ne peut pas tenir sa langue!]

C'est sûr, mais ça a l'air de lui plaire, au roi, que je ne sache pas la tenir… Quand je revois notre dernier baiser, j'en tremble de partout et ma main s'aventure sous ma robe. Mon excitation grandissante m'égare dans une rêverie très érotique, la chaleur n'est pas que dehors, elle est partout dans mon corps à cause d'une paire d'yeux bleu-gris et d'une barbe de trois jours.

Je suis soudain ramenée à la réalité par un toussotement discret.

Losh ! Je n'ai pas entendu qu'il était entré dans la chambre !

Je stoppe net mon geste, mes doigts bloqués dans mon string ; l'embrasement de mes joues en feu descend aussitôt entre mes jambes. Si ma pudeur est mise à l'épreuve, mon excitation a d'un coup atteint des sommets : ses yeux écarquillés, incandescents, trahissent son désir, mais il garde un putain de contrôle sur lui qui a le don de m'agacer et en même temps, d'accentuer ma fièvre intérieure. Adepte de la devise « Connais-toi toi-même » depuis mon adolescence, je poursuis donc mon petit périple vers mon bouton d'or. Mes paupières se ferment sous l'effet des sensations habituelles qui aujourd'hui, me semblent plus fortes, plus réelles.

Parce qu'il m'observe.

Dans une lointaine brume, je l'entends parfois récupérer son souffle comme s'il était en apnée. Je continue de me caresser avec dextérité et lascivité. Sans aucune honte, je laisse l'orgasme déferler dans chaque parcelle de mon corps, consciente de son regard intense sur moi.

Quand je rouvre les yeux, il est toujours appuyé sur la porte de la chambre, les mains dans le dos. Ses pupilles d'acier sont fixées sur ma peau transpirante et une goutte de sueur coule le long de sa tempe.

– Le spectacle t'a plu ?

13

Darian

Je déglutis plusieurs fois tellement ma gorge est sèche, mon corps est la proie des flammes qu'elle attise en moi sans aucune pudeur et pire que tout, mon sexe s'érige dans mon pantalon comme un porte-drapeau de la fête nationale.

À cet instant, je n'ai rien d'un roi.

Incapable de lui répondre, je me rends à la salle de bains et m'asperge d'eau glacée. Quand je me regarde ensuite dans le miroir, je la vois dans l'embrasure de la porte, un joli sourire sur ses lèvres moqueuses. Notre reflet me renvoie l'image d'un couple que tout sépare. Avec son adorable minois d'étudiante, ses cheveux courts ébouriffés et son caractère pétillant, elle détonne à côté de moi, un homme beaucoup plus âgé, devenu mature avant l'heure, à la vie triste et trop rangée. Les rares femmes à qui je parle me répètent souvent que je pourrais défiler pour les plus grands couturiers avec mon physique soi-disant de rêve ; moi, je n'y vois que la laideur de celui qui n'a pas réussi à sauver sa famille.

Et elle ne me fera pas oublier mes principes ! Je reviens dans la chambre et je tire d'un coup sec les rideaux des deux fenêtres. À défaut d'avoir le noir total, au moins, nous serons dans la pénombre. Je me retourne vers elle, mon appétit plus qu'aiguisé par son petit show très, très sensuel ; elle se tient toujours debout à la porte de la salle de bains mais son visage a changé d'expression. Pourquoi est-elle en colère ?

– Tu crois que tu vas me baiser dans le noir maintenant ? s'exclame-t-elle, très énervée, les bras croisés et la pointe de son pied nu frappant le sol.

Déterminé à l'avoir parce que je ne pense qu'à ça depuis des jours, je m'approche d'elle malgré sa mauvaise humeur, mais elle recule de plusieurs pas. Je ne comprends rien…

– Elsie, qu'est-ce qu'il y a ?

– Je ne suis pas ton sextoy que tu peux emmener où tu veux, quand tu veux et ensuite, que tu enfermes dans un tiroir ! s'écrie-t-elle beaucoup trop fort, je crains que mon garde du corps ne l'ait entendue.

– Calme-toi. Je…

– Me calmer ? Tu plaisantes ? Tu me maintiens prisonnière ici !

– Non.

– Non ? Alors pourquoi le balèze à la porte n'a pas voulu me laisser sortir ?

C'est elle qui ne comprend pas… Je repousse la mèche tombée sur mon front en soupirant.

– Je ne mêle jamais la gestion de mon pays et le plaisir, Elsie.

Ma voix tonne dans la pièce, elle sait qui je suis et elle réagit comme la gamine qu'elle est. J'ai une envie d'elle qui dépasse l'entendement, mais la Karanie passera avant tout, toujours.

– Tu crois que je ne suis pas capable de faire la part des choses ? s'insurge-t-elle, encore plus furieuse. Je n'ai aucune envie de me mêler de vos si importantes affaires, Votre Majesté ! Elles ne me concernent pas. En revanche, je tiens au respect et à ma liberté de mouvement. Et tu as bafoué mes droits en m'obligeant à rester dans cette chambre. Sans même un mot d'excuse ! Alors j'espère effectivement que le spectacle t'a plu parce qu'entre nous, il n'y aura plus rien du tout !

Elle ramasse son portable et le met dans son sac puis enfile ses sandales.

– Elsie…

Elle revient vers moi, les sourcils froncés et la bouche boudeuse.

– Ah, encore une chose : je ferai le nécessaire pour que tu n'aies pas honte de moi lorsque les journalistes viendront nous harceler, je saurai me montrer courtoise et souriante. Je ne le fais pas pour toi mais pour Milly.

Elle ouvre la porte à la volée et se précipite hors de la pièce. Je mets quelques secondes à réagir à ces propos avant de la suivre en courant dans le couloir et de l'attraper par le bras.

– Si tu veux vraiment partir, je dois donner l'ordre à mon chauffeur de te ramener.

Le contact de ma main sur sa peau douce m'électrise, elle sent elle aussi le courant qui existe entre nous car elle regarde son avant-bras se parer de frissons. Elle lève ensuite les yeux sur moi et j'ai mal dans la poitrine à la voir ainsi, si énervée contre moi. Je ne me souviens pas d'avoir suscité de réactions aussi violentes dans ma vie chez une personne ; même au pire moment, ce n'était pas le cas… Le contrôle que j'ai sur moi-même engendre en général des rapports neutres avec les gens et lors de négociations, je ne monte jamais la voix, une conversation constructive permet toujours de trouver des solutions. J'admets qu'être roi, ça facilite les relations avec autrui, on a tendance à m'obéir sans broncher.

Mais elle…

Je ne sais ni comment rester calme avec elle, ni par quel bout la prendre. C'est une pile électrique, Mark avait raison. Je n'ai jamais à gérer ce genre de personnage : le rôle de mon équipe est de faire le ménage avant que je ne rencontre quelqu'un. Elle ne me laisse pas le choix ; ayant l'habitude de prendre de lourdes décisions, j'en prends une. Radicale.

– Adieu, Elsie.

J'ôte ma main de son bras puis je descends quatre à quatre l'escalier jusqu'au hall où Ludwig discute avec le colonel Dolinšek, qui se met immédiatement au garde-à-vous. Les yeux de ce dernier se tournent d'instinct vers celle qui m'est désormais interdite et ils ne cachent pas leur étonnement : Dolinšek ne m'a jamais vu seul avec une civile étrangère. J'ordonne à mon majordome de la raccompagner à la voiture qui la déposera devant son appartement.

– Au revoir, Votre Majesté, dit-elle en passant à côté de moi.

Elle tient sa promesse : courtoise et souriante. Son attitude devrait me réjouir, mais elle produit l'effet contraire, elle me tape sur les nerfs. Je la veux rayonnante, enjouée et… brûlante de désir pour moi. Je serre les poings dans mon dos pendant que je la suis des yeux jusqu'à ce qu'elle grimpe dans la voiture blindée. Au moins, je sais qu'elle est en sécurité. La peste ! Elle évite de me regarder.

Qu'est-ce qu'elle est têtue !

Avec beaucoup de difficultés, j'essaie de ne montrer aucune émotion malgré la contrariété provoquée par son départ définitif. Le colonel ne se permettra pas de me poser des questions mais son front plissé m'indique qu'il s'interroge.

– Dolinšek, avez-vous réussi à joindre les autorités d'Oxford ?

– Oui, Majesté. Scotland Yard et le MI6 également. Ils ont en main les dossiers que nous leur avons transmis concernant votre frère et sa fiancée et… (Le colonel hésite une minute avant de me désigner d'un signe de tête la voiture qui s'éloigne.) Et cette jeune demoiselle, est-ce bien Elsie MacNee, Sire ?

Les yeux toujours sur la berline qui passe la grille d'entrée, je soupire lourdement.

– Oui, c'est bien elle. Soyez discret dans votre surveillance avec elle, elle risque de vous poser des problèmes.

Sceptique, Dolinšek acquiesce en silence : on ne met jamais en doute mes ordres, et celui-ci encore moins !

Maintenant, je peux à nouveau me consacrer pleinement à la traque de mon éternel ennemi, celui qui continue à m'échapper malgré mes années de recherches. Il est doué pour se glisser sous les radars ; à notre époque hyper connectée, c'est compliqué et extrêmement onéreux. Mais je réussirai à le coincer, tout le monde commet des erreurs.

J'ai désormais tout mon temps...

Je ne peux pas me permettre de focaliser mon attention sur une étudiante écossaise. Je décide donc qu'elle m'est désormais interdite.

Assis dans ce bureau étranger, j'ouvre la plus lourde des mallettes qui contient un ordinateur ultrasécurisé. Je l'allume, tape le mot de passe qui se compose de dix-neuf caractères et lis les dernières informations que mon colonel et son équipe ont recueillies sur *lui*, le cauchemar dont je ne peux plus me passer. Je préfère penser au pire psychopathe de la terre plutôt qu'à Elsie. Moins risqué pour mes états d'âme.

14

Elsie

Je m'écroule de tout mon long sur le lit en arrivant dans mon studio. La nausée m'a reprise, je me sens encore plus mal depuis que j'ai quitté le château. Le roi me donne de la fièvre, pour de vrai. Je tremble, des gouttes de sueur perlent sur mon front. Il faut que je dorme ou mon cerveau va éclater. Je ne veux pas penser à lui. Son charisme doublé d'un sex-appeal phénoménal me déstabilise – et il en faut beaucoup – mais chez lui, rien n'est normal. Déjà, sa foutue habitude de vouloir baiser dans le noir. C'est tordu, non? En plus, il me répète en boucle qu'il a en priorité un pays à gouverner. Putain! Quelle fille a déjà entendu cette phrase comme excuse venant du mec avec qui elle couche? Dans la vraie vie, nous n'aurions jamais dû nous adresser la parole. Non, mais franchement, un roi et une étudiante! Qui croit encore aux contes de fées à mon âge?

À l'exception de Milly, qui?

Et moi qui lui ai fait un show digne des plus grands clubs de strip-tease. Et encore, même là, les filles ne se masturbent pas devant leurs clients.

En fait, je ne regrette pas cet ultime orgasme parce que maintenant, à cause de lui, je ne suis pas prête à laisser un homme m'approcher, je me retrouve donc au régime drastique question sexe. Même chose pour mon estomac qui se révulse, je cours dans les toilettes.

Je suis vraiment malade...

Après une nuit épouvantable, je n'ai pas d'autre choix que d'appeler ma tutrice pour lui dire que je ne peux pas venir aujourd'hui. La canicule s'est installée partout en Europe et moi, je suis emmitouflée dans une couette.

Je voudrais que ma mère m'apporte un bol de soupe...

Je n'ai pas été dans cet état depuis très longtemps, je ne sais pas quel virus j'ai attrapé mais la température élevée me fait délirer. Toute la journée, je suis à moitié dans les vapes ; j'imagine le roi à mon chevet, me murmurant des mots tendres pendant qu'il caresse mon corps. Entre mes phases de semi-conscience et un sommeil aléatoire, je revis chaque moment avec lui, chaque fois qu'il m'a touchée de ses mains fines, chaque regard rempli de désir. La douleur que je ressens n'est pas uniquement due à cette saleté de grippe intestinale, elle provient aussi de mon monumental appétit sexuel que lui seul est capable d'assouvir. Et qui m'est désormais interdit.

Je me réveille au petit matin, déshydratée et affamée. Avec une tête à effrayer Ça, le clown de Stephen King. Je ne veux pas louper une autre journée de stage, alors même si je me traîne à cause d'un mal de crâne persistant, je me prépare pour être plus ou moins présentable à la bibliothèque. Quand je m'installe à mon bureau, face à ma tutrice, elle m'accueille avec suspicion.

– Tu es sûre de ne plus être contagieuse ? Tu sais, avec la grippe, il faut se méfier.

– Je vais beaucoup mieux.

Pieux mensonge, j'éviterai juste de postillonner sur Lisbeth et elle. Je ne rattraperai pas mon retard aujourd'hui mais au moins, je n'en perds plus. Je m'attelle à ma tâche avec plaisir, j'adore travailler ici et je compte bien y proposer ma candidature à ma sortie de l'université. Au milieu de la matinée, un membre du comité entre dans notre bureau, à la grande surprise de Joan, ma tutrice.

– Helen? En quoi puis-je vous être utile?

Cette femme possède une expérience en tant que bibliothécaire que j'admire. Beaucoup de gens pensent que tout le monde peut le faire parce qu'« il n'y a qu'à ranger les bouquins sur des étagères ». Faux, ce métier nécessite une somme de connaissances phénoménales, que Helen Roley possède.

– Je suis venue voir votre stagiaire, Mlle MacNee.

Sous le coup de l'étonnement, Joan et moi nous regardons sans rien dire. Après quelques secondes, je lui tends la main.

– C'est moi, Elsie MacNee.

Mme Roley me détaille de la tête aux pieds et semble éberluée. D'accord, j'ai mauvaise mine, mais j'ai des circonstances atténuantes puisque hier, j'étais malade comme un chien. Je n'aime pas cet air snobinard avec son nez froncé et sa bouche en cul-de-poule.

– Je viens d'avoir un appel du secrétariat du roi de Karanie.

Aussitôt, je me raidis et serre mon poing dans ma paume. Qu'est-ce qu'il mijote encore? Mme Roley poursuit d'un ton plutôt acerbe:

– Il paraît que vous l'avez déjà rencontré parce que la future fiancée de son frère serait votre meilleure amie et que vous auriez fait des recherches ici pour lui. Le roi de Karanie souhaiterait offrir un incunable à notre bibliothèque pour l'aide apportée à leurs historiens. Vu le mystère qui entoure ce pays, je dois avouer que je crois plutôt à un canular, bien que la personne soit très informée sur vous. Alors, mademoiselle MacNee, est-ce une mauvaise blague dont la bibliothèque nationale d'Écosse serait victime à cause de vous?

Son accusation à moitié dissimulée me hérisse le poil, mais Joan intervient avant moi :

– Elsie a bien fait des recherches à la bibliothèque pour le compte de la Karanie avec Kate et je tiens à préciser qu'elle l'a fait en dehors de ses heures de travail.

– Premier point éclairci alors, dit Helen Roley, encore un peu agressive. Mais pour le reste ?

– Je ne sais rien du souhait de Sa Majesté pour le don de l'incunable, l'informé-je avec le peu de calme dont je suis encore capable, car mes maux de tête se sont intensifiés à l'évocation du roi. Je peux juste vous confirmer que je connais la famille royale de Karanie : mon amie Milly est effectivement la fiancée du prince Mark Von Karan.

La chef bibliothécaire s'empare d'une chaise et s'assoit sans grâce dessus, s'éventant avec sa main.

– La personne qui vous a téléphoné s'appelait Bilka ? lui demandé-je en me souvenant avoir entraperçu la secrétaire du roi, ici à Édimbourg.

– Oui... Seigneur, nous n'avons que quelques heures pour nous organiser alors ! s'exclame-t-elle, affolée.

Devant notre incompréhension, elle nous explique que le roi lui-même apportera le livre demain avant de s'envoler vers son pays. Le comité se voit donc dans l'obligation de préparer une réception de remise de l'incunable en un temps record : ce n'est pas tous les jours qu'un roi visite la bibliothèque !

Elles sont toutes les deux stressées mais enthousiasmées à l'idée de rencontrer cet énigmatique et séduisant roi. Elles disparaissent les heures suivantes afin de prévenir les hautes instances. Assise à mon bureau, je tente de continuer à classer des fiches datant du dix-huitième siècle et provenant de la bibliothèque privée d'un comte écossais. Je dis bien « je tente », parce que le visage du roi m'apparaît à chaque feuillet. Demain, je me fais porter pâle : je ne veux absolument pas le croiser dans les couloirs. Je ne comprends pas sa démarche, que cherche-t-il en offrant ce livre ? Une reconnaissance ? Un échange durable avec l'Écosse ?

Ou est-ce qu'il y a un rapport avec toi, Elsie ? Nan, ne sois pas si prétentieuse !

Lorsque Joan revient, elle m'avertit que la cérémonie aura lieu à dix heures et que ma présence est requise.

Putain, il fait chier, ce roi !

Je ne décolère pas de la soirée, je cherche un moyen de ne pas me pointer au boulot demain matin. Invoquer une rechute ? Joan a remarqué que j'allais mieux en fin de journée. Que ma roue a crevé ? Je n'ai pas de voiture… Je me suis fait renverser par un bus sur le chemin de la bibliothèque ou mieux : le chien de ma propriétaire m'a mordue ! Nan, c'est un Yorkshire…

Calée dans mon lit, un plateau rempli de *shortbreads* et de *fudge* vanille (aucune réflexion admise sur mon régime alimentaire, ces deux jours ont été pourris !), je surfe sur le Net : je veux voir si des infos circulent sur le séjour du roi et sa subite envie d'offrir un livre à la bibliothèque nationale d'Écosse. *Losh !* Toute la journée, les journalistes ont publié des dizaines d'articles sur cette foutue remise d'incunable. Pour la première fois de ma vie, je brûlerais volontiers un livre, un Précieux à mes yeux, rien que pour m'éviter de me retrouver en face de lui ! Comment en suis-je venue à avoir de telles idées sacrilèges ? Hein ?

À cause de lui, je me torture le cerveau. Les photos du roi se multiplient sur les réseaux sociaux, les magazines en ligne et même dans des articles sur l'économie ; rares sont celles prises à son insu. Ludmilla a vraiment planifié à la perfection la sortie de son anonymat : il ressemble à l'image qu'il donne à tous, avec ses tenues soignées, ses demi-sourires et ses postures calculées.

Un roi parfait, lisse et exemplaire, le genre qu'on trouve dans les films guimauves de l'après-midi.

Ce qu'il n'est pas ! Parce que ses yeux peuvent briller d'une excitation enflammant n'importe quelle petite culotte, ses mains peuvent provoquer des frissons par de simples caresses légères sur un genou, quant à son sexe, il procure des orgasmes si puissants que les filles qui ont la chance de le sentir entre leurs jambes en rêvent à vie chaque nuit.

Moi la première !

Alors pour ma santé mentale, je voudrais éviter tout contact avec ce personnage qui aurait dû rester dans son conte de fées au lieu de me harceler jusqu'ici ! Je me redresse soudain dans mon lit, renversant mon thé sur mon plateau. Je viens de tomber sur une info qui ne devrait normalement pas avoir de rapport avec le roi. Pourtant… Je cours prendre mon ordi, j'ai besoin d'un écran plus large.

Sur le site de la BBC Scotland est relatée l'arrestation de deux terroristes présumés qui se planquaient dans la banlieue d'Édimbourg depuis plusieurs semaines. Les autorités britanniques ont été aidées par un informateur secret. Mais un détail sur la photo de l'arrestation a attiré mon regard. Je l'agrandis au maximum et ma première impression s'avère être juste : la mallette renforcée tenue par l'un des militaires cagoulés est la même que celle du balèze qui a débarqué au château de Kirkliston. Dessus, le blason du royaume gravé dans le métal, à peine visible sur cette image, mais avant-hier, je l'ai bien vu et je mettrais ma main à couper qu'il y a un rapport entre ce fait divers et la venue du roi ici. La petite délégation qui a débarqué au château est au service de Sa Majesté. Je n'ai fait que les entrapercevoir, pourtant j'ai noté leur attitude d'hommes aguerris au combat ; le chef devait être celui que j'ai croisé brièvement dans le hall, celui de la fameuse mallette. Quel est le lien entre cette affaire de terrorisme et la Karanie ? Et un incunable ?

Question à un million de shillings qui ne me concerne pas de toute façon !

Encore une raison qui me dit que je ne suis qu'un sextoy avec des jambes à ses yeux. Il est venu régler un problème diplomatique ici et a voulu en profiter pour tirer un coup avec l'étudiante du coin qu'il veut à sa disposition. Mais il croit quoi, ce roi ? Qu'il lui suffit de claquer des doigts et je m'allonge ? Dans ses rêves, oui ! Déçue par lui et furieuse contre moi, je me couche avec un comprimé qui m'emportera peut-être plus vite dans les bras de Morphée.

Le lendemain matin, devant l'entrée de la bibliothèque, les journalistes se pressent devant les cordons de sécurité ; derrière, une foule de militants anti-Brexit brandissent notre drapeau écossais, saisissant chaque occasion de montrer leur attachement à l'Europe. Je serais avec eux si je ne devais pas travailler. Le mieux est de contourner le bâtiment et que j'entre par la porte de service. L'effervescence règne dans le hall où je ne m'attarde pas, je file au dernier étage, celui du personnel. C'est pareil cependant dans les couloirs, ils veulent tous avoir une chance de l'apercevoir.

Oui, mesdames, il est canonissime, mais c'est un putain de roi que je ne vous conseille pas d'approcher !

Helen Roley discute avec Joan quand je rentre dans le bureau où le soleil tape déjà fort à travers les baies vitrées.

– Ah, enfin, vous êtes là ! s'exclame la grande chef.

Un coup d'œil sur mon portable m'indique que je suis même en avance de dix minutes alors ses réflexions, elle se les garde ! Je m'installe devant mon ordinateur.

– Mademoiselle MacNee, nous descendons maintenant dans la salle de lecture des manuscrits, m'ordonne Roley.

Je me relève donc de ma chaise, j'espérais avoir le temps de m'abrutir dans le travail avant son arrivée. Raté. Dans l'ascenseur, la nervosité nous empêche de parler. Pour des raisons différentes, bien sûr. Joan et Roley craignent de n'avoir pas eu assez de temps pour préparer la réunion. Moi… J'ai peur que ma tension sexuelle ne s'inscrive en énormes lettres clignotantes sur mon visage. Il suffit que je pense à ce qui s'est passé dans son bunker et me voilà obligée de croiser les jambes pour calmer mon intimité en feu.

– Comment est-il? demande Joan qui malaxe ses mains osseuses.

Merde! Comment pourrais-je le décrire sans me trahir?

– Royal.

Aucun autre mot décent ne me vient à l'esprit, j'aurais bien dit: « Bien monté », « Vous fait jouir avec ses doigts en deux secondes » ou « Embrasse comme un dieu », mais impossible, hein? Roley me jette un regard empli de reproches; je sais, je ne les aide pas, là.

– Ce que je veux dire, c'est qu'il est sympathique pour un roi. Il est à l'écoute et aime l'histoire, précisé-je avec une sincérité qui m'étonne moi-même.

Bien que distant, il se comporte toujours de façon très civilisée avec les gens. Enfin, presque…

Le hall est envahi par les journalistes accrédités qui nous suivent des yeux quand nous pénétrons dans la salle réaménagée pour l'occasion. Je préfère me caler dans un coin, loin de ce bordel. J'ai une trouille de le revoir qui me donne des sueurs chaudes, pourtant je n'ai plus de fièvre, du moins médicalement parlant parce que sexuellement, je suis surexcitée et il va le voir, c'est sûr. Je n'ai jamais pu cacher mes émotions, le contraire de lui et de son contrôle à toute épreuve qui s'apparente pour moi à un superpouvoir.

Occupée à scruter la porte, je ne vois pas le chancelier de la bibliothèque arriver vers moi. Il me demande de le suivre jusqu'au parvis pour accueillir le roi. Je ne peux pas refuser… Mais ça ne m'enchante absolument pas de quitter mon abri !

À l'heure pile, la voiture du roi se gare devant nous. Cette fois, deux drapeaux de la Karanie ont été vissés sur le capot, voyage officiel oblige. Son chauffeur lui ouvre sa portière, je retiens ma respiration en me mordant la langue. Mon cerveau surchauffe car je veux et ne veux pas le revoir. Il sort et je constate tout de suite que j'ai Sa Majesté devant moi : il porte son costume bleu cobalt avec, brodé sur la pochette, les armoiries de son pays. Il se tient très droit et en impose à l'ensemble des personnes présentes, augmenté en ça par l'impressionnant service de sécurité. J'admets qu'un chef de gouvernement en a besoin, or, là, on frôle celui du président américain. Pourquoi a-t-il autant de protection autour de lui ?

Le chancelier s'avance et lui souhaite la bienvenue, suivi de Helen Roley dont le sourire enjôleur m'écœure : elle pourrait être sa mère ! Je suis méchante, peut-être qu'elle a autant de différence d'âge avec lui que lui avec moi. Je suis persuadée d'ailleurs qu'il me prend pour une gamine écervelée.

– Bonjour, mademoiselle MacNee, me salue-t-il avec un calme qui me gonfle.

En revanche, ses yeux me transpercent le cerveau, il appréhende ma réaction, c'est sûr.

– Bonjour, Votre Majesté. Votre séjour en Écosse est-il agréable ?

– Pas autant que je l'aurais souhaité.

Dois-je prendre sa remarque pour moi ?

– Parce que vous avez un pays à gérer.

Touché !

Aucune émotion n'est lisible sur son visage pour un néophyte mais je remarque que ses mâchoires se sont imperceptiblement contractées, il n'apprécie pas mon retour de boomerang, et en public en plus.

– Monsieur le chancelier, le livre est dans cette mallette, indique-t-il en montrant le militaire, celui du château, avec une caisse blindée.

Mes yeux ne peuvent alors plus se détacher de cette mystérieuse mallette en métal dont j'aperçois nettement le logo, que je croyais être celui de la photo de l'arrestation. Je me suis fait des films, ce truc ne sert qu'à transporter l'incunable, je suis vraiment conne !

Le chancelier entraîne le roi à l'intérieur sous des centaines de flashs. Je les suis aux côtés de Crâne Rasé, le type d'hier, qui ne me décoche pas un regard. Dans le hall, une partie du personnel de la bibliothèque nous attend, téléphone portable à la main. Je me tiens en retrait, je ne veux pas apparaître sur une quelconque photo qui circulera à coup sûr sur Insta ou Facebook. Je ralentis le pas car maintenant que j'ai fait ma B.A. en accueillant le roi, je voudrais filer à mon bureau, et je me déporte vers l'ascenseur avec discrétion. C'était sans compter Crâne Rasé. Il m'attrape par le bras et me murmure :

– Sa Majesté requiert votre présence pour la cérémonie.

– Aucun intérêt, lui rétorqué-je en essayant de me dégager.

– Mademoiselle MacNee, s'il vous plaît.

Putain, ce militaire au visage de baroudeur qui en a sûrement vu de toutes les couleurs me supplie ? Je regarde le roi au fond de la salle de lecture, en discussion avec Roley et Joan. Quel est le pouvoir de cet homme pour qu'un mec tel que son garde du corps en arrive à me prier de le suivre ? À contrecœur, je lui obéis. Je m'assois sur la dernière rangée de sièges, apportés ici à la hâte ce matin. Les invités triés sur le volet s'installent à leur tour pendant que le roi se met derrière le pupitre, le chancelier à sa droite. Il tapote sur le micro puis lève la tête vers l'assemblée admirative qu'il parcourt lentement du regard. Ses yeux stoppent net sur moi. Rien ne peut indiquer son humeur, sauf ses pupilles d'acier qui brillent d'un éclair fugace de colère. Il se reprend très vite, je ne pense même pas que quelqu'un ait remarqué notre altercation visuelle. Le chancelier commence son petit discours de remerciements, s'ensuit celui du roi qu'il récite sans mémo. Je l'écoute, les yeux sur mes pieds que j'ai vernis d'un beau rouge vif hier soir.

J'aime beaucoup cette couleur sur mes ongles.

Je suis tirée de ma rêverie pédestre lorsque mon cerveau entend mon nom cité par le roi :

– … Mlle MacNee nous a été d'une grande aide. Grâce à ses recherches, nous pouvons désormais établir un lien historique entre le royaume de Karanie et l'Écosse.

Et là, je réalise que cinquante paires d'yeux sont tournées vers moi parce qu'il me fixe sans qu'un seul muscle de son visage remue. Moi, je n'ose plus bouger un orteil, mes mains sont collées à mon siège en plastique, un rictus censé être un sourire se forme sur ma face rouge écarlate. Je me serais bien passée de cette minute d'attention.

– Monsieur le chancelier, mon pays vous offre cet incunable avec des enluminures effectuées par les moines du monastère de Svete Plicje au douzième siècle.

Les remerciements d'usage suivent la remise officielle du livre, puis le service d'ordre du roi l'évacue promptement vers la salle où est dressé le buffet, servi en petit comité. Je me faufile dans le hall, pressée de rejoindre mon bureau. Raté. Encore. Crâne Rasé s'interpose entre moi et l'ascenseur.

– Le roi vous attend à la réception.

Je grimace, j'ai horreur qu'on me donne des ordres alors je passe mes nerfs sur les boutons de ce foutu ascenseur qui ne veut pas venir me délivrer.

– Vous direz au roi que… ben, que je décline son invitation, j'ai du boulot qui s'entasse sur mon bureau.

À l'évidence, Crâne Rasé ne s'attendait pas à un refus de ma part. Il pince les lèvres et fronce les sourcils, comme dégoûté par ma réaction.

Nous sommes en Écosse, pas dans la tyrannie de Karanie! Je suis libre de mes mouvements!

Mais Joan nous aperçoit et m'interpelle:

– Dépêche-toi, nous sommes attendues au buffet.

Le balèze semble se relaxer quand je suis ma tutrice en traînant des pieds. Je rentre dans la salle avec un sourire figé qui ferait dire à Calum que j'ai un balai planté dans le derrière. Ouais, il serait moins poli que ça… Bon, j'ai promis d'être la parfaite meilleure amie, je ne veux pas que Milly ait à subir les conséquences de ma colère envers le roi.

Une vingtaine de personnes sont là, à siroter du champagne et à engloutir des petits fours, mais seuls le chancelier et Roley discutent avec le roi, les autres se tiennent à distance. N'oublions pas que le Royaume-Uni est une monarchie constitutionnelle, le sang royal intimide, même les Écossais. Et lui peut-être encore plus à cause de son magistral charisme. Joan se dirige vers le trio, j'en profite pour filer vers le buffet en espérant que les bulles calment ma tension. J'avale plusieurs gorgées d'un coup.

– Tu es une adepte du *binge drinking*?

Le roi a parlé à voix basse mais même comme ça, il est autoritaire.

– Votre Majesté m'a parlé? lui réponds-je, mes lèvres formant un sourire hypocrite.

Contrarié, il boit d'un trait son verre qu'il pose ensuite un peu trop violemment sur la table, faisant trembler les autres coupes.

– Allons voir l'incunable, propose-t-il.

– Il est dans l'autre salle, les journalistes…

– Ils sont partis, me coupe-t-il. Viens.

Parce que je ne veux pas faire de scandale, je lui obéis. Encore. Ma langue brûle de l'envoyer balader. Crâne Rasé referme la porte derrière nous. Voir cette immense salle vide où, en général, des dizaines de personnes défilent par jour est bizarre, seuls les ordinateurs allumés y mettent un peu de vie. Je ne suis soudain pas très à l'aise parce qu'au fond, dans la pénombre, deux autres gardes du corps se tiennent immobiles de chaque côté de la porte principale, probablement à surveiller l'incunable. Le roi ouvre le livre encore posé sur le pupitre :

– Notre université dirige surtout ses études vers le bassin méditerranéen mais grâce à ton excellent travail, nous avons pu approfondir nos recherches sur l'histoire du siècle des Lumières dans notre pays et ainsi nous orienter vers le nord de l'Europe. J'ai pensé que ce cadeau pouvait être le début d'échanges universitaires entre l'Écosse et la Karanie.

– C'est gentil de ta part et… merci pour le compliment.

L'ouvrage est magnifique, j'en tourne quelques pages délicatement puisque je n'ai pas de gants. Je suis toute chamboulée d'avoir l'honneur de le feuilleter en exclusivité mais en vrai, c'est de sentir le roi et l'odeur de son parfum boisé à cinquante centimètres qui me bouleverse ; ma peau se hérisse de voir sa main bronzée sur le pupitre et mes seins pointent sous ma robe légère. Quant à ses yeux bleu acier, ils me font presser mes cuisses l'une contre l'autre, ils me fixent quasiment sans cligner. Le silence entre nous devient gênant, je referme le livre avec précaution.

– Merci d'être venue à cette réception, reprend-il.

– Je n'ai pas eu le choix.

Ma réponse ne lui plaît pas, il se contracte, ses doigts pressant le rebord de la tablette. Au bout de quelques minutes, il desserre à peine les dents quand il m'assène à voix basse :

– C'est ce que j'ai cru comprendre, vu ton attitude. Tu ne voulais pas me voir?

– Non.

– Elsie… Je suis un chef de gouvernement avec des obligations dont tu n'as aucune idée. Je suis désolé que tu aies pris le fait d'être obligée de rester dans la chambre comme une entrave à ta liberté, mais je tiens au secret de mes activités.

– Message reçu… répliqué-je sans dissimuler mon sarcasme. Et merci encore pour cette généreuse donation, c'est un ouvrage magnifique.

Sujet de conversation neutre égale tension normale.

Je parle de lui, hein… Pas de moi, évidemment! Je suis partagée entre le fait de frapper sur sa poitrine pour obtenir une réaction humaine ou sauter sur ses lèvres. Je bous intérieurement, ma poitrine se soulève à intervalles irréguliers si bien que je suis obligée de respirer la bouche ouverte. Bien sûr, je ne fais rien de tout ça, je lui tends la main pour signifier que nous en avons fini. Il me la prend et mon cœur s'affole, je suis persuadée qu'il peut le sentir battre dans mes doigts. Il me la tient plus que nécessaire avant de retirer la sienne en un geste brusque.

– Ravi que nous soyons arrivés à un accord. Au revoir, Elsie, il est temps pour moi de partir.

Sur ce, il tourne les talons après un hochement de tête pour salutation.

« Je tiens au secret de mes activités. » Ses paroles résonnent dans mon esprit avec un sens différent maintenant. Je peux comprendre que certaines transactions diplomatiques demeurent secrètes, j'ai suffisamment de connaissances en histoire pour savoir que l'art de la guerre ne se situe pas que sur les champs de bataille et que la politique nécessite souvent des accords inconnus du public. Ses mots se gravent dans ma tête comme un message clair et limpide : je ne suis qu'une simple étudiante qui doit rester à sa place, loin des affaires des grands de ce monde dont il fait partie.

Mêle-toi de tes affaires, Elsie !

C'est ce que dirait mon petit frère Elliott qui ne supporte pas que je fouille dans sa chambre – où je vais contre mon gré ranger son foutoir sur ordre exprès de ma mère, car si ça ne tenait qu'à moi, je le laisserais dans sa saleté dégoûtante d'ado.

Le reste de la journée, je le passe à me triturer le cerveau. Impossible de penser à autre chose qu'au roi. J'essaie de lier l'attitude très royale qu'il a eue ici à la bibliothèque et celle dans la chambre du château quand il m'a contemplée me caresser avec des yeux remplis de désir. Deux facettes incompatibles pour moi. Et pourtant… Est-il une sorte de Dr Jekyll et Mr Hyde ?

Je m'endors avec cette idée qui ne me satisfait pas ; je n'ai vu en lui aucune méchanceté, juste une habitude presque paranoïaque de se dissimuler aux yeux du monde.

Sauf quand il me regarde.

15

Darian

Une semaine que je suis rentré à Letaspok et ma tête va exploser ! Ma queue aussi…

Je pense à elle pendant que je nage dans la piscine du palais où elle effectuait ses longueurs journalières. Maintenant, je n'utiliserai celle de ma maison qu'en hiver, elle a raison, c'est génial de voir la mer bleu turquoise et les montagnes de Karanie à partir d'ici.

À elle encore quand j'emprunte mon bunker qui me rappelle l'odeur de sa peau et l'envie de la lécher partout…

À elle quand je traverse le boudoir pour aller à l'héliport, là où j'ai touché sa peau la première fois quand elle m'a tiré la langue et que mon attrait sexuel pour elle a réellement commencé…

Depuis mon couronnement, je fonctionne par automatismes. Or j'ai découvert par son intermédiaire que la spontanéité – distillée avec parcimonie, bien sûr – pouvait agrémenter une journée. À ma grande surprise, depuis mon apparition publique à la fête nationale, j'apprécie de représenter mon pays. J'ai souffert – je souffre encore – d'agoraphobie suite au meurtre de ma famille, et je n'ai jamais voulu consulter un psy de peur qu'il ne dévoile mes secrets. Enfermé volontairement à Letaspok, j'avais bâti des limites géographiques et mentales. Je me déplaçais toujours avec une appréhension irrationnelle. Aujourd'hui, je me porte mieux. Je ne suis pas encore très à l'aise près d'une foule, je ne surmonterai pas mes craintes en quelques semaines, j'en suis conscient. Néanmoins, je ne regrette pas une seconde ma décision de prendre enfin ma véritable place de souverain.

La joie de Mark quand je le lui ai annoncé a fini de me conforter dans mon choix : je l'avais enfermé dans un rôle qui n'était pas le sien au détriment de sa propre vie, hors de question de faire perdurer cette situation injuste envers lui. Depuis que Milly est en Karanie, il déborde de bonheur, je ne l'avais jamais vu ainsi. Grâce à mes espions (dont il n'a jamais soupçonné l'existence, mon obsession pour ma sécurité s'étend évidemment à lui), je sais que ses années à Oxford ont été sympas ; avec sa bande d'amis, il a souvent fait la fête, bu beaucoup aussi, rencontré un tas de filles. Milly était régulièrement sur les photos que je recevais mais personne ne m'avait averti des sentiments profonds que mon frère avait pour elle. Parce qu'aucun agent ne les a vus : il les a cachés pour continuer à donner l'image d'un prince qui s'amuse tout en restant une personne responsable. C'est ma faute s'il a dissimulé aussi longtemps son amour. Aujourd'hui, il est si heureux que le palais semble revivre. Je lui dois des années de liberté, je prends donc sur moi d'honorer le planning des représentations royales requises.

D'accord, la remise de l'incunable n'était pas prévue, j'ai trouvé le prétexte d'une rencontre avec le service antiterroriste britannique à Édimbourg, organisée à l'origine uniquement entre leur directeur et le colonel Dolinšek à la suite de l'arrestation programmée d'une cellule terroriste, pour la combiner avec la réception à la bibliothèque nationale. Nul besoin de parler à un psy pour comprendre que je voulais revoir Elsie. Je n'avais juste pas imaginé que cette petite peste puisse se refuser à moi !

Je me contrains à quelques longueurs encore en espérant que mon érection douloureuse s'arrête.

Au château écossais, cet après-midi-là, j'ai pris la bonne décision lorsque je l'ai renvoyée chez elle sans la toucher. Ça m'a coûté un quart d'heure à me masturber sous une douche glacée après avoir assisté à sa fascinante scène érotique. Elle était magnifique quand elle s'est livrée sans pudeur devant moi, les joues rosies par le plaisir, les yeux mi-clos avec ses longs cils naturels qui papillonnaient, la courbure parfaite de ses reins et ses seins, bien que dissimulés sous sa robe, qui pointaient vers moi leurs mamelons tendus. J'étais prêt à coucher avec elle selon mes conditions habituelles. Non seulement elle ne les accepte pas, mais en plus elle était en colère après que mon service d'ordre lui a interdit de se balader dans le château à sa guise. Cette mesure était nécessaire ! Quatre de mes meilleurs agents en mission spéciale débarquaient à Kirkliston, elle ne devait absolument pas les croiser, leur anonymat leur permet de rester en vie ! Ils sont repartis une heure plus tard. Une heure de patience ! C'était tout ce que je voulais…

Enfin, à bien y réfléchir, j'aurais peut-être dû, sans entrer dans les détails, lui en parler avant… Au lieu de la maintenir dans l'ignorance, enfermée dans la chambre. Mais bon ! Je n'ai pas l'habitude d'expliquer mes choix ou pire, qu'on désobéisse à mes ordres !

Mais le roi, aujourd'hui, ne sait comment se débarrasser d'une affreuse envie de baiser avec une mignonne petite Écossaise aux cheveux courts et aux yeux verts malicieux. Mon calvaire a recommencé à la bibliothèque. J'ai puisé au plus profond de moi pour ne pas lui sauter dessus dans la salle de lecture. Mon cerveau me disait d'être concentré sur l'incunable et ma queue me dictait d'envoyer promener mes trois gardes du corps pour la coucher sur un des bureaux et m'enfouir en elle jusqu'à épuisement total. Punition identique après la réception : douche froide. Et en Écosse, même l'été, l'eau est gelée…

Ma sonnerie me rappelle que j'ai une réunion dans trente minutes. Je m'habille quand Mark et Milly arrivent main dans la main près de la piscine. Ils forment vraiment un joli couple, pourtant cette image me fait mal. Je pense à mes parents qui étaient fous amoureux l'un de l'autre jusqu'à leur dernier souffle, mon père ayant essayé de protéger ma mère de ce tragique coup de feu qui leur a été fatal à tous les deux. Je ne connaîtrai jamais cette notion de sacrifice suprême, mon cœur s'est désintégré ce jour-là ; une seule et minuscule parcelle a survécu. Pour Mark uniquement.

Pour personne d'autre.

– Bonjour, Votre Majesté ! s'exclame Milly avec enthousiasme.

Cette jeune femme est toujours souriante, avenante et aimable. Ludmilla ne jure que par elle et Bilka lui confectionne des gâteaux karaniens. C'est dire s'ils l'apprécient tous.

– Bonjour, Milly. Vous savez, maintenant vous pouvez m'appeler Darian.

J'aurais offert la Lune à Mark qu'il n'aurait pas été aussi rayonnant.

– Euh… Je ne sais pas, bafouille Milly. Je vais essayer.

Sa timidité est touchante. Comment la peste et elle peuvent-elles être les meilleures amies du monde ? Elles sont si différentes ! Milly ôte alors son paréo et dévoile un superbe corps. Elle est extrêmement belle et très photogénique : les photos officielles de mon frère et elle ont fait la une de tous les journaux de la planète, ils sont le couple de l'année. Elle descend ensuite dans l'eau, j'en profite pour lacer mes chaussures.

– Merci, dit Mark.

– Arrête de me remercier. Tu es mon frère, tu sais que je ferais tout pour te rendre heureux.

– Oui, mais je sais aussi ce que ça te coûte.

Je fronce les sourcils : d'où sort-il ça ?

– Ne me fais pas ta tête de grand frère en colère ! Je te connais mieux que tu ne le penses.

– Je ne t'ai jamais rien caché, protesté-je faiblement car ma bouche professe un énorme mensonge.

– Sur ça, non. Mais sur tes sentiments profonds, tu es une tombe, Darian. Le peu d'infos que j'ai pu glaner en te regardant depuis mon enfance est que tu es le maître des *control freaks*. Tu t'es enfermé vivant à Letaspok volontairement pendant si longtemps que pour toi, seule cette vie de reclus existe.

Je vais pour répliquer mais il me coupe la parole :

– Tu es au courant de tout grâce à tes espions et ta surveillance du Net, d'accord. Oui, oui, je suis au courant, ne t'en déplaise. Mais pour ce qui concerne les relations sociales, tu n'es pas doué.

– Je côtoie beaucoup de personnes.

– Dans le cadre du travail. Mais en dehors, il n'y a que moi.

– Et Milly.

– Maintenant, mais tu n'as pas un seul ami. Tu n'as jamais eu de petite copine !

Je me lève du transat et range mon portable dans la poche intérieure de ma veste, le travail m'attend.

– Il serait peut-être temps que tu songes à te marier puisque tu es enfin sorti de ta bulle, ajoute-t-il en se plantant devant moi.

– Jamais de la vie ! Cette conversation est ridicule.

J'ai élevé la voix, mon frère et moi tournons la tête en même temps vers Milly qui ne semble pas nous avoir entendus. Nous avons tous les deux une conception très particulière de la fratrie : nous ne partageons rien de nos conversations sauf si l'autre donne son accord. D'où le fait que l'intrusion de Milly dans notre vie me pose un problème : je ne sais pas comment l'intégrer dans l'équation concernant nos dividendes commerciaux et surtout par rapport à mes activités annexes. Il est trop tôt pour lui révéler quoi que ce soit, il faudra au moins que Mark soit marié avec elle, parce que mon frère et moi gardons nos actions caritatives en grande partie secrètes pour ne pas attirer l'attention. J'ai de bonnes raisons d'avoir omis volontairement de tout expliquer à Mark. Mais après? Ce que je fais est hautement risqué. Je n'ai inclus qu'en partie mon frère dans mon milieu parallèle, le jour de ses 18 ans, en l'informant précisément des dangers de mes recherches sur notre ennemi, mais il ne sait rien de mes autres investigations. Il doit aussi appliquer ma règle sacrée: aucun renseignement ne peut sortir de mon bunker sans mon approbation formelle.

Mark remet encore une fois cette conversation sur le tapis lors du dîner organisé dans un restaurant à Cõlc pour célébrer la fin de stage de Milly. Elle a prévu de rentrer chez elle quelques jours avant de retourner à l'université.

– As-tu fait une liste de fiancées potentielles? demande-t-il, la bouche à moitié pleine de seiche cuite à la plancha.

Je souffle d'énervement.

– Tu vas me lâcher avec cette histoire?

– Je veux des neveux et des nièces, moi!

– C'est à toi de faire des enfants.

Les joues rouges, Milly plonge le nez dans son assiette. Je pose mes couverts et mes coudes sur la table.

– Ah, je constate que vous n'en avez pas encore parlé. Alors mettons les choses au clair: ma vie privée ne vous regarde absolument pas. Je ne compte ni me marier ni avoir des enfants. Ce qui signifie que toi, Mark… et vous Milly, bien sûr, si vous le souhaitez, êtes en charge d'assurer la descendance des Von Karan.

Mark a cessé de manger, il est blême et repousse son plat, tandis que Milly me lance un regard désolé.

Qu'est-ce qui les choque dans ce que je viens dire ? J'ai encore le droit de décider de ma vie.

– Comment oses-tu t'ingérer à ce point dans ma vie ? Et dans celle de Milly ? gronde Mark.

Je suis effaré par sa réaction et il s'en aperçoit.

– Tu ne comprends pas que tu vas trop loin ? J'ai fait tout ce que tu m'as demandé depuis toujours, mais ne me demande pas d'assurer à moi seul notre dynastie et encore moins de faire peser avant même qu'ils soient conçus le poids de la couronne sur la tête de mes futurs enfants !

– Cette couronne ne m'était pas destinée non plus… marmonné-je.

– Non, je le sais bien, poursuit mon frère. Mais nous sommes tous les deux dans cette même galère. Je ne veux pas y être tout seul et entraîner en plus Milly avec moi, elle ne le mérite pas.

Mon coude sur la rambarde en fer forgé du balcon, je les observe tous les deux. Ils se tiennent la main, ils sont déjà soudés, comme un vrai couple. Je détourne la tête et regarde les bateaux de plaisance naviguer sur une mer d'huile où la lune se reflète par ondulation. Au loin, les lumières du palais donnent à Letaposk l'allure d'une élégante frégate. D'ailleurs, les touristes sillonnent la nuit autour de mon île-refuge pour la photographier. J'entends le ressac des vagues sur les rochers en contrebas. Mon cerveau, lui, essuie une tempête qui m'oblige à gagner du temps.

– Je comprends votre position, leur réponds-je après plusieurs minutes.

Le patron du restaurant en personne vient débarrasser notre table, il a privatisé pour nous sa terrasse à l'aplomb des rochers. Un bel endroit pour amoureux avec des lumières tamisées et des guirlandes de fleurs fraîches le long des balustrades.

– Je n'ai jamais voulu une seconde fonder une famille, alors permets-moi de réfléchir à ta suggestion plus en détail, je suis sûr que Ludmilla possède déjà une liste d'éventuelles prétendantes dans un tiroir.

J'ironise mais j'ai une boule à l'estomac rien que d'évoquer cette possibilité.

– Mais vous ne pouvez pas vous marier sans amour ! s'exclame Milly au bord des larmes.

Elle est trop émotive, il faut vraiment qu'elle se blinde !

– Milly, merci de votre sollicitude. Je plaisantais. Je n'ai juste… Juste jamais pris le temps de rencontrer quelqu'un.

Mark porte la main de sa petite amie à la bouche.

– Darian a toujours fait ce qu'il faut pour notre pays, mais maintenant que je suis revenu en Karanie, il pourra penser un peu plus à lui.

Puis mon frère se tourne vers moi, les traits redevenus ceux d'un digne prince Von Karan :

– Je dis ça aussi pour ton bien. Pour que tu aies enfin une vie en dehors de ton bureau.

À mon grand soulagement, il change ensuite de sujet. Il a prévu une rencontre avec les parents de Milly à Londres et tous les deux en profiteront aussi pour sortir avec des amis dans un night-club.

– Je suis trop contente de revoir Elsie et Veda, renchérit Milly.

J'entends son prénom et me voilà avec une érection de malade. Je me sers un verre d'un vin français, un clos-vougeot, peut-être que ce rouge exceptionnel me détendra. Mais quand Mark ajoute dans la liste le nom du comte Erling de Harsem, c'en est fini de ma tranquillité. Je passe la nuit et la journée suivantes à fulminer. Contre moi-même. Parce que franchement, pourquoi ça m'énerve tant qu'Elsie fasse la fête avec de Harsem ? S'ils couchent ensemble, ça ne me regarde pas. Je suis ici, ils seront à Londres.

En fin d'après-midi, Bilka entre dans mon bureau où je suis

enfermé depuis sept heures du matin. Elle m'apporte un thé brûlant et des gâteaux qu'elle adore confectionner pour Mark et moi, une petite attention très maternelle depuis la mort de nos parents. Je lui ai souvent répété que nous étions des hommes adultes et qu'elle n'avait plus besoin de s'occuper de nous, elle refuse à chaque fois. Je la remercie en avalant une bouchée de sa succulente *potica* mais avant qu'elle ne sorte, je la retiens.

– Bilka, demandez à Janov de me préparer une valise pour trois jours. Je pars avec Mark et Milly à Londres.

Elle voudrait répliquer mais je la stoppe.

– Je sais, je vous préviens un peu tard pour annuler mes rendez-vous. Je m'en excuse. Convoquez aussi immédiatement Dolinšek, je le veux le plus vite possible ici. En attendant que le colonel arrive, appelez Ludmilla, qu'elle vienne immédiatement dans mon bureau.

Bilka me connaît bien, elle sait que dans mon état de tension actuel, il faut obéir : je ne supporterais aucune réflexion.

La porte refermée sur ma secrétaire, je frappe plusieurs fois sur mon bureau avec mes poings et ma tasse de thé se renverse sur le tapis de Kerman. Agenouillé, j'essuie ma maladresse avec un mouchoir brodé de mon monogramme. Je ne me reconnais plus, je ne peux plus me concentrer depuis des semaines, je ne dors plus puisque mes nuits se déroulent en partie devant mes écrans depuis mon retour d'Écosse. J'ai enfin réussi à obtenir un début de piste grâce à l'un des tarés de son entourage qui a envoyé un mail à son père mourant. Je surveille cette famille depuis des années, elle a lancé des appels partout afin de convaincre ce mec embrigadé depuis ses dix-sept ans de revenir chez eux. Elle a diffusé une vidéo du père sur son lit, atteint d'un cancer de stade quatre. Ma patience a porté ses fruits : le fils s'est débrouillé pour s'échapper du centre où les membres de cette secte sont confinés ; j'étais convaincu que cet enfoiré de gourou était resté au Canada et effectivement, il se planque au fin fond de l'Alberta. Reste maintenant à le localiser avec précision en envoyant mon commando d'élite. D'où mon angoisse : on n'envoie pas impunément des hommes dans une mission dangereuse. Leur sort me préoccupe au plus haut point, bien qu'ils aient choisi ce métier dangereux.

Alors ajouter à mes neurones déjà stressés un élément perturbateur appelé Elsie ne me facilite ni le sommeil ni mon travail ! Mon idée est d'éliminer un des deux facteurs… Et la petite Écossaise s'avère être la tâche la plus difficile.

Ma décision de ne pas la revoir est inique, je voulais me protéger de mon attraction insensée envers elle. Choix totalement stupide puisque par l'intermédiaire de Milly, j'y serai obligé à un moment ou à un autre. Autant crever l'abcès tout de suite : une dernière fois avec elle et on n'en parle plus. Quand nous nous recroiserons en quelque occasion que ce soit, mon appétit pour elle aura disparu. Je bouleverse mes plans dans cet unique but : me vider l'esprit et le reste…

***

Mon chauffeur arrête la voiture au pied de l'escalier du jet, mes bagages sont déjà dans la soute avec la valise diplomatique. En montant les marches, mes doigts me démangent, j'ai hâte de la toucher. Ou plutôt de la posséder. Elle commence sérieusement à m'obséder, ça m'inquiète parce que je concilie obligations professionnelles et plaisir. Une première dans ma vie. Néanmoins, je n'ai pas le choix, résister me fatigue trop.

Quand j'apparais dans la cabine, Mark bondit sur son siège.

– Qu'est-ce que tu fais là ?

J'ai averti peu de personnes de mon départ, je ne voulais pas risquer qu'Elsie l'apprenne par Milly et qu'elle renonce du coup à venir pour éviter de me voir.

– J'ai des affaires à régler à Londres.

Mark fait la grimace, il ne me croit qu'à moitié. Logique, j'ai l'habitude de lui donner mon planning officiel longtemps à l'avance, alors il consulte son portable (crypté sur mon ordre) et secoue la tête.

– Tu devais te rendre à Ljubljana aujourd'hui.

– Changement de programme.

Il jette un regard en coin à Milly qui est plongée dans un bouquin, écouteurs sur les oreilles, et qui ne se pose pas de question, elle. Il me demande si mon déplacement est lié à notre société de médias. Je ne le contredis pas en hochant légèrement la tête. Il y a un peu de ça, mais je ne lui avouerai pas qu'en vérité, il y a un lien direct avec Elsie.

Ai-je peur de sa réaction parce qu'elle ne correspond en rien à l'image d'une prétendante ?

J'attache ma ceinture, commande une coupe de champagne à mon hôtesse et allume mon ordinateur de voyage : travailler m'empêchera de penser aux conséquences de mon irrationalité.

Et de répondre aux questions muettes de mon frère.

À Heathrow, je laisse les amoureux rejoindre les parents de Milly venus exprès les accueillir, je ne veux pas les rencontrer maintenant. Non seulement il est trop tôt dans leur relation pour que je leur sois officiellement présenté, mais je ne suis pas d'humeur à voir ces gens se confondre en courbettes devant moi. De plus, j'ai rendez-vous avec mes agents spéciaux à notre ambassade, près de Grosvenor Square. Avertis de mon arrivée à la dernière minute, les employés sont paniqués, à commencer par mon ambassadeur. Il faut dire que c'est la première fois que j'honore une de nos ambassades ou consulats d'une visite officielle. J'apprécie en tout cas leur efficacité : tout est prêt pour notre important briefing.

Je suis encore plus fatigué à la sortie de cette réunion sous tension dont le but était de mettre au point un protocole de surveillance dans l'Alberta ; je desserre ma cravate une fois dans la voiture. Un quart d'heure de trajet me sépare de chez moi. Mes parents ont acheté une propriété à Londres à la naissance de mon frère aîné en prévision de ses études universitaires. Je l'ai fait réaménager à mon goût et j'ai surtout fait effacer toute trace de son passage ici. J'avais pensé la vendre, mais en hommage à ma mère qui se réfugiait souvent dans la capitale britannique, je l'ai gardée et Mark en a souvent profité.

Là aussi, le personnel est sur les dents quand je pénètre dans le hall. Alignés le long d'un mur blanc, ils se présentent les uns après les autres. La gouvernante, une certaine Mme Murphy, me mène jusqu'à ma suite royale. Une fois seul, je m'écroule sur l'immense lit, mon bras sur les yeux. Depuis des jours, je me concentre sur mon objectif qui n'a jamais été aussi proche. Mais au fond de moi, je sais que mon obsession est ailleurs. Elle a de grands yeux verts, une large bouche qui éclaire un petit visage et un cou à la peau de pêche que je voudrais mordre. Une image d'elle en maillot de bain au bord de la piscine à Letaspok et je bande si fort que je dois défaire mon pantalon.

Des cris me sortent de mes divagations, Mark et ses amis viennent de débarquer. Après quelques minutes de repos salutaires pour ma queue, je descends leur dire bonjour, mais dans l'escalier en pierre de taille, je stoppe net.

Elle ne devait arriver que demain !

16

Elsie

Nous voici à Londres dans un quartier hyper chic… Ouais, les Von Karan ont bien sûr (pourquoi suis-je étonnée ?) une propriété ici. Milly m'a vendu cette escapade en me certifiant que leur « pied-à-terre » n'était qu'une maison en brique. Putain de baraque, oui ! Le prix est à huit chiffres au moins ! Et Veda qui a insisté pour venir un jour plus tôt car ses parents lui ont organisé un rendez-vous avec son fiancé après-demain…

Si ce n'était pas pour Milly qui m'a beaucoup manqué ces deux derniers mois, je serais repartie à la maison. Mon stage est terminé, je suis ruinée parce que je n'ai pas eu le temps de trouver un deuxième job et ma famille me réclame.

Alors qu'est-ce que je fous devant cette porte encadrée par deux molosses à oreillettes ? Peut-être que je suis maso et que je ne peux plus me passer de la Karanie ? Après présentation de nos pièces d'identité, nous sommes autorisées à entrer dans le hall où nous sommes accueillies par les cris d'excitation de Milly.

– Qu'est-ce que je suis contente de vous voir et faire la fête avec vous ce soir !

Elle se jette sur Veda et moi, nous étouffant presque avec ses câlins. Lorsqu'elle nous lâche, Aloïse et Henrik nous saluent.

Les hurlements de ma copine ont alerté les autres qui déboulent dans le hall.

Et c'est là que je reste figée car sur les marches de l'escalier se tient le roi, la main agrippant la rambarde comme s'il voulait la casser. Gustav remarque à son tour le souverain.

– Bonjour, Majesté, dit-il avec son accent nordique.

– Bonjour, comte de Bedland. Comment vont vos parents ?

– Bien. Je vous remercie, Votre Majesté.

Notre petite troupe s'est retournée comme un seul homme vers le roi. Veda se planque derrière moi, intimidée. Il nous toise tous puis descend nous saluer un par un. J'attrape Veda par le poignet et la présente moi-même, une formalité puisqu'il sait déjà pertinemment qui elle est grâce à toutes ses foutues investigations.

– Bonjour, Sire. Voici notre amie, Veda Sap, qui suit des cours d'histoire avec moi.

– Enchantée, mademoiselle Sap.

Ma pauvre copine ne peut que secouer la tête, aucun son ne sort de sa bouche.

Ouais, je comprends, il fait cet effet à toutes les filles…

Je suis moi-même en mode « pile en surchauffe ». Je ne savais pas qu'il serait là. Si ça avait été le cas, je ne serais jamais venue à Londres. C'est si dur de le voir et de ne pas pouvoir le toucher… Son message à Édimbourg en partant était limpide : restons loin l'un de l'autre.

– Pourquoi ne m'as-tu pas dit que le roi serait là ? murmuré-je à Milly que j'ai poussée au fond du hall.

– Il s'est pointé dans l'avion, nous n'étions pas au courant. Et puis, qu'est-ce que ça peut faire ? Il a un tas de trucs à s'occuper.

Une femme habillée en gouvernante nous invite alors à la suivre dans la véranda où le thé est servi. Merci pour la diversion, si je peux éviter d'être dans la même pièce que lui… Notre bande reconstituée se dirige en riant vers le grand salon qui donne sur une immense véranda dans le plus pur style anglais. Mais le roi me retient par le bras.

– Mademoiselle MacNee, je dois vous parler de vos recherches, m'informe-t-il d'une voix forte et sèche.

Erling et Mark se retournent, étonnés. Le roi remet aussitôt ses mains dans le dos.

– Cet été, elle nous a aidés dans nos recherches historiques, j'ai des détails à voir avec elle. Elle viendra après.

Les deux garçons ne cherchent pas plus d'explications et partent rejoindre les autres. Le roi m'attrape fermement le coude et m'emmène dans un bureau où l'immense tableau de l'ancien monarque, différent de celui qui trône dans son bureau à Letaspok, semble écraser la pièce, puis il ferme la porte à clé. J'ai promis d'être courtoise et souriante en public. Pas quand je suis seule avec lui…

– Qu'est-ce que tu me veux encore ?! sifflé-je à voix basse de crainte que les autres ne nous entendent.

– Je n'ai jamais été accueilli aussi mal ! gronde-t-il en s'approchant de moi.

Je recule mais me heurte au lourd bureau en chêne massif. Il s'arrête à un mètre, les mains dans les poches d'un jean bleu foncé d'une grande marque, on dirait qu'il a été coupé uniquement pour mouler à la perfection ses longues jambes (ce qui pourrait être le cas, d'ailleurs…). Il porte un pull fin gris anthracite qui dessine parfaitement les muscles de ses épaules.

Losh, comme toujours, il est si classe !

Et absolument divin…

Je commence un peu à le décrypter, il se contrôle mais ça lui demande beaucoup d'efforts. Je le vois, il respire lentement en aspirant de petites bouffées d'air, ses biceps tressaillent sous ses manches et ses yeux lancent des éclairs bleutés. Ma colère s'estompe, remplacée par une tension d'une tout autre nature qui me fait sourire.

– Je t'amuse? remarque-t-il, encore plus agacé.

– Oui.

Il fait plusieurs pas en arrière, ses traits retrouvant une neutralité parfaite. Je préfère encore qu'il soit énervé contre moi plutôt que cette froideur « royale », avec ses mains dans le dos et ses yeux fixes. Il me semble si loin alors que nous nous tenons dans la même pièce.

– Que fais-tu à Londres? demandé-je avec un calme que je n'éprouve absolument pas.

– C'est confidentiel.

Sa réponse pourrait être vraie si ses pupilles bleues ne s'étaient pas mises soudain à danser sur mon corps, me provoquant une montée d'adrénaline.

– Si tu continues à jouer avec mes nerfs comme ça, c'est moi qui vais disjoncter et crois-moi, tu n'as pas intérêt à être dans les parages!

– Tu menaces un roi? s'amuse-t-il.

– Non. Je te menace, toi, Darian Von Karan! Tu me… Grrr… (Je suis si furieuse que je lève mes bras au ciel et tourne en rond dans la pièce.) Tu m'énerves à un point, t'as pas idée! Tu es si… dominateur! Tu crois qu'avec un simple claquement de doigts, tu peux tout obtenir!

– Tu m'as prouvé le contraire.

Je me retourne vers lui, sa voix est teintée d'humour. Maintenant, c'est lui qui se moque de moi!

– Pas selon tes conditions, non.

Il se contracte, remettant ses mains dans son dos: il redevient le roi. Je ne peux pas le laisser s'éloigner à nouveau, j'ai trop envie de lui.

– Que tu veuilles être dans le noir ne me dérange pas, c'est ton habitude d'être obéi au doigt et à l'œil qui ne peut pas marcher sur moi.

Il s'empare de ma main et me tire contre lui, son léger sourire me fait littéralement craquer. Mes paumes contre son torse musclé, je flotte sur un petit nuage. Finies mes semaines de torture mentale, simplement parce que je suis dans ses bras.

Désolant, le pouvoir qu'il a sur moi…

Mes mains remontent sur ses épaules puis passent derrière sa nuque, ses cheveux sont trop doux. Je me hisse sur la pointe des pieds et l'embrasse sur le coin de la bouche. Il soupire fort avant d'enserrer mon cou de sa main, ce qui m'oblige à le regarder droit dans les yeux.

– J'ai plutôt l'impression que c'est moi qui t'obéis au doigt et à l'œil. Ça fait deux fois que tu m'obliges à venir au Royaume-Uni pour te voir.

– Hum… Votre Majesté a un pays à gérer, alors elle ne vient certainement pas pour baiser avec une simple étudiante écossaise, elle a des choses beaucoup plus importantes à s'occuper, lui rappelé-je sur un ton cinglant.

– Détrompe-toi.

Et sa bouche vient s'écraser sur mes lèvres si fort qu'elle me fait mal. Mais en même temps, je l'attends depuis des mois alors j'enroule ma langue à la sienne avec une frénésie irrationnelle. Notre baiser se transforme en une danse langoureuse, nos mains bougent tel un ballet sur nos corps inassouvis et nos gémissements de plaisir se font écho. Je n'avais jamais eu autant envie d'un homme. Déconcertant et fascinant. Je ne veux plus qu'il s'arrête de me toucher ! Il déboutonne mon pantalon et insère une main dans mon string. Oh, oui ! Il peut continuer jusqu'à la nuit des temps ! Quand il atteint mon bouton, nous grognons ensemble notre satisfaction. Sous l'effet du désir, ma tête se renverse en arrière et il vient alors me la tenir, ses doigts massant doucement mes cheveux. Les lèvres entrouvertes, je cherche mon souffle coupé par la pression qu'il exerce sur mon clitoris.

– Je traverserais la terre entière rien que pour voir les spectacles que tu m'offres, Elsie, murmure-t-il dans mon oreille.

Son aveu me fait ouvrir les yeux, il me regarde avec une telle intensité que j'en frissonne plusieurs secondes. Je ne suis plus en état de lui répondre car il amplifie la friction sur mon intimité puis, quand son doigt s'y enfouit, il m'observe attentivement me liquéfier. Mes jambes flageolent au fur et à mesure que le plaisir monte en moi, il me ceinture alors de son bras pour me maintenir sur mes pieds tandis que sa main poursuit sa fabuleuse caresse. Je ne tarde pas à atteindre l'orgasme, il doit me rattraper avant que je m'écroule sur le tapis. Je m'accroche à son cou, ma joue chaude sur sa poitrine où je sens son cœur battre très vite. Nous restons un moment ainsi sans dire un mot, son menton appuyé sur le sommet de ma tête.

Mais je ne suis pas une égoïste, je descends une main jusqu'à son entrejambe pour toucher son érection compressée dans son jean. Il tressaille sous mes doigts et émet un grognement de frustration lorsqu'il s'écarte de moi :

– Je n'ai pas de préservatif sur moi, Elsie. Je ne peux pas…

– Chut, coupé-je, mon index sur sa bouche.

Il retire mes mains et les bloque dans mon dos.

– Elsie… Non, dit-il d'une voix autoritaire. Tes amis t'attendent.

– Rabat-joie, répliqué-je avec une grimace.

Il a raison, je ne veux pas que l'un de la bande se pose des questions sur notre prétendu « entretien » qui s'éternise, mais n'empêche que ça m'énerve. Sans me lâcher, il extirpe son portable qui vibre dans la poche arrière de son pantalon. Dès qu'il voit le nom de son interlocuteur, il s'écarte pour aller au bout de la pièce. Il ne parle pas mais son visage change radicalement : c'est la première fois que je le vois réagir ainsi, il est devenu blême et une lueur de désespoir se lit dans ses yeux quand il jette un coup d'œil sur l'écran. Sa voix devient tranchante.

– Colonel, envoyez quelqu'un auprès de la famille. Il ne va pas s'en tirer, cette fois-ci ! Je rentre dès demain m'occuper de lui !

Il raccroche, les traits toujours pâles, perdu dans ses pensées, à mon avis, pas drôles du tout. Il appuie les mains sur le mur lambrissé, la tête baissée, rentrée dans ses épaules. Je sursaute quand il se met à frapper à grands coups de poing sur le bois, en proie à une rage qu'il cherche visiblement à contenir. Je ne peux pas le laisser se faire mal ainsi, je m'approche de lui et l'encercle de mes bras. Il a dû oublier ma présence car il tressaille en sentant mes mains sur son ventre.

– Va rejoindre Mark et Milly, ordonne-t-il d'un ton abrupt.

– Je ne te laisserai pas dans cet état !

Il se retourne vers moi ; le visage triste, il garde malgré tout son attitude royale, les épaules droites et un regard impérieux.

– Je suis un chef de gouvernement, j'ai l'habitude des problèmes, alors tu peux aller t'amuser avec les autres.

Il rejette mon aide. Je n'en suis pas étonnée, pourtant, ça m'attriste qu'il n'autorise personne à avoir de la compassion pour lui. Encore une fois, il se renferme dans sa cage d'acier. Ce type est insondable ! Il a érigé une barrière infranchissable autour de lui et si par malheur l'une d'elles tombe, il la remet aussitôt. Comme maintenant.

Le mieux est effectivement que je rejoigne mes amis. Je prends avant un mouchoir en papier dans la boîte posée sur le bureau et essuie mes mains moites. J'en profite pour regarder le grand tableau qui représente l'ancien monarque lors de son couronnement. Bel homme – bon, pas autant que son successeur, j'avoue –, altier dans sa posture, le sceptre royal dans une main et dans l'autre un globe terrestre. Il porte le costume traditionnel karanien avec une cape brodée de…

– Merde ! m'écrié-je en m'approchant de la peinture pour l'examiner de plus près.

Les trois pics… Ils sont brodés sur le pourtour du vêtement.

– Qu'est-ce qu'il y a ? Le tableau a un problème ? demande le roi qui se met à côté de moi.

– Là, les trois pics, c'est l'emblème de ton père ?

– Oui. Pourquoi ?

Je pince les lèvres, mon cerveau court à mille à l'heure dans ma boîte crânienne sur le point de se fracasser sous le poids des questions. Quelque chose cloche et je n'arrive pas à trouver quoi.

– Elsie, pourquoi cette question ?

Soudain sur ses gardes, il me toise, les bras croisés sur sa poitrine.

– C'est l'emblème qu'il y avait aussi sur les mallettes que tu as apportées à la bibliothèque nationale d'Édimbourg.

– Bonne observation. Oui. Un hommage à mon père. Et ?

Bien sûr qu'il a compris que ce n'était pas tout… Je suis incapable de cacher quoi que ce soit, mon visage est un livre ouvert qui me porte souvent préjudice. Je soupire mais cette histoire me tracasse depuis des semaines.

– J'ai vu la mallette avec ce logo sur une photo, lui révélé-je, droit dans les yeux.

Il a arrêté de respirer, la bouche mi-ouverte. L'appel qu'il a reçu l'a contrarié, mais mes paroles le paralysent. Il reste muet de très, très longues secondes qui me paraissent une éternité. Puis les mains jointes sur ses lèvres, il souffle plusieurs fois. Quand je dis qu'il est expert en contrôle de soi… Un autre que lui aurait craqué, j'en suis sûre. Je n'ai aucune idée des conséquences de ce que je viens de dire, néanmoins il y en a, parce qu'il n'est pas tranquille.

– Où ? demande-t-il d'une voix blanche.

– Dans un article sur l'arrestation d'un terroriste planqué à Édimbourg.

Il reste figé un moment à me fixer bizarrement. Je n'ose plus bouger non plus jusqu'à ce qu'il reprenne son téléphone et compose un numéro.

– Code quatre sur le treize août.

Puis il raccroche. Personne ne me croirait si je racontais que je suis tombée par hasard dans une affaire d'espionnage, pourtant c'est exactement ce qui m'arrive. Avec des mercenaires, des codes secrets et des sigles étranges. J'hallucine de me retrouver mêlée à ce genre de truc…

– Je vais voir les autres, marmonné-je en me dirigeant vers la porte.

– Elsie !

À mon tour de me figer à son appel implacable. Je pivote vers lui, il fait les cent pas dans la pièce, à grandes enjambées.

– As-tu parlé de ta découverte à quelqu'un ?

– Non. Qui veux-tu que ça intéresse dans mon entourage ? Mais je suppose que pour toi, c'est important, vu ta réaction.

Il m'attrape les épaules, son visage s'adoucit quand ses mains frottent mes bras de haut en bas avec d'agréables caresses.

– Il est vital que tu ne répètes à personne notre conversation, je pèse mes mots, Elsie. (Il prend alors une grande aspiration d'air.) Je m'apprête à faire quelque chose que je ne fais presque jamais : t'accorder ma confiance.

– En quel honneur ? lui demandé-je, volontairement ironique.

– Tu n'as rien révélé de ce qui s'était passé entre nous à Letaspok. Alors…

– Oui, tu peux me faire confiance. Je te l'ai prouvé jusqu'à présent, il me semble ! Ce qui s'est passé en Karanie reste en Karanie.

– Et ce qui se passera à Londres restera à Londres.

Quoi ? Comment ça, « se passera » ?

En une phrase, il a réveillé mon excitation ; ses yeux en disent long sur ses intentions envers mon corps. Ce qui me plaît beaucoup… Machinalement, je passe la langue sur ma lèvre, un geste de gourmandise anticipée.

– Oh, Elsie ! Pourquoi ai-je toujours envie de te manger ?

Il fond sur moi, un son sourd sortant de sa gorge, ses mains sur mon visage qu'il maintient comme s'il ne voulait pas que je m'échappe.

Losh, il peut me manger autant qu'il le veut !

Ce n'est pas vraiment un baiser, sa langue s'amuse avec légèreté avec la mienne, elle effleure ma bouche, revient dans mon palais puis il mord ma lèvre inférieure. Trop court à mon goût, je suis à nouveau en transe totale, il provoque en moi des sensations mille fois supérieures à tout ce que j'ai pu connaître avec un mec.

Et ça, avec un simple baiser !

– Va rejoindre les autres.

Il ferme ses beaux yeux un instant ; quand il les rouvre, il est revenu en mode « roi sur ses gardes ». Ouais, Dr Jekyll et M. Hyde… Il reprend son portable.

– Viens tout de suite dans le bureau.

Une minute plus tard, Mark déboule dans la pièce. À sa tête, je vois qu'il est étonné que je sois encore là. J'essaie de ne rien laisser paraître, mais je ne suis pas le roi, moi… Alors, je presse mes doigts les uns contre les autres à m'en faire mal.

– Elsie vient de me rappeler votre sortie dans Londres ce soir.

Je ne lui ai rien dit sur notre soirée. Il ment avec un de ces aplombs… Mark nous scrute l'un après l'autre, sourcils froncés.

Oh, putain, il m'a appelée par mon prénom !

Le roi poursuit :

– Je vais ordonner un protocole trois pour tous tes amis.

– Quoi ? s'écrie Mark. Qu'est-ce qui se passe ?

– Je t'expliquerai plus tard, mais n'essaie même pas de me dissuader. Je prends mes précautions, c'est tout, ajoute Sa Majesté en se plaçant derrière le bureau. Et dernière chose, Elsie et son amie ne vont pas à l'hôtel, elles restent dormir ici sous notre protection.

– Putain, vous faites chier ! m'exclamé-je, agacée qu'il connaisse exactement mes faits et gestes. Vous auriez pu le dire avant que je paie l'hôtel !

Je dois avertir Veda du changement de programme, elle sera ravie, j'en suis sûre. Pour ma part, j'oscille entre fébrilité et appréhension par ce que sous-entend cette nuit ici. Je vais pour sortir mais il stoppe mon geste de sa voix tranchante :

– Je vous rembourserai, mais je n'admettrai aucune objection.

– J'ai bien compris ! répliqué-je, les mains en l'air, puis je claque la porte.

17

Darian

Si les nouvelles n'étaient pas aussi mauvaises, sa petite révolte m'amuserait, mais pour l'instant, elle renforce ma colère. Elsie ressent mes émotions, toutes mes émotions, j'en mettrais ma main à couper et je n'aime pas qu'elle puisse s'immiscer dans ma tête comme ça. Elle ne peut pas comprendre ma situation, pourtant celle-ci joue aussi sur son humeur. Je m'en veux beaucoup qu'elle soit incluse dans cette histoire. Par inadvertance certes, enfin surtout parce qu'elle a un sens de l'observation peu commun – je dois m'en méfier aussi… Je ne veux pas qu'elle pénètre plus avant dans mes états d'âme.

– Tu m'expliques ce qui vient de se passer, là ? demande Mark, appuyé sur le bureau.

– J'ai reçu de mauvaises nouvelles.

– Oui, je m'en doute. Non, je te parle d'Elsie. À part moi, tu n'autorises personne à te parler sur ce ton. Et encore, plus jeune, tu m'aurais envoyé dans ma chambre.

Un coup de froid me traverse le corps, j'ai baissé ma garde avec elle devant mon frère : il ne faut pas que cela se reproduise ! Mark ne doit rien savoir de ma vie intime avant que cela devienne une stricte nécessité pour le royaume.

– Tu avais raison, cette fille est incontrôlable.

– Je te l'avais dit, remarque-t-il en s'asseyant face à moi. Bon, explique maintenant.

Ouf, il accepte ma lamentable justification.

Enfin, peut-être… Parce que je n'aime pas beaucoup son regard interrogateur qui fait le va-et-vient entre la porte et moi. Heureusement, il s'abstient de tout autre commentaire. Je lui montre la photo que j'ai reçue : le type de la secte a trouvé la mort dans un accident de voiture suspect avant même d'avoir pu voir son père mourant. Mes agents sur place enquêtent en toute discrétion car je ne crois pas aux coïncidences : je suis persuadé que ce psychopathe est impliqué dans ce décès, il n'admet aucune désertion de son centre pour quelque motif que ce soit, je suis bien placé pour le savoir… D'ailleurs, nous ne savons même pas comment cet homme endoctriné a réussi à partir. Je crains que cela ne mette en danger les autres membres de la secte au cas où ce taré en trouve la source, sa folie n'ayant aucune limite.

Mark est aussi contrarié que moi et comprend pourquoi je veux protéger ses amis. Désormais, toute personne gravitant autour de nous est soumise à un danger potentiel. Si jamais mon ennemi apprend que nous enquêtons si près de lui, il n'en a pas fini avec sa vengeance puisque mon frère et moi avons survécu au massacre de notre famille qu'il a orchestré. Après mon couronnement, j'ai ajouté un niveau à nos protocoles de protection. Pas par paranoïa mais parce que quelqu'un s'en est pris à ma famille et je ne laisserai pas cette personne m'arracher le dernier membre qui me reste.

Mark craint surtout pour Milly, je m'aperçois que je suis aussi préoccupé par le sort d'Elsie. Pour les autres également, mais dans une moindre mesure, puisqu'ils ne sont que des amis de mon frère, pas des proches comme l'est sa future fiancée. Je ne peux malheureusement pas mettre le protocole quatre en place, ce serait trop visible, mais je peux au moins contraindre Elsie à dormir ici cette nuit.

D'accord, ce n'est pas uniquement pour sa sécurité…

18

Elsie

Quand j'arrive dans l'immense salon, les mecs jouent à la console sur ce fameux jeu de guerre apocalyptique qu'ils ont adoré à Letaspok. Moi, je déteste. Les filles discutent plus au calme dans la belle véranda en fer forgé blanc où des dizaines de plantes lui donnent un aspect de serre tropicale, Milly participe peu à la conversation monopolisée par Rafaëlla et Anne tandis que Veda et Aloïse écoutent poliment. La seule absente est Maria, en vacances au Brésil.

– Tu en as mis du temps ! s'exclame ma meilleure amie.

– Oui, qu'est-ce qu'un roi peut te vouloir ? À toi ? ironise la pouffiasse siliconée.

Jalouse…

– Moi au moins, j'ai de la conversation, pas comme toi qui es aussi vide qu'une gourde abandonnée dans le désert, lui rétorqué-je en m'écroulant dans un confortable fauteuil en rotin.

– Toujours aussi malpolie ! réplique Rafaëlla.

Les yeux fixés sur elle, je me verse un thé chaud. Cette conne a un avantage : elle me détourne de mon obsession royale.

– Juste retour du boomerang, ma chère Rafaëlla. Tu lances, je renvoie.

Veda éclate de rire, Milly me fait les gros yeux : elle veut toujours ménager la chèvre et le chou, mais je suis plutôt le loup qui mange la chèvre. Merci à mes quatre frères. Mark revient lui aussi auprès de ses potes avec un regard curieux vers moi. Le nez dans ma tasse, je fais semblant de rien, espérant qu'il n'ait pas de soupçon sur le roi et moi. Situation embarrassante qui m'oblige à mentir à Milly. Je n'aime pas ça, j'ai plutôt l'habitude de m'épancher sur son épaule. Le prince donne le signal du départ pour le restaurant et tout le monde se lève. Pendant que j'enfile ma veste, Mark s'approche de moi et murmure dans mon oreille :

– Je ne sais pas ce qui se passe entre mon frère et toi, mais je te préviens, tu n'as pas intérêt à divulguer quoi que ce soit sur ce que tu as découvert.

– Je me contrefous de tes menaces, Mark ! grincé-je entre mes dents. En revanche, toi, fais attention à ne pas faire souffrir Milly ou je te jure, je te la coupe en rondelles.

– Je l'aime, je ne lui veux aucun mal, s'insurge le prince.

– Je t'ai à l'œil.

– Moi aussi, rétorque-t-il, puis il aide Milly à mettre son manteau tandis qu'elle nous regarde, sourcils froncés.

En cette fin septembre, la pluie ne cesse de tomber. Je rabats la capuche de mon duffle-coat sur ma tête pour sortir. Avant de franchir la porte d'entrée à la suite des autres, j'entends une voix m'appeler.

– Mademoiselle MacNee.

C'est le roi, nonchalamment appuyé contre l'embrasure de la porte du bureau. *Losh*, je ne me lasse pas de le voir dans ce sublime pull qui épouse si bien ses muscles, il est absolument divin. J'avale ma salive plusieurs fois parce que j'ai une folle envie de rester ici et de me jeter sur lui pour lui arracher ses vêtements.

– À tout à l'heure, dit-il sans aucune émotion sur son visage, mais tout est dans ses prunelles bleues.

Comment je fais moi, maintenant, pour calmer le feu entre mes jambes, hein ?

Je me venge en lui tirant discrètement la langue et je me sauve en courant, mais j'ai le temps de l'entendre :

– Tu ne perds rien pour attendre !

Dans le minivan, coincée entre Erling et Gustav, je souris comme une idiote dans le vide à la perspective d'être dans ses bras après cette foutue soirée. Les minutes passent très lentement. Très, très lentement, bien que notre groupe soit en fin de compte ravi de se revoir. Petit bémol : Erling se montre beaucoup trop entreprenant, se collant contre moi et me parlant systématiquement à l'oreille. Une mise au point s'impose : il n'a aucun intérêt à mes yeux.

Et si je lui suggérais qu'il continue de tenter sa chance avec Pouffiasse Numéro Deux, Anne ?

À l'arrivée au restaurant, je remarque les six véhicules noirs qui ont encadré les deux vans. Qu'est-ce qui peut justifier un tel déploiement de force autour de nous ? Personne ne s'étonne, sauf moi. Peut-être parce que je fais le rapport avec l'appel reçu par le roi. Mark se comporte normalement, il ouvre la porte à Milly, il plaisante avec nous et il paie la note à la fin du repas succulent. Pourtant, de temps en temps, je le surprends en train de me jeter des coups d'œil inquiets.

Pourquoi me fait-il aussi peu confiance ?

Je veux en avoir le cœur net et pour ça, je suis obligée d'attendre que nous soyons en boîte de nuit. Une chose est sûre avec le prince, il connaît toutes les bonnes adresses. Ce night-club est fantastique, cool, avec des musiques éclectiques. Ma patience – dont je n'ai reçu que des miettes à la naissance – est mise à rude épreuve car Milly est scotchée à Mark la plupart du temps. Je profite de ce qu'elle va aux toilettes avec Veda pour me ruer sur lui.

– Mark, faut qu'on discute, lui glissé-je en me dandinant devant lui pour que les autres pensent que nous dansons tout simplement.

– De quoi ?

– Sois assuré que je ne dirai rien à personne sur ce que j'ai appris.

– On verra, rétorque-t-il et il me tourne le dos.

Je me déplace donc pour être face à lui.

– Ton frère a confiance en moi, alors fais de même.

Mark s'arrête de danser et me fixe, abasourdi :

– Impossible.

– Il t'est impossible de me faire confiance ? m'écrié-je, furieuse, et heureusement que nous sommes sur la piste de danse parce que ma voix est montée dans les aigus. Je suis la meilleure amie de Milly, elle sait que je suis quelqu'un de sérieux.

– Ce que je veux dire, c'est que Darian ne fait confiance à personne. À part moi. Alors je ne vois pas comment il le pourrait avec une nana qu'il ne connaît pas et qui, en plus, est une vraie casse-pieds !

– Tu m'emmerdes, Mark !

Je ne peux pas lui révéler pourquoi son frère accepte de croire en moi, mais il pourrait au moins avoir confiance dans les décisions du roi ! Et le pompon est que Milly est juste derrière Mark et qu'elle m'a entendue envoyer balader son cher et tendre.

Putain de merde !

– Pourquoi vous disputez-vous ? demande mon amie, les larmes au coin des yeux.

– Pour rien, lui répondons-nous en chœur.

– Elsie, qu'as-tu dit à Mark pour qu'il soit en colère contre toi ?

Je lève les bras au ciel, dépitée qu'elle pense que je suis à l'origine de notre dispute. Je secoue la tête, je suis dans l'impossibilité de me justifier sans trahir le roi et bien sûr, Mark ne vient pas à mon secours, persuadé que je suis aussi fautive. Je retourne à notre table privatisée, le prince me rejoint.

Losh, qu'il me foute la paix!

– Elsie, mon frère et moi avons une vie très différente de la tienne et vu notre position, nous n'accordons pas notre confiance aisément. Donc tu comprendras que j'émette des doutes sur tes dires.

– Comme Votre Altesse Royale le souhaite, lui réponds-je avec une révérence caustique.

– Tu fais chier, Elsie.

Mark repart vers Milly qui me lance un regard noir, je lui réponds en silence en haussant les épaules. J'espérais un moment tranquille, mais Erling me repère et vient me chercher pour danser. Quand je disais que la soirée allait être longue, j'étais loin du compte. Jusqu'à notre retour, il essaie de me foutre dans son lit. Et bordel, je n'en ai aucune envie! J'ai un mets royal qui m'attend...

– Je ne renonce pas facilement, je te l'ai dit, Elsie, rappelle-t-il en m'ouvrant la porte du van. Tu me plais et je suis persuadé que tu succomberas à mon charme un jour ou l'autre.

Sa prétention dépasse les bornes! Je descends du véhicule et me retourne vers lui avant qu'il n'en sorte.

– Écoute-moi bien, Erling. Toi et moi, ça n'arrivera jamais. Si tu veux que nous continuions à avoir des relations cordiales, je te suggère d'arrêter tout de suite ce genre d'allusion déplacée.

Une sensation de froid m'envahit quand je prononce ces mots. Mon instinct me fait lever la tête et je l'aperçois: le roi est derrière une fenêtre au premier étage, il vient de rabattre le rideau. Pourquoi faut-il que je me retrouve toujours coincée entre ces deux-là?

La femme revêche, Mme Murphy je crois, qui nous a accueillis à notre arrivée cet après-midi est encore là, à quatre heures du matin, en tenue de gouvernante. *Losh*, elle travaille H24? C'est de l'esclavagisme, ça! Veda et moi la suivons au second étage destiné aux invités. Les chambres décorées dans le style victorien sont spacieuses et ma copine est aux anges.

– Elsie et Milly, je ne vous remercierai jamais assez de m'avoir invitée à cette soirée! Je m'en souviendrai toute ma vie.

– Ce n'est pas la dernière.

Veda se renfrogne et s'assoit en tailleur sur le lit pour défaire sa longue tresse, elle a vraiment des cheveux magnifiques.

– Mes fiançailles sont dans un mois. Après, c'est fini pour moi, les sorties.

– Quoi?! Non, mais Veda, tu ne peux pas accepter une telle chose!

– Mes parents et ma belle-famille ne comprendraient pas si je ne respectais pas les traditions ancestrales.

– Eh bien là, c'est moi qui ne comprends pas. Ça me dépasse que tu puisses être aussi résignée à stopper ta vie de jeune femme libre au vingt et unième siècle!

– Mais je suis libre! proteste Veda. Le mariage n'est pas la fin du monde, tu sais.

– Et toi, dans tout ça? Tu ne peux pas envoyer balader ces putains de traditions une bonne fois pour toutes?

– Ne t'inquiète pas pour moi. Je suis parfaitement en phase avec moi-même. Bonne nuit, Elsie.

Je grimace puis l'embrasse, avant de sortir de sa chambre avec un poids sur le cœur de voir mon amie gâcher sa jeunesse. Perdue dans mes pensées, je bondis quand j'aperçois le roi sur les marches de l'escalier, les bras croisés et moyennement content.

Ouais, il a dû entendre notre conversation… Et mes critiques sur les traditions, lui qui est si empêtré dedans. Je m'approche pour lui parler, mais il met son doigt sur ma bouche. Je souris, il me rend la monnaie de ma pièce… Ses yeux bleus passent alors de l'orage à la chaleur, ils deviennent incandescents de désir, je craque complet car sa mèche rebelle est tombée sur son front. Il m'attrape la main pour m'entraîner au premier étage. Je suis foutue ! Il me touche à peine et je suis déjà en ébullition, incapable de penser à quoi que ce soit, sauf à sa peau contre la mienne. L'anticipation me tue. Littéralement. Le truc qui est censé battre dans ma poitrine a décidé de s'arrêter ; du coup, mes poumons n'ont plus d'air et mon cerveau n'est plus irrigué. Seules mes jambes suivent ce corps souple aux épaules larges mais pas trop, au torse en V, au cul musclé et longues cuisses fermes. Si je savais peindre, il serait mon modèle favori, il frise la perfection masculine. Et je n'exagère pas !

Une fois dans le couloir du bas, il ouvre l'une des deux larges portes qui donnent sur une suite immense, mais je n'ai pas le temps de voir autre chose car la lumière tamisée s'éteint brusquement. Les rideaux épais étant tirés, c'est aussitôt le noir total. Je sais qu'il vient vers moi, j'entends ses pas et j'en frissonne d'avance. Lorsque je sens son souffle dans mon cou, mes pieds me portent à peine tellement ce tout petit effleurement m'enivre. Depuis mon retour en Écosse, j'ai souvent imaginé ce moment, sans croire un instant qu'il se réaliserait. Et pourtant… Le roi m'a bien entraînée dans sa chambre…

Ses lèvres se posent sur ma nuque et avec sa main sur ma fesse, il me plaque contre son érection. Message très clair, réponse adaptée : j'accroche mes bras autour de son cou et ma bouche se colle à la sienne. En fait, je me moque que son trip soit de coucher avec les filles dans le noir, tout ce que je veux, moi, c'est qu'il prenne possession de mon corps. Encore et encore. Alors j'en profite pour me frotter contre lui. Il accentue la pression de ses lèvres et son baiser dégage soudain une force brutale qui ne lui ressemble pas. La pénombre semble lui donner une liberté qu'il se refuse en temps normal, ses doigts se sont agrippés à mes cheveux courts et basculent ma tête en arrière pendant que sa main libre parcourt mon dos. Il est partout, dans ma bouche, sur mon menton ou derrière mon oreille comme s'il voulait me dévorer toute crue. Et j'aime ça… Mais je veux plus.

Je tire sur le bas de son pull pour le lui retirer, mais il le fait lui-même et s'attaque ensuite à mon manteau, puis mon sweat et mon tee-shirt. J'entends sa respiration accélérer lorsqu'il dégrafe mon soutien-gorge qu'il jette par terre aussi. Ma peau frissonne au contact de son torse chaud, mes paumes se régalent de le toucher enfin après cette interminable attente, elles se baladent sur ses épaules, ses pectoraux, ses biceps. Je veux tout explorer pendant que ses mains s'emparent de mes seins qui depuis longtemps se dressent, impatients d'avoir un peu d'attention. Vœu exaucé, mes gémissements résonnent dans la chambre à cause de la pression de son pouce et son index sur mes mamelons supersensibles. Je ne vois toujours rien pourtant, je sais qu'il sourit contre ma joue, se réjouissant sûrement de m'avoir à sa merci. Par pur esprit de contradiction, je me saisis de son érection à travers son jean et masse son sexe dur. Son cri de surprise me fait jubiler une seconde, mais mon désir a augmenté d'un cran de le savoir aussi excité que moi, alors je déboutonne son pantalon, pressée de le sentir pulser dans mes doigts. Quand je m'en empare, il mord mon épaule avec un lourd soupir qui amplifie mille fois mon envie.

Déloyal, il ne me laisse pas continuer, il me repousse et me laisse frustrée quelques secondes le temps de se déshabiller; j'entends son pantalon glisser sur ses cuisses puis il me pousse sur le lit. Je me retrouve les jambes pendantes, le dos sur ses draps froissés. Il ne perd pas une minute. Il défait mon pantalon et le descend avec mon string avant de m'enlever mes chaussures et mes chaussettes. Ses doigts fins remontent ensuite lentement le long de mes mollets et mes pieds, d'instinct, se mettent sur les pointes. La caresse est d'une sensualité inédite : il les accompagne de sa bouche sur mon genou, sur ma cuisse. Ses lèvres s'arrêtent sur mes hanches, je suis en totale fusion, le corps tendu par une exquise attente.

– J'aurais bien envie de torturer plus longtemps pour m'avoir fait patienter des heures, murmure-t-il en embrassant plusieurs fois le creux de mon ventre, juste là, à la limite de mon intimité embrasée. Mais je ne peux plus attendre.

Losh, moi non plus, je n'ai jamais été aussi impatiente !

Il se relève et je l'entends ouvrir un tiroir, celui de sa table de chevet, je crois. J'en profite pour m'allonger entièrement sur le lit super large. Je reconnais le bruit d'une poche de préservatif qu'on déchire et son corps est soudain sur moi. Appuyé sur les coudes, il passe ses pouces sur mes lèvres entrouvertes. Maintenant, je voudrais voir ses yeux bleus, voir s'ils brillent de désir parce que moi, c'est mon être entier qui brûle.

– Viens, lui réclamé-je, avide de l'avoir encore plus près, mes bras autour de son cou.

– Personne ne me donne d'ordre.

Décidément, il tient à garder toujours le contrôle. Sur tout, tout le temps. *Losh*, il est mal tombé avec moi. J'enroule mes jambes autour de ses cuisses, glisse mes mains sous son torse et les descends le long de son corps. J'ai un hoquet de surprise en même temps qu'il se raidit : mes doigts ont effleuré sur son flanc gauche des marques irrégulières, comme des brûlures. Plusieurs et larges. Mais avant que je ne dise quoi que ce soit, il m'embrasse avec une vraie agressivité, sa langue tourbillonne avec la mienne et ses lèvres appuient fort sur ma bouche. Sa respiration est rapide, il semble vouloir évacuer une fureur intérieure. Je l'encercle de mes bras et réponds à son baiser qui me bouleverse. Il est si différent de l'image de neutralité qu'il donne au quotidien. Sa main s'est faufilée entre nous pour atteindre mon sexe ; quand son majeur plonge dans mon intimité, je ne peux pas me retenir, je jure tout haut mon excitation :

– Oh, putain de merde, que c'est bon !

Il se soulève plus sur son avant-bras et accélère son incroyable caresse. C'est beaucoup mieux quand c'est lui qui s'occupe de mon sexe plutôt que moi ! On dirait qu'il a retenu la leçon que je lui ai donnée lors de mon petit show à Édimbourg. Mon supplice augmente trop vite et l'orgasme me secoue tel un *blowther*[1] s'abattant sur la lande. J'ai un goût de sang dans la bouche, je me suis mordu la langue pour éviter de réveiller toute la maison avec mes cris. Sa main quitte mon entrejambe assouvi et bloque mon menton ; il frôle mes lèvres ouvertes avec deux doigts empreints de l'odeur de ma volupté. C'est l'homme le plus sexy que j'aie eu entre mes cuisses, chacun de ses gestes est calculé, pour mon plus grand plaisir.

– C'est moi qui commande, mademoiselle MacNee, gronde-t-il.

Toujours perchée dans les nuages, je suis incapable de répliquer, d'autant qu'il ne me laisse aucun répit. Il trouve aisément l'entrée de mon intimité déjà humidifiée par ses soins et s'enfouit en moi d'un coup de reins si puissant que mes jambes se replient aussitôt à la recherche du meilleur contact possible.

Losh ! Qui aurait cru que les sensations pouvaient revenir si rapidement après avoir joui ?

Je reconnais cette vague de chaleur, annonciatrice d'un autre orgasme encore plus ravageur. Je suis agrippée à son dos, légèrement consciente que je l'égratigne de mes ongles. Mes

1. *Blowther* : une tempête de pluie et de vent soudaine.

cuisses sur les siennes le poussent plus loin. J'avoue qu'être dans le noir total rend l'expérience spéciale, plus sensitive, plus imaginative. Les autres sens sont sollicités, l'odeur de sa peau aux accents boisés, le toucher de ses doigts, parfois léger, souvent abrupt, et le son de ses grognements de plaisir. Il a pris appui sur ses mains et bouge en moi de plus en plus vite. Pour suivre son rythme devenu frénétique, je me cramponne à ses poignets, mon corps se cambre à chaque assaut, résistant au plaisir final.

Moi aussi, je sais me contrôler…

Son souffle devient court, il commence à trembler, signe qu'il approche aussi de la ligne d'arrivée.

– Elsie !

Il a compris que je lui résiste et il n'apprécie pas, mais c'est une bataille perdue d'avance pour nous deux. La tête renversée en arrière, je soulève mon bassin une dernière fois, je laisse la divine fièvre m'envahir et m'emporter dans un univers parallèle où plus rien n'existe à part un océan émotionnel. Je l'ai emmené avec moi, il est secoué par plusieurs spasmes avant de retomber à mes côtés. Nous restons un long moment, allongés sur le dos, silencieux.

J'ai une certaine expérience avec les hommes, je connais parfaitement les réactions de mon corps depuis le temps que je le soumets à des plaisirs divers. Mais cette fois, c'est différent, et je ne mets pas ça uniquement sur le fait que nous avons baisé dans le noir ou qu'il est roi. Non, c'est autre chose.

Et bordel, je n'ai aucune idée de ce que c'est !

19

Darian

Je suis furieux ! Contre moi.

Contre ma faiblesse. Contre mon manque de contrôle physique, et je suis à deux doigts de perdre le contrôle de mon mental. Je ne peux absolument pas me le permettre. JAMAIS !

Comment en suis-je arrivé là ? Je ne peux pas blâmer Elsie pour ça, elle n'y est pour rien. J'ai couché avec un certain nombre de femmes dans ma vie, qui n'ont jamais eu cet effet sur moi. D'accord, nous étions tous des inconnus qui repartaient ensuite chacun de leur côté en restant des inconnus. Ce qui n'est pas le cas de la petite étudiante allongée à mes côtés qui m'a fait jouir comme personne d'autre. Raisonnablement, je ne pense pas que le fait qu'elle connaisse mon nom y soit pour quelque chose.

Mais c'est justement ça qui me met en colère : j'ai balayé d'un revers de la main mes sacro-saints principes pour satisfaire mes désirs.

Je m'assois sur le rebord du lit, la tête dans les mains. J'ai besoin de retrouver mon calme et sa présence ne m'y aide pas. Je me lève pour aller jeter mon préservatif. Je préfère allumer dans le dressing que dans la salle de bains où l'éclairage est trop violent pour mon cerveau en vrac. Je me lave les mains quand je la sens derrière moi. Nos regards se croisent dans le miroir, elle fronce les sourcils et sa bouche forme une moue contrariée. J'ai encore et toujours l'impression qu'elle peut lire dans mon esprit, qu'elle voit mon tourment. Je serre les dents ; même quand elle est soucieuse, son visage reste adorable et puis, elle est nue… Mes mains connaissent ses formes mais les voir, c'est encore mieux. Mes yeux la détaillent de la tête aux pieds, ses jolies épaules rondes, sa poitrine généreuse mais ferme – et mon Dieu, ses mamelons provocateurs sont toujours dressés ! – son ventre plat de nageuse, ses hanches appétissantes et son intimité… Ma faille.

Je relève la tête, elle n'a pas bougé, me laissant la contempler, impudique et sûre d'elle. Tout à coup, je comprends que malgré son caractère impulsif et imprévisible, c'est elle qui vient de me contrôler d'un bout à l'autre de nos ébats. Je n'ai fait que répondre à mon instinct d'homme soumis à la volonté de la tentation. L'éternel combat.

– Darian? murmure-t-elle, appuyée contre le chambranle de la porte.

À part Mark, personne ne m'appelle par mon prénom. Je me retourne d'un bond, les seules voix féminines qui utilisaient ce mot étaient celles de ma mère et mes sœurs. Ma salive se bloque dans ma trachée, ma respiration devient difficile.

– Sire, la reprends-je très durement. Je ne te permets pas d'utiliser mon prénom.

Elle se redresse, les pupilles rageuses, puis tourne les talons. Je vois ses jolies fesses tressauter sous ses pas qui frappent sur la moquette épaisse. J'ai l'habitude que les femmes que je baise disparaissent en colère contre moi parce que je ne leur offre que ma froideur, avant, pendant et après – pourtant, elles sont au courant avant même de pénétrer dans la pièce plongée dans le noir. Sauf qu'avec Elsie, ce n'est pas ce qui s'est passé. Je suis certain qu'elle a compris que je ne réagis pas avec elle comme avec les autres.

Et puis, elle n'est pas comme les autres.

Pas sophistiquée, pas toujours élégante, pas du tout soumise. À l'opposé de mes critères. Pourtant, quand je la vois ramasser ses affaires éparpillées sur le sol, je reviens presque en courant dans la chambre. Je voudrais bien qu'elle saisisse une bonne fois pour toutes qu'il ne faut pas franchir les limites avec moi : je suis un souverain, chef de gouvernement, mais je ne la méprise pas.

– Elsie… commencé-je.

– Ma-de-moi-selle MacNee, Sire.

Elle appuie sur chaque syllabe tout en commençant à s'habiller et surtout sans me regarder. Ses mains tremblent.

– Es-tu en colère ? lui demandé-je, même si elle ne peut rien cacher de ses humeurs.

– Non, bien sûr que non ! Pourquoi serais-je furieuse ?

Elle s'approche de moi et secoue une chaussette devant mon nez. J'écarquille les yeux devant autant d'audace : personne n'a jamais osé me parler ainsi, même pas mes parents, et encore moins avec un vêtement nauséabond sur mon visage !

– Ton impolitesse est inacceptable !

– Ton autoritarisme royal est imbuvable ! rétorque-t-elle.

Elle essaie de se libérer mais je coince son avant-bras dans son dos et la plaque contre moi. Il n'est pas dit que cette petite Écossaise aura le dernier mot ! Mon corps est tendu à l'extrême et ma colère doit se lire dans mes yeux. Mais elle ne sourcille pas une seconde, elle me fusille du regard et notre combat visuel dure un long moment. Je l'observe avec le peu de clarté en provenance du dressing, son visage est en ombre et lumière. Elle a une peau blanche magnifique, des pommettes hautes et rondes avec quelques taches de rousseur, un petit nez charmant et une bouche…

Qui me fait bander. Encore.

Je devrais lui dire de partir, elle doit regagner sa chambre avant que quelqu'un se lève. Et puis, je quitte Londres dans trois heures.

Que dans trois heures…

Elle me devance en fonçant droit sur ma bouche que j'ouvre pour laisser entrer sa tentatrice de langue. J'ai une faim d'elle terrible, peut-être parce que c'est la dernière fois et mon subconscient m'ordonne d'en profiter. Sa peau chaude contre mon torse attise mon désir, notre baiser s'intensifie en ardeur et en agressivité. Il n'y a là aucune douceur, aucune complaisance. Ni d'un côté ni de l'autre. Je continue de l'embrasser tout en la poussant vers le lit. Je contorsionne son bras encore bloqué puis la retourne, dos à moi. Ma main droite vient alors caresser son mamelon, très sensible à en juger par le son rauque qui sort de sa gorge ; ma main gauche descend aussitôt vers son intimité toujours prête à me recevoir. J'appuie sur son dos, elle saisit tout de suite ce que je veux : elle pose ses mains sur le lit et offre à mes yeux un magnifique paysage : ses fesses rebondies.

La lumière a quelques avantages, en fin de compte…

Dans le tiroir de mon chevet, je prends un préservatif que je déchire fébrilement ; mon sexe frotte contre sa volupté humide et pointe d'impatience. J'enfile ce plastique salvateur pour pénétrer à l'intérieur de sa féminité dans la seconde après avoir écarté son string. Mes mains sur ses hanches, je la martèle sans relâche, avec force. J'apprécie son endurance due à ses heures de natation, elle s'est calquée sur mon rythme et ses muscles jouent sous sa belle peau laiteuse. Elle est superbe à se cambrer ainsi, la tête renversée, ses petits halètements à chaque coup de reins que je lui porte. Je me penche un peu pour glisser une main vers son clitoris. Elle réagit immédiatement avec un cri de surprise. J'aime la savoir si réactive… Mais je suis à la limite de craquer moi-même, ses frissonnements s'échappent sur ma propre peau. Je ne peux plus rien retenir… Je jouis en elle en criant à mon tour.

Épuisée, elle s'écroule à plat ventre, bras écartés sur le lit. Je tiens à peine debout, mais je suis content du résultat : elle n'a plus la force de se rebeller. Je repars dans la salle de bains ; cette fois-ci, une douche s'impose. Paupières fermées, je fais couler l'eau tiède sur mon visage, une vraie bénédiction qui lave en même temps mon esprit tourmenté. Un court instant, car j'entends la porte de la cabine s'ouvrir.

– Qu'est-ce que tu fais là ?

– J'en ai pour deux minutes et après, je file dans ma chambre.

Elle prend un gel douche. Mon gel douche ! Et se savonne avec. Non, mais quel toupet ! Bon, après, j'avoue, la regarder se masser le corps est indéniablement très torride. Les bulles du liquide glissent sur sa peau si claire, je suis persuadé qu'elle fait exprès de prendre son temps. Elle commence par son cou et ses bras fins mais musclés, elle poursuit sur sa poitrine avec énergie, en n'ayant pas du tout conscience de l'excitation qu'elle provoque en moi. Elle me tourne à moitié le dos et quand ses mains descendent sur ses fesses, je dois me caler contre le carrelage pour refroidir mes ardeurs parce que l'heure avance beaucoup trop vite. Je me mords le poing lorsqu'elle se penche en avant et lave ses jambes galbées. De l'eau glacée serait la bienvenue ! Elle se retourne brusquement, j'ai juste le temps de me recomposer la face, je ne veux pas qu'elle voie mon trouble. Quoique… Peine perdue, vu l'état de mon sexe. Elle ne semble pas s'en soucier et me fait signe de me pousser pour se rincer. Elle se frictionne les cheveux du bout des doigts, paupières fermées, puis elle plante son regard sur moi. Ou plutôt elle fixe mes cicatrices. Aussitôt, je me raidis.

– Sors ! assené-je en lui montrant la porte de la salle de bains.

Je vois sa trachée se contracter, ses lèvres se pincer. Je ne veux pas qu'on me pose des questions sur les marques de mon infamie. Elle soupire d'exaspération mais heureusement, elle m'obéit. Elle s'empare d'une serviette de bain pour se sécher, le dos tourné. Elle n'est pas contente, ses épaules se soulèvent plusieurs fois et elle secoue la tête, je crois même qu'elle marmonne toute seule. J'entraperçois son profil dans le miroir, elle boude.

Tant pis.

Mais, Seigneur, comment réussit-elle à me faire sortir de mes gonds toutes les trente secondes ?! Moi qui suis d'ordinaire si posé ?

L'important est qu'elle sorte de ma vie pour ne plus jamais porter ce regard sur moi, ce regard interrogateur devant mes cicatrices que je ne supporte pas.

Lorsque je reviens dans la chambre, elle est prête, son manteau sur les épaules. Elle ne dit rien, ça m'arrange ; je n'ai aucune envie de parler, je suis mort de fatigue et je pars dans deux heures.

– C'est quoi ces cicatrices ? J'ai l'impression que tu aimes l'obscurité pour pouvoir les cacher.

Mes mains sur le visage, je ferme les yeux. Seigneur, je pensais qu'elle avait compris le message ! Mais non ! Elle ne voit donc pas qu'elle me pousse à bout à rentrer sans permission dans mon espace intime ?

– Tu m'emmerdes, Elsie !

– Tu m'expliqueras la prochaine fois alors, lance-t-elle d'un ton taquin.

– Il n'y aura pas de prochaine fois !

Et puis quoi encore !

Elle pivote sur la pointe de ses orteils, ses chaussures dans les mains. Son air mutin ne m'échappe pas.

– Tu sais quand même que Milly m'a invitée pour le réveillon du Nouvel An à Letaspok ?

– Quoi ? m'exclamé-je en blêmissant, je n'étais absolument pas au courant.

– Ah, ah… Enfin une chose que j'apprends à Votre Majesté pourtant entourée d'un tas d'espions baraqués.

– À ce propos…

– Je serai une tombe, j'ai compris, m'interrompt-elle, la main levée.

Sur ce, elle ouvre la porte qu'elle referme soigneusement derrière elle, sans faire de bruit.

***

Par le hublot de mon jet, je vois l'immense étendue de Londres s'éloigner. J'ai avalé deux cachets pour mon mal de tête, je n'ai pas dormi et je suis d'une humeur massacrante. Surtout, les choses ne s'arrangeront pas puisqu'une tonne de dossiers m'attend sur mon bureau en plus de ma traque qui vient d'être enfin relancée. Ma priorité.

Pourtant, les seules images qui défilent devant mes yeux rougis par le manque de sommeil récurrent sont celles d'Elsie dans la douche. J'ai mis mon self-control à rude épreuve dans cette cabine beaucoup trop petite pour contenir mon appétit sexuel. J'ai été naïf : j'ai pensé que la baiser à Londres serait un antidote à mes envies d'elle, elle était dans son cadre habituel, entourée de ses amis, habillée de vêtements chauds censés couvrir ses atouts féminins. Erreur : elle m'attire même emmitouflée dans son manteau noir un peu usé et sa grosse écharpe rouge vif autour du cou.

Seigneur ! Pourquoi me fait-elle autant d'effet alors que je peux avoir les plus belles cover-girls de la planète ? Son regard exprime la vérité, elle ne se cache pas. Au contraire de moi. Je défie quiconque de savoir ce que je pense en voyant ma tête.

Sauf que je ne parierai jamais avec elle là-dessus à cause de ses foutues intuitions.

Elle a deviné juste pour mes cicatrices : je couchais avec des femmes dans le noir absolu certes pour des raisons de sécurité, mais surtout pour dissimuler les traces sur mon flanc. Elles sont le symbole de mon infamie ; j'ai la crainte irraisonnée que si quelqu'un sait exactement comment j'ai été blessé, ce quelqu'un verra le vrai Darian Von Karan avec son âme détruite.

Dès que je mets le pied sur le tarmac à Strasa, mes employés se précipitent sur moi. Ludmilla, la première comme toujours, me montre sa tablette spécialement dédiée au service communication du royaume : Mark et Milly font le buzz sur les réseaux sociaux et bien sûr, sur certaines photos, ma petite Écossaise apparaît lors de la soirée d'hier. Je désespère de pouvoir me débarrasser d'elle quand je vois une courte vidéo où elle danse collée à de Harsem. Je sens la colère monter telle une lave incandescente dans la cheminée d'un volcan : si jamais elle pense un seul instant coucher avec ce comte de merde, je la bannis de Karanie, elle et sa descendance, sur trente générations !

– Majesté ? m'appelle Ludmilla. Vous êtes pâle.

– Je suis fatigué, lui réponds-je sur ce ton neutre qui d'habitude sort naturellement de ma gorge et qui aujourd'hui me demande un effort surhumain.

Mon secrétaire à l'Économie se place à son tour à côté de moi pendant que nous traversons le hall de l'aéroport et me tend les rapports que j'attendais sur les extensions Internet. Je le remercie d'un hochement de tête, laquelle me semble de plus en plus lourde.

Puis l'assistante de Bilka me donne les dernières informations sur mon planning en trottinant à côté de moi ; ma secrétaire se déplace de moins en moins depuis qu'elle a trouvé cette fille le mois dernier. Celle-ci espère que j'approuve sa nomination définitive après le départ à la retraite de ma fidèle employée, mais sa façon de me dévorer des yeux me déplaît au plus haut point. Ce matin, je n'ai pas envie de parler, donc encore moins d'avoir quelqu'un auprès de moi qui n'a pas le comportement professionnel adéquat, alors j'expédie les affaires courantes sur le trajet de retour, au grand désarroi de la nouvelle qui semble désorientée par mon attitude brusque. Elle n'aura pas le temps de s'y habituer, je veux qu'elle soit licenciée à la fin du mois.

J'ai besoin de me retrouver chez moi.

Seul.

Est-ce si difficile à comprendre ?!

20

Elsie

Je n'ai pas dormi. Du fond de mon lit, je l'ai entendu partir très tôt, la boule au ventre. J'ai bluffé cette nuit sur ma venue en Karanie pour le Nouvel An. Quand il m'a dit qu'il n'y aurait pas de prochaine fois entre nous deux, ça m'a tordu les tripes. Je m'en doutais, sa décision était déjà prise avant même qu'il m'entraîne dans sa chambre, il agissait de plus en plus brusquement avec moi. Oh, je ne m'en plains pas ! J'ai aimé. Beaucoup trop, même. Lui aussi.

J'ai eu cette très désagréable impression, en quittant sa chambre, d'avoir été utilisée pour assouvir ses besoins. D'où mon coup de poker pour voir sa tronche. Ah, il était surpris ! Et la satisfaction sadique de voir flotter sur son visage une furtive lueur de peur. Il ne veut vraiment pas que nous nous rencontrions à nouveau.

Mais si c'était le cas, pourquoi m'a-t-il dit qu'il traverserait la terre entière pour me voir ? J'ai mal au crâne à force de retourner dans ma tête chaque minute partagée avec lui, chaque mot qu'il a prononcé, chaque caresse sur ma peau. J'ai réellement peur de ne plus jamais le revoir.

Et ça fait un putain de mal au ventre !

Assise dans le train qui me ramène à Oxford, je ne regarde pas le paysage, plongée dans mon téléphone à chercher des infos sur la soirée d'hier. Nous avons été suivis par des journalistes et bien sûr, je figure sur un tas de photos, pas toujours très flatteuses d'ailleurs. Il y a même une vidéo d'Erling et moi en train de danser, collés l'un à l'autre.

J'espère que Sa Majesté la verra ! Et qu'elle en crèvera de jalousie !

Mais bon, je ne me fais aucune illusion : il n'en a rien à foutre d'une étudiante pas riche et rebelle. Quoi qu'il en soit, Milly et son coup de cœur me mettent dans un sacré merdier, je le constate devant ma colocation : des gardes du corps font le pied de grue sur le trottoir. Notre voisine n'a pas fini de lorgner notre entrée ! Mon amie n'arrive que ce soir, mais les autres sont déjà là et m'assaillent de questions bien que Milly les ait personnellement avertis de sa nouvelle notoriété.

– Les deux balèzes m'ont dit qu'ils seraient là tous les jours, dit Paul sur un ton de reproche. Je te le dis, mais je le dirai aussi à ta copine, les mecs et moi, nous ne sommes pas d'accord qu'ils restent là ou que les journalistes squattent devant notre porte. Nous tenons à notre vie privée. Alors il va falloir que vous trouviez une solution.

Je les regarde, tous les trois attablés dans notre cuisine avec des mines peu avenantes. Pourtant, ce sont des étudiants en général sympas avec qui nous nous entendons bien.

À l'exception du rugby.

J'aurais dû m'attendre à leurs réactions, compréhensibles mais qui nous mettent, Milly et moi, dans l'embarras. Mark et, pire, son frère n'accepteront jamais que Milly ne soit pas sous surveillance.

– Je vois, leur réponds-je, déçue. Nous en reparlons quand Milly arrivera.

Je suis crevée et je n'ai aucune envie d'entamer une discussion houleuse avec ces égoïstes. Je monte dans ma chambre et m'écroule sur mon lit. Bordel, si nous devons déménager, ça ne va pas être simple de trouver un logement en milieu d'année scolaire ! Je suis dégoûtée… Pourquoi ai-je accepté d'aller en Karanie ? J'aurais dû enfermer Milly dans sa chambre et elle et Mark ne seraient pas sortis ensemble. Et ma vie serait nettement moins compliquée !

T'es débile, Elsie.

Si ce n'était pas arrivé en Karanie, ce serait arrivé à la fac. Ils sont tellement amoureux que rien n'aurait pu les empêcher d'être ensemble un jour ou l'autre.

Mon autre option serait de laisser Milly habiter toute seule ailleurs.

Ouais… Mais non.

Je ne serais pas une amie géniale si je faisais ça. Milly a besoin de moi, cette situation l'angoisse déjà. Ma mère a raison, elle ne peut pas affronter ça seule. Mark ne peut pas être toujours à ses côtés, il lui faut une épaule sur laquelle s'appuyer. La mienne, en l'occurrence…

Je grimace en soupirant car, en plus de préparer notre futur déménagement, je vais aussi devoir la fermer : impossible de raconter quoi que ce soit sur le roi à Milly, j'ai promis. Lui cacher la vérité me ronge déjà les tripes. D'accord, c'est un mensonge par omission, pas la peine de me fouetter pour ça. Mais je déteste garder pour moi mes émotions, je partage toujours mes ressentis et tant pis s'ils dérangent. Calum me reproche d'être trop cash, dit que je devrais apprendre à mesurer mes paroles. Je me demande ce qu'il penserait de mes efforts actuels…

Je détaille mentalement tout ce que j'aurai à emballer, j'ai plus de bouquins que de fringues, mes études passant en priorité. J'achète mes vêtements d'occasion, il y a beaucoup de filles riches ici qui se débarrassent régulièrement de trucs qu'elles ont à peine portés. Je pense aussitôt à Rafaëlla et au rentre-dedans qu'elle a fait au roi.

Il épousera une fille comme elle…

Pour ne pas penser à cette connasse et par extension à lui, je surfe sur le Net afin de voir si un appart pas cher est libre dans le coin, jusqu'à ce que j'entende la porte d'entrée s'ouvrir. Je descends quatre à quatre l'escalier, je veux parler à Milly avant les autres. Mais ils n'ont pas quitté la cuisine commune, ils ont dû discuter dans notre dos depuis mon retour. Ma copine comprend aussitôt qu'il y a un problème en voyant nos têtes – la mienne navrée et les leurs butées.

– Où est ta va… ?

Je ne finis pas ma question, Mark débarque derrière Milly, ses deux valises à la main. Il les pose le long du mur puis se retourne vers les trois garçons. Il se transforme aussitôt devant leurs mines revêches et prend son attitude princière, la même que son foutu frangin !

– Qu'est-ce qui se passe ? murmure Milly.

Avant qu'un Anglais ne réponde, je préfère parler d'abord à mon amie :

– Les garçons ne veulent plus de nous ici à cause de la protection que tu imposes.

– Ce n'est pas Milly qui l'impose, c'est moi, intervient Mark en nous regardant tous sévèrement.

– Et ton frère, marmonné-je entre mes dents.

Le prince ne souligne pas, mais il m'a bien entendue car il se crispe encore plus. Paul se lève de sa chaise, les mains sur la table :

– Nous ne voulons pas être exposés aux médias, explique-t-il. Ça va être intenable et nous voulons notre tranquillité pour poursuivre nos études en toute sérénité.

– Et vous voulez que nous déménagions ? s'inquiète Milly.

– Oui, répondent-ils tous les trois.

Je vois bien que Milly prend soudainement conscience que sa vie sera plus bouleversée qu'elle ne le croyait. Mark et elle en ont certes discuté, mais elle devait penser avoir du temps pour s'y habituer. Grossière erreur : à partir de ce soir, les choses ne seront plus jamais pareilles pour elle.

Et par effet domino, pour moi.

Mark compose un numéro et sort dans la rue en claquant la porte. Je m'approche de Milly et la prends dans mes bras.

– J'ai un peu fouillé sur le Net, nous trouverons une solution. Viens, montons.

Nous grimpons l'escalier, sans un regard pour nos futurs ex-colocataires.

– Les Écossaises se serrent les coudes, la rassuré-je, une fois dans ma chambre. Tiens, jette un coup d'œil sur ces deux studios. C'est un peu plus cher mais ça devrait aller si nous faisons attention.

Milly s'assoit sur mon lit et frotte ses yeux humides.

– Je ne veux pas t'imposer un déménagement, Elsie. Je sais que tu aimes bien être ici, et puis c'est super pratique pour tes cours.

– Tu ne crois tout de même pas que je vais rester ici sans toi ?

– Mais à cause de moi, tu dois changer tes plans...

– À cause de toi ET de Mark, vous êtes deux dans cette histoire, non ? Ce n'est pas parce que ton prince met la panique dans nos vies que je vais t'abandonner. À moins que tu ne décides de vivre avec lui.

Les joues de Milly virent au rouge vif.

– Mais n'importe quoi ! Je ne pourrais jamais vivre avec Mark avant le mariage ! Ce n'est pas dans leurs traditions, voyons !

Elle parle comme Veda. Désolant...

Un coup frappé à la porte lui évite de m'entendre lui rappeler que nous sommes au vingt et unième siècle.

– Entrez !

Mark pénètre dans ma chambre et se précipite sur Milly pour la prendre dans ses bras.

– Touchant, mais ça ne résout pas notre problème ! lui signalé-je sèchement, parce que je suis en réalité en colère contre lui.

Et son frère.

– J'ai appelé Darian. Dès demain matin, des déménageurs prendront vos affaires et les apporteront à votre nouveau logement.

– Comment ça, notre « nouveau logement » ? m'écrié-je. Non, mais attends, tu ne peux pas décider où nous irons habiter sans nous demander, et surtout, tu n'as aucune idée de nos finances. Alors mêle-toi de tes affaires, Mark !

Milly aussi fronce les sourcils, c'est une fille très gentille mais pas soumise. Mark paraît soudain mal à l'aise.

– Darian estime que c'est à cause de nous que vous vous retrouvez dans cette situation, alors il prend tous vos frais en charge.

Je vais finir en taule pour régicide !

– Comment osez-vous vous mêler de nos vies ? m'énervé-je.

Mark hausse les épaules avec une désinvolture qui me donne une forte envie de l'étrangler lui aussi !

– Milly et moi sommes en couple, par conséquent, nous sommes tenus l'un et l'autre à certaines règles…

– Vous oui, pas moi !

– Si tu veux continuer à fréquenter Milly, il faudra aussi te plier à ces règles, rétorque le prince.

– Elsie, intervient Milly. Mark veut nous aider, c'est tout. Bon, j'aurais préféré que nous en discutions ensemble avant. Ce qu'il fera à l'avenir, n'est-ce pas, chéri ?

La voix douce mais ferme de Milly oblige Mark à acquiescer d'un hochement de tête. Si je n'étais pas aussi furieuse, je rirais presque de voir ce prince richissime aux ordres de sa grande blonde. Mais ce qui me met vraiment hors de moi, c'est le soudain pouvoir que le roi aura sur mon quotidien. Ça me reste en travers de la gorge.

Et ça l'est encore le lendemain quand Mark nous attend en bas de l'immeuble en briques rouges à deux pas de ma fac afin de nous remettre les clés. L'appartement est magnifique, avec deux grandes chambres où nous pourrons travailler au calme, une cuisine neuve et moderne et un salon spacieux, le tout meublé exactement dans le style que j'aime.

Je dois dire merci?

Même pas en rêve! Parce que les sbires karaniens logent dans un studio au bout de notre couloir. Mes allées et venues seront notées, enregistrées et communiquées à ce putain de roi!

– Regarde ce canapé, Elsie, et toute cette vaisselle! s'écrie Milly qui ouvre tous les placards.

– Ça te plaît? demande Mark en la serrant dans ses bras.

– Il faudrait être ingrate pour dire le contraire! N'est-ce pas, Elsie?

– Ouais, ouais, lui réponds-je depuis le couloir.

Aucune envie de les voir accrochés l'un à l'autre, ces deux-là. Pas que je ne suis pas contente pour eux. Non. Mais je suis fatiguée et frustrée. J'ai passé ma journée en cours à essayer de me concentrer, mais même un sujet passionnant comme les femmes au siècle des Lumières n'a pas réussi à me calmer. Alors maintenant, je ne veux qu'une chose: m'enfermer dans ma nouvelle chambre et m'abrutir avec les zombies de *The Walking Dead*. Surtout ne pas penser à ce qui peut se dérouler dans la pièce d'à côté.

Parce que celui que je veux est à des centaines de miles d'ici!

Vers vingt-deux heures, je sors de mon antre, la faim au ventre. J'entends les amoureux roucouler pendant que je me prépare un sandwich au bacon. Le larbin des Von Karan a même rempli notre frigo avant notre arrivée. Une dette supplémentaire envers la famille royale que je compte rembourser. Il est clair que dorénavant, j'aurai la paix pour étudier : plus de colocataires qui ne connaissent rien au rugby (ouais, les Écossais sont les meilleurs !) et moins de meilleure amie car son petit copain de prince s'occupera d'elle. En tout cas, j'inviterai mes potes pour pendre la crémaillère de notre nouvel appart cette semaine. Mes dents restent soudain coincées dans le pain de mie.

J'espère qu'il ne va pas nous interdire de faire la fête ici…

Je cours jusqu'à ma chambre, mon sandwich dans la bouche, et attrape mon téléphone. Mark ne peut pas me répondre maintenant mais comme dit le proverbe, mieux vaut s'adresser à Dieu qu'à ses saints.

21

Darian

Quarante-huit heures que je n'ai pas dormi. J'ai les yeux explosés, rougis par les écrans que je n'ai pas quittés depuis mon retour de Londres. Le colonel Dolinšek a atterri hier soir dans l'Alberta pour rejoindre son équipe de recherche. Celle-ci a récolté des informations peu encourageantes sur la secte qui se serait dotée d'un arsenal et vivrait dans une sorte de camp retranché. Je n'ai pas eu d'autre choix que d'avertir officieusement le Premier ministre canadien, lequel n'était pas ravi que mes officiers se soient introduits sur son territoire sans préavis. J'ai usé de toutes les ficelles diplomatiques que mon père nous a enseignées afin de lui démontrer que notre intervention était une bonne idée. Elle n'aura aucune couverture médiatique, contrairement à celle qui les impliquerait si la population apprenait qu'un groupe sectaire militarisé squattait des centaines d'hectares depuis presque deux décennies dans leur pays, sans que personne s'en inquiète.

Il a accepté. À contrecœur.

De mon côté, mon statut de roi m'empêche d'être près de mes hommes, un véritable calvaire parce que j'envoie peut-être des soldats très valeureux se battre pour moi et que je voudrais être celui qui passe les menottes à ce psychopathe. Après l'avoir massacré de mes mains. Ma haine envers lui n'a jamais été aussi forte que ces dernières heures à l'approche de son arrestation.

Je coordonne l'opération avec Dolinšek, je croise les doigts pour que ce gourou soit effectivement à l'intérieur. Il nous a déjà échappé trois fois en quinze ans de traque ; à chaque fois, il était en déplacement à l'étranger sous de fausses identités. Mais maintenant que j'ai repéré le camp numéro un, j'ai de l'espoir.

Une sonnerie retentit : c'est Janov, à la porte de ma salle de contrôle, qui m'apporte le repas de midi. J'appuie sur un bouton et lui ouvre. Il fronce les sourcils en posant son plateau à côté de moi.

– Sire, vous devriez dormir. Vous avez mauvaise mine.

Je balaie sa réflexion d'un geste de la main, les yeux fixés sur un de mes écrans : un soldat a placé une caméra sur son épaule, ainsi je peux suivre l'assaut en direct. Derrière moi, Janov pousse un petit cri de stupeur quand les premiers coups de feu retentissent. Je croise les bras sur mon bureau, attentif à chaque mouvement de mes soldats. Le colonel n'a pas voulu attaquer la nuit pour ne pas effrayer davantage les nombreux enfants présents dans le camp. Heureusement, ceux-ci sont ensemble dans un bâtiment excentré qui leur sert d'école. Enfin, si on peut appeler ça comme ça. C'est plutôt un centre d'endoctrinement à la gloire de ce malade. Ces gens-là n'ont aucune idée de la face immonde de cet homme qui les manipule et utilise leur argent afin de s'adonner à des activités illégales et pour la plupart sordides. Arnaques financières, drogues, armes, vols d'œuvres d'art. Pour ces ordures, tout est monnayable. Même l'être humain…

Mes hommes, aguerris au combat, se sont emparés en premier et sans heurt du dépôt de munitions mais des gardes ont surgi, des types issus de toute évidence des rangs de diverses armées à travers le monde. Dolinšek a suffisamment d'équipiers pour les contrer alors que certains membres de la secte viennent s'interposer, et le colonel ne tirera pas sur des personnes non armées. Je vois plusieurs corps à corps. Le porteur de la caméra se faufile jusqu'à la bâtisse principale derrière Dolinšek. Par les grandes baies vitrées, le soleil illumine l'immense salon garni de canapés dépareillés et usés où sont assises une douzaine de femmes habillées comme les hommes d'une tenue d'uniforme bleue. Elles se mettent à crier puis elles se jettent en furie sur mon équipe qui a des difficultés à les maîtriser. Le colonel essaie de se frayer un chemin vers le couloir desservant plusieurs chambres. Il court, suivi par la caméra, jusqu'au fond du corridor. Il ouvre la porte avec précaution, nous sommes les rares personnes à savoir à quel point notre cible est dangereuse. Mais la pièce est vide.

– Colonel ! hurlé-je dans le micro. Retournez-moi ce camp pour le trouver !

Une demi-heure plus tard, je suis debout, les mains dans mes cheveux humides de sueur. Mes hommes n'ont rien trouvé : ni le psychopathe ni un indice sur le lieu où il pourrait se planquer.

– Sire. Ils nous ont tous dit qu'il n'était pas ici.

Un jeune enfant a juste avoué qu'il était « parti vite hier ». Les gosses sont autant sous sa coupe que les adultes. Je dois trouver une solution pour qu'ils se réadaptent à une vie normale. J'ai une part de responsabilité dans ce qui leur arrive. Seigneur, pourquoi n'ai-je pas réagi à temps ? Tout ça n'existerait pas ! Je n'ai jamais autant ressenti de culpabilité qu'aujourd'hui, devant l'image de ces pauvres enfants pleurant dans les bras de leurs parents, eux-mêmes aussi perdus que leur progéniture.

Dolinšek et le responsable des autorités canadiennes ont interrogé chaque personne séparément. À chaque fois, les mêmes discours : « Nous sommes là de notre propre gré », « Nous servons la cause », « The Last est notre sauveur. »

The Last… Ce type se fait passer aux yeux de ces incrédules pour Dieu, le seul et unique sauveur de l'Apocalypse. Devant un tel échec, ma haine envers lui s'amplifie encore plus et transpire par chaque pore de ma peau depuis tant d'années, à m'en donner la nausée.

Sur mon ordre, le porteur de la caméra filme chaque recoin du camp. Je veux être sûr que ce fou n'est pas planqué quelque part. Mon téléphone privé vibre dans la poche arrière de mon pantalon, et je réponds, persuadé que c'est Mark.

– Je t'avertis, même si tu n'es pas d'accord, je ferai la fête dans l'appart'!

Surpris, je jette un coup d'œil sur l'écran de mon téléphone.

– Tu m'entends?

– Ce n'est pas le moment, Elsie!

Je vais pour raccrocher quand apparaît sur un de mes moniteurs le visage connu d'une femme.

– Mais qu'est-ce qu'elle fout là, elle? crié-je à Dolinšek au micro.

– Comment ça, qu'est-ce que je fous là?

Merde, Elsie! Je n'ai pas raccroché! Des rafales de mitraillettes résonnent dans mon bunker, les Canadiens, pas vraiment discrets, investissent le camp à leur manière. Des sirènes d'ambulances au loin annoncent leur arrivée, des rapports alarmants sur l'état de santé de certains membres fragiles de la secte nous ont obligés à prendre des mesures de sauvetage. Sans que j'aie besoin de lui dire, mon colonel attrape la femme récalcitrante par le bras et s'écrie:

– Extraction! Extraction!

– Darian!

La voix terrifiée d'Elsie me ramène en Karanie. Elle a tout entendu et doit croire que je suis au milieu des affrontements.

– Elsie, je te rappelle.

Et j'éteins mon téléphone. Elsie a eu peur pour moi. Pas pour le roi. Pour moi. Je ne veux pas m'appesantir sur l'étrange sensation dans mon cœur qui a pourtant le mérite de me calmer. La question essentielle pour l'instant est : où est cet enfoiré ?

– Colonel. Avez-vous trouvé des indices sur la destination de notre cible ?

– Nous fouillons son bureau, Sire.

– Montrez-moi !

Un froid glacial se répand dans mes veines, j'ai un mauvais pressentiment. Le soldat à la caméra se rend sur mon ordre dans le bureau de The Last. Deux autres militaires sont déjà là, à photographier, répertorier et enregistrer sur support numérique tous les documents. Ces derniers doivent rester sur place comme pièces à conviction pour les Canadiens. Mon sang s'arrête de circuler quand mon lieutenant ouvre un tiroir avec un tas de magazines dedans : toutes les couvertures, récentes, nous concernent, Mark, Milly et moi… J'espérais qu'après toutes ces années, il aurait tourné la page puisqu'il a réussi son coup. Mais voyons la réalité en face : mon obsession pour lui n'a d'égal que son obsession pour notre famille.

– Ramenez-moi tout ça ! ordonné-je à mes hommes. Et interrogez la femme, si possible sans les Canadiens.

Malgré les années qui n'ont pas entamé sa beauté (The Last aime les beaux spécimens…), j'ai reconnu l'étudiante qui squattait régulièrement chez ce malade à Londres, elle le suivait comme un caniche affamé, aveuglément amoureuse de lui et s'abreuvant de ses beaux discours moralisateurs et extrémistes. Je suis persuadé qu'elle est en possession de renseignements importants. Le problème est de savoir comment les lui soutirer car elle est sous sa coupe depuis tellement d'années que sa loyauté risque de la rendre muette, à moins que nous ne trouvions un moyen de pression.

Je veux analyser par moi-même les documents. Je piste cet homme depuis si longtemps que j'ai une idée de son fonctionnement mental. Il a peut-être laissé des indications que je suis plus à même de décrypter que d'autres. Janov m'a d'ailleurs fait plusieurs fois la remarque : essayer de rentrer dans sa tête est mauvais pour mon propre équilibre. Le problème est que tant que je ne l'aurai pas entre mes mains, je ne pourrai pas me reconstruire.

Deux heures plus tard, mon équipe est de retour à leur QG, une maison de location située à la périphérie de la petite ville où se trouve le camp. Malgré toutes les précautions prises, mes hommes ont été repérés lors d'un déplacement quelconque, ce qui a certainement mis la puce à l'oreille d'un membre de la secte et The Last s'est échappé avant l'assaut. Il aurait quitté l'Alberta pour une destination inconnue. Il a fui dans la précipitation, laissant de précieux indices sur place. Pour la première fois, nous l'avons poussé à la faute. D'où ma profonde crainte qu'il ne se venge…

Je n'ai plus qu'à attendre le retour de mes hommes en Karanie. Je remonte donc de mon antre, avec un terrible sentiment d'échec. Mon repas ayant refroidi, je rejoins la cuisine pour le mettre au micro-ondes. La lumière du jour qui inonde le salon me fait cligner des yeux ; maintenant que la tension est en partie retombée, je réalise à quel point je suis lessivé, et ce soir, je dois assister à un gala à l'opéra. Avant, c'était Mark qui était de corvée. Comme il a rejoint Milly à Londres, je n'ai pas d'autre choix que d'y aller. L'appel d'Elsie me revient soudain en mémoire. J'avale une bouchée de mon rôti de veau aux morilles avant de composer le numéro de la petite Écossaise. Un vrai chardon dans le pied, celle-là ! Mais je dois aimer les piqûres parce que je ne résiste pas à l'envie d'entendre sa voix. Chardon épineux qui répond après plus de dix sonneries !

– Ce n'était pas un film que tu regardais tout à l'heure avec les rafales de mitraillettes, n'est-ce pas ? C'était la réalité ? Et pourquoi il y a maintenant quatre gardes du corps au lieu de deux devant notre porte ?

Elle a remarqué les renforts que j'ai envoyés illico après l'attaque. J'ai raison de me méfier de son intuition.

– Qu'a dit Mark ? demandé-je avec le ton le plus neutre et évasif que je peux.

– Rien. Milly et lui squattent la chambre depuis des heures.

Je secoue la tête en fermant les yeux, je ne veux pas imaginer mon frère faire des galipettes avec sa copine. En revanche, les images d'Elsie nue devant moi me donnent aussitôt une érection monstre. Je suis vraiment fatigué pour que de simples pensées rendent mon corps si réactif. En temps normal, je sais me maîtriser.

– Darian, dis-moi la vérité : est-ce que Milly est en danger ?

– Sire, répliqué-je sèchement.

– Fait chier ! Dis-moi la vérité.

– Non.

Elle exagère un soupir d'exaspération. Si elle croit pouvoir me mettre la pression…

– Secret-défense, Elsie. Ce n'est pas parce que nous avons couché ensemble que je t'autorise à être familière avec moi. Et encore moins à me poser des questions. Si la situation ne te convient pas, mets un terme à ton amitié avec Milly et déménage, ainsi tu n'auras plus aucun lien avec la Karanie.

S'ensuit un très long silence. Nous restons tous les deux pendus à notre téléphone. Je regrette de ne pas voir son visage, j'aurais une idée de ses pensées qu'elle ne cache jamais. Je devrais m'en moquer et retourner à mes moniteurs, pourtant j'attends qu'elle me parle.

– Je n'abandonnerai pas Milly, déclare-t-elle d'une voix trop calme. Et je ne vous dérangerai plus. Sire.

J'aurais préféré qu'elle explose plutôt que l'emploi de ce ton froid, voire glacial sur le mot « Sire ». Elle vient de mettre une distance entre nous qui ne se calcule pas en kilomètres. C'est ce que j'attendais d'elle – et ce que je veux de tout le monde, en fait, à quelques exceptions près –, je viens d'ailleurs de le lui répéter. Je devrais donc me réjouir qu'elle rentre dans le rang.

Alors pourquoi ça me dérange autant?

– Au revoir, Votre Majesté.

Et elle raccroche avant que je n'aie eu le temps de réagir.

Seigneur ! Elsie fait monter ma tension à chaque fois ! En quelques semaines, elle a totalement bousculé mon quotidien ! Je ne peux pas passer une demi-journée sans penser à elle, sans l'imaginer étudiant à la bibliothèque ou nageant à la piscine… Cette image est l'une des pires puisque son maillot de bain noir souligne merveilleusement bien ses formes et qu'à chaque fois, maintenant notamment, ma queue a une réaction.

Mon attirance pour elle prend un chemin dont je voudrais me détourner, mais je ne suis pas sûr d'en avoir la force…

Je termine mon verre de vin, allongé sur le canapé, au son de « Sinnerman » de Nina Simone. À travers les persiennes à moitié fermées, la Méditerranée brille sous le soleil. Quelques bateaux de plaisance naviguent entre les îles, laissant derrière eux un sillage blanc et Ice au loin. En général, ce paysage accablé par la chaleur estivale m'apaise. Sauf aujourd'hui. La disparition de The Last me hante. Ensuite, il y a Elsie qui bouleverse mon équilibre intérieur. Je ferme les yeux un instant, je la visualise, vibrante entre mes bras…

Quand je les rouvre, la pleine lune a remplacé le soleil et mon portable sonne dans ma poche.

– Mark? réponds-je, à moitié endormi. Il est une heure du matin.

– Je sais. Désolé de te réveiller, mais je viens juste de voir ton message à propos de l'assaut. Vous avez d'autres nouvelles?

– J'ai augmenté votre sécurité.

– Ah… Pourquoi?

Je lui explique pour les magazines trouvés dans le camp et mon intuition; je suis persuadé que The Last a l'intention de terminer une bonne fois pour toutes son projet inachevé. Comment? Je n'en sais encore rien. Pourquoi? Ça fait dix-sept ans que je me pose cette question.

– Elsie le sait déjà, ajouté-je en prenant une gorgée de vin.

Beurk, il est chaud.

– Tu lui as parlé du fou? s'exclame mon frère.

– Bien sûr que non. Mais elle m'a appelé et elle a…

– Attends, attends un peu, là! Comment ça, elle t'a appelé? Non, mais depuis quand Elsie MacNee se permet de t'appeler au téléphone?! Et pourquoi?!

– Dans la soirée, elle a vu que les gardes avaient doublé en nombre.

– Pourquoi elle t'appelle toi et pas moi?

– Tu étais occupé avec Milly.

– Euh… Oui, mais ça n'explique pas pourquoi elle ose appeler le roi de Karanie qu'elle sait très occupé au lieu de venir frapper à la porte de la chambre d'à côté.

Parce qu'elle me connaît mieux que toi…

– Tu n'es pas avec Milly, au moins?

Je n'ai pas envie que sa copine pique une crise d'hystérie si elle apprend qu'elle est potentiellement en danger.

– Bien sûr que non, elle dort et je suis dans le salon, râle mon frère. Et ne change pas de conversation! Je sais qu'Elsie et toi partagez des centres d'intérêt, mais tu ne m'avais pas dit que vous étiez devenus assez proches pour qu'elle te demande directement des explications.

Je m'accroche alors à une échelle invisible pour me sortir de ce pétrin.

– Tu as raison, cette fille est une vraie casse-pieds qui n'a aucun sens des convenances. Elle doit croire que parce que j'aime l'histoire, nous sommes devenus amis.

– Toi ? Avoir des amis ? lâche mon frère entre deux hoquets de rire. OK, je lui expliquerai qu'en cas de problème, elle devra me contacter ou voir avec Bilka.

Je suis certes reconnaissant à Mark de s'occuper du cas d'Elsie, mais sa remarque est vexante. Et affligeante, car il a vu juste, j'ai une vie publique dorénavant, mais toujours pas de vie sociale, entouré d'amis avec qui je pourrais prendre un verre ou plaisanter, comme un type de mon âge le fait partout dans le monde.

Oui, mais ça ne sera jamais mon quotidien. Revenons aux choses sérieuses…

– Merci de t'en occuper… Oh ! Petite question : avez-vous des projets pour les fêtes de fin d'année ?

– Eh bien, Milly souhaite fêter Noël avec sa famille. Je voulais justement t'en parler, j'ai pensé inviter ses parents à Letaspok à cette occasion. Pour le Nouvel An, nous organiserons une fête à Londres entre amis.

Mon cerveau ne sait plus quelle information gérer en premier. Que Mark envisage déjà de passer Noël avec Milly et sa famille ici, m'obligeant à être présenté aux Watson, de parfaits inconnus qui feront désormais partie de mon entourage. Ou qu'Elsie m'ait menti sur sa présence au palais pour les fêtes. Cette petite peste d'Écossaise a osé un coup de bluff avec moi pour voir ma réaction ! Elle ne me narguera pas longtemps.

– J'accepte ton programme.

Voilà, je lui ai coupé l'herbe sous le pied, je l'oblige à s'enivrer à Londres avec ses copains, elle ne mettra donc pas les pieds à Letaspok. Je déglutis de travers quand je l'imagine avec de

Harsem, ce prétentieux arrogant sera avec elle lors du réveillon. Ils dîneront, danseront ensemble. Peut-être la mettra-t-il dans son lit… Cette pensée m'écœure !

– Tu es d'accord? s'exclame Mark, étonné, à l'autre bout du fil.

Je viens de tomber dans le trou que j'ai moi-même creusé, j'ai précipité Elsie dans les bras du comte…

22

Elsie

Le fameux crachin anglais tombe sans discontinuer depuis un mois sur Oxford. Les rues pavées très glissantes sont toujours fréquentées en cette veille de vacances de Noël. Tête baissée, je remarque à peine les vitrines décorées de neige artificielle. Je reviens de la bibliothèque où je passe encore plus de temps maintenant pour éviter les tourtereaux à l'appartement. Mark est arrivé depuis quelques jours de Karanie après plus d'un mois d'absence pendant lequel l'apathie de Milly m'a éreintée. Elle va bien en cours, elle bosse dur car selon ses dires, elle veut faire honneur à son futur fiancé avec des notes excellentes et elle décape la maison de fond en comble tous les week-ends. Mais niveau conversation, alors là, rien. Sauf pour me sortir un truc concernant Mark. Dans ces cas-là, j'ai droit à son pedigree complet depuis le Moyen Âge.

Soyons honnête aussi, je me défile. Entendez par là que j'évite de me retrouver en tête à tête avec moi-même : fêtes entre amis et livres sont devenus des compagnons obligatoires. J'ai parcouru des miles et des miles à la piscine ces dernières semaines. J'ai ressassé pendant des heures chacune de mes rencontres avec le roi, revécu chaque caresse et analysé chaque parole. Ce mec est entouré de secrets, autant dans sa vie privée que dans ses activités publiques. Je cherche encore un lien entre l'arrestation de ce terroriste à Édimbourg et les services de renseignements karaniens. Le royaume de Karanie est décrit comme un pays orienté vers les nouvelles technologies, avec d'importantes sociétés informatiques implantées à Strasa et un tourisme maîtrisé, labellisé équitable, sur son étroit territoire. Qu'on m'explique donc pourquoi il est impliqué dans la traque des gros méchants à l'instar des grandes puissances…

Devant la porte de notre appartement, je salue d'un hochement de tête les deux gardes du corps, secoue mon parapluie et rentre chez moi, frigorifiée. J'entends des rires en provenance du salon, les amoureux sont allongés à moitié l'un sur l'autre sur le canapé, ils partagent un pot de crème glacée (en hiver…) devant un film romantique de Noël. Je m'effondre dans un fauteuil en tissu écossais.

– Ça sent un peu trop la romance ici ! m'exclamé-je, la bouche pleine d'un scone *made by* Milly. Hmm, délicieux.

Mark soupire après m'avoir vaguement jeté un coup d'œil. Je l'agace, je le sais, mais j'en rajoute depuis notre dernière conversation en tête à tête qui a failli virer en pétage de plombs, évité de justesse parce que Milly est sortie de la salle de bains au bon moment. Ce prince assis là avec les jambes de sa copine sur ses cuisses, qui semble doux et attentif envers elle, est en fait le digne cadet de son tyran de frère. Et tous les deux, nous sommes de parfaits hypocrites. La seule chose que nous ayons en commun, c'est Milly, et pour elle, nous conservons un semblant de relation cordiale.

Ce putain de prince a osé me faire la morale après mon appel au roi ! Comme quoi j'étais une fille inconséquente, qui dérangeait un chef de gouvernement pour des futilités. Que dorénavant, je ne devais passer que par les gardes du corps, Bilka ou lui à la rigueur, si j'avais un souci avec l'appartement. Mais que sous aucun prétexte, je n'avais le droit de contacter Sa Majesté à nouveau. Pire, il m'a accusée d'être mal élevée et que pour Milly, je devais convenablement me comporter.

Je l'aurais bouffé !

En retour, il a eu droit à un flot d'insultes bien senties et j'ai terminé en lui rappelant que s'il voulait que je quitte l'appartement, il faudrait d'abord que Milly l'accepte. J'avais un sourire victorieux à ce moment-là parce que mon amie me le répète à longueur de journée, elle a besoin de moi à ses côtés pour supporter la pression médiatique qui est devenue infernale. Pas un jour sans qu'elle soit harcelée, dans la rue, sur le campus ou pendant nos sorties. Alors Mark est obligé de composer avec moi, qui pallie ses absences régulières. Pour être franche, je lui fais payer aussi l'attitude de son frère aîné.

J'ai eu une telle frousse en entendant les coups de feu au téléphone ! Je me suis inquiétée plusieurs jours, persuadée qu'ils étaient réels ; ils ne provenaient ni de la télé ni d'un jeu vidéo. Ne me demandez pas comment je le sais, c'est juste une intuition en rapport avec cette histoire de valises diplomatiques. Peut-être que je regarde trop de thrillers, néanmoins, ces sons restent enfouis dans un coin de mon cerveau et me rendent complètement enragée de n'avoir droit à aucune explication ! Au bout d'une semaine, notre quotidien n'ayant pas changé (bon, si, un peu, avec la sécurité qui nous suit comme un chewing-gum collé à notre chaussure), je n'ai rien demandé à personne : nous avons organisé une fête d'enfer pour inaugurer notre nouveau logement, ce qui a moyennement plu à Mark d'ailleurs, sous prétexte que nous avons surchargé de travail les gardes du corps. Mais devinez quoi ? Je n'en ai rien à carrer de ses réflexions. Nous n'y avons pas invité nos anciens colocs.

Donc maintenant, je me régale de voir bouillir Mark devant moi, il fixe la télé mais ses doigts pianotent activement sur le dossier du sofa. Je me lève pour faire un câlin à mon amie.

– Je vais me coucher. Bon voyage et joyeux Noël… Évitez de faire du bruit cette nuit, je pars tôt demain matin.

– Elsie ! me sermonne Milly, les joues soudain rouges.

Elle redoute que Mark apprenne que nous parlons beaucoup de lui et de certains détails de leur vie amoureuse. J'ai un don pour lui soutirer les informations, je suis donc la dépositaire de nombre de ses secrets.

Mais le mien, classé « sécurité nationale », me dévore de l'intérieur. Je suis une personne expansive, je déteste brider mes émotions. Oh, bien sûr, je suis capable de les contenir quand c'est nécessaire. Par exemple envers Mark : Milly ne saura jamais qu'il m'énerve avec sa perpétuelle attitude teintée de condescendance. Depuis mon enfance, ma franchise m'a souvent joué des tours et avec quatre frères, j'ai appris à me défendre en leur tenant tête à défaut de pouvoir utiliser mes poings. Voilà pourquoi ne rien pouvoir dire, à personne, sur ce qui s'est passé avec le roi me hante. Jour et nuit. En cours, devant mon thé, sous ma douche et le pire, dans mon lit. Depuis octobre, j'ai repoussé tous les mecs qui s'approchaient à deux mètres de moi. À part Will qui, après nos multiples tentatives (je parle de Keira, Milly et moi), a enfin renoncé à Veda, fiancée au « gentil » garçon choisi par ses parents (selon ses dires quand nous la croisons à l'université) et nous avons obligé notre copain à sortir et à boire. Ouais, je l'ai pas mal accompagné sur ce chemin de la noyade par la bière. Un cerveau embué par les vapeurs de houblon est préférable à un cerveau surchargé d'images d'un roi me faisant jouir.

À cinq heures du matin, je me réveille au son de la voix de Liam Gallagher dans « Morning Glory ». J'ai rendez-vous dans une heure avec une fille de l'université avec qui Milly et moi avons l'habitude depuis trois ans de faire du covoiturage jusqu'à Inverness. On pourrait croire que j'ai de la chance d'avoir quelqu'un qui ne m'emmène pas trop loin de chez moi pour une somme modique, sauf que cette fois, je n'aurai pas Milly, mon bouclier de gentillesse, pour l'écouter à ma place. Elle est en fac de maths et n'a pas d'autre sujet de conversation que les nombres et leur intérêt dans l'Univers ! Alors neuf heures à l'écouter blablater… Si je n'avais pas autant envie de revoir enfin ma famille, je resterais au fond de mon lit jusqu'à la rentrée de janvier, à rêver d'un grand blond royal.

Je suis prête, ma valise bouclée à la va-vite et mon lit à moitié fait. Une dernière petite chose avant de quitter l'appartement : je dépose sur la table, bien en évidence, trois paquets-cadeaux avec de jolies étiquettes écrites à la main.

***

Le trajet s'est avéré encore plus long que prévu, la neige nous a surprises un peu après Perth. Trop fatiguée, Emma m'a laissé le volant pour dormir jusqu'à Drumnadrochit où m'attend Angus. Garé sur le parking désert du centre d'exposition sur le Loch Ness, mon frère cadet m'accueille avec un gros câlin qui m'étouffe à moitié. Emma repart aussitôt, mon immense et imposant frère l'effraie à chaque fois qu'elle le voit.

– Cette fille est bizarre, fait remarquer Angus en démarrant. Jolie mais bizarre.

J'écarquille grand les yeux : depuis quand mon frère regarde les filles ? À vingt ans, ses uniques passions étaient jusqu'à présent ses potes, la bière et le rugby. J'ai dû louper l'épisode où il a compris que des femmes vivaient aussi sur cette terre.

– Tu veux son numéro? lui proposé-je d'une voix moqueuse.

Même s'il fait nuit noire, je le vois rougir et tapoter sur le volant, mal à l'aise. Angus est un char d'assaut sur un terrain de rugby mais dans la vie, c'est une trottinette (et pas électrique!): il est d'une nonchalance qui m'exaspère souvent.

– Non, mais c'est pas vrai, Angus! T'as craqué sur Emma?

– Ben... Elle est jolie... Et puis elle est gentille de vous raccompagner jusqu'ici, Milly et toi.

– Ouais... Enfin, tu sais que ça l'arrange aussi parce que je participe aux frais.

– Ben... C'est gentil quand même.

Je change de conversation en demandant des nouvelles de tout le monde: Angus est facteur, il connaît tous les potins de Muir of Ord. Ma famille est déjà réunie au grand complet quand j'arrive. Chacun leur tour, ils viennent me serrer dans leurs bras, m'embrasser, me poser mille et une questions sans que je puisse placer un mot.

La seule que je ne voulais pas entendre est prononcée par ma mère, totalement exaltée:

– Alors comme ça, Milly et sa famille passent Noël en Karanie avec le prince et le roi?

Putain! Je fais tout pour ne pas évoquer, ne serait-ce que mentalement, les mots « Karanie » et « roi », mais non, même ici, ils me poursuivent avec cette foutue connotation érotique que ça implique.

– Oui. Ils doivent d'ailleurs être arrivés au palais à cette heure-ci. On mange?

Je prononce sciemment la phrase magique, un brouhaha suivi de bousculades m'accompagne jusqu'à la longue table familiale garnie d'une multitude de plats afin de satisfaire les appétits d'ogre de mes frères et de mon père. Chloe et moi avons la même grimace de résignation devant la vitesse à laquelle les assiettes se remplissent, tandis que ma mère affiche un large sourire de satisfaction sur son visage rond encadré par des cheveux flous cuivrés. En fait, je suis super contente d'être à nouveau chez moi, entourée et choyée. L'ambiance familiale, bruyante et anarchique, me manque dans le cadre feutré de l'université d'Oxford. Depuis le printemps dernier, nous n'avons pas été tous réunis à la ferme, chacun vaquant à ses occupations de son côté. Je peux lire sur le visage de mes parents leur joie de voir tous leurs enfants autour d'eux. L'effervescence des fêtes amplifie le bonheur de se retrouver, mais la fatigue l'emporte et je monte dans ma chambre sitôt le dîner terminé. Mon plus jeune frère, Elliott – qui a maintenant une tête de plus que moi, je suis dégoûtée –, y a déposé mes bagages. Juste avant de me coucher, je vérifie mes messages. Milly est bien arrivée à Letaspok, ses parents ont adoré voyager en jet privé et le roi leur a réservé un accueil très courtois.

Évidemment qu'il est très courtois ! Il sera sans nul doute parfait dans son rôle de souverain qui reçoit les parents de sa future belle-sœur : strict, poli et inébranlable. Oh, son côté psychorigide va plaire aux Watson. Je me frappe la tête plusieurs fois dans mon oreiller. Je ne veux plus penser à lui, je ne veux plus en entendre parler, je veux l'oublier !

Dieu du sommeil, délivre-moi !

Mon vœu est exaucé après deux heures passées à jouer sur mon portable. Je sais, c'est mal, mais me concentrer sur ce petit truc rectangulaire est un remède pas cher – d'accord, peu efficace et déconseillé, mais je m'en fous ! Je ne veux plus voir danser devant mes yeux le visage de séducteur aux yeux bleus du roi.

Le lendemain matin, je pars tôt courir dans la lande. À défaut de chlore de piscine, je respire l'air frais aux odeurs de tourbière et de végétation gelée par une fine couche de neige. J'ai besoin d'évacuer mon énergie en montant jusqu'au sommet de la petite colline à travers bois. De retour dans la cuisine familiale où mon petit déjeuner est dressé, ma mère m'annonce que nous irons finir les courses de Noël ensemble. Impossible de refuser : avec quatre garçons, elle n'a que moi pour faire du shopping entre filles. Je savais que je n'éviterais pas un interrogatoire en règle sur mes études, mais je n'avais pas prévu qu'elle me poserait autant de questions sur Milly et Mark.

– As-tu une idée de la date de mariage de Milly ? demande-t-elle.

– Maman ! Ils ne sont même pas fiancés encore.

– Oui, oui. Mais tu seras invitée ?

Je claque violemment le coffre de la voiture. J'hallucine, elle, l'antiroyaliste, se passionne soudain pour les potins des tabloïds.

– Chaque chose en son temps, maman. Ils doivent respecter les traditions de la Karanie.

Et surtout respecter les volontés absolues de son roi…

À la maison, j'aide ma mère aux fourneaux, mes frères ont lâchement déserté car ils préfèrent affronter le froid glaçant du *blowther* avec mon père que sa tyrannie culinaire. Qu'on ne me parle pas de solidarité fraternelle ! Maman m'octroie une heure afin de me préparer pour le réveillon. Les bonnes odeurs de la dinde farcie au haggis remontent jusque dans ma chambre mansardée. Je consulte les réseaux sociaux pendant que je me maquille mais à cause d'une photo, mon rouge à lèvres dérape sur mon menton, laissant une longue traînée carmin sur ma peau devenue soudain pâle.

– Bordel ! Non !

Milly vient de poster des photos du concert auquel ils ont assisté à l'opéra avant le dîner prévu dans un des palaces de Strasa. Elle a d'abord fait un selfie avec Mark – ils sont radieux l'un et l'autre –, puis elle a pris son père en smoking et sa mère avec une belle robe longue. C'est la suivante qui me transperce le cœur : au bras du roi se tient Rafaëlla, dans une super tenue de soirée couleur or. De la haute couture à mon avis. Pff... Sûre d'elle et de sa beauté, elle se pavane, ça se lit sur son visage. La quatrième photo ne permet aucun doute : ils ont couché ensemble ! Le roi met sa main autour de sa taille tandis qu'ils montent l'escalier de l'opéra, elle tient sa tête presque sur son épaule et lui la regarde en souriant.

« Beau couple »... Le commentaire de Milly m'achève : j'ai raison, je n'ai été pour lui qu'un simple coup de passage, j'étais là par hasard et il a assouvi ses pulsions. D'accord, j'ai aussi assouvi les miennes, mais voir la pouffiasse accrocher ses mains manucurées sur le roi m'horripile.

Le front posé sur ma coiffeuse, j'en fixe la peinture blanche écaillée. Je nous revois dans la salle de bains à Londres, nous regardant mutuellement dans le miroir. Le seul moment où je l'ai vu perdu mais en même temps si normal, sans cette façade protocolaire devenue une seconde peau. Un instant irréel doublé d'une vue géniale puisque je pouvais détailler son corps en entier, de face et de dos. Il n'a pas une once de graisse, chaque muscle est sculpté par le sport. Tout chez lui est beau, sa peau bronzée par le soleil, ses yeux bleu acier, ses cheveux blonds, il est la quintessence de l'homme sexy que toutes les filles épinglent sur les réseaux sociaux.

Je nettoie les dégâts sur mon visage, mon mascara a aussi dégouliné à cause de larmes de rage. Je m'en veux d'être devenue si sentimentale.

T'es vraiment conne, Elsie ! Le premier roi qui passe, tu couches avec et après tu n'admets pas qu'il te préfère une duchesse !

En fait, j'aurais préféré qu'il se paie une call-girl plutôt que cette garce de Rafaëlla.

– Elsie ! crie Elliott à travers la porte. Dépêche-toi de descendre.

Je me souris dans le miroir : non, il n'aura pas ma joie de Noël !

23

Darian

Cette soirée est un calvaire. Dès le départ du palais, j'ai dû supporter Rafaëlla la sangsue. Elle a pourtant reçu la meilleure éducation, sauf en ce qui concerne la recherche d'un mari : elle n'a aucun tact, elle se montre beaucoup trop entreprenante à mon goût, encouragée par sa harpie de mère. Son père est peut-être un aristocrate doué en affaires mais il n'a pas droit à la parole avec ces deux-là. La fille du duc s'accroche à mon bras et s'affiche avec moi devant tous les photographes présents à l'opéra puis à l'entrée du restaurant. Les journalistes se déchaîneront dès demain sur ma prétendue liaison avec elle, je les détromperai d'ici quelques jours. Mon but est qu'ils se focalisent sur moi plutôt que sur Mark pendant les fêtes, ainsi il pourra profiter pleinement de sa Milly.

Quant aux Watson, ils sont aimables et respectueux de s'intégrer à nos traditions, mais ils sont ternes. J'en conclus que le dynamisme de ma future belle-sœur est lié à sa meilleure amie tellement énergique. Lors du repas du réveillon, le prénom d'Elsie fut évoqué plusieurs fois et bien sûr, je ne pouvais m'empêcher de dresser l'oreille. Mon dossier sur elle s'est encore étoffé, mais je m'intéresse à des détails impossibles à trouver dans une filature : ses fous rires avec Milly, ses bagarres avec son frère Calum ou sa passion pour les sucreries.

Ça tourne à l'obsession, mon vieux...

Je suis soulagé lorsque les Luboń nous quittent à la sortie du palace. Ces gens ont de la famille ailleurs dans le monde, pourquoi ne passent-ils pas Noël avec eux ? Je donnerais mon royaume pour être avec les miens... Au moins, j'ai encore Mark, avec un sourire béat sur le visage à chaque fois qu'il regarde Milly. Avant de monter dans ma voiture blindée, je jette un regard au ciel étoilé.

Oui, mes parents seraient heureux de le voir ainsi...

***

En Karanie, la tradition veut que les cadeaux soient ouverts le matin de Noël, autour d'un gâteau typique aux fruits confits.

– Ce cake est vraiment délicieux, s'enthousiasme Mme Watson. Je voudrais bien avoir la recette.

– Je demanderai à notre chef de vous l'écrire, lui réponds-je poliment parce que je déteste les fruits confits.

– Allez, c'est l'heure d'ouvrir les cadeaux ! s'écrie Mark, à genoux face à l'immense sapin trônant dans la salle à manger.

Je secoue la tête avec un grand sourire.

– Milly, êtes-vous sûre de vouloir supporter pour toujours ce gamin ?

– Bien sûr qu'elle le veut ! Je la fais rire ! Tu devrais prendre exemple sur moi, si tu veux te marier un jour.

– Non merci, protesté-je vivement. Je suis très bien comme je suis.

Mon frère hausse les épaules, il a enfin compris que je n'avais pas l'intention d'épouser qui que ce soit un jour. Il prend un paquet qu'il tend à Milly. Il est fébrile ; à mon avis, son empressement a un lien avec ce cadeau. La jeune femme déballe avec délicatesse le papier et ouvre la petite boîte noire. Mark a les yeux rivés sur sa future fiancée et moi, j'écarquille les miens : il vient de lui offrir la broche en diamant de notre mère ! Un de ses bijoux préférés, qu'elle avait reçu de mon père en cadeau le Noël d'avant. Lorsque mon frère a eu 18 ans, nous nous sommes partagé certains objets personnels de nos parents. Depuis, je n'ai pas rouvert mon carton, mais à l'évidence, Mark a fait un tour dans notre chambre forte. Il prouve à Milly, et à moi également, qu'il compte l'épouser, qu'elle n'est pas qu'une simple amourette.

– C'était à ma mère, dit-il à une Milly en pleurs.

– Oh, ma chérie ! C'est magnifique ! s'exclame Mme Watson par-dessus son épaule.

Milly se lève et saute au cou de mon frère, ému lui aussi. Il lui donne un baiser léger puis tend deux paquets aux Watson. Depuis ses 16 ans, j'ai décidé de ne plus lui offrir de cadeau à Noël. En échange, nous prenons sur nos deniers personnels pour financer la banque alimentaire de notre pays. Donc quand il m'en apporte un, je suis très surpris. Je retourne l'étiquette où est écrit à la main : « Sa Majesté. » Je fronce les sourcils : les Watson sont au courant que nous ne voulons pas de présent.

– Elsie a laissé trois cadeaux pour nous avant de partir pour l'Écosse, explique Mark, navré.

Je reçois beaucoup de présents dans le cadre de mes fonctions, mais le dernier qui m'était personnellement destiné date de l'époque de mes parents, une moto, que j'ai offerte après mon couronnement à une association caritative pour être vendue ensuite aux enchères. Un roi ne peut plus monter sur ces engins dangereux et puis, elle me rappelait trop notre dernier Noël en famille qui s'était terminé en dispute entre mon père et mon frère aîné. À ce moment-là, je n'avais pas compris la gravité de la situation.

Je ne sais plus comment réagir devant ce paquet... Je le contemple longuement pendant que les souvenirs remontent à la surface : la joie de recevoir, l'exaltation de la découverte, le plaisir d'être choyé. Toutes ces émotions que je croyais disparues à jamais me bloquent la trachée.

Elsie m'a offert un cadeau...

Son geste prouve qu'elle pense à moi. Je refuse de m'appesantir sur sa signification, mais je pressens de futurs ennuis sur mon self-control si une simple jolie boîte de sa part, soigneusement emballée et entourée d'un beau ruban bleu, réussit à me bouleverser autant.

Et je ne sais même pas encore ce qu'il y a dans ce paquet !

Je profite de ce que Mark s'occupe de ses invités pour l'ouvrir. Je soulève le couvercle de la boîte en carton. Un livre du célèbre philosophe écossais du siècle des Lumières, David Hume, *Enquête sur les principes de la morale*. L'impertinence de la petite étudiante me fait osciller entre rire et irritation. Ce qui retient le plus mon attention est le marque-page fait main sur l'ouvrage ; brodé au point de croix avec les armoiries de la Karanie, il se termine par un petit pompon en soie blanc et bleu aux couleurs de l'Écosse. De crainte que les autres ne le voient et se posent trop de questions sur cet étrange cadeau, je le glisse dans le livre et referme la boîte.

– Alors, que vous a offert Elsie ? demande Milly.

– Un livre sur votre philosophe, David Hume.

Elle hoche la tête en signe d'assentiment.

– Elle a beaucoup travaillé sur lui, notamment lors des recherches que vous lui aviez demandées.

Je les laisse entre eux ; la chaleur familiale qui se dégage de la pièce, si elle me fait plaisir, m'incommode. Je ne veux pas gâcher la fête avec ma nostalgie. Je traverse le large couloir vide ; seuls les portraits de mes ancêtres me toisent de leur regard figé, un peu comme moi. Dans mon bureau, j'ouvre la porte-fenêtre qui donne sur l'héliport. La vue sur Strasa et les montagnes saupoudrées de neige est magnifique de clarté aujourd'hui, il fait même un peu trop chaud pour un 25 décembre. Je sors mon téléphone de ma poche intérieure et, en soupirant, je tape les deux lettres qui me font bouillir le sang : EL ; la technologie fait le reste.

Qu'elle réponde vite pour une fois !

– Allô ? répond une voix à moitié endormie.

– Joyeux Noël, Elsie.

J'entends des grincements, elle bouge…

– Je te réveille ? lui demandé-je.

– Oui.

Je ferme les yeux, l'imaginer dans un lit est une véritable torture. J'avale ma salive avant de continuer à parler, sinon elle risque de comprendre mon trouble au son de ma voix.

– Je tiens à te remercier pour ton cadeau. Je ne connais pas Hume, mais son livre a un titre… disons intéressant. Le marque-page est très joli.

– Merci. C'est moi qui l'ai fait. C'est une vieille tradition de famille que d'offrir un ouvrage brodé à Noël. Il paraît que ça porte chance. Mais bon, au vu des circonstances, tu n'en as pas besoin, Sire.

– Quelles circonstances ? demandé-je, intrigué.

– Milly a posté des photos du réveillon. Rafaëlla et toi formez un très beau couple.

Je serre les dents, Milly n'a pas l'autorisation de me prendre en photo. Un autre détail à mettre au point avec elle. Ce qui me trouble est la fausse désinvolture d'Elsie à propos du cliché.

– Rafaëlla est très photogénique.

Son murmure est incompréhensible, elle tapote sur quelque chose, peut-être son oreiller, elle semble énervée. Je voudrais visualiser sa chambre, je n'ai que des photos de l'extérieur de leur ferme. Plus beaucoup d'autres informations sur la famille MacNee. Mais quelle est la décoration de sa chambre ? Voit-elle les pâturages verts de la lande écossaise de sa fenêtre ? Quelle est la couleur de son pyjama ? Et même, en porte-t-elle un ? Mon entrejambe devient soudain douloureux, ma dépendance au corps de cette fille commence à être un gros problème…

– Et c'est une duchesse, ajoute Elsie.

– Le beau Harsem est comte, lui balancé-je sèchement.

Le silence s'installe entre nous. Ma réaction me surprend, je ne pensais pas que la relation qu'elle entretient avec Harsem me gênait autant.

– Je n'ai pas vu Erling depuis octobre !

Sa réplique agressive m'indique qu'elle est tout aussi agacée que moi.

– Peut-être, mais je n'ai pas du tout apprécié de passer après lui !

– Tu n'es qu'un sombre connard, tu sais ça ? Je ne suis pas une de tes putes que tu peux insulter à ta guise ! Sache qu'Erling ne m'a jamais touchée, il a des principes de galanterie, lui ! Appelle Rafaëlla, comme ça, vous serez entre aristocrates bien élevés !

– Et toi, amuse-toi bien avec ton comte au Nouvel An !

Je lui raccroche au nez. Je n'ai jamais été à ce point hors de moi ; même quand The Last nous a échappé, je n'ai pas ressenti cette pression dans mes tempes.

– Darian ? Ça va ?

Je n'ai pas entendu mon frère arriver dans le bureau :

– Tu ne peux pas frapper avant d'entrer ? grogné-je.

– Je l'ai fait, mais tu n'as pas répondu. Je te cherche depuis tout à l'heure. Qu'est-ce qu'il y a ? Tu as eu de mauvaises nouvelles du colonel ?

– Non. Pourquoi penses-tu ça ?

– Quand tu as cette tête-là, c'est que quelque chose s'est mal passé avec The Last.

De mieux en mieux… Elle me met dans le même état que mon ennemi.

– Je suis fatigué.

Piètre excuse, mais je n'en ai pas d'autre. Mark s'assoit face à moi, les coudes sur ses longues jambes.

– Tu as besoin de vacances. Tu ne t'octroies aucun congé, même pas pendant les fêtes. Je peux rester ici encore trois jours pour que tu puisses t'évader quelque part. Je prendrai le relais de tes obligations et promis, je te contacte au moindre problème.

– Non, réponds-je d'un ton ferme. Il faudrait revoir tout le protocole de sécurité, et puis je préfère être tranquille jusqu'à la rentrée qui s'annonce compliquée avec la mise en place de notre extension nationale.

– Comme tu voudras, mais vraiment, tu as une sale mine.

À cause de la meilleure amie de ta fiancée !

– N'oublie pas de transmettre à la sécurité le nom des invités qui viendront à la propriété de Londres.

– Oh, il n'y aura que Milly et moi. Les autres ont leur propre appartement.

– Et Elsie MacNee ?

Mark secoue la tête.

– Par chance, elle ne sera pas là. Elle reste chez ses parents. Il paraît qu'en Écosse, le Nouvel An est plus important que Noël.

Ma main se resserre sur mon portable. Je le pose sur mon bureau en essayant de ne pas montrer à mon frère mon soulagement. Si elle se rendait à Londres avec Milly, j'aurais été tenté de la rejoindre, j'aurais trouvé n'importe quel prétexte pour la voir, la couvrir de baisers, la toucher partout…

Seigneur ! Mark a raison : heureusement qu'elle reste en Écosse ! Je vais suivre son conseil et profiter des derniers jours de l'année pour me détendre à la maison. Peut-être qu'un peu de repos me permettra de me débarrasser de cette envie permanente de la tenir dans mes bras.

24

Elsie

Cette année, j'ai un peu trop abusé de la tradition de Hogmanay qui veut que le *first footing* porte chance. Il est d'usage de rendre visite à ses proches ou à ses voisins juste après minuit, et le premier qui franchit la porte d'entrée se voit offrir un bon verre de whisky. Avec Calum, nous avons fait une partie du village. J'ai réussi l'exploit d'oublier ma dispute avec le roi le temps de la soirée. J'ai profité du trajet en sens inverse vers Oxford avec Emma pour réfléchir sérieusement aux relations entre les frères Von Karan et moi. Pas facile avec le mal de tête de lendemain de cuite, mais ma conclusion était évidente : moins je les vois, mieux je me porte.

Ça marche !

Bon, d'accord, c'est parce que je n'ai pas croisé Mark à l'appartement depuis deux mois et que je zappe toute info concernant son frère. Mes profs me félicitent, il faut dire que je bosse encore plus que d'habitude. Sauf les vendredis soir. Notre rituel perdure, notre bande se retrouve au pub autour de pintes de bière. Ma vie est redevenue belle et insouciante puisque j'ai été embauchée dans un magasin discount quelques heures par semaine. Apport financier qui bouchera en partie le trou de ma dette envers les

Von Karan, car il est hors de question que je ne leur rembourse pas le loyer, personne ne subviendra jamais à mes besoins !

– Qui est partant pour faire une virée à Bristol ce week-end ? lance Will à notre tablée.

Keira et moi levons la main et nous écrions en chœur :

– Super !

Veda et Milly se regardent, embarrassées :

– Mon fiancé m'emmène au restaurant, s'excuse Veda.

– C'est la Saint-Valentin ce week-end et Mark arrive demain matin, ajoute Milly.

Raison de plus pour que je me barre de l'appartement.

– Eh bien voilà, c'est réglé. Les célibataires vont aller s'éclater au bord de la mer et vous, vous restez ici avec vos hommes.

Milly me lance un regard en biais. Elle a constaté que j'évitais le sujet « Mark », pas parce que je ne veux pas qu'elle m'en parle mais parce que je supporte de moins en moins ce rappel du roi. Elle m'en dit dorénavant le moins possible. Elle sent que quelque chose me tracasse, elle a essayé de me tirer les vers du nez mais j'ai tenu bon. Je devrais être fière de moi, pour une fois que je bride mes émotions… Mais en fait, il n'y a rien de pire ! Cette étrange histoire me ronge les tripes. Notre amitié en souffre un peu, ça me rend triste mais je ne peux pas lui révéler mon secret.

Cette escapade détendra mes neurones en tension perpétuelle. Je me précipite donc sur mon téléphone à la recherche d'une chambre d'hôtel.

– Et voilà ! J'ai trouvé le lieu parfait, pas cher. Bon, Will, il faudra que tu dormes dans la même chambre que nous, alors t'es prié de garder ta queue dans ton pyjama.

Will se met deux doigts dans la bouche.

– Beurk ! Ce serait de l'inceste !

L'hôtel de Bristol porte vraiment bien son nom : le Full Moon, avec ses façades aux couleurs d'un ciel bleu étoilé, est atypique, et super bien situé dans le quartier culturel de Stokes Croft où l'ambiance étudiante est trop cool. Nous passons notre après-midi sur la marina moderne de Portishead, pas très fréquentée en ce mois de février, mais qu'est-ce que ça fait du bien de respirer l'air iodé ! Notre trio de choc se fait remarquer auprès des quelques passants, mais peu importe. Nous délirons en chansons, je massacre complètement « Lion in the Morning Sun » de Will and the People mais elle est si drôle à chanter à tue-tête ! Enfin, jusqu'à ce que le capitaine du port sorte de son bureau pour m'interdire de prendre la rambarde du chenal pour la proue du *Titanic* ! Eh oui, les étudiants, même d'Oxford, peuvent parfois se comporter comme des gamins de 4 ans. *Losh*, que ça fait du bien de régresser et d'oublier, ne serait-ce qu'un après-midi, la réalité étrange de la vie.

De retour à l'auberge, nous rions toujours du visage rond et rouge de colère du pauvre bonhomme en uniforme, paniqué à l'idée que je plonge la tête la première dans l'eau boueuse de l'écluse. En sortant de la voiture de Keira, j'en ai encore des crampes d'estomac. Mais je stoppe net lorsque j'aperçois devant le portail de l'hôtel Crâne Rasé qui m'observe, raide comme un piquet. Il n'a rien à envier aux gardes stoïques de la reine.

– Qu'est-ce que vous foutez là ? m'étonné-je, pas aimable du tout.

Derrière moi, Keira et Will sont scotchés, je suis souvent survoltée mais rarement agressive.

– Qu'est-ce qu'il y a ? demande mon ami. Il faut appeler la police ?

Crâne Rasé lance un œil mauvais à Will, il ne faut pas le chercher celui-là à mon avis. Je me retourne vers mon ami et pose ma main sur sa poitrine.

– Rentrez à la chambre tous les deux, j'arrive. Aucune inquiétude à avoir.

– Mais… commence à protester le militaire.

Je pivote sur mes talons pour lui faire face. Le voir ravive ma colère, il vient de gâcher ma journée.

– Je vous donne deux minutes !

Crâne Rasé attend que mes amis entrent à la réception pour me parler.

– Le roi est ici. Il veut vous voir.

Je me statufie sur le trottoir, mon sang se fige pendant que mes joues deviennent cramoisies de fureur.

– Il veut me demander pardon ? m'exclamé-je, si fort que le militaire vérifie les alentours.

Il secoue la tête, le visage dépité.

– Le roi ne m'a rien dit de ses intentions.

– Je vous dis les miennes : il y a une soirée que je compte bien passer avec mes amis, alors dites à Sa Majesté que je reste ici.

Je tourne les talons mais Crâne Rasé m'attrape par le bras.

– Mademoiselle MacNee. Ne m'obligez pas à…

– À quoi ? Vous allez me jeter dans une voiture et m'emmener de force ?

Le militaire a un petit sourire en coin.

– Je pourrais, mais Sa Majesté n'approuverait pas. J'allais dire : ne m'obligez pas à vous supplier.

– Je ne voudrais pas vous mettre dans une situation si délicate, monsieur… ?

– Colonel Dolinšek.

Gagné, un militaire. Et un haut gradé en plus !

Bordel, que ce roi m'énerve à me suivre partout… Je tournerais volontiers les talons mais soyons honnête, je suis incapable de décliner son invitation. Je traîne des pieds jusqu'à la voiture noire garée dans une rue parallèle pendant que j'envoie un message d'excuse à mes deux amis pour mon absence. Que je ne peux pas justifier ! Ils ne vont rien comprendre à ma désertion.

Ouais, moi non plus, je ne comprends rien. Je ne comprends pas ce que le roi fait ici, je ne comprends pas pourquoi il veut me voir... Et je ne comprends pas pourquoi je suis dans un tel état de stress. Et ce n'est pas le balèze à côté de moi qui me rassure. J'ai l'impression qu'il serait prêt à prendre une balle à ma place, son attitude protectrice est pire que celle des gardes du corps de notre appartement. Nous quittons Bristol et nous nous enfonçons dans la campagne anglaise avec des champs à perte de vue.

– On va loin comme ça? demandé-je au colonel qui me tape sur le système à rester muet.

– Non.

Je n'aurai pas plus d'info. La voiture ralentit aux abords d'un charmant village aux maisons traditionnelles, avec sur la place principale une jolie fontaine couverte. Je ronge mon frein jusqu'à ce que le chauffeur sonne au digicode d'un portail électrique. Nous pénétrons dans une énorme propriété, un manoir doté d'un golf selon les pancartes. Je vais détonner avec ma tenue ici, pas du tout le genre de la maison. En plus, il pleut. Je mets ma capuche avant de sortir de la voiture ; en galant homme, le colonel partage avec moi son parapluie.

– Le cottage du roi est en haut.

Nous grimpons vite l'escalier qui mène à une bâtisse plus petite que le corps principal du manoir, mais qui offre une discrétion plus importante. Ce qui, à n'en pas douter, convient parfaitement à Sa Foutue Majesté. Crâne Rasé frappe à la porte qui s'ouvre sur Janov. Je suis soulagée de voir la tête souriante du majordome, j'avais la hantise de rester seule avec le roi.

– Enchanté de vous revoir, me salue le valet. Mais vous êtes toute mouillée !

– Il pleut à verse, répond le colonel qui part aussitôt, débarrassé du paquet encombrant que je suis.

– Bonjour, Elsie, entends-je du fond du salon.

Il se tient debout, devant une belle cheminée en pierres blondes. Ma respiration se coupe plusieurs secondes à la vue de cet homme dont je rêve toutes les nuits. Il est d'une élégance presque anglaise, avec son fin chandail beige, son pantalon brun à la coupe droite et ses chaussures couleur caramel tellement bien cirées qu'elles brillent. À l'opposé de moi.

– Donnez-moi votre manteau, dit Janov. Je vais le faire sécher.

Mes yeux rivés sur ceux de Darian, j'ôte mon long ciré rouge et lui tends. Le majordome prend le parapluie près de la porte puis quitte le cottage.

Merde. Je me retrouve toute seule avec lui !

L'air se charge soudain d'électricité, presque palpable ; je le sens dans mon corps tendu, sur ma peau frissonnante et dans mon cerveau survolté. Je n'ai pas encore prononcé un mot, ils sont coincés à cause des pulsations de mon cœur qui bloquent ma trachée. Je scrute ses réactions sur son visage magnifique à moitié dans la pénombre du crépuscule, la pièce est juste éclairée par une lampe de chevet et le feu de la cheminée. Une goutte de pluie tombe d'une de mes mèches, je l'essuie de la main. Le roi disparaît alors derrière une porte et revient deux secondes après devant moi avec une épaisse serviette de bain qu'il pose sur ma tête. Avec délicatesse, il sèche mes cheveux. Pendant ce laps de temps court et long à la fois, ses yeux sont uniquement concentrés sur les miens. Sa sollicitude me trouble, car elle est très inattendue de la part d'un homme aussi dominateur. Je m'interroge encore plus sur ma présence ici.

– Qu'est-ce que tu fais là ? lui demandé-je en reculant de plusieurs pas. Et fais attention à ce que tu dis, parce que si c'est pour vérifier qu'Erling m'a rejointe à Bristol…

– Je sais qu'il n'est pas ici.

Oui, évidemment… Il a des espions partout. Alors pourquoi ? Je me creuse la tête mais je ne vois aucune raison. Il est toujours aussi mystérieux, les traits impénétrables, en posture royale. Les épaules redressées, la respiration lente et régulière, les jambes droites, plantées dans le sol. Il enlève la serviette et avant que je ne lui envoie une réplique bien sentie, il se met à parler vite :

– Je sais aussi que tu n'étais pas avec lui au Nouvel An et qu'il ne t'a pas touchée à Londres.

– T'as encore fait faire une enquête sur moi ?! Pourquoi ne suis-je pas étonnée ? T'es un putain de paranoïaque !

Je ne peux pas rester ici ou je suis capable de lui jeter le bouquet de fleurs fraîches à la figure. Et ça serait dommage de gâcher ces jolis pétunias jaunes. Je dois retrouver Janov et mon manteau. Je vais pour ouvrir la porte quand sa main s'abat dessus avec force.

– Je ne suis pas un parano. Disons que j'ai quelques obsessions. Mais avec toi… Tout mon self-control s'évapore.

Son visage est à quelques centimètres du mien, sa mèche blonde descend sur son front plissé. À cette seconde, je n'ai pas le roi en face de moi, mais une personne qui souffre de son aveu. Il a parlé en grinçant des dents, presque à contrecœur. J'ai mal de voir qu'il reste toujours sur la défensive avec moi, même quand il essaie de s'ouvrir un peu. Je le plains, il n'a en fait personne dans son entourage avec qui il pourrait partager ses ressentis. Il tient tout le monde à distance, son frère compris.

– En clair, ça signifie quoi ?

Il me fixe de ses yeux bleu acier ; je vois qu'il essaie de se reprendre, aux muscles de ses joues qui bougent sous sa peau dorée. Ses paroles lui ont échappé et il ne sait pas comment revenir en arrière. Qu'il ne compte pas sur moi pour ça ! Je suis un rat de bibliothèque, j'ai l'habitude d'aller jusqu'au bout des choses. Je croise les bras et frappe la pointe de mon pied sur le parquet en bois ancien.

– Tu parles ou je m'en vais ?

– Tu oses poser un ultimatum à un roi ? murmure-t-il en se penchant un peu plus vers moi avec un demi-sourire sur les lèvres.

Son souffle près de mon oreille envoie une vague de frissons qui m'empêche de lui répondre. Il est si près que je sens l'odeur de sa peau à travers celle de son parfum. Je me retiens de mettre mon nez dans son cou malgré l'envie folle que j'ai de lui sauter dessus. Mais je refuse cette fois que mon sexe fasse la loi avant mon cerveau. Darian me sauve de mon dilemme en revenant vers la cheminée, puis se tourne à nouveau vers moi. Son visage a repris sa neutralité habituelle, je serais bien incapable de reprendre mes esprits aussi vite.

– La paranoïa se caractérise par un trouble du fonctionnement mental qui se manifeste par une tendance omniprésente à la méfiance et à la suspicion injustifiées des autres, qui mènent à un sentiment de persécution, expose-t-il comme si nous étions dans un cabinet médical. Moi, j'ai besoin de me raccrocher à un contrôle strict pour gérer une anxiété plus ou moins modérée. Mes symptômes sont devenus évidents à la mort de ma famille. Je travaille beaucoup sur moi-même pour niveler le plus possible mon niveau d'angoisse, et heureusement que je réussis à me contenir, parce que je suis chef de gouvernement. Je dois composer avec. Cependant, il arrive que ce contrôle vacille…

Il ne termine pas sa phrase. J'en conclus que sa dernière remarque est pour moi : je mets à mal son contrôle et il combat cela par la défiance et des reproches infondés. Comment dois-je le prendre ? Parce que visiblement, ça ne lui plaît pas du tout.

– J'avais bien compris que tu voulais tout contrôler. Par contre, croire que je vais accourir et tomber dans tes bras dès que tu claqueras des doigts, ça, tu peux oublier !

Je traverse la pièce et m'assois dans un confortable fauteuil, le pied chaussé d'une cuissarde couleur brique sur le genou. Je n'ai aucune réponse à lui fournir, il n'arrête pas de souffler le chaud et le froid. Un peu épuisant, à la longue.

Il me suit des yeux et son regard d'acier change : de dur, il devient brûlant. Je retrouve l'homme de Londres et soudain, je ne sais plus respirer. Que se passe-t-il derrière ces yeux qui semblent me déshabiller ? Seul le crépitement dans la cheminée brise le silence lourd. Je le vois venir vers moi, je bloque mon dos sur le dossier haut. Malgré mon air bravache, je n'en mène pas large, la tempête qui s'annonce dans mon corps fébrile va virer à l'ouragan dans mon cœur s'il continue d'avancer.

Pas bon, pas bon… Pour ma préservation, je ne devrais plus lui céder…

Il appuie les mains sur les accoudoirs du fauteuil puis approche la tête vers moi, son visage pourrait paraître illisible à des inconnus mais ses pupilles incandescentes racontent son propre orage intérieur.

– Tu n'as aucun respect pour le titre de roi.

– Je respecte les personnes, pas les titres.

Ma réplique fait mouche, il ferme les paupières quelques secondes avant de les rouvrir brusquement ; ses yeux, maintenant, lancent des flammes. Impossible de me retenir plus longtemps quand il est si proche de moi avec un désir si brûlant dans les prunelles : ma bouche atterrit sur ses lèvres qui s'ouvrent et il prend le contrôle de notre baiser.

Évidemment…

Loin de moi l'idée de me plaindre. De toute façon, je ne peux plus penser, juste ressentir son agressivité qui répond à ma provocation. Sa langue s'enroule avec force autour de la mienne, les ondes qu'elle m'envoie calment et excitent à la fois mon désir. Ça m'avait manqué de l'embrasser. Il me soulève du fauteuil et me plaque contre lui, une main dans mes cheveux et l'autre, sur le bas de mes reins, qui descend vite sur mes fesses. Aucun doute possible sur son excitation, la mienne atteint un niveau proche de la combustion. Sans quitter ma bouche, il nous fait pivoter, me pousse de quelques pas dans la chambre attenante puis nous bascule tous les deux sur le lit à baldaquin. Nos corps se cherchent, se frottent l'un à l'autre, provoquant des éclairs de chaleur dans mon intimité. Je le veux et il le sait. Il se redresse, à genoux autour de mes hanches, les sourcils froncés. Il hésite sur la suite, bataille contre lui-même, contre son propre désir. Cette lutte intérieure me déchire le cœur. Je voudrais tellement le soulager de ses tourments, ne serait-ce qu'une heure. Il se mord les lèvres, mais ses mains mues par la même envie que la mienne glissent sous mon pull qu'il remonte au-dessus de ma tête avec mon tee-shirt d'un geste brusque, pour les jeter tous les deux sur le siège. Je crois que la vue de ma poitrine dont les tétons pointent sans aucune gêne lui rend le sourire.

– Tu n'as pas oublié quelque chose ? lui demandé-je, mes mains ne pouvant s'empêcher de caresser le tissu sur ses cuisses.

– J'aime bien ta lingerie noire, elle contraste sur ta peau blanche.

Je secoue la tête.

– Non, non. Je parle de la lumière.

Il se contracte immédiatement, je le sens sous mes paumes. Il passe alors le bout de ses doigts sur mon ventre, sa douce caresse fait frissonner ma peau et contracter les muscles de mon abdomen. Un léger sourire de satisfaction apparaît sur ses lèvres avant qu'il se penche sur moi :

– Tu as créé une obsession en moi, murmure-t-il, sa bouche sur mes lèvres. Une irrépressible et impérieuse obsession.

Il se redresse à nouveau, ôte son pull fin en cachemire et dévoile à mes yeux avides son torse parfait. Malgré les cicatrices sur son flanc.

– Et quelle obsession ?

Sans répondre, il se lève, avec toujours ce rictus énigmatique. Il s'empare de ma jambe puis descend la fermeture de ma cuissarde :

– Ces bottes te vont à ravir.

– Tu détournes notre conversation, murmuré-je, fascinée par ses gestes teintés d'une incroyable sensualité qui me font instinctivement frémir.

Je cours à ma perte avec cet homme…

– Non, dit-il en s'attaquant à mon autre jambe. Puisqu'elles font définitivement partie de ma nouvelle obsession, celle où j'aime voir ce magnifique corps réagir à chaque fois que je le touche.

D'une main douce, il caresse ma peau découverte et remonte sur ma cuisse à la limite de la dentelle de mon string. Je ne peux retenir un tremblement de plaisir et mon bassin se soulève.

– Et j'aime voir aussi quand tu te mords la lèvre pour essayer de contrôler ton excitation.

Il se penche et pose un rapide baiser sur ma bouche.

– Elsie, je pense très, mais très souvent à ta façon, disons unique, de me dévoiler ton désir.

– Oh…

Il fait certainement allusion à mon petit show d'Édimbourg. Un sentiment de joie immense m'envahit, il pense à moi comme moi je pense à lui. Il range mes cuissardes à côté de l'armoire antique et revient près du lit. Accoudée sur les moelleux coussins, je l'observe prendre son temps.

– Et dans ta nouvelle obsession, tu as aussi prévu de me torturer en me faisant languir?

Il a un petit rire charmant. Il rit si peu… J'enlève moi-même mes chaussettes et mon legging parce que je ne tiens plus, je suis pressée de le sentir en moi. Message compris, il défait sa ceinture et descend son pantalon qui ne cachait de toute façon pas son érection. Il contourne le lit et ouvre le chevet où se trouve une boîte bleue.

– Tu étais si sûr de ton coup que tu as des préservatifs dans le tiroir?

– Un roi se doit d'être toujours prévoyant.

Losh, il a de l'humour!

Nous terminons d'enlever nos sous-vêtements avant qu'il ne revienne s'agenouiller entre mes jambes. Il enfile le plastique, ses yeux d'acier fixés sur les miens. Je ne respire plus tellement l'attente est insupportable. Appuyé sur un bras, il s'incline vers moi tandis que de sa main, il introduit son sexe dans mon intimité implorante. Un indescriptible plaisir remonte en une vague puissante jusqu'à mon cerveau submergé, je suis incapable de retenir le râle qui sort de ma gorge. Il aspire une grande bouffée d'air en même temps. Il ne bouge pas, je passe donc mes jambes au-dessus de ses cuisses pour qu'il ne s'arrête pas là. Ses mains se posent autour de ma tête et ses pouces massent mon front. Ses traits sont redevenus graves, ses pupilles virevoltent sur mon visage dont il semble détailler chaque millimètre:

– Voilà ce que j'entends par obsession, Elsie. Regarder ton désir monter quand je suis en toi. Cette image me hante depuis Londres.

Il commence à remuer, doucement, lentement. La sensation de bien-être se décuple quand il accélère. Nos yeux ne se quittent pas une seconde, chacun de nous étant attentif aux réactions de l'autre.

J'enroule mes bras autour de son cou, ses cheveux fins sont si doux. J'avoue adorer y glisser mes doigts. Je ne comprends pas ce qui se passe ensuite. Il enfouit son visage dans mon cou en émettant une sorte de hurlement muet, ses mains s'agrippent encore plus à ma tête et une certaine agressivité s'est emparée de lui, il assiège mon corps d'assauts répétés et brusques, à l'opposé de sa précédente attitude. Je continue de lui caresser les cheveux, le serrant encore plus fort dans mes bras. Je suis la cause de sa souffrance, alors je l'accompagne dans cette recherche presque désespérée du plaisir. Je me félicite de ma forme physique car son énergie me paraît inépuisable. Il ondule en moi avec force, à la limite de la violence. Je tente de retenir un peu la jouissance qui grandit dans mon corps mais il roule ses hanches exactement au bon endroit et mon cri orgasmique résonne dans toute la chambre. Il s'appuie encore plus sur mon bassin toujours secoué par le plaisir avant de lâcher lui aussi un grondement rauque.

Longtemps, nous demeurons enveloppés l'un dans l'autre, à reprendre notre respiration. Je viens de vivre l'expérience physique la plus incroyable de mon existence avec un homme extraordinaire. Mais nous nous sommes aussi fait du mal l'un à l'autre. Lui parce qu'il culpabilise de céder à ses pulsions et moi parce que j'accepte justement de recevoir sa douleur en sachant en toute conscience qu'elle lacérera mon cœur dès que je sortirai d'ici. J'effleure de mes ongles son dos musclé, ce qui le fait frissonner plusieurs fois. Avec un gros soupir, il bascule sur le dos à côté de moi, le bras sur son front, très contrarié. Je m'assois en tailleur, un coussin sur mes genoux.

– Tu sais que c'est vexant pour une fille de voir que le mec avec qui elle vient d'avoir un orgasme géant fait la gueule juste après.

Il tourne la tête immédiatement vers moi, les lèvres pincées. Je passe mon doigt entre ses deux sourcils blond clair.

– Et en plus quand il fronce les sourcils comme ça.

Il m'attrape la main qu'il bloque sur ma cuisse. Je ne supporte pas son mutisme, je ne lui demande pas de s'épancher mais un minimum de considération me conviendrait. Je me mets donc à califourchon sur lui bien qu'il tienne encore mon poignet.

– Je dois te tirer encore une fois la langue pour que tu te dérides?

Il décide enfin de me regarder, ma remarque lui tire un léger sourire. Un point pour moi.

– Tu connais ta punition si tu fais ça, prévient-il d'un ton un peu plus enjoué.

Alors comme je suis maso, je m'exécute. Il encercle mon cou d'une main ferme, approche ma tête afin que nos bouches se touchent à nouveau. J'entrouvre d'instinct la mienne mais au lieu de poser ses lèvres, il mordille ma lèvre inférieure quelques secondes.

– Un orgasme géant?

Je me relève sur mes genoux et le frappe sur la poitrine.

– J'aurais mieux fait de me taire, j'ai encore augmenté ton ego déjà surdimensionné!

– Je n'ai pas d'ego surdimensionné!

– Vous êtes roi, Sire.

Ma blague n'a pas l'effet escompté. Je vois sa pomme d'Adam monter et descendre dans sa trachée, puis il m'attrape les poignets qu'il pose sur ses pectoraux musclés. Il a repris son air royal, qui n'est jamais très loin, on dirait…

– Tu te doutes que j'ai eu la meilleure des éducations, stricte et très rigide, commence-t-il.

Losh, pas besoin de me le dire…

Il poursuit :

– Je n'étais pas appelé à régner, mais mon statut de prince me donnait des obligations à respecter. J'étais un enfant sérieux, timide et pas très sociable.

Devant ma grimace, il rectifie :

– D'accord, je ne le suis toujours pas, mais j'ai des excuses. Nous n'allions pas à l'école, nous avions des professeurs privés qui venaient au palais. Ma première expérience scolaire fut mon entrée à l'Académie royale militaire de Sandhurst, ici au Royaume-Uni. Mon entourage attendait beaucoup de moi, donc le fait d'être sans cesse à la recherche de la perfection paraissait normal, d'autant que mes résultats étaient très satisfaisants.

Je ne vois pas où il veut en venir. Quel rapport avec moi ?

– En plus, j'avais l'habitude que les gens gardent une distance polie avec moi. Laquelle s'est bien sûr accentuée après mon couronnement qui, tu dois le savoir, n'était pas prévu. Mon attitude formelle et distante était pour moi les effets inhérents à mon statut de roi. Mas quelques mois après, je me suis uniquement concentré sur un dossier… très délicat… Pour de multiples raisons que je ne t'expliquerai pas, j'avais des difficultés à passer à autre chose. C'est Janov qui s'en est aperçu et qui m'a conseillé d'apprendre à avoir du recul sur certaines affaires.

– C'est pour ça que tu t'es caché du monde si longtemps ?

– Disons que c'est en partie à cause de mon caractère antisocial, mais ce n'est pas la raison principale.

– Mais après le drame que Mark et toi avez vécu, c'est naturel d'avoir fait une dépression et de s'être réfugié sur ton île.

Il secoue la tête.

– Au début, c'était normal. Acceptable un temps. Mais au bout d'un ou deux ans, comment veux-tu faire admettre à tes collaborateurs que tu n'arrives pas à tourner la page ?

– Je ne connais pas les circonstances du drame qui a frappé ta famille, mais je ne vois pas comment Mark et toi pouviez tourner la page. À votre place, je ne pourrais pas. Bouh, j'en frissonne, rien que d'y penser. La seule chose à mon avis possible est d'écrire une nouvelle page et de garder l'ancienne, parce qu'elle fait partie de soi. Enfin, je ne suis pas psy, je dis ça juste comme ça.

D'un mouvement impressionnant des abdos, il se redresse, mes mains toujours sur son torse. Il penche la tête sur son épaule et me regarde de ses yeux bleu-gris superbes.

– Je n'ai jamais vu les choses sous cet angle, murmure-t-il avant de me donner un baiser rapide. Cette idée me convient.

Il me pousse sur le lit, se lève d'un coup pour prendre son ordinateur portable. Je le regarde l'allumer, étonnée, et pianoter dessus cinq minutes. Il le referme et revient s'installer à côté de moi.

Il est bizarre, quand même…

Il se frotte le visage plusieurs fois puis pose les mains sur mes genoux.

– Je ne veux pas t'effrayer, Elsie.

Merde, je suis vraiment incapable de cacher quoi que ce soit !

– Ce n'est pas ça. En fait, je ne comprends pas pourquoi tu m'expliques tout ça. À moi, alors que même Mark ne semble pas au courant. Ton frère, quoi !

– Promets-moi de ne rien lui dire ! Il a suffisamment souffert, je ne veux pas l'inquiéter.

– Je ne me mêlerai pas de vos problèmes ! Tu es roi, tu te comportes comme tel. Pour moi, ce mode de vie couplé à ton éducation est l'unique explication à ton attitude.

– Tu ne sais rien de mon mode de vie, Elsie, et tu ne peux qu'imaginer mon éducation. J'ai quelques idées fixes mais j'en ai une qui me pourrit la vie, dont je ne veux pas te parler. Et puis…

Il caresse ma joue du revers de la main en soupirant lourdement, et continue. J'ai l'impression d'être son confessionnal salutaire.

– Et puis, lorsque je suis parti à la recherche de la satisfaction sexuelle, mon apaisement n'a pu s'effectuer qu'avec des inconnues pour qui je reste aussi un inconnu.

– Ouais, aucune attache et total contrôle… l'interromps-je à voix basse, plus pour moi d'ailleurs.

– Je tiens à mon anonymat, se rembrunit-il.

– Mais t'es roi ! Ton raisonnement est complètement illogique dans ta position !

– Les gens connaissaient mon nom mais pas mon visage. Là aussi, pour plusieurs raisons, c'était essentiel que je demeure dans l'ombre.

– Plus maintenant ?

– Disons que j'y serais volontiers resté jusqu'à ma mort, mais j'ai un frère qui veut profiter de sa fiancée écossaise, je dois donc prendre en charge une partie de ses anciennes activités et pour compléter le tableau, je suis incapable de rester loin de la meilleure amie de ladite fiancée.

Sa confidence est dite sur un ton si désabusé que j'ai l'impression de recevoir un seau d'eau glacée en pleine figure. Il n'aime vraiment pas ce que je provoque en lui. Moi, au contraire, j'adore toutes les sensations qu'il me procure, et je ne parle pas uniquement de sexe : il est charismatique, intelligent, attentif ; il s'intéresse à l'histoire, mon domaine de prédilection, il est généreux et quand on fouille sous le vernis (d'accord, la couche est très épaisse !), il peut être gentil. Il prend soin de son frère… et même de Milly et moi puisqu'il n'a pas hésité à nous trouver un logement. Mais je viens de voir aussi le revers de la médaille : il mène une lutte acharnée contre lui-même pour incarner auprès des autres la perfection, en s'octroyant le moins de distractions possible. Je refuse d'être l'épine dans le pied qui le rend dingue parce qu'il ne sait pas comment s'en débarrasser.

– Je vais prendre une douche, lui annoncé-je, et je saute du lit.

Quand je reviens dans la chambre, ma décision de couper toute relation avec lui, pour notre bien à tous les deux, est prise. Je ne sais comment mon cœur le supportera mais une chose est sûre : continuer à nous voir est malsain, surtout pour lui. Il a enfilé un tee-shirt et un boxer blancs qui contrastent trop bien avec son teint hâlé. Très concentré sur son ordinateur, il ne m'entend pas. Il rentabilise toujours son temps… D'ailleurs, en a-t-il à perdre avec ses fonctions ?

Je récupère mes cuissardes, la poitrine compressée par ce que je m'apprête à lui dire. Il me voit enfin. Adossé au fauteuil, tête haute, il a posé ses avant-bras sur les accoudoirs. Il me fixe sans montrer d'émotion, se murant dans son agaçante attitude royale. Et reste silencieux.

Losh, il m'énerve !

– Je vais faciliter la vie à Votre Majesté : je vais disparaître de ta vie. Comme ça, tu n'auras plus à te préoccuper de moi qui semble autant te perturber.

Malgré mon cœur en miettes, j'ai la satisfaction de le voir ouvrir la bouche en grand, ébahi par ma sortie. Il a agrippé les accoudoirs, ses orteils sont recroquevillés sur le tapis. Je voudrais qu'il arrête de se contrôler, qu'il se laisse aller pour de bon, qu'il me dise qu'il veut que je reste.

Mais non… Rien. Pourtant, ses yeux ne mentent pas, ils brillent de désir : ça, il ne peut pas me le cacher.

25

Darian

Elsie va partir…

Et je suis incapable de réagir parce qu'égal à moi-même, je rationalise toutes les situations. Je suis parfaitement conscient du danger qu'elle représente, je suis monarque et elle est encore étudiante. Ma routine n'a rien à voir avec son mode de vie dissolu ; elle sort chaque semaine, s'amuse comme une jeune femme de son âge, se saoule parfois. Elle a un tas d'amis, une grande famille. Bref, elle possède tout ce qui est étranger à ma vie.

Dont elle ne peut pas faire partie…

Mais quand je la regarde maintenant dans son épais chandail à col roulé crème, son legging noir et ses cuissardes… qui font de ses jambes deux attractions irrésistibles pour mon sexe à nouveau pressé dans mon boxer… Je m'appuie sur les accoudoirs, me soulève sur mes pieds nus et marche vers elle. À chaque pas que je fais sur ce tapis, son sourire s'élargit sur son adorable visage que mes mains viennent encadrer.

– Tu cherches à me torturer ?

Ma voix est méconnaissable, elle n'est qu'un murmure plaintif.

– Loin de moi cette idée, Sire. Mais je ne suis pas stupide, je ne m'impose pas quand on ne veut pas de moi.

C'est ce qu'elle croit ? Que je ne veux pas d'elle ?

– J'ai appris depuis longtemps à combattre mes idées noires parce qu'en tant que roi, je ne peux pas me permettre de faire n'importe quoi. Mais, Elsie, tu…

Elle se renfrogne, ses joues se contractent sous mes paumes. Pour lui effacer ses traces d'agacement, je passe mes pouces au coin de ses yeux mais elle me saisit par les poignets et rabaisse le long de mon corps mes bras qu'elle garde enserrés dans ses mains fines.

– Stop ! Tu avais envie de moi ?

Toujours des questions directes avec elle…

– Oui. Et encore. Ça se voit non ? lui réponds-je avec un coup d'œil à mon boxer tendu.

Elle se colle à moi, se frotte sciemment contre mes hanches et enroule sa jambe sur ma cuisse, le cuir de sa botte glissant avec une lascivité sur ma peau. Cette fille est une vraie sorcière ! Je détache ma main de son emprise pour la plaquer encore davantage, j'ai besoin de l'avoir plus près. Je pose ma bouche sur ses lèvres humides, elle aussi me veut. Cette évidence fait bouillir mon sang.

J'aplatis mes mains sur ses fesses de nageuse, j'aime ses formes à la fois fermes grâce au sport mais aussi délicieusement féminines.

– J'ai abandonné pour toi, et uniquement pour toi, la pratique du sexe dans l'obscurité parce que ton corps me hante depuis ce jour dans le bunker, je veux le voir à la lumière.

Elle n'a aucune idée des bouleversements que cela engendre. Un tel changement dans mes habitudes nécessite une réadaptation douloureuse de mon fonctionnement.

– Désolée, Sire, mais j'ai aussi une vie, j'ai rendez-vous avec mes copains, donc vous ne reverrez pas ce corps sublime ce soir.

Elle me dit ça sur le ton de la plaisanterie mais elle est sérieuse, elle est décidée à rejoindre ses amis et je ne peux pas l'en empêcher. Déjà, elle a accepté de venir jusqu'à ce manoir où Bilka a trouvé une suite à la dernière minute ; je n'étais pas persuadé à mon arrivée ici qu'elle suivrait mon colonel, notre dernière conversation ayant été houleuse. Mais ça ne me suffit pas.

– Je te retrouve à Oxford demain, alors.

– *Losh !* C'est pas possible, ça ! s'exclame-t-elle, les yeux horrifiés. Mark et Milly s'apercevront de quelque chose ! Non, non ! Et d'ailleurs, pourquoi veux-tu venir à l'appartement ?

Ma main se pose à la base de son cou, là où ses cheveux très courts sont doux comme de la soie, son pouls s'accélère quand mon boxer vient frotter son entrejambe. J'ai toujours apprécié l'effet que j'ai sur les femmes mais avec elle, c'est autre chose, un mélange étrange d'orgueil et de bien-être.

– Parce que je n'en ai pas fini avec toi, la préviens-je à quelques millimètres de sa bouche.

– C'est trop risqué, murmure-t-elle en apnée.

– Je sais parfaitement évaluer les risques, mademoiselle MacNee. Et je n'accepte pas la moindre contradiction de mes envies.

Furieuse, elle repousse mon torse de ses deux mains :

– Tes envies ?! Tu pourrais au moins me demander mon avis ! Tu veux que je te dise ? Tu es prêt à nous mettre en danger pour assouvir tes propres désirs ! Et ça, c'est inacceptable !

– Mais de quels dangers parles-tu ?

Elle m'a mis sur la défensive, j'espère qu'elle n'a aucun soupçon sur les menaces qui pèsent sur nous tant que mes hommes n'ont pas retrouvé The Last. Ce qui ne saurait tarder, car j'ai réussi à tracer son parcours depuis l'Alberta : il est actuellement en Belgique.

– Il est indispensable que personne ne sache que nous couchons ensemble, décrète-t-elle avec autorité. Si ma famille l'apprend...

Elle pense que sa famille représente un danger? Idée risible. Moi, je n'ose pas imaginer la réaction du monde entier si quelqu'un était au courant, le déferlement médiatique que cela entraînerait, sans compter le péril nommé The Last.

– Je suis parfaitement capable de maîtriser toutes sortes de situations, Elsie, lui expliqué-je en la serrant dans mes bras. Mais toi, sauras-tu te contrôler?

Avant de se jeter sur ma bouche, elle a son petit sourire malicieux qui me fait toujours craquer. Que j'aime l'embrasser, sentir ses lèvres pulpeuses et sa langue danser à l'unisson avec la mienne!

– On est dans la merde, prévient-elle, les mains autour de mon cou. Si on continue à se sauter dessus toutes les dix secondes.

Son juste constat refroidit aussitôt mes neurones... et mes ardeurs, mes muscles se raidissent, annonçant un retour à mon état normal, celui de la neutralité affective, terme que je hais mais approprié à ma personnalité profonde. Je la repousse à bout de bras; elle voit, elle sent mon changement d'attitude, je le lis sur son visage, une peine fugace remplacée très vite par la résignation.

– Ouais, tu feras ce qu'il faut, soupire-t-elle. Bon, si tu pouvais appeler Crâne Rasé pour me ramener maintenant...

Je lève un sourcil sceptique, j'espère qu'elle n'appelle pas Dolinšek ainsi?

– Mon colonel?

– Ben oui! répond Elsie en haussant les épaules en même temps qu'elle s'empare de son sac. Et Ludwig doit me rapporter mon manteau.

En plus, elle appelle mon majordome par son prénom? Elle n'a aucun sens des formalités!

J'inspire plusieurs fois pour me calmer, enfile en hâte un pantalon et un pull et sonne Janov qui débarque trois minutes plus tard avec le ciré rouge criard d'Elsie. Sur une tout autre jeune femme, ce truc serait horrible mais sur elle, c'est différent. Peut-être parce qu'il correspond à sa personnalité originale. Dolinšek apparaît lui aussi, prêt à la ramener.

– À demain, mademoiselle MacNee.

Je la salue d'un petit hochement de tête, les mains derrière mon dos.

Elle tortille sa bouche en une moue adorable, je suis obligé d'enfoncer mes ongles pourtant courts dans ma chair pour ne pas me précipiter sur elle car je suis sûr qu'elle veut me tirer la langue.

Ma faille…

Elle a une mimique comique avec un semblant de révérence. Le tableau est plutôt hilarant parce qu'en total décalage à cause de ses cuissardes et de son manteau rouge.

– Votre Majesté. À demain.

Elle quitte la chambre du manoir.

En me laissant une trique d'enfer…

26

Elsie

Will et Keira sont déjà à l'Attic Bar devant des bières entamées quand je débarque à l'auberge. La soirée a attiré des jeunes de la région ; le DJ joue super bien de ses platines, beaucoup dansent, un verre à la main. Je me faufile jusqu'à mes amis mais j'entends à peine Will me parler.

– C'était quoi ton urgence ? On commençait à s'inquiéter.

J'ai eu le temps, pendant le trajet du retour, de me concocter un mensonge plausible qui m'égratigne la langue quand je réponds à Will, bien que ce soit pour leur bien à tous les deux.

– Je t'ai dit, un copain de mon frère est venu habiter ici. Je lui avais promis de passer le voir un jour.

– Il est beau gosse ? demande Keira qui, un peu éméchée, vacille sur ses jambes.

– Il est super hot.

C'est sorti tout seul, impossible de mentir et ma tête leur met la puce à l'oreille.

– Toi, t'as couché avec ! s'esclaffe Will.

Il a déjà assisté à plusieurs de mes rencontres que je nomme « coups de flash ». Je n'ai absolument pas le temps d'avoir une relation suivie. À mon entrée à Oxford, je me suis juré de faire passer mon diplôme en premier et je tiens à ma promesse, d'autant que mes moyens financiers ne me permettent pas le moindre relâchement dans mes études.

Et ce n'est pas parce que je n'ai plus de loyer à payer pour l'instant à cause des Von Karan que les choses vont changer!

Pour éviter de répondre, je commande une bière et me fonds dans la foule des danseurs. Je me déhanche au son de la musique électro, j'évacue ainsi mes nerfs dans la lumière tamisée, le bruit assourdissant et l'alcool. Crâne Rasé m'a demandé de faire attention aux journalistes, bien qu'ils aient pris toutes les précautions me concernant. C'était la goutte d'eau de trop : me dire de brider mon attitude ! Impensable ! Personne ne sait rien sur le roi et moi. À part peut-être le colonel et Ludwig. Alors je ne modifierai pas mon comportement pour coller à l'image que lui souhaiterait me voir adopter !

Chaque rencontre est un affrontement. Parce que, avouons-le, même le sexe avec lui est une lutte de pouvoir, il ne peut pas réagir autrement. Alors si en plus je devais me farcir ces connards de tabloïds, je serais capable d'en frapper un qui s'approcherait trop de moi, rien que pour me défouler.

Au bout de deux heures, l'abrutissement escompté fonctionne : Will est obligé de nous aider, Keira et moi, à monter dans notre chambre, pourtant située à quelques mètres de l'Attic Bar. Je me réveille le lendemain matin, encore habillée. Mais sans mes cuissardes. Mon téléphone hurle la voix de LG[1], programmée à l'heure de l'évacuation obligatoire de l'auberge. Le branle-bas de combat a une allure de ralenti de cinéma, avec nos mines « d'*after*-beuverie », nos haleines de chacals et nos affaires éparpillées dans cette petite chambre qui ne sont pas vraiment rangées dans nos sacs respectifs. En plus, un pivert a décidé de

1. LG : Liam Gallagher.

squatter mon cerveau. Il disparaît – enfin – quand je m'écroule dans la voiture, bouche ouverte, sur la route du retour. J'aurais voulu rester jusqu'à la fin de l'après-midi mais mes amis avaient des devoirs à terminer. Je refais surface à l'approche d'Oxford ; le temps est aussi brumeux que ma tête, avec un plafond bas et un crachin glacé. Mes pieds sont lourds quand je monte l'escalier vers l'appartement, je suis crevée et pas seulement à cause de la soirée. Non, je ressens une fatigue générale parce que j'essaie d'occulter les paroles du roi depuis hier et que ça me pompe toute mon énergie. Je ne suis pas en état de réfléchir à ses révélations.

En plus, voir Milly et Mark assis à table, entourés d'un tas de bouquins, de cahiers et d'écrans ne m'aide pas. Bien que le prince soit brun, il ressemble beaucoup à son frère et je voudrais bien proscrire tout rappel de ce dernier ! Mon amie se précipite sur moi avant même que j'aie posé mon sac. Elle m'embrasse sur la joue et me murmure à l'oreille :

– Merci, Elsie, de m'avoir laissé l'appartement, je te revaudrai ça.

– Tu me raconteras.

La joie de Milly efface d'un coup mon mal de crâne. Mark me salue de loin, avec un simple hochement de tête. Pendant que l'eau de mon thé chauffe dans la bouilloire, j'ouvre le frigo, poussée par la faim. Un gros gâteau à la crème avec des fraises trône au milieu – un cadeau de la Saint-Valentin, je suppose.

Je m'assois au comptoir de la cuisine avec une part belle à souhait et mon thé au lait : rien de mieux qu'une énorme dose de sucre pour me mettre de bonne humeur.

– Vous travaillez sur quoi ? demandé-je aux amoureux, la bouche à moitié pleine.

– Sur le projet dont je t'ai parlé, dit Milly. Nous avons presque terminé.

Mon amie est promise à un grand destin ; lors de son stage estival en Karanie, elle a initié un projet important grâce aux moyens financiers de l'institut du royaume : étudier l'impact sur l'éducation lors d'une épidémie. Quand je dis que cette fille est un génie…

– Vous allez le présenter bientôt, alors? continué-je avant de reprendre de ce délicieux gâteau.

– Oui, répond mon amie qui louche en même temps sur Mark.

Le prince a reçu un message qui l'a fait se lever d'un bond et courir vers la porte qu'il ouvre à la volée. La seconde d'après, le roi pénètre dans l'appartement, les mains derrière le dos, suivi de Crâne Rasé.

Losh, il m'avait bien dit qu'il débarquerait ici !

Le militaire ne nous dit même pas bonjour, il commence à inspecter le salon, soulevant les objets, vérifiant derrière les cadres et secouant les coussins du canapé. Quand il avance vers le couloir, je passe devant Sa Majesté en trombe, cuillère dans la bouche. Non, mais il n'est pas question que le colonel entre dans ma chambre ! Je me poste devant ma porte, bras tendus.

– Je vous défends d'entrer ! le préviens-je, énervée.

– Mademoiselle MacNee, s'il vous plaît.

Le mot magique ne marche pas, là ! Le pauvre militaire jette un coup d'œil à son patron.

– C'est bon, colonel. Le service de sécurité de ces jeunes filles a déjà fait le nécessaire.

Crâne Rasé quitte l'appartement, pas content. Je crois qu'il ne me porte pas dans son cœur, celui-là, vu le regard rempli de reproches qu'il me lance. Il n'apprécie pas de jouer à la nounou avec la fille que son roi voit bizarrement souvent, plus habitué à mon avis à tirer sur tout ce qui bouge. Je reviens dans le salon une fois qu'il est sorti de l'appartement.

– Je peux savoir ce que tu fais ici? demande Mark, surpris, à son roi de frère.

– Tu m'as dit que vous terminiez le projet ce week-end. Je voudrais déjà en discuter avec quelques personnes avec qui j'ai rendez-vous cette semaine à Londres.

– Votre Majesté, c'est peut-être un peu prématuré, intervient mon amie, la perfectionniste acharnée.

– Un résumé me suffira, Milly. Mark m'en a donné les grandes lignes et je compte vous soutenir à mille pour cent, mais pour que votre projet ait une portée plus importante, nous devons récolter des fonds à l'international. Plus nous aurons de financiers impliqués personnellement dedans, plus il aura d'impact.

Je me sens conne, soudain. À nouveau… Pour plusieurs raisons. Un, il est en Angleterre pour le boulot, pas pour moi, je suis une simple distraction entre deux rendez-vous…

Ma pauvre Elsie, tu vis dans quel monde? Arrête de croire au prince charmant, dans la réalité, ce sont des politiciens calculateurs.

Deux, en quelques mots, il me prouve – encore une fois, parce que dans ses bras, j'oublie totalement cette partie – qu'il est un chef de gouvernement avec lequel je n'ai rien en commun. Le projet de Mark et Milly aura une portée internationale grâce à lui et ses réseaux de connaissances; tout cela est bien loin de mes propres ambitions et de mes propres projets d'avenir. Ouais, mieux vaut que je me concentre sur ma petite vie d'étudiante en histoire et de rat de bibliothèque. Perturbée par son arrivée, je retourne à mon assiette, je n'ai pas terminé mon gâteau crémeux et un peu de sucre supplémentaire ne me fera pas de mal. Mais quand je lève les yeux, son regard est posé sur moi et ma cuillère reste coincée sur ma langue: il garde sa posture royale, pourtant ses pupilles dévorent ma bouche. Inquiète, je me tourne vers Milly et Mark qui sont à mon grand soulagement penchés sur leur dossier. J'avale ma crème à la fraise et le fusille sur place, il va nous trahir s'il continue! Un léger sourire fend ses lèvres – que je voudrais sur moi… – puis il touche le coin de sa bouche, me signifiant que j'ai une trace de chantilly sur le visage. Je retiens mon rire mais pour me venger de son coup d'œil torride, je passe ma langue doucement sur mes lèvres. À son tour de me clouer sur mon fauteuil avec une tension intense lisible sur tout son corps: il bout. Clairement, il aimerait me punir à sa façon qui, soit dit en passant, me plairait beaucoup, mais il capitule avec un léger haussement d'épaules, s'avance vers la table, en me tournant le dos, et feuillette quelques pages d'un dossier. Je jubile de le voir essayer de se maîtriser. Prétextant mon sac à ranger, je fuis dans ma chambre. Je suis dans un sale état d'excitation alors je me mets la chanson « Run in the Rain ».

Losh! Mauvaise idée d'écouter la voix rauque de Tom Grennan dans ces cas-là!

– Puis-je vous parler de l'incunable, mademoiselle MacNee? demande-t-il d'une voix forte pour que les amoureux l'entendent.

Il se tient debout dans l'encadrement de ma porte, ses yeux brûlants fixés sur moi. D'un geste, je l'invite à entrer dans la pièce. Losh, il est si courtois… Un autre que lui serait entré sans rien demander.

Il n'est pas ton petit ami, Elsie! Encore moins un type normal qui n'hésiterait jamais à t'embrasser en public.

Il n'avance que de deux pas. Il a raison, je pourrais lui sauter dessus car là, franchement, je rêve de l'allonger sur mon lit et de le chevaucher. Donc pour éviter un scandale politico-sexuel, je déballe tout le bordel de mon sac à dos sur les draps. Je suis une fille, même pour une nuit, j'emporte plein de trucs.

– C'est quoi ça?! gronde-t-il entre ses dents.

Il est maintenant presque collé à moi dans mon dos, sa proximité me fait sursauter… et frémir des pieds à la tête.

Lequel des deux est le plus obsédé, hein ?

– Elsie ? Je répète ma question : c'est quoi ça ? demande-t-il un peu plus fort.

– Ça ? Le caleçon de Will, lui réponds-je en le regardant droit dans les yeux. Je suppose que je n'ai pas besoin de te dire qui est Will puisque tu m'espionnes jour et nuit.

– À l'évidence, je ne sais rien de tes nuits.

Je jette le vêtement par terre : à laver !

– Je déteste avoir à me justifier. Sauf envers mes parents, et encore ! Sache que je fais ce que je veux. Soit t'as confiance, soit tu te débrouilles avec tes soupçons ridicules !

– Réponds-moi ou je te place en protocole quatre !

Si j'ai correctement compris leur système de sécurité, ça voudrait dire qu'il me collerait au cul un garde du corps H24.

– T'es sérieux, là ? Je te l'interdis, tu m'entends ? Je suis une citoyenne britannique, j'ai des droits ! Si tu veux jouer les tyrans avec ton peuple, libre à toi, mais surtout ne t'avise pas de me faire un coup pareil !

– Je ne suis pas un tyran, réplique-t-il d'une voix aussi tranchante que ses yeux acier.

Le visage dur, il claque des talons façon militaire et me tourne le dos. Je ne peux pas le laisser sortir de ma chambre comme ça. Ma langue m'a encore une fois joué des tours : là, il n'a pas tort, il est en droit de se poser des questions, mais il y a des manières de faire. Sinon, son caractère trop rigide me pousse à me rebeller.

– Darian, murmuré-je en lui attrapant la main.

Il ne veut pas que je l'appelle par son prénom mais moi, j'adore ces cinq petites lettres.

– Quand tu vas trop loin, je suis obligée de te le dire. Je suis ainsi et je ne changerai pas. J'admets que tu sois, toi, obligé de contrôler beaucoup de choses au quotidien mais hors de question que ça empiète sur ma vie.

Il me tourne toujours le dos, je vois ses épaules secouées par une respiration rapide qu'il tente de réguler.

– Réponds-moi, s'il te plaît.

Sa voix est une plainte qui efface d'un coup ma colère. Perdre le contrôle est une véritable souffrance pour lui. Je me plante devant lui, ma main sur sa joue. Ce simple contact nous fait frissonner tous les deux, l'électricité entre nous devient à chaque fois plus intense. Notre imprudence récurrente m'effraie.

– Tu devrais savoir que Will est juste un ami, depuis le temps que tu me fais surveiller. Ce matin, nous n'étions pas très en forme après la soirée d'hier et j'ai ramassé par mégarde son caleçon. C'est tout.

Il prend ma main, pose un baiser dans ma paume et ses pupilles changent de couleur. Il entoure mon index de ses doigts puis le met dans sa bouche, sa langue s'enroule autour avec des mouvements lascifs hyper érotiques. Je suffoque à cause du feu qui monte de mon intimité jusqu'à ma gorge.

– Elsie ! Ton téléphone sonne ! Ta mère ! s'écrie Milly depuis le salon.

– J'arrive, réponds-je en dégageant à contrecœur ma main.

Ma mère m'appelle tous les dimanches, un rituel qui me plaît. Sauf aujourd'hui. Elle a un radar avec ses enfants : elle devine toujours notre humeur. Habituellement, elle commence par un état général de la famille, et après les potins de Muir. S'ensuit son infernal monologue à propos du mariage de Keith et Chloe, LE sujet primordial de ma chère maman en ce moment.

– Non, maman, je n'aurai pas de cavalier pour le mariage, je te l'ai répété dix mille fois !

Le roi se tient à deux mètres de moi, à m'écouter.

Pourquoi d'ailleurs s'intéresse-t-il à notre conversation ?

J'écourte notre discussion, ce qui me vaut une dernière remarque.

– Tu me rappelles demain, je veux savoir ce qui se passe !

Qu'est-ce que je disais ? Elle est meilleure espionne que les agents karaniens, qui sont pourtant en nombre, d'après ce que je peux compter depuis ma fenêtre. Quand je le regarde discuter avec son frère, je me dis que cet homme est un vrai mystère. Je suis persuadée que Mark ne le connaît pas vraiment non plus. Le prince et Milly ont rassemblé des documents qu'ils lui donnent.

– Je vous contacte dès la fin de mon rendez-vous demain matin, indique-t-il en survolant leurs papiers.

– Tu pars à Londres maintenant ? demande Mark.

– Oui.

Je ne vois que son profil mais il répond en desserrant à peine la mâchoire, les jointures de ses mains dans son dos sont blanches. Il profite de ce que Mark se détourne vers Milly cinq secondes pour me jeter un coup d'œil mais il se reprend aussitôt. À quoi pense-t-il ? Il tape sur l'épaule de son frère.

– À demain, Mark. Au revoir, Milly, fait-il, puis de sa voix royale : Mademoiselle MacNee.

J'ai droit à un hochement de tête raide, et il disparaît. Et moi, je respire. Le roi a le pouvoir de me couper le souffle dès que nous sommes dans la même pièce. Littéralement. Je laisse Mark et Milly s'interroger sur la venue surprise du roi puisqu'il aurait pu demander les documents par mail plutôt que de faire un détour par Oxford. Leur dire la vérité n'étant pas possible, je retourne dans ma chambre. Mon téléphone vibre dans ma main.

Losh, c'est lui ! Il est parti y a pas cinq minutes !

– Viens avec moi à Londres.

C'est plus un ordre qu'une question. Des milliers de filles sur cette terre rêveraient que ce roi super canon et sexy leur demande de passer la nuit avec elles. Sauf que je ne suis pas l'une d'entre elles.

– Impossible, lui réponds-je, allongée en croix sur mon lit. J'ai cours demain.

– Oui, à neuf heures. Une voiture t'attend au coin de ta rue, elle te ramènera à temps.

Bien sûr qu'il connaît mon emploi du temps à la fac ! Mon cerveau est court-circuité par mon cœur, je veux dire oui. Je veux le sentir sur moi, en moi. Mais pour la première fois de ma vie, je vais être raisonnable autant pour lui que pour moi. Je dois nous protéger de nos pulsions qui nous mèneront droit dans le mur.

– Non, Sire.

Silence. J'entends juste sa respiration lourde.

– Elsie, je n'ai qu'une nuit en Angleterre. Demain, je dois impérativement être à Letaspok.

– Oui et moi j'ai mal au crâne, je dois impérativement dormir si je veux être en forme en cours. J'ai une semaine chargée qui m'attend. Ce n'est peut-être pas aussi important que tes rendez-vous mais pour moi, ça l'est ! Limitons-nous aux rencontres prévues par Milly et Mark. Venir ici était trop risqué. Ma mère va me persécuter demain pour savoir pourquoi j'ai écourté notre conversation.

– Dis-lui que j'étais là.

– Ça va pas, non ? Tu veux qu'elle m'étripe ?

– Pourquoi ? Vous semblez avoir de bonnes relations.

– Ils ne savent pas que tu paies le loyer, sinon ils me fermeraient la porte de la maison. Mes parents sont antiroyalistes.

– Je sais.

Pourquoi suis-je encore étonnée ? Que ne sait-il pas sur moi ? Je suis déjà un livre ouvert pour les autres mais vis-à-vis de lui, j'ai l'impression d'être dépouillée feuille par feuille jusqu'au tréfonds de mon âme.

Enfin, presque.

Parce qu'il ne saura pas à quel point refuser de le rejoindre me coûte.

27

Darian

Je fixe l'écran de mon téléphone éteint. Elle a raccroché sur un non définitif. Je ne m'abaisserai pas à la supplier, d'autant qu'elle souhaite se contenter de rencontres organisées. Je sais réagir à chaque situation et heureusement, j'ai un royaume à gouverner.

Là, je ne sais pas quoi faire.

Je suis confronté à une étudiante têtue qui a plus peur de sa mère que de moi.

Seigneur, je n'ai aucune idée de la façon de la gérer!

Situation extrêmement dérangeante. Comment en suis-je arrivé à être déconcerté par une seule jeune femme alors que je dirige un pays de plusieurs milliers d'âmes et participe à des négociations internationales depuis des années?

Sa spontanéité, si étrangère à mon caractère, me fascine. Sous le couvert d'une franchise à toute épreuve, elle est très sensible. Il suffit de voir comment elle se préoccupe de sa famille et de Milly.

J'ai intérêt à trouver une solution rapidement pour réprimer mon faible pour elle!

***

Quatre jours après, sans avoir beaucoup dormi, je préside mon conseil des ministres, les traits tirés, les nerfs à vif, avec autour de moi des femmes et des hommes qui s'attendent à ce que je traite chaque dossier avec minutie. Je suis tatillon, perfectionniste et psychorigide. Bref, je n'admets aucune erreur et encore moins les miennes ; mes collaborateurs le savent. Ils connaissent aussi ma détermination et ma capacité de travail. Cependant, cette réunion s'avère être un véritable calvaire à cause des efforts de concentration que je produis. À la fin de la réunion, Bilka pénètre dans la grande salle du conseil, au siège du gouvernement. Celui-ci est situé en plein centre de Strasa, dans un bâtiment néobaroque que mon arrière-grand-père a fait édifier au milieu d'un immense parc aux essences typiquement méditerranéennes, où j'adorais me promener avant… Le visage fermé de ma secrétaire me dit qu'elle n'est pas là pour m'annoncer notre horaire de retour à Letaspok.

– Qu'y a-t-il, Bilka ?

– C'est plutôt à vous de me dire ce qu'il y a, Votre Majesté.

– Pourquoi ?

– En sortant de la salle, vos ministres m'ont demandé si vous rencontriez des problèmes.

– Je ne vois pas de quoi ils parlent.

– Sire, puis-je vous parler franchement ?

– Bien sûr, Bilka ! Vous me connaissez depuis ma naissance.

Je m'appuie sur le dossier de chaise, curieux de savoir ce qu'il en est. Ma précieuse secrétaire se racle la gorge puis se redresse malgré son mal de dos récurrent.

Ah, c'est sérieux…

– Vous avez toujours été une personne déterminée… Je dirais même autoritaire. Oh, ne vous méprenez pas, Sire, je sais que dans votre fonction, c'est nécessaire. Mais depuis quelque temps, beaucoup d'entre nous pensent que vous faites surtout preuve d'autoritarisme. Voilà pourquoi nous nous interrogeons et nous demandons si vous avez des soucis dont vous voudriez discuter.

Je dois être livide, j'ai senti le sang de mes joues disparaître: Elsie aurait-elle raison en me traitant de tyran?

– Sire, vous allez bien?

– Quelqu'un m'a récemment traité de tyran…

– Je n'irai pas jusque-là, mais votre fatigue permanente commence à avoir des répercussions qui pourraient s'avérer problématiques. Aussi bien pour vous que pour le royaume.

Janov et elle ont dû discuter de mon état de santé, d'où l'emploi du « nous ». J'ai certainement dépassé les limites pour que Bilka ose me parler ainsi. Et je ne m'en suis pas rendu compte.

Je me lève, m'approche de Bilka et lui entoure les épaules. Cette femme est la personne qui me rappelle le plus ma mère, dont elle était proche.

– Je vous promets de remédier à ça, Bilka. Maintenant, je rentre à Letaspok, et vous, prenez votre journée.

– Mais…

– C'est un ordre. Et vous savez que je ne supporte pas qu'on les discute.

Je l'empêche de répliquer avec un baiser sur sa joue ridée. Je n'avais pas fait ça depuis mon adolescence, ma gentille secrétaire en est toute émue. Elle me quitte avec une tape amicale sur mon avant-bras. Rares sont les personnes qui ont le droit de me toucher ainsi, mais Bilka en fait partie.

Elsie a réussi à pénétrer dans mon espace vital pourtant si peu accessible…

De retour à la maison, je me force à m'asseoir dans mon salon surchauffé avec un bouquin et non devant mes écrans où je serais tenté de scruter la moindre trace de mon ennemi. Mais les lignes du livre virevoltent devant mes yeux et je sombre dans un sommeil agité. Sieste de courte durée car je me réveille en sursaut une heure après, encore plus fracassé qu'avant. « À chaque problème une solution. » La devise de mon père est devenue la mienne au fil des années. Je m'empare de mon téléphone posé sur la table de salon d'un grand designer italien, en travertin sculpté à la main. Je ne peux plus continuer à puiser ainsi au plus profond de moi, mes forces aussi bien physiques que mentales s'amenuisent. Je réalise avec lassitude à quel point je suis sur la corde raide. Je suis assailli de problèmes de tous les côtés ; pour l'instant, je garde la tête hors de l'eau, mais pour combien de temps encore ? La discipline que je m'impose depuis des années semble avoir ses limites. Essayons de régler au moins une partie de mes soucis, c'est-à-dire remplir la faille qui fendille chaque jour un peu plus mon esprit.

– Allô ?

Elle a une voix essoufflée, je regarde l'heure sur mon horloge suisse : elle doit être en train de rentrer de l'université à vélo… Simon, mon détective privé au Royaume-Uni, continue de m'envoyer des photos que j'ai tendance à regarder de plus en plus longuement. Il faudrait que j'arrête de la faire surveiller… Non, je ne peux pas, elle vit avec Milly.

Seigneur, je n'en ai surtout aucune envie. Ces photos sont ma bouffée d'air frais quotidienne !

– Elsie, pouvons-nous parler deux minutes ?

J'entends des bruits, la pluie qui tombe sur un toit, puis elle me répond :

– Je t'écoute, je me suis mise à l'abri, il pleut depuis des jours.

Le son de sa voix, si léger et naturel, me permet de respirer à nouveau normalement, ce que je n'ai pas fait depuis mon retour de Londres.

– Je suis fatigué.

Je n'ai pas réfléchi à ce que j'allais lui dire avant de l'appeler mais la vérité est sortie de ma bouche toute seule.

– Tu n'es pas malade au moins? demande-t-elle, inquiète.

– Non, la rassuré-je et mon orgueil bondit d'un cran de savoir qu'elle s'angoisse pour moi. Je ne dors pas et Bilka m'a sermonné parce que mon autoritarisme agace mes collaborateurs.

Pourquoi est-ce que lui avouer mes soucis me soulage autant?

– Rien d'étonnant… C'est à cause de ton fameux dossier dont tu ne veux pas parler que tu ne dors pas?

– Oui. En partie. Mais l'autre raison, c'est toi.

En un instant, je viens d'envoyer au diable mes bonnes résolutions de ces derniers jours la concernant.

– Il faut que tu passes à autre chose. Toi et moi n'avons rien à faire ensemble.

Je frotte mon crâne compressé, je me cache depuis si longtemps aussi bien aux yeux du monde qu'en moi-même que le fait d'expliquer mes émotions m'est difficile.

– Je n'arrive pas à me focaliser sur mes affaires, Elsie. Je pense à toi sans arrêt. J'ai besoin de te voir et de combler ce sentiment d'inachevé qui occupe tout mon esprit.

– Tu es conscient que c'est insensé ce que tu me dis? rétorque-t-elle d'une voix tremblante. Je suis là, à moitié trempée dans les rues d'Oxford, et la seule chose à laquelle je pensais avant ton appel, c'était quand je pourrais te revoir! Je ne peux pas rester comme ça non plus, Darian. Il faut que nous en parlions en tête à tête. Envoie-moi ton jet à l'aéroport d'Oxford pour demain dix-huit heures. Et fais en sorte que personne ne sache que je viens en Karanie.

Ça, je sais faire.

– Très bien. Je te maile les infos dès que je les ai. À demain.

J'espère qu'ensemble, nous trouverons une solution pour remédier à cette attirance mutuelle qui, à l'évidence, ne nous convient ni à l'un ni à l'autre.

« Toi et moi n'avons rien à faire ensemble. »

Sa lucidité me contrarie encore plus que le reste…

28

Elsie

Emmitouflée dans mon ciré, j'attends que le marin d'Alfio détache les amarres du hors-bord. Je ne fais pas ma fière, la Méditerranée a aujourd'hui la couleur du ciel, un gris teinté de blanc, à cause d'une houle qui me donne déjà le mal de mer alors que nous sommes encore à quai. J'ai rarement mis les pieds sur un bateau et toujours par beau temps, alors même si la traversée est courte entre l'embarcadère de Strasa et Letaspok, je m'accroche fermement à la rambarde.

– Tout ira bien, mademoiselle MacNee, me rassure Alfio en démarrant le moteur.

Je suis ballottée par les vagues mais en mon for intérieur, je le suis encore plus. À l'approche de l'île – son antre qu'il préserve à tout prix de l'extérieur –, l'ouragan étreignant ma poitrine s'accentue. Abritée de la pluie par le pare-brise, j'ai pourtant très froid. Conclusion : il ne fait pas toujours beau dans le sud de l'Europe !

Je suis contente de marcher enfin sur la terre ferme, mon estomac aussi. Janov me salue et m'invite à entrer vite dans le palais, car le vent et les trombes d'eau nous empêchent d'ouvrir un parapluie. Pendant que j'enlève mon manteau et mes bottes dans l'entrée – je ne veux pas abîmer le magnifique marbre –, un valet disparaît avec ma valise je ne sais où et je me retrouve en chaussettes, mes pantoufles étant dans mon bagage.

– Sa Majesté vous attend à l'entrée du bunker, m'informe Janov.

– Merci, Ludwig.

Je m'efforce de ne pas courir dans les couloirs déserts rendus lugubres par cette météo maussade. La différence est saisissante entre l'ambiance ensoleillée et joyeuse de nos dernières vacances estivales et maintenant. Je comprends avec tristesse que l'atmosphère actuelle du palais est celle que son personnel et lui vivent au quotidien. Notre venue l'été dernier a dû être un vrai chamboulement dans leurs habitudes. Dès que j'arrive dans le corridor de l'aile est, j'entends le petit bruit d'ouverture de la porte secrète et mon cœur bondit de joie quand je le vois m'attendre. Les mains dans son dos. Je ne peux plus contrôler mes jambes, je cours vers lui, j'ai besoin de le sentir contre moi. Envolées, mes bonnes résolutions sur le respect du protocole ! Je suis incapable de lui résister car je vois au-delà des apparences qu'il s'évertue à montrer aux autres ; il est inflexible mais ses blessures intérieures le rendent touchant. Et que dire de son magnétisme ? Avec son jean et son pull moulant, tous les deux noirs, il est encore plus sombre que d'habitude mais encore plus beau. Ou bien c'est mon imagination qui travaille trop. Il ne bouge pas d'un cil, il croit sans doute que je garderai mes distances. Nous sommes seuls, je ne me priverai pas de sa chaleur. Alors je me jette sur lui ou plutôt sur ses lèvres qui, sous la surprise, ne s'ouvrent pas. Tant pis, je prends ce que je peux.

Il secoue la tête et sa mèche retombe sur son front. Je la repousse avant qu'il ne le fasse, avide de le toucher. Partout.

– Tu n'as aucun sens des convenances, dit-il sur un ton de reproche, en me tenant à bout de bras.

– Non. Pas quand nous sommes seuls. Et je te rappelle que tu n'as pas été discret à Oxford.

– Hum… Tourne-toi.

– Pourquoi ?

– Elsie, tourne-toi, m'ordonne-t-il.

J'obéis à contrecœur.

– Patience, ajoute-t-il.

Je grimace, ce mot ne fait pas partie de mon vocabulaire ! Je préférerais qu'il m'enlace fort, qu'il m'embrasse avec passion… Je sens son souffle dans mon oreille.

– Ferme les yeux.

Je fais encore ce qu'il me dit puis il pose un masque de nuit sur mes yeux, je ne vois plus rien. À quel jeu joue-t-il encore ? Il m'entoure la taille de son bras et me pousse dans le bunker, puis j'entends qu'il referme la porte blindée.

– Nous devons traverser une pièce spéciale avant d'entrer dans ma maison. Alors pour ta propre sécurité, je t'interdis d'ôter le masque jusqu'à ce que je le fasse moi-même. Dis-moi que tu as compris.

– Oui, mais…

– Pas de « mais » cette fois, Elsie ! C'est une question de sécurité nationale.

– Bien, Sire, réponds-je au roi, pas à l'homme.

– Darian, murmure-t-il sèchement.

Involontairement, un petit cri sort de ma gorge tellement je suis stupéfaite par son revirement qui me fait super plaisir : il m'autorise à entrer dans son intimité qu'il préserve si jalousement. Pour une fois, il me donne aussi une explication, certes très vague, sur son attitude autoritaire.

On avance…

– Tant que nous sommes seuls, ajoute-t-il.

Losh, évidemment !

– Jamais je ne me le permettrais en public, répliqué-je pour le rassurer.

Ou *me* rassurer, parce que cette simple idée me tétanise. Les conséquences seraient désastreuses à tous les niveaux : mes études, ma famille, mes amis… et une telle bourde détruirait sa réputation, la pire chose que je pourrais lui faire ; il ne peut être vu en compagnie d'une insignifiante étudiante.

Il est prévenant sur tout le parcours dans le bunker, me précisant quand le corridor descend et quand il remonte. Mais je suis surtout attentive à sa main chaude solidement appuyée sur mes reins pendant que nous montons quelques marches sur lesquelles crissent les semelles de ses chaussures en cuir. Une autre porte pivote ; au son, je pense que c'est la même que la première. Je ne vois strictement rien, j'entends juste des bruits de soufflerie et des bips. Je suis incapable d'identifier dans quel type de pièce je suis, sauf qu'elle est climatisée. Bizarre, en hiver… À nouveau une porte semble glisser sur des rails et se referme aussitôt derrière nous. Il enlève le masque et je cligne des yeux plusieurs fois afin de me réhabituer à la lumière. Nous sommes dans un hall dont les hautes portes-fenêtres donnent sur le petit jardin devant sa maison dominée par l'imposante aile est à trois étages. Je suis chez lui, pas dans le palais d'à côté qui ressemble à un musée. L'entrée possède un style baroque identique aux façades – du marbre, des moulures et de la dorure partout –, mais lorsqu'il fait coulisser les battants ouvrant sur une autre pièce, je ne peux le suivre, scotchée de surprise par la différence d'aménagement des lieux. Ici, le décor est sobre, à la limite minimaliste, les quelques objets présents ont dû être minutieusement choisis chez les plus grands designers. Bref, le gigantesque salon que j'entraperçois est à son image, aucun superflu, tout est dissimulé dans des placards sans poignée.

– Viens, dit-il avec un geste de la main.

Oui, c'est ça. Tout est nickel, les murs et le sol blancs, les meubles en bois clair, les luminaires intégrés au plafond. Le seul objet qui tranche est son immense canapé en cuir bleu-gris foncé. Une photo en tout et pour tout en décoration: sa famille au complet, avant le drame. Quand je tourne la tête vers sa cuisine aménagée, je me dis qu'il n'a jamais dû utiliser la plaque à induction. D'accord, il a des employés pour le ménage mais là, son côté maniaque m'apparaît clairement. Une profonde tristesse m'envahit, cette maison a encore moins de vie que le palais, où l'on peut croiser son personnel. Là, c'est son terrier, lumineux et terne à la fois.

Sans rien dire, il reste debout, rigide et taciturne, à scruter ma réaction. Je souris d'avance à ce que je m'apprête à faire: mettre mon bordel. J'accroche mon ciré à une chaise, déroule la grosse écharpe orange autour de mon cou et la balance sur une console, pose par terre la besace multicolore qui me sert de sac à main – il ne craint rien, on pourrait manger sur ce marbre – et j'enjambe le dossier de son canapé pour m'écrouler dessus. Il émet un grondement de protestation, mais je coupe court.

– Maintenant, assieds-toi à côté de moi, nous avons à discuter, lui ordonné-je en tapotant sur les coussins.

Il s'exécute à contrecœur et s'assoit à l'opposé du sofa conçu pour au moins dix personnes, sans s'adosser, les mains sur des cuisses. Il n'est pas à l'aise.

– Pourquoi es-tu venue?

Sa question est posée sur un ton dur, avec pourtant un son rauque sorti du fond de sa gorge. Il a accepté de me recevoir, néanmoins ma présence dans son sanctuaire le gêne.

– Je ne supporte pas d'être la cause de ta fatigue et je refuse d'être une complication dans ta vie, Darian. Nous ressentons une attirance l'un pour l'autre qui nous dépasse, j'en suis amplement consciente. Après chacune de nos rencontres, j'essaie de reprendre le rythme normal de ma vie. Sauf que c'est un peu plus dur à chaque fois…

Il hausse un sourcil et je lui envoie mon plus beau sourire. Je veux qu'il cesse d'être sur ses gardes avec moi.

– Alors ce week-end… continué-je en avançant vers lui à quatre pattes sur son canapé.

Sa pomme d'Adam descend et monte dans sa trachée, ses doigts se crispent sur le rebord du coussin. Je ne sais pas si mon audace le trouble ou l'énerve, mais je n'ai pas fait tant de miles et je ne me suis pas torturé l'esprit pendant des heures pour rien. Mon désir pour lui existe depuis la première seconde où je l'ai vu, il est toujours là, même quand je suis éloignée physiquement de Darian. Il vibre sous ma peau, il squatte mon esprit, ne me laissant aucun répit. Nous ne nous quittons pas des yeux, il ne remue pas le petit doigt pour me toucher. Une fois près de lui, je l'embrasse sur sa joue pas rasée puis je glisse mes lèvres avec douceur sur sa peau jusqu'à sa bouche.

– … on va s'employer à assouvir ce désir jusqu'à le faire disparaître de notre système.

– Comment comptes-tu t'y prendre ?

Mes yeux toujours sur lui, je me mets à califourchon sur ses genoux, les mains autour de son cou. Ses bras viennent aussitôt m'enserrer et malgré l'épaisseur de mon jean, je frémis à cause du frottement de son érection sur mon entrejambe.

– Jusqu'à dimanche, ton temps sera entièrement consacré à satisfaire notre envie de sexe mutuelle. Je veux que tu sois tellement épuisé qu'après tu dormes comme un bébé. À ton réveil, lundi, je serai partie de ta tête pour de bon parce que tu auras eu ta dose et que tu passeras à autre chose.

– Tu es bien sûre de toi.

Je prends son visage entre mes mains. Il a de grands cernes sous ses magnifiques yeux bleu acier et ses joues se sont creusées.

– Ni toi ni moi n'avons le choix. Tu dois te reprendre, tu as trop de responsabilités et moi, je veux retrouver ma vie d'étudiante insouciante.

– Dans ces cas-là, chère docteure, je suggère un endroit plus confortable pour commencer votre prescription.

Il se redresse sur ses pieds et me tend une main que j'attrape. Il m'entraîne vers les escaliers. Il y en a deux, face à face, tout en marbre sculpté, qui débouchent sur sa bibliothèque personnelle. Une large arche mène à son immense chambre. De lourds rideaux gris cachent les portes-fenêtres. Il allume les deux appliques de chaque côté de son lit *king size* où les oreillers et la couette sont aussi noirs que le mur, derrière, recouvert de grands carrés de cuir. Je détonne avec mon pull vert vif et mes chaussettes assorties, dans cet univers sombre.

Il agrippe mon jean et me plaque contre lui. Sa main droite en défait le bouton et le zip puis plonge à l'intérieur de ma jolie culotte en dentelle blanche, que j'ai choisie avec soin avant de partir. Son majeur s'enfonce sans préavis dans mon sexe plus qu'humide et je ne peux retenir un cri de plaisir. Lui seul connaît l'endroit exact où appuyer… Il pose son front sur le mien avec un soupir de soulagement.

– Ma faille, souffle-t-il, plus pour lui-même que pour moi.

Il couple son doigt avec son pouce et s'amuse avec mon clitoris. Quatre jours sans lui et je suis déjà dans un état de manque terrible de ses caresses. Ce week-end, j'ai intérêt à faire une overdose de sexe ou mon âme ne survivra pas, je sais que je suis sur le fil du rasoir. Peut-être plus que lui d'ailleurs. *Nous sommes deux à être soumis à nos sens.*

Il me voit prête à craquer et il retire sa main. L'enfoiré !

– Je ne veux pas de dose homéopathique de sexe ! m'exclamé-je, mes doigts sur sa queue déjà super dure.

J'aime le sursaut que je lui provoque, il est aussi excité que moi.

– Ne t'inquiète pas, tu auras droit à un traitement de fond, rétorque-t-il en riant.

À ma grande surprise, il s'agenouille devant moi et descend mon jean et ma culotte ; je lève mes pieds pour qu'il les ôte complètement ainsi que mes chaussettes. Il soulève ma jambe droite et la pose sur le lit. Un tremblement irrépressible dû à l'anticipation me secoue :

– Tu as froid ? demande-t-il avec beaucoup de sollicitude.

– Non, non.

J'arrive à peine à articuler car son souffle est vraiment très près de la zone la plus sensible de mon anatomie.

– Je vais faire monter ta température.

Oh, putain ! Sa bouche happe littéralement mon intimité avec une précision chirurgicale, il sait parfaitement s'y prendre pour que sa langue fasse grimper la fièvre ! Heureusement que ses mains maintiennent mes fesses, sinon je fondrais sur son épaisse moquette grise. Mes doigts s'accrochent à ses cheveux blonds, poussant sa tête toujours plus près. D'un geste imaginaire, j'efface de mon cerveau l'idée indécente d'avoir un roi à genoux devant moi en train de me lécher. Si ce roi continue d'ailleurs à s'appliquer ainsi, je ne tiendrai pas longtemps. Je tente de me dégager, mais il me retient sur son visage. Mes jambes se raidissent, ma peau se couvre de frissons au fur et à mesure que les signes d'un puissant orgasme montent en moi. Il le voit arriver et termine de m'achever avec deux doigts dans mon sexe. Mon cri de plaisir doit s'entendre jusqu'à l'île voisine. Il se lève d'un coup, me saisit sous les bras et m'allonge sur son lit avant que je ne m'écroule par terre. Sa bouche au goût de ma féminité s'empare de la mienne avec férocité, il est fébrile lui aussi, sa langue virevolte et je réponds avec la même ardeur. Mais je veux sentir sa peau sous mes paumes, je veux mes doigts autour de son membre viril. Je soulève son pull et son tee-shirt et glisse mes mains dans son dos. Il m'imite et atteint mes seins, hypersensibles après mon orgasme. Il passe sous mon soutien-gorge puis fait rouler un de mes tétons entre son pouce et son index. Ma réaction est immédiate, je me cambre avec une telle force que je le soulève aussi. Il cesse de m'embrasser et me regarde avec amusement.

Il se redresse sur les genoux, enlève le haut de ses vêtements puis les miens. Je suis exposée, entièrement nue sous ses yeux bleus plissés par le désir. Ses doigts repartent à l'assaut de mes deux seins qui hurleraient de plaisir, devenus à cause de lui beaucoup trop érogènes. Je me tortille, voulant éviter de jouir à nouveau si vite, mais son bassin m'empêche de me cambrer pour échapper à ses caresses infernales. Il se penche et sa bouche attrape un sein qu'il suce avec autant d'application que mon sexe. L'autre a droit au même traitement. Je n'en peux plus, je tire sur ses cheveux pendant qu'il frotte la couture de son jean sur mon intimité.

Comment peut-il se contrôler autant?

Sa respiration saccadée, son érection impressionnante et ses doigts brûlants prouvent qu'il me désire, mais il patiente.

Pourquoi?

Je ne peux plus me poser de question, un autre orgasme, différent, me saisit et mon corps retombe sur le matelas. À son visage, je sais qu'il est satisfait de lui mais je culpabilise d'avoir joui deux fois et lui non. Je profite de ce qu'il se remet à genoux pour m'asseoir, même s'il bloque toujours mes jambes. Vive mes abdos de nageuse. Je pose mes mains sur son torse musclé, suivies par mes lèvres, je veux goûter sa peau douce et bronzée.

J'évite ses cicatrices. Deux marques dont il ne veut pas parler, bien qu'il le devrait, parce qu'elles le hantent, indubitablement. À mon tour, je déboutonne les trois pressions de son jean. J'effleure son gland tendu dans son boxer noir, il frémit à chaque passage. Je sais qu'il ne me laissera pas faire longtemps, je le prends par surprise en le basculant sur le dos.

– Elsie, tente-t-il de protester.

– Dr Elsie vous recommande de rester tranquille.

Il cherche à renverser la situation mais la natation m'a donné des jambes solides, je maintiens les siennes avec mes cuisses. Il semble capituler, pourtant ses mains crispées sur la couette me disent le contraire. Je finis de le déshabiller ; jean, boxer et chaussettes atterrissent sur le sol, en vrac. Je suis persuadée qu'il plie avec soin ses vêtements avant de se coucher. Il essaie de se relever mais je saute à genoux sur le lit.

– Tss, tss, laisse-toi faire, lui intimé-je avec des caresses le long de ses jambes.

– Je ne peux pas.

Il a repris sa voix de roi, autoritaire et inflexible. Je fronce les sourcils.

– Tu recommences, riposté-je, l'index pointé vers son visage. Détends-toi ou je m'en vais.

À ce stade, je ne le pourrais pas, mais j'espère avoir été suffisamment convaincante ; il ferme les yeux, respire profondément plusieurs fois puis rouvre les paupières. Je lis dans ses yeux beaucoup d'interrogations.

– Je ne sais pas comment faire, avoue-t-il.

– Laisse-moi m'occuper de toi.

– C'est moi qui m'occupe de mon peuple !

Je me penche sur son ventre, embrasse son nombril et lève mes yeux vers lui.

– Je ne suis pas ton peuple, Darian.

Il dit ensuite une phrase dans sa langue, une plainte d'après son intonation. Je ne sais pas s'il me cache délibérément la signification de ses paroles ou si elles sont sorties naturellement en karanien. Quoi qu'il en soit, il ne traduit pas. J'oublie souvent que l'anglais n'est pas sa langue maternelle, malgré son petit accent chantant qui accentue son charme.

Ma bouche retourne sur son ventre, elle descend sur la ligne de duvet blond qui mène à mon objectif premier : son sexe. Je l'engloutis avec gourmandise tandis que ma main cajole sa longueur. Il a plié ses jambes ; du coin de l'œil, je vois ses mollets se contracter à chaque va-et-vient de mes lèvres. Je prends mon temps, ma langue tantôt sur son gland ou jouant sur les veines de son érection. Je n'ai jamais autant aimé donner du plaisir à un homme, je savoure chacun de ses râles, chacun de ses soubresauts et surtout, le fait qu'il me laisse les commandes. Je continue ma lente torture, je l'approche au plus près de l'explosion.

– Arrête, me supplie-t-il. Je veux jouir en toi.

Moi aussi.

J'attrape la boîte de préservatifs qu'il a mise en évidence sur son chevet. Je déchire la pochette sous ses yeux avides et enfile le plastique sur sa queue. Il me soulève par les hanches et me positionne sur lui. Je coulisse sur son membre, la sensation est juste fantastique, avec cette impression physique d'être enfin entière et l'autre, mentale, beaucoup plus confuse mais si forte, d'être au bon endroit. Je serre les cuisses et appuie mon pubis sur le sien, à la poursuite du plaisir incommensurable que lui seul est capable de m'apporter. Il me fixe avec une telle intensité que j'en perds le rythme. Je me demanderai plus tard quelles peuvent être ses pensées car à cet instant précis, ce qui m'importe est de le satisfaire. Sauf que je suis trop près moi-même et qu'il continue à se contenir. Donc je fais ce qui le fait à chaque fois réagir : je lui tire la langue. Réflexe immédiat, il agrippe mes hanches et se redresse puis d'un mouvement sec sur mes fesses, il me rapproche encore plus – oui, oui, c'est possible ! – sur son sexe tandis que ses dents mordillent ma lèvre inférieure. Il m'achève, je me cambre une dernière fois en criant son nom et en tremblant de tout mon corps. Il enfouit sa tête dans mon cou quand il est pris à son tour par l'orgasme.

– Elsie, gémit-il au creux de mon oreille.

Nous restons entrelacés ainsi un long moment. J'ai repris mon souffle très vite mais pas mes esprits, il m'a emmenée si loin que même revenir dans son paradis m'est difficile. Lorsque nos yeux se croisent à nouveau, mon cœur ralentit à quelques battements par minute car je découvre pour la première fois l'homme sans son armure royale, aussi perdu que moi mais apaisé, les traits déridés. Il prend mon visage en coupe et m'embrasse avec tendresse. Son baiser est doux, sexy et… calme. Et il vole une partie de mon âme…

Ni l'un ni l'autre n'avons envie de parler. Je replace sa mèche rebelle sur le côté. Il a alors un sourire de petit garçon et j'éclate de rire.

– Tu ressembles à un gamin pris en flagrant délit.

– Oui, un gamin de 35 ans qui vient de faire une connerie monumentale.

Je le repousse et m'assois à l'autre bout du lit. Il a le don de gâcher nos ébats à chaque fois !

– Tu regrettes de m'avoir fait l'amour ?

J'espère qu'il réalise que ce qu'il vient de me dire est hyper vexant ! Dépité, il secoue les mains devant lui.

– Non, non, Elsie ! Pas une seconde !… Je… (Il repousse ses cheveux en arrière avant de continuer.) Je suis désolé, mes paroles ne te concernent en rien. C'est… C'est à moi que j'en veux. Je n'aurais jamais dû accepter que tu reviennes ici, je savais que je ne pourrais jamais m'empêcher de te mettre dans mon lit.

– Nous sommes tous les deux des adultes consentants, alors je te prierai de ne pas me prendre pour une idiote !

– Mais ce n'est pas le cas ! Tu es une jeune femme extrêmement intelligente et…

Je me remets à califourchon sur ses cuisses encore chaudes. Y a pas à dire, je suis irrécupérable : dès que je le touche, j'ai des pensées torrides. Je tapote sur sa tempe avec mon index.

– Nous sommes tous les deux responsables de ce qui vient de se passer. Je ne serai jamais une faible femme qui n'a pas d'autre choix que de succomber à ton irrésistible charme royal ! N'oublie pas que je suis là de mon plein gré, Darian. Je couche avec toi parce que j'en ai envie, c'est mon choix ! Alors je t'interdis de croire que tout est entièrement ta faute parce que tu es roi et que tout le monde t'obéit. Tu as l'habitude de tout diriger, ce qui peut se comprendre, tu gouvernes un pays, mais tu ne peux pas contrôler les pensées des gens et encore moins les miennes. Sinon, ça s'appelle de la tyrannie.

Mes paroles le font blêmir et ses yeux montrent une certaine panique. Il se tend, tous ses muscles soudain devenus raides.

– Je ne peux pas être comme ça… murmure-t-il presque sans ouvrir la bouche.

Quelqu'un d'autre que moi aurait des remords de le pousser dans ses retranchements. Je n'en ai aucun, il mérite qu'on lui dise la vérité.

– Non, tu ne l'es pas. Ne crois pas que tu as failli parce que tu n'as pas su diriger les choses dans ton sens. Aie l'intelligence de laisser aux gens leur libre arbitre, même si celui-ci entraîne de mauvais choix. Tout le monde fait des erreurs et si être ici dans ce lit en est une, alors j'assume pleinement. Arrête de te reprocher les conneries des autres.

Il m'attrape par la taille et m'attire à côté de lui. Il se lève d'un bond, s'empare d'un peignoir accroché à une patère dorée puis me fait face. Je pâlis à mon tour devant son visage marqué par l'effroi et sa main droite qui frotte son flanc gauche, là où il y a ses cicatrices.

– Darian?

Il me fixe avec les yeux d'un condamné.

Putain, mais qu'est-ce que j'ai dit pour qu'il soit dans un état pareil?

– Tout est ma faute, dit-il d'une voix qui me brise le cœur.

Je me plante devant lui, déterminée à lui faire entendre raison.

– Bon, je te le redis puisque tu n'as toujours pas compris: je suis ici parce que je le veux bien. Tu n'as fait aucune connerie.

– Tout est ma faute, répète-t-il doucement, la tête baissée. C'est ma faute s'ils sont morts!

29

Darian

Elle ne peut pas me dire ça, elle ne peut pas me dire ça, elle ne peut pas me dire ça…

Les murs dans mon cerveau s'écroulent un à un comme des dominos ensanglantés, dans un bruit de revolver et de balles qui sifflent dans mes oreilles, la musique du baladeur hurlant la chanson de U2 « Sunday Bloody Sunday » dans notre salle à manger en ce dimanche ensoleillé et lui, dont je refuse de voir le visage, qui appuie sur la détente… La pression devient insoutenable : impuissant, je m'accroche où je peux pour ne pas tomber dans cette fosse sombre sans fond.

Je m'accroche à elle.

Je suis si fatigué… Mes paupières deviennent lourdes, ma tête se pose sur la peau douce de son épaule. Je suis bien, là…

– Ça va aller, je suis là. Calme-toi.

Elle embrasse mes cheveux, me berçant de ses paroles.

– Darian, allons au lit.

Je l'écoute et avance sur mes pieds lourds jusqu'à mon lit. Je lis dans son regard de l'inquiétude mais aussi de la détermination. Elle est fraîche et si belle, nue dans la pénombre de ma chambre. Elle soulève la couette puis me pousse dans mon lit avant de me border. Je suis incapable de réagir, mais je trouve son geste gentil. Elle se couche à côté de moi. Je lui tourne le dos, elle vient se coller à mon corps et aussitôt, je me sens mieux. Les images de la salle à manger s'estompent, les bruits disparaissent. Ne restent que d'horribles maux de tête.

J'ai besoin de dormir.

***

Lorsque j'ouvre les paupières, ma chambre est encore plongée dans le noir. Il me faut plusieurs secondes pour reprendre mes esprits et me rappeler la veille… Je suis seul dans mon lit et j'espère que je n'ai pas fait fuir Elsie après qu'elle m'a vu m'effondrer. Quelque chose s'est cassé en moi hier soir. C'est assez ironique, mais j'ai eu l'impression de tomber de mon trône. Je me suis retrouvé dans ce trou abyssal où j'ai passé plusieurs mois après la mort de ma famille. Cette fois, je suis remonté un peu plus vite à l'aide d'Elsie, mais je n'en suis pas tout à fait sorti. Je n'ai plus mal au crâne grâce à quelques heures de sommeil ; ma poitrine, elle, est encore compressée, car la petite lueur au bout du tunnel ressemble à un leurre, une illusion trompeuse.

Quand sera-t-elle enfin réelle ?

J'attrape mon téléphone pour regarder l'heure : midi ! J'ai dormi aussi longtemps ? Et où est Elsie ?

Encore habillé de mon peignoir froissé (impensable, j'ai dormi avec…), je descends l'escalier quatre à quatre. Je pousse un soupir de soulagement quand je l'entends fredonner, dissimulée par les coussins de mon sofa. Elle se redresse, un livre à la main, écouteurs dans les oreilles. Le temps est maussade, pourtant elle ensoleille la pièce avec son sourire.

– Bonjour, la marmotte, s'exclame-t-elle, joyeuse.

– Bonjour.

Elle lève les yeux au ciel et sa bouche se tord en moue excédée. Elle pose le livre, enjambe le dossier de mon canapé puis vient vers moi. Elle attrape mes deux mains dans mon dos et les met sur ses hanches. Ensuite, elle dépose un baiser sur mes lèvres.

– Voilà comment on dit bonjour à la fille avec qui on a couché. On oublie le ton royal et les mains derrière le dos, ça donne l'impression que tu es en train de passer tes troupes en revue.

– Elsie, je suis roi.

– Oui. Je sais. Je ne te demande pas de changer. Juste d'assouplir un peu ton attitude jusqu'à mon départ ce soir.

Ce soir, elle s'en va. Pour de bon, cette fois. Je la détaille des pieds à la tête, elle porte des chaussettes orange, un jean et une marinière rayée orange et blanc. Elle n'a aucun maquillage et ses cheveux courts sont en bataille, indisciplinés comme son caractère. Quant à ses yeux verts… ils pétillent de bonne humeur.

Elle a peut-être raison. Si je me comporte comme une personne normale pendant une journée, demain je serai content de retrouver mon statut de monarque, et ce qui compte le plus à mes yeux : être un souverain digne de mon père et de mes ancêtres.

– J'accepte l'étape deux de la thérapie, déclaré-je en la serrant dans mes bras. Ça inclut donc le fait que je peux te baiser tout de suite sur mon canapé, sans aucun protocole.

Son rire me fait remonter un peu plus vers la petite lueur…

***

Il est quatorze heures quand je me réveille à nouveau, allongé sur mon canapé, Elsie endormie dans mes bras. Elle m'a épuisé. Ou je l'étais encore après avoir passé tant de nuits sur mes écrans.

J'ai faim.

Je me décale doucement, me lève et vais dans l'entrée ; elle ne m'entendra pas commander à la cuisine de nous préparer un brunch. Quinze minutes plus tard, Janov est à la porte d'entrée :

– Donnez-moi le panier, lui ordonné-je.

– Sire, il faut que je mette le couvert.

– Je le ferai. À plus tard. (Je vais pour refermer la porte mais je me ravise.) Merci, Janov.

Mon majordome a alors un grand sourire. Ça faisait longtemps que ce n'était pas arrivé.

J'ai vraiment merdé ces derniers temps.

Je pose le panier sur le comptoir immaculé de la cuisine. Elsie me regarde, elle est allongée sur le ventre, à peine couverte de mon plaid. Elle est rayonnante. J'y suis peut-être pour quelque chose et ce sentiment de joie qui m'envahit est très étrange. J'ai fait jouir de nombreuses femmes, mais je ne sais pas si elles étaient aussi belles pendant et après puisque nous étions dans le noir. Je suis content de pouvoir admirer Elsie à ma guise, à la lumière du soleil.

Je ne pourrai jamais revenir en arrière maintenant...

– Il y a quoi dans ce panier?

– Un brunch.

Elle se lève d'un bond et s'assoit au comptoir.

– Je meurs de faim ! s'écrie-t-elle en ouvrant le couvercle.

Elle sort un à un les plats, je mets le couvert.

Je suis on ne peut plus dans la normalité des milliards de gens de cette planète. Elle a peut-être raison après tout : demain, quand je retrouverai ma normalité à moi, je récupérerai mes repères. Parce qu'il faut avouer que déjeuner avec une étudiante écossaise nue dans la cuisine est pour le moins incongru.

– Moi qui pensais que tu avais dû avoir un choc thermique en arrivant dans ton école militaire en Angleterre, je me suis trompée. Il fait froid aussi ici.

– Heureusement qu'il pleut de temps en temps, sinon ça serait le désert.

Elle hausse une épaule puis demande :

– Qui a eu l'idée de créer ces merveilleux jardins ?

– Ma grand-mère.

Je lui raconte l'histoire mouvementée des jardins de Letaspok et de ceux de Trava, ouverts au public, haut lieu touristique de Karanie. Ma grand-mère s'est passionnée pour eux jusqu'à la fin. Depuis son lit qu'elle ne quittait plus les derniers mois, elle donnait des ordres à son maître jardinier tous les matins. Mon grand-père et elle habitaient dans ma maison actuelle à l'époque, tandis que nous logions dans le palais que j'ai fait rénover pour effacer l'horreur que j'y ai vécue.

Mais ça, je ne lui dis pas…

Elsie m'écoute avec attention, pose quelques questions, mais quand elle mord dans un quartier de clémentine avec un plaisir évident, je ne résiste pas : je la prends dans mes bras et l'embrasse. Elle ouvre mon peignoir, sa main attrape mon sexe dur et la mienne fouille dans ma poche à la recherche d'un préservatif. Après l'avoir enfilé, je n'ai pas d'autre choix que de m'enfouir en elle, debout contre le mur de ma cuisine. C'est rapide, puissant, violent et incroyablement jouissif. Nous finissons sur le sol, en sueur, elle assise sur mes cuisses. Elle sent bon l'agrume.

Paraît que les clémentines ont un pouvoir calmant…

Biiiiiiip.

Nous sursautons tous les deux. Elle me fixe, sourcils froncés. Elle a reconnu le signal et elle comprend que j'ai une urgence ; elle se lève, contrariée. J'enfile mon peignoir et cours vers mon bunker, je n'ai que trois minutes pour arriver et éteindre l'alarme. J'appuie sur le bouton, l'horrible son stoppe aussitôt. Je mets mon casque et allume la caméra qui me connecte au colonel Dolinšek.

– Colonel ?

Mon homme de main ne dit évidemment rien, mais je surprends son léger tic quand il me voit en peignoir au milieu de l'après-midi. Je n'ai pas de justification à lui donner, je suis son roi.

– Majesté, nous avons repéré la maison où The Last séjourne. Que faisons-nous ?

– Nous ne pouvons pas intervenir, les services belges surveillent de près le quartier, j'ai intercepté plusieurs appels ces derniers jours. Je pense que l'arrivée de The Last a précipité la mise en place d'un complot prévu de longue date et que la police attend elle aussi le moment opportun.

– Oui, mais si nous attendons trop, nous risquons de le voir encore nous filer entre les doigts.

– Je sais, soupiré-je. Je ne veux pas me mettre à dos le roi de Belgique.

Les mains derrière la tête, je suis à la recherche d'une idée. La seule qui me vienne est d'utiliser mon alter ego.

– Colonel, code cinq. Trispik en lanceur d'alerte.

– Très bien, Sire. Nous nous tenons en seconde ligne pour intercepter The Last avant les Belges.

– Parfait.

Je me tourne vers mon autre ordinateur surpuissant (les disques durs occupent une pièce entière au sous-sol), le plus sécurisé qui existe. Le mur d'écrans face à moi devient noir, seul mon symbole apparaît sur les moniteurs. Les lumières baissent en intensité et j'active mon micro raccordé à un logiciel de déformation des voix. Je compose le numéro des services secrets belges. La personne qui me répond n'hésite pas une seconde à transférer mon appel au big boss, car le nom de Trispik est désormais reconnu par toutes les polices du monde. Mon alter ego a permis l'arrestation de nombreux criminels et terroristes. Je suis bref, concis et incisif dans mes informations. Le temps presse, The Last ne doit plus m'échapper.

– Le symbole de ton père.

Je bondis tellement vite sur mon fauteuil que je manque de basculer en arrière, je me retiens de justesse à mon bureau.

Elsie !

Elle se tient, les cheveux humides et rhabillée, sur le pas de la porte que je n'ai pas fermée. Et pour cause, celle-là, je n'ai jamais eu besoin de le faire puisque je suis toujours seul à la maison. À part Mark et Janov, personne n'a l'autorisation de pénétrer dans mon QG.

Elle ne bouge pas mais son regard observe attentivement chaque recoin de la pièce. Je reste figé sur mon siège, la poitrine prise soudain dans un gigantesque étau. Ses yeux verts se posent sur moi, elle m'a mis à nu. Physiquement et moralement. J'ai la terrible impression d'être disséqué vivant et qu'elle voit maintenant au plus profond de moi-même la laideur de mon âme.

J'appuie sur le bouton de fermeture de la porte.

30

Elsie

La porte en acier coulisse et se ferme devant mon nez. Le clic, pourtant léger, semble résonner dans le hall d'entrée en un assourdissant tintement de cloches. Depuis hier soir, rien ne se déroule comme je l'avais imaginé et pourtant, je n'avais pas beaucoup réfléchi à ce qui allait se passer ce week-end. Je m'étais limitée à de longues parties de jambes en l'air, avec des intermèdes de discussions intéressantes – j'adore parler avec lui, il dévoile parfois ses passions profondes.

J'ai tout faux.

Maintenant, je ne sais même plus ce qui est vrai.

Jusqu'à cet instant, j'ai porté sur notre drôle de relation un regard d'étudiante née dans une ferme des Highlands qui couche avec un roi aux grandes responsabilités, histoire rocambolesque, certes, mais réelle. Des heures durant, j'ai écouté ma mère parler des contes de fées qui bercent l'enfance de toutes les petites filles, elle était ravie d'ailleurs, puisque mes frères y étaient totalement hermétiques, préférant le répertoire plus effrayant de nos légendes écossaises. Donc sans avoir une âme de bimbo au QI de midinette, mon côté fleur bleue s'est développé au contact de Darian. J'étais parfaitement consciente de la chance que j'avais d'être désirée par cet homme, mais j'avais conservé ma naïveté et mon insouciance depuis l'entrée dans ma vie des frères Von Karan. Le faste de Letaspok, nos vacances en Karanie, notre appartement à Oxford et même ses discours royaux ont contribué à me maintenir dans ma stupide vision enchantée des choses.

Une autre réalité vient de me frapper de plein fouet.

Le roi m'a montré plusieurs facettes de lui depuis que nous nous connaissons, toutes explicables. Mais là, ça dépasse ma compréhension. Cette salle sans fenêtre remplie d'ordinateurs derniers modèles, de caméras de surveillance, d'écrans sur des pans entiers de murs, de tout ce matériel électronique ressemble plus au QG d'une grosse puissance militaire qu'à celui d'un petit royaume européen. Et ce symbole sur tous ces écrans… Celui de son père. À Londres, j'ai accepté sans aucune hésitation le fait qu'il soit présent sur les valises diplomatiques et même que ces dernières soient sur les lieux de l'arrestation d'un terroriste. Après tout, je n'y connais rien en services secrets, je suis la fille d'un éleveur de moutons Blackface.

Je sais maintenant pourquoi ce symbole me disait quelque chose lorsque je l'ai vu gravé sur les mallettes, et pas parce que je venais de le voir à la télé. Car là, en rouge sang sur fond noir, je l'ai reconnu : il apparaît de temps en temps dans les médias, c'est le signe du plus mystérieux des lanceurs d'alerte, recherché par toutes les polices du monde, Trispik.

Et c'est le roi de Karanie.

Je suis toujours plantée devant la porte. Qui reste close. Je me serais volontiers passée de découvrir cette pièce que je n'étais pas censée voir ! Me voilà dans la merde, je me retrouve gardienne d'un secret d'État ! Moi, Elsie MacNee, la fille incapable de garder sa langue dans sa poche…

Je cours m'effondrer sur le canapé. Je voudrais être lobotomisée ! Que Hermione Granger me jette un sortilège d'amnésie ou que Will Smith m'efface la mémoire avec son Neuralyzer. Je ne suis pas parée pour ce genre de situation, c'est comme si on m'avait projetée dans un thriller politique de science-fiction, un truc improbable où les espions jouent double jeu, s'entretuent et s'envoient la fille stupide du coin.

Sauf que je ne suis pas au cinéma, à manger du pop-corn au caramel !

Je sursaute quand la sonnerie de mon téléphone me rappelle que je quitte le palais dans une demi-heure. Je me secoue les bras et les jambes pour sortir de ma léthargie. L'image du visage pétrifié de Darian quand il m'a vue restera longtemps gravée dans mon cerveau. On aurait dit que je l'avais poignardé en plein cœur. Il a tout pour être heureux, mais ses cicatrices sont aussi physiques que mentales. Il n'a jamais prévu que je pénètre autant dans son intimité. Il s'est toujours contenté de me laisser à la surface. Je suppose d'ailleurs qu'il n'a jamais autorisé personne à y plonger ; il se protège depuis si longtemps qu'il s'est forgé une carapace à toute épreuve. Pourtant en une journée, l'armure royale qu'il a minutieusement construite et dont la cause est liée à son passé traumatisant s'est fissurée. Je crains qu'il ne remonte des murs encore plus solides qu'avant… et que je ne puisse plus passer au travers…

Je grimpe l'escalier quatre à quatre ; dans sa chambre, j'entasse à la va-vite mes affaires dans mon bagage. J'enfile mes baskets et mon ciré, la météo encore maussade est à l'image de mon humeur. Après un dernier coup d'œil à la porte d'acier encore fermée, je sors de sa maison, loin de ce bunker qui a aussi emprisonné son âme. Je traverse les jardins de la cour intérieure, qui me paraissent mornes en cette fin d'après-midi, puis l'aile ouest. Sur son bateau, Alfio nettoie avec un chiffon les fauteuils mouillés par une pluie fine. Mon sac sur l'épaule, je descends les marches jusqu'à l'embarcadère. Le capitaine est surpris de me voir, il scrute les alentours.

– Personne ne vous a aidée à porter votre sac, mademoiselle MacNee ?

– Je me débrouille toute seule, réponds-je en montant dans le bateau. Pouvons-nous y aller ?

J'ai essayé d'être polie, mais ma voix trahit mon empressement à quitter cet endroit finalement inaccessible au commun des mortels. Habitué à être discret, Alfio accepte d'un hochement de tête. Je me blottis sous l'auvent, les yeux fixés sur l'autre rive. Les montagnes sont invisibles, coiffées d'épais nuages. J'ai vraiment la poisse ! Non seulement mon séjour est un total fiasco, mais en plus mon vol sera merdique avec ce temps pourri. Le chauffeur de la limousine m'attend sur le quai, averti par Alfio. Rien n'est jamais laissé au hasard ici, tout doit être sous contrôle… Le crachin se transforme en orage et je n'en mène pas large au décollage du jet privé. Par le hublot, je vois s'éloigner la Karanie, le cœur lourd et la gorge sèche.

Et les mains accrochées aux accoudoirs. Losh, que je déteste ce vol !

Depuis juin dernier, j'ai vécu dans un tourbillon qui m'a fait oublier la réalité. Quand je remets les pieds sur le sol britannique, j'ai l'impression d'atterrir, après des mois d'absence, dans la vraie vie. D'ouvrir les yeux sur mon véritable environnement : la campagne anglaise, les rues bordées de maisons en briques beiges ou rouges, les petites boutiques colorées et les étudiants dans les pubs. Un retour nécessaire mais brutal et douloureux sur la terre ferme. Je descends du taxi et lève les yeux vers les fenêtres allumées de mon appartement.

Non ! SON appartement...

Je n'ai aucune envie d'y rentrer et d'affronter les amoureux. Avant d'y pénétrer, je me compose une figure souriante.

Ouais, le roi a déteint sur moi...

– Bonsoir ! lancé-je en ouvrant la porte.

– Elsie ! s'exclame Milly.

Elle pose son couteau de cuisine et se précipite sur moi pour m'enlacer. Mark n'est plus là apparemment, j'en suis soulagée. Puis, les mains sur les hanches, elle me toise avec ce faux air revêche qui la fait ressembler à sa mère.

– T'étais passée où depuis vendredi ? D'après Will, tu es retournée voir le mec de Brighton. Parce que ton texto n'était pas très explicite.

– J'ai rendu service à un ami.

– Elsie MacNee ! s'écrie mon amie, son index se balançant devant mes yeux. Tu oublies que je te connais depuis que nous portons des couches, les amis à qui tu devrais soi-disant rendre service, je les connais tous. Alors dis-moi ce que tu me caches ou je torture.

– Avec quoi ? m'esclaffé-je.

– Je t'oblige à écouter l'intégrale de Barbra Streisand.

– Non, pas ça !

Je me mets les mains sur les oreilles, faisant mine d'être horrifiée. Mme Watson a transmis son adoration de Streisand à sa fille qui me saoule régulièrement avec les tubes de la diva.

Je balance mon sac dans un coin et me jette sur le frigo. J'ai faim et surtout, je veux éviter d'autres questions. Je m'installe sur un tabouret de bar devant un reste de salade composée. Milly continue de découper sa carotte de l'autre côté du comptoir, mais elle plante son couteau dans la planche et me regarde, en mode Sherlock Holmes.

Je suis mal barrée…

– Je t'écoute, MacNee.

Vous connaissez OpenFace? C'est moi, pas besoin d'un logiciel de piratage pour comprendre que je suis de mauvaise humeur.

Depuis des mois, le secret me ronge les tripes. Il faut que ça sorte. Je préfère ça plutôt que de continuer à mentir et que les choses deviennent irréversibles entre nous. Au nom de notre longue amitié, Milly mérite d'abord et avant tout mon honnêteté, même si ça signifie ensuite perdre mon amie.

– Tu ne vas pas aimer, réponds-je, la bouche à moitié pleine.

– Je suis habituée à tes bêtises alors laisse-moi en juger.

– J'étais en Karanie.

Milly garde la bouche grande ouverte plusieurs secondes, ses magnifiques yeux bleus écarquillés remplis d'incompréhension.

– Le roi t'a demandé de faire de nouvelles recherches?

J'éclate de rire.

– Non, pas vraiment.

Cette fois, ma réponse et surtout mon ton lui coupent le souffle, elle recule et s'appuie sur l'évier. Sa façon de me regarder est la même que celle de Darian: elle est pétrifiée. Mes poumons compressés dans la poitrine, j'attends qu'elle parle.

– Elsie, dis-moi que ce n'est pas ce que je crois.

Arrache le pansement, ça ira mieux après, comme dirait ma mère…

– Darian et moi, nous nous sommes vus plusieurs fois…

– Comment oses-tu appeler le roi par son prénom? s'écrie Milly.

– Ouais, eh bien quand on couche avec un mec, on ne l'appelle pas « Votre Majesté »! répliqué-je.

– Épargne-moi les détails!

Je me lève du tabouret avec un calme dont je ne me serais pas cru capable.

– Ne t'inquiète pas, Milly. Pour une fois, je ne te raconterai rien sur lui. Je voulais juste que tu sois au courant du fait que nous avons eu une relation et qu'elle est terminée. Je ne supportais plus de te mentir. En revanche, je ne suis pas sûre que ce soit une bonne idée d'en parler à Mark. Je préférerais que son frère le fasse… S'il le veut, mais j'en doute.

Mon téléphone sonne dans mon sac à main. Je n'ai pas envie de répondre au numéro qui s'affiche, appris par cœur pour ne pas l'enregistrer.

– Putain de roi ! ronchonné-je.

Milly me fixe, elle est dans une colère noire, je ne l'ai jamais vue ainsi. La main enserrée sur le manche du couteau, elle a complètement perdu sa gentillesse innée. Son histoire solide avec Mark est validée par le palais et les médias ; si la relation entre Darian et moi s'ébruitait, le scandale rejaillirait sur eux parce que – soyons lucides – je n'ai pas le profil adéquat pour un roi, et Milly sait autant que moi que nous courrions tous à la catastrophe. La sonnerie s'arrête puis reprend deux secondes plus tard.

– Réponds ! s'écrie mon amie, à la limite de l'hystérie.

Je passe mon doigt sur l'écran. Le cœur à l'arrêt, j'arrive à peine à parler.

– Allô.

– Elsie ! Enfin, tu me réponds !

Son ton autoritaire me fait royalement chier ! Je jette un coup d'œil à Milly qui s'est rapprochée de moi. Sans son couteau, c'est déjà ça. Pour elle, je resterai polie.

– Que puis-je pour vous, Majesté ?

– Milly est avec toi ?

– Oui.

Petit silence.

– Je te rappelle plus tard.

– Pas la peine, Sire. Elle est au courant.

– Bordel ! Elsie ! Tu n'as aucune idée des conséquences !

– Je lui ai dit que nous avions eu une relation sexuelle qui est maintenant terminée.

Qu'est-ce qu'il croit ? Que je me permettrais de dévoiler ses secrets les plus sombres ?

Long silence.

– Terminée ?

Puis il raccroche. Je ne lui ai pas laissé le temps de me dire ce qu'il me voulait. Ma colère... Est-ce vraiment de la colère, d'ailleurs ? En y réfléchissant bien, c'est plus la découverte de sa personnalité paradoxalement profonde et inquiétante, compte tenu de son statut de monarque, qui m'a fait prendre la fuite. J'ai réalisé que nous étions incompatibles. Ma vie est simple, la sienne est... bah, je n'en sais foutre rien, mais trop *space* pour mon humble cerveau sur lequel son pouvoir inquiétant s'étend un peu plus chaque jour. Darian me plaît. Me plaît même beaucoup, je serais une menteuse si je disais le contraire, mais, putain ! on ne vit pas sur la même planète, lui et moi.

Milly décroise les bras lorsqu'on frappe à la porte ; avec ses mains, elle me signifie qu'elle est prête à m'étrangler. Un garde du corps apparaît.

– Mademoiselle MacNee, c'est pour vous.

Il me tend un téléphone satellitaire dont je m'empare avant de fermer la porte sur lui. Là, je suis vraiment en colère.

– Je n'ai aucune envie de te parler ! m'écrié-je dans l'appareil.

– Oh, si, tu vas m'écouter, ou j'ordonne à mon agent de sécurité de t'attacher sur une chaise jusqu'à ce que j'en aie fini avec toi !

– Mais c'est fini !

– Elsie, chuchote Milly.

Sa main sur mon bras me fait sursauter, j'ai totalement oublié qu'elle était là… Putain de merde ! Il occupe tout l'espace dans ma tête au point que je ne vois même plus ma meilleure amie.

Losh, je suis obsédée par lui…

– Elsie, reprend Darian d'une voix calme mais ferme. Je veux te parler seul à seule.

– Non.

– Fais attention ou je mets ma menace à exécution.

Il a parlé avec son habituel ton royal n'admettant aucune contradiction. Je m'enferme donc dans ma chambre et m'écroule sur ma couette.

– Parle !

Il soupire. Il n'apprécie pas qu'on lui tienne tête mais je m'en contrefous.

– As-tu l'intention de révéler ce que tu as appris ce week-end à Milly ?

– Non ! Pour qui me prends-tu ?

– Pour votre sécurité, il ne faut en parler à personne.

– Arrête de me prendre pour une conne !

Nouveau soupir.

– Ça n'a jamais été le cas, Elsie. Mais mon rôle est de protéger mon peuple.

– Je ne juge pas ta façon de gouverner, ni même ton mode de vie. Ça ne me regarde pas, en fait. Après tout, je ne suis qu'une simple étudiante en histoire, britannique de surcroît, alors ce rôle me convient parfaitement. Restons chacun à notre place.

– C'est pour ça que tu t'es enfuie ? Parce que tu estimes que ta place n'est pas ici ?

– Je te rappelle que tu m'as fermé ta foutue porte au nez !

En faisant ça, il m'excluait définitivement de sa vie. Sans aucune explication.

– C'était pour te protéger !

– Alors pourquoi m'as-tu laissée partir sans me dire ça ?

– Je n'ai de compte à rendre à personne.

– Tu te répètes. Lorsque tu m'as enfermée dans le château à Édimbourg, je suis partie parce que tu n'avais pas voulu me donner un minimum d'explications. Tu viens de recommencer. Je ne t'ai jamais demandé de me dévoiler des secrets d'État, Darian ! Ce n'est quand même pas ma faute si je les ai découverts par hasard ! Mais je n'admets pas ton comportement de despote envers moi. Alors nous deux, terminé ! Je ne veux plus te revoir.

Très, très long silence entrecoupé de bips… Il est dans son bunker informatique.

Losh ! Je hais cette pièce !

– Il en sera fait comme tu le souhaites, Elsie. Au revoir.

Il raccroche. Pour de bon. Dans le miroir sur pied face à mon lit, je vois mon visage défait, mes mains tremblantes, puis, sur mon bureau, ma pile de livres ouverts, mes cahiers bariolés de dessins et d'autocollants et l'étagère remplie de ma collection de chopes de bière. Voilà mon univers. Que je n'aurais jamais dû quitter ! Je bondis du lit, sors de la chambre et ouvre la porte de l'appartement. Le garde du corps est resté planté dans le couloir le temps de ma conservation. Je lui rends son téléphone sans un mot, il s'enferme ensuite dans le studio d'en face.

Milly m'attend au comptoir de la cuisine, elle grignote machinalement ses carottes. Cette fille devait être un lapin dans une vie antérieure à manger des légumes crus toute la journée. Elle ne sourit pas, mais ne fait plus la gueule comme tout à l'heure.

– Ça va ? demande-t-elle.

Je hausse une épaule en piquant une carotte dans son assiette :

– Oui. Tu me connais, je ne me casse pas la tête pour un mec.

– Ce mec, Elsie, c'est le roi de Karanie, mon futur beau-frère.

– Je sais. C'est pour ça qu'il n'y aura aucun problème.

Milly pose sa main sur la mienne, elle est inquiète.

– Quand Mark saura, il y en aura un.

– Tu veux lui dire?

– Elsie, je ne peux pas lui cacher une information aussi importante. Il est à Londres ce soir, il part demain matin tôt pour Letaspok.

Losh, je m'en doutais. Je vais avoir droit à un deuxième round avec le frangin maintenant!

– Dis-lui qu'il s'explique avec son roi de frère avant de me parler, ou je ne te garantis pas d'être aimable avec lui.

Milly a un mouvement de recul. Merde, c'est vrai qu'elle n'est pas au courant de notre animosité. Je suis une piètre cachottière!

– Écoute, Milly. Mark risque effectivement de ne pas apprécier que j'aie eu une relation avec son frère, si intouchable aux yeux du monde. Mais c'est ainsi, on ne peut plus revenir en arrière. Alors tous les quatre, tournons la page de cette foutue histoire et n'en parlons plus. De toute façon, ça n'aurait jamais dû arriver.

– Je suis d'accord avec toi, ça n'aurait jamais dû arriver! C'est incompréhensible…

– Quoi? Qu'un roi s'intéresse à moi? m'énervé-je en mâchouillant un bâton de céleri.

Milly s'esclaffe.

– Non. Que toi, tu t'intéresses à un roi. Bon sang, Elsie. Toute ta famille est antimonarchie! Ta mère a eu une sacrée réaction quand elle a appris pour Mark et moi. Si elle savait pour toi, elle aurait une crise cardiaque.

– Elle ne saura rien puisque tout est fini.

– Heureusement! Ludmilla doit déjà s'occuper de nos futures fiançailles, elle n'a pas le temps de gérer un scandale.

Moi non plus.

– Je suis crevée, je vais me coucher. Bonne nuit, Milly.

– Repose-toi, Elsie, tu as une mine de déterrée. Nous en reparlerons demain.

***

Au matin, je n'ai pas les idées plus claires, mais au moins mon mal de crâne est parti. Milly dort encore quand je pars en cours. Will et Keira m'interrogent sur mon week-end. À eux, je mens et leur invente une romance avec « l'inconnu de Brighton ».

– Dis-lui de venir le week-end prochain, propose Keira. Pour la soirée du club de hockey.

Losh, je dois trouver maintenant une excuse pour « larguer » ce mec avant samedi.

Le soir, je retrouve Milly tournant en rond dans le salon, en grande discussion avec Mark par téléphone.

– … oui, je lui dirai… Mark, c'est mon amie !

Elle se fige en m'apercevant dans l'entrée. Super, je suis l'objet de leur dispute.

– Je te la passe.

Milly me tend son portable. Putain ! Direct dans le ring !

– Allô.

– Je savais que tu étais une casse-couilles, mais là, tu as dépassé les bornes, Elsie !

– Je t'emmerde, Mark.

– Elsie ! s'insurge Milly. Ne lui parle pas comme ça.

Je secoue la tête. Si elle savait comment je parle au frère… Je me calfeutre dans ma chambre, mon amie ne doit pas entendre toute notre conversation.

– Alors écoute-moi bien, Mark. Tes accusations, tu te les mets où je pense. Ton frère est aussi coupable que moi. Ensuite…

– Mais…

– Ensuite ! l'interromps-je, rien à foutre qu'il soit prince : As-tu discuté avec ton frère ?

– Oui, et…

– OK. Il sait que je ne parlerai pas. Toi aussi, tu dois en être convaincu.

– Je ne veux pas que tu parles du bunker à Milly pour l'instant.

Je pâlis en comprenant l'implication de sa phrase.

– Vous n'avez quand même pas l'intention de lui en parler ?

– Après notre mariage, si.

Non, non… Je peux encaisser le comportement de Darian mais pas Milly, elle est trop sensible.

– Vous ne pouvez pas lui faire ça ! protesté-je. Vous ne pouvez pas lui faire du mal.

– Lui faire du mal ? Mais qu'est-ce que tu racontes ? Je suis persuadé au contraire qu'elle sera ravie d'apprendre que nous reversons tous les dividendes de notre société de jeux vidéo à notre peuple.

Je ne sais pas de quoi il parle mais à l'évidence, Mark n'est pas au courant pour Trispik. Ce secret devient d'un coup encore plus lourd sur mes épaules.

– Où est ton frère ?

J'ai un besoin urgent de lui parler !

– En réunion avec son ministre de l'Économie.

– S'il te plaît, dis-lui qu'il me rappelle.

– Hum… Je ne sais pas s'il aura le temps, il s'envole pour Bruxelles juste après.

Ce voyage a un rapport avec les derniers mots qu'il a prononcés dans son bunker, j'en suis persuadée.

– Mark. Fais-moi confiance.

– OK, mais j'ai du mal à imaginer mon frère avec une femme…

– Et encore moins avec moi, n'est-ce pas ?

– Je ne veux pas te vexer, Elsie, mais avoue que c'est surréaliste.

– À qui le dis-tu ! Bon, tu ne veux pas gâcher vos fiançailles avec nos disputes ?

Le prince rit et l'atmosphère entre nous se détend, puis il se racle la gorge plusieurs fois.

– Non. Déjà que Milly stresse alors que ce n'est que dans plusieurs mois !

– Habitue-toi dès maintenant à Miss Perfection.

– Elsie ! Ouvre-moi ! crie ma meilleure copine.

– Mark, je vais te repasser Milly ou elle est capable de défoncer ma porte.

– Si elle casse un escarpin à cause de toi, elle t'en voudra encore plus que d'avoir couché avec mon frère ! rit Mark. Bordel ! Je n'aurais jamais cru dire cette phrase un jour !

– Au revoir, Mark.

– Au revoir. Ah, Elsie, un dernier mot. Je ne veux pas savoir ce que Darian et toi avez dit ou fait, sache pourtant qu'il n'a jamais été aussi calme qu'aujourd'hui. Il a toujours été une personne posée, mais je n'aime pas ça, il n'est pas dans son état normal. Ce matin, on aurait dit un robot qui m'accueillait. Donc si tu y es pour quelque chose, je te demande d'y remédier.

– Je doute d'avoir influencé le comportement de ton frère, réponds-je en ouvrant la porte à une Milly furieuse.

Je rends le téléphone à mon amie qui s'empresse de s'enfermer à son tour dans sa chambre. La seule solution pour ne pas me trahir, et surtout pour ne pas le trahir lui, est de reprendre ma vie d'avant, celle de la turbulente Elsie. À commencer par la super soirée des hockeyeurs de samedi !

31

Darian

Le jet loué au nom de notre société de jeux vidéo vient d'atterrir à l'aéroport de Bruxelles-National. Je ne pouvais pas rester cloîtré dans mon palais pendant que mes hommes risquent leur peau à arrêter The Last. J'ai la certitude que cette fois, nous le tenons. Personne ne doit savoir que je suis là ; avant de sortir de l'appareil, j'enfonce un bonnet bleu marine sur ma tête, enroule une écharpe autour de mon cou et remonte le col de mon manteau sur mes joues. Janov s'occupe des formalités administratives et deux heures plus tard, mon matériel informatique portable est installé dans une maison de location située dans le quartier le plus huppé de la capitale belge.

D'ici demain, je ne dormirai pas ou peu, mon esprit étant trop surchauffé par l'imminence de l'arrestation du groupuscule terroriste prévue tôt le matin. L'effervescence qui règne autour de moi m'oblige à rester concentré sur ma mission. Si Dolinšek a la mainmise sur l'opération militaire, je me charge des questions politiques et juridiques avec les autorités locale. Je veux absolument qu'il soit jugé en Karanie à huis clos. Je tiens à ce que la presse demeure à l'écart de cette affaire. Ce ne sera pas facile, je le crains.

Et je ne suis pas prêt à affronter le regard des autres sur ma lâcheté.

Depuis dix-sept ans, je tente d'expier ma faute. Elsie a tort, certaines pages ne peuvent être tournées ; leur encre indélébile imprègne les veines, elle noircit l'âme et détruit le cœur. J'aurais dû mourir ce jour-là. Je ne suis pas vivant pour autant.

Sauf quand Elsie souffle sur moi son énergie…

– Janov ! Un café !

Mes agents m'ont aménagé un coin dans le salon, près de la baie vitrée qui donne sur le minuscule jardin. Il fait nuit, mais je distingue la forme des topiaires et la statue d'une nymphe dans la fontaine. Je pousse la porte pour avoir de l'air frais, il fait froid dehors mais j'étouffe. Pas seulement à cause de l'arrestation prochaine de The Last ; la raison (ou, devrais-je dire, « l'irraison ») réside dans un corps à la peau laiteuse qui se moule parfaitement au mien. Renoncer à tenir Elsie dans mes bras est beaucoup plus difficile que je ne l'avais imaginé. J'ai fermé mon esprit à ce qui s'est passé dans le bunker mais là aussi, à un moment ou à un autre, je devrai affronter ma lâcheté.

Parce qu'avoir claqué la porte au nez d'Elsie n'était pas uniquement une raison de sécurité nationale. J'ai eu peur, peur qu'elle ne découvre mon véritable moi. Celui qui fait croire au monde entier qu'il est un bloc inaltérable alors qu'il n'est qu'un usurpateur de trône. En réalité, je suis fissuré de partout, j'en ai la preuve sur mon corps et sur ma conscience.

Pire, j'ai peur pour elle. Une peur que je n'ai pas ressentie depuis le drame. Elle sait maintenant que je suis Trispik. Si jamais quelqu'un d'autre apprend qu'elle connaît l'identité du hacker le plus traqué… Ça me donne des sueurs froides rien que de savoir qu'elle peut être en danger par ma faute. J'ai mis des années à créer mon alter ego, il fait désormais partie de moi. Quand je revêts mon « habit » Trispik, je me sens libre. Libre de dire ce que je veux, libre d'agir à ma guise, je n'ai plus aucune contrainte. Peut-être que « cette armure » est devenue au fil du temps une drogue dont je ne peux plus me passer, car j'y plonge de plus en plus souvent. Les seuls autres moments où je me suis presque senti moi-même sont ceux passés avec Elsie…

– Sire, votre café, dit Janov, me tirant de mes pensées. Souhaitez-vous manger quelque chose?

– Non.

– Sire, vous n'avez rien avalé depuis ce matin. Vous avez besoin de vous restaurer.

Je lui lance un regard noir; ce dont j'ai besoin se trouve de l'autre côté de la mer du Nord. Mon majordome n'insiste pas. J'avale mon breuvage brûlant et me replonge dans mon ordinateur d'où je peux voir, par l'intermédiaire des caméras portatives installées sur les viseurs de mes hommes, les environs de l'appartement de The Last et de ses complices.

***

Cinq heures trente du matin. J'étire mes bras au-dessus de ma tête tout en parcourant le salon à grandes enjambées. La tension est palpable dans la pièce, mes trois agents en liaison avec les autres sur le terrain travaillent sur leurs ordinateurs dans un silence quasi religieux; Janov se tient raide à la porte du salon, le visage lui aussi fermé car conscient de la gravité du moment. Mon casque audio est relié directement à Dolinšek et mon écran aux microcaméras de mes hommes. En tant que chef militaire, je garde un calme olympien malgré des circonstances très personnelles. L'assaut aura lieu à six heures, je me suis accordé dans la nuit avec les autorités belges pour qu'elles me laissent The Last. Être roi a des avantages indéniables.

Dont se fout éperdument Elsie.

Qu'elle aille au diable ! Ce n'est pas le moment de penser à elle. Pourtant dans mes oreilles résonnent les paroles de « Main Attraction » de Jeremy Renner qu'elle fredonnait ce matin-là, avant que tout parte en vrille. Elles passent en boucle dans ma tête depuis qu'elle est partie, je suis terrifié par le fait qu'elles collent autant à mon état d'esprit. « *You're the queen of my throne.* » Cette phrase me tourmente parce qu'au plus profond de moi, elle sonne juste.

– Majesté ! Ils sont en approche.

Je me rassois face à mon écran. J'avale un énième café à moitié froid en me frottant les paupières. J'ai fait deux microsiestes sur un fauteuil, mes yeux me piquent mais le stress me tient en éveil. Grâce à sa lunette de fusil connectée à mon écran, l'un de mes hommes, allongé sur un toit plat, me permet d'avoir en infrarouge une vue imprenable sur la maison en briques ocre où se cachent The Last et ses complices. Une douzaine de policiers belges, armes au poing, sont postés aux portes de l'entrée et du garage. Dolinšek et trois de mes gars sont derrière eux. Les fenêtres des deux étages sont fermées par des rideaux, aucune lumière ne filtre. Les occupants semblent encore dormir. Deux policiers s'avancent avec un bélier et défoncent d'un coup la porte d'entrée.

Ensuite, tout s'enchaîne très vite. Le groupe d'intervention pénètre dans la maison. Dolinšek et mes agents restent à l'extérieur, en surveillance dans la rue. Des coups de feu éclatent à l'intérieur. Je suis frustré de n'avoir aucune visibilité, mais c'était une des conditions émises par les Belges : que nous ne nous en mêlions pas.

Au premier étage, les rideaux bougent. Un homme en tee-shirt est projeté sur une vitre avant de disparaître. Les lumières sont allumées, des bruits se font entendre. Je suppose que les policiers retournent la maison de fond en comble à la recherche de personnes cachées ou de preuves. Deux d'entre eux sortent sur le trottoir avec un homme d'une trentaine d'années menotté qu'ils emmènent dans un fourgon garé dans une rue perpendiculaire. Suivent trois autres, plus jeunes et de toute évidence loin de l'idée qu'on peut se faire des terroristes : ils ressemblent à des geeks avec leurs cheveux longs, leurs vêtements froissés et la frayeur lisible sur leurs visages. Je m'interroge alors sur la fonction de cette cellule soi-disant liée au terrorisme. Selon les informations des policiers belges qui fouillent l'appartement, les indices indiquent que ces hommes prévoyaient un attentat dans une université dont j'ignore le nom. Cependant, j'opte pour une autre possibilité : l'attaque n'aurait peut-être rien de politique ou de religieux, c'est une vengeance. Purement et simplement.

Une liste de noms écrite sur une feuille me parvient. Je pianote à toute vitesse sur mon clavier afin de vérifier qui pouvait être visé par cette action. Sur mon écran, un nom me saute aux yeux, je ne l'ai entendu prononcer qu'une fois par mes parents : c'est cette personne qui les avait avertis de la menace que représentait The Last.

C'est bien une vengeance personnelle !

Mais mon cœur s'arrête quand je vois où travaille ce professeur : Oxford ! Je fais aussitôt le rapprochement avec les magazines trouvés dans l'Alberta. Il veut s'en prendre à cet homme, mais aussi à Milly.

Par conséquent à Elsie.

Mon sang gèle dans mes veines, atroce sensation que je n'avais pas ressentie depuis le drame. L'année suivant la mort de ma famille, il m'avait clairement menacé dans des messages envoyés par différents réseaux Internet. Il avait eu alors la décence de ne pas mentionner Mark, mais maintenant que mon frère est adulte, il semble avoir changé d'optique. Je ne supporterais pas qu'il puisse leur arriver quelque chose. À cause de moi en plus ! Car je n'aurais pas été encore une fois à la hauteur !

Seigneur, faites qu'il se planque dans cette putain de baraque !

Je me lève d'un bond quand, poussé par deux policiers belges, The Last sort, les mains derrière le dos. Ma chaise est tombée au sol et moi, je demeure figé sur mes pieds, glacé jusqu'aux os. Dix-sept ans que je n'ai pas vu ce visage, celui du meilleur ami de mon frère aîné. Je ne peux pas le quitter des yeux. Il se débat pour ne pas être remis aux mains de mon colonel qui arbore l'uniforme karanien, mais mes hommes l'empoignent fermement et l'obligent à monter dans le van garé à quelques mètres. Deux minutes ont suffi à rouvrir mes cicatrices. Je revis éveillé mon pire cauchemar, la douleur en devient intolérable au point de m'empêcher de respirer.

Je suis ramené à la réalité par Dolinšek qui m'avertit de leur départ pour l'aéroport. Ensuite, direction la Karanie, où The Last sera transféré à la justice de mon pays. J'ai longuement réfléchi à ce moment. J'ai toujours souhaité le voir dès son arrestation. Maintenant, je réalise que je dois reporter notre confrontation : je ne suis pas en état. Beaucoup de personnes ont des envies de meurtre, mais peu en sont capables de sang-froid. Je suis l'une d'elles, j'ai toujours su que je serais capable de le tuer de mes propres mains à cause de ce qu'il nous a fait. Je me méfie donc de mes pulsions, jusqu'à parfois les occulter, mais elles vivent en moi, en attente d'une étincelle qui provoquerait alors des dégâts irréversibles. Autant éviter d'attiser un feu destructeur.

Sauf que celui qui concerne Elsie me consume un peu plus chaque jour et je ne cherche pas à l'éteindre…

Les mains appuyées sur la table, mes yeux fixent un écran noir éteint par mon lieutenant à la caméra. Mes trois agents se congratulent. Je voudrais les remercier, tous, pour leur aide, mais mes pieds lourds sont englués dans le sol. J'entends la pluie tomber sur les pavés de la terrasse, Dolinšek dans mon casque qui discute avec le chauffeur du van et le rire de Janov, ravi du bon déroulement de l'assaut. Mon majordome et le colonel sont les seuls à connaître ma double identité et à comprendre l'impact de l'arrestation. Je perçois dans leurs voix un soulagement que je ne ressens pas moi-même. Je devrais pourtant, puisque mes proches sont enfin en sécurité, mais ma haine assassine a pris le dessus. Je m'imagine tirer une balle dans le crâne de The Last, le regarder se vider de son sang et voir la vie quitter son corps.

Comme moi j'ai dû le faire...

La seule voix que j'entends vraiment est celle d'Elsie dans ma tête : « Il te faut écrire une nouvelle page et ne pas oublier l'ancienne. » Je suis arrivé à ce moment précis où on se décide à affronter la page blanche ou bien à revenir éternellement en arrière pour lire et relire le même texte que de toute façon, on ne comprend pas. Je ne suis pas prêt à choisir un chemin, je reste au milieu du croisement, indécis : d'un côté ou de l'autre, je n'entrevois qu'un vide sordide.

Je traverse le salon et monte dans une des chambres avec une migraine persistante. Assis dans le noir, je fais tourner un moment dans la main le téléphone éteint. J'ai un soudain besoin de l'obscurité, cette enveloppe familière qui m'a paradoxalement servi de refuge, elle me nourrit depuis si longtemps que je ne sais pas comment m'en débarrasser. Je patiente donc jusqu'à ce que mon taux d'adrénaline baisse puis tape le numéro deux.

– Allô? répond aussitôt mon frère, lui aussi sur le qui-vive dans l'attente de nouvelles.

– C'est fait.

Ses hurlements me brisent le tympan.

– Oh, putain! Tu l'as eu! Ça y est, ce sale fils de pute va pourrir en prison pour le reste de ses jours. Oh, bordel! Qu'est-ce que ça fait du bien de savoir qu'il ne nuira plus à personne! Je te jure, je vais me saouler au champagne à sept heures du mat!

Je l'écoute crier sa joie, les yeux fermés, l'esprit vide. Je ne me suis jamais senti aussi exténué, mais impossible de dormir maintenant.

– Darian? Qu'est-ce qu'il y a? Tu n'es pas content? s'inquiète Mark.

– Si, si.

– C'est tout ce que tu as comme réaction? Ça fait dix-sept ans que nous attendons ça et tu ne trouves rien à dire?

– Je viens de faire une nuit blanche, répliqué-je d'un ton brusque.

– Merde, Darian. Faut que t'arrêtes, là! Bilka est venue me voir aujourd'hui, elle s'inquiète, tout comme moi. Tu tires trop sur la corde.

Je me redresse, furieux qu'ils parlent derrière mon dos. Je peine déjà à respirer et Mark vient encore d'augmenter la pression dans mon crâne.

– Ça ne vous regarde ni l'un ni l'autre.

Le son de ma voix me surprend: je ne lui ai jamais parlé de façon si implacable… si royale… J'ai toujours fait attention à avoir une attitude fraternelle envers lui. Néanmoins maintenant, je me retrouve incapable de partager ce moment si important avec la seule personne pour qui j'ai bâti avec acharnement ce plan d'attaque. J'ai perdu l'objectif principal de ma vie, j'en rêvais et je ne peux pas m'en réjouir.

Pourquoi?

Est-ce parce qu'il me drapait dans une routine devenue au fil des années confortable ? C'était le but de ma vie. Je l'ai atteint et je ne suis pas satisfait.

– Nous en discuterons quand tu rentreras à la maison.

Mark raccroche, je ne peux pas lui en vouloir pour son impertinence. Je ne suis pas la plus agréable des personnes en général mais aujourd'hui, j'admets être insupportable au point de ne plus me supporter moi-même.

***

À mon retour en Karanie, j'ai refusé toute discussion sur mon état avec quiconque. Devant ma résistance, Mark a envoyé successivement Janov, Bilka et Ludmilla me parler. À chaque fois, ils ont essuyé une fin de non-recevoir.

Afin d'éviter tout dérapage, je me suis aménagé depuis presque deux mois une vie de plus en plus routinière et stéréotypée. Je me concentre plus sur la gestion de mon royaume et passe moins d'heures sur mes écrans. À chaque fois que je descends dans mon antre et que j'entends le cliquetis de fermeture de la porte blindée, je revois la silhouette d'Elsie, les yeux choqués devant le logo de mon alter ego. Les rapports sur elle me signalent qu'elle continue sa vie normale d'étudiante. J'ai obtenu ce que je voulais. Du moins, ce que je croyais vouloir, car lorsque je m'allonge dans mon lit au milieu de la nuit, je me rappelle la douceur de sa peau laiteuse, la rondeur de ses seins dans ma bouche ou sa voix cassée qui crie mon nom sous l'effet de l'orgasme et là, la douleur se ravive à cause d'un affreux sentiment de perte, elle me tient éveillé… Avec, souvent, mon sexe en érection.

Alors chaque matin, je me mets à mon bureau (officiel) et tente encore et toujours de dissimuler mes états d'âme.

Je repousse ma rencontre fatidique avec The Last. Ce n'est pas dans mes habitudes de fuir, mais lui parler m'amènerait à affronter une fois pour toutes mes erreurs impardonnables. Il ne dit rien, même à son avocat, d'après le procureur. À part qu'il souhaite discuter avec moi. La Constitution de mon pays sépare les pouvoirs depuis plus de deux siècles, je ne peux donc pas me mêler des procédures juridiques. En revanche, je suis le témoin clé, ce qui me met dans une position inconfortable. Mark m'enjoint chaque jour de révéler au public la tenue du procès à la fin de l'été. Si j'accepte, les médias fondront sur nous comme des vautours. Mon frère ne connaît pas l'entière vérité, celle que je serai obligé de révéler à la barre.

Et ça, je n'y suis pas prêt.

32

Elsie

– Elsie, t'as pas vu mon escarpin rouge ? demande Milly depuis sa chambre.

– Celui que j'ai jeté à la poubelle ?

– Quoi ?! s'écrie mon amie en accourant dans le salon, sa chaussure brandie dans la main. T'as pas osé ?

Assise au comptoir de notre cuisine, je m'esclaffe. Nous attendons la limousine d'une minute à l'autre. Mark et Milly ont organisé une sorte de fête de préfiançailles. Enfin, quand je dis fête, c'est une orgie qui dure déjà depuis deux jours ici à Oxford avec les anciens potes de Mark, et elle continue ce week-end à Londres avec la bande partie en Karanie l'année dernière.

L'année dernière… J'ai l'impression que ça fait une éternité. Je n'ai pas eu de nouvelles du roi. Presque deux mois… Et ça, c'est encore plus long que l'éternité ! J'ai tout fait pour le chasser de ma tête : étudier à tel point que je me suis endormie en cours, nager des miles et des miles à la piscine, boire des fûts entiers de bière et m'écrouler sur la banquette d'un pub, sortir avec le club des hockeyeurs un soir sur deux (sans coucher avec un seul !)… Milly me dit que j'exagère, Will est ravi que je l'accompagne dans ses beuveries et Keira m'idolâtre de lui avoir présenté les champions de la glace.

Ouais, l'ancienne Elsie est revenue sur le devant de la scène aux yeux de tous. Mais en vrai, maintenant, je suis celle qui se cache.

– Waouh, Milly ! T'es trop belle ! Mark va baiser tes pieds et d'autres parties de ton corps aussi. Cette robe bleue est parfaite pour toi !

Mon amie rougit, elle n'a toujours pas réussi à vaincre sa timidité malgré sa nouvelle notoriété. Elle se protège derrière les gardes du corps quand je ne suis pas là. Sinon, c'est moi qui sers de bouclier entre elle et les paparazzis. Je suis devenue son coach de self-control. Le monde à l'envers ! Avant ce foutoir, c'était Milly qui tempérait mes accès de folie. Aujourd'hui, je suis celle qui calme ses nerfs quand la pression médiatique est trop forte. Mark et moi faisons notre possible pour qu'elle se blinde un peu, mais bon, c'est pas gagné…

– Et toi, Elsie, tu penses qu'Erling va aussi baiser certaines parties de ton corps ?

Milly grimace devant ma moue dégoûtée.

– Elsie, depuis quand n'as-tu pas couché avec un mec ?

Je hausse les épaules, aucune envie de répondre.

– Depuis le roi, n'est-ce pas ?

Je m'accroupis pour lacer mes Converse, je ne suis pas la future princesse alors je peux me permettre de voyager en jean élimé et *sneakers*. Milly me connaît trop bien, je suis dans la merde. Deux escarpins rouges apparaissent devant mes yeux.

– Elsie MacNee !

Je me relève et regarde mon amie prête à m'essorer le cerveau jusqu'à obtenir sa réponse. Elle est peut-être réservée, mais elle ne lâche jamais rien.

– Je me suis bien fait un ou deux hockeyeurs mais tu sais, les beaux mecs musclés, c'est surfait question sexe.

Bordel de putain de merde ! Je continue de mentir à ma meilleure amie !

Milly semble sceptique, alors je ne lui laisse pas le temps de continuer son interrogatoire.

– Allez, ton chauffeur nous attend.

Celui-ci a déjà embarqué mon sac à dos, suffisant pour une nuit, et les deux valises de Milly – ouais, maintenant, elle se déplace avec une garde-robe complète payée par son prince. Je lui prends le coude et l'entraîne hors de l'appartement, sous les objectifs de quelques paparazzis pas toujours très discrets. Pendant le trajet jusqu'à la résidence de Londres des Von Karan, je parle sans arrêt, je raconte tout et n'importe quoi pour empêcher ma copine de revenir au sujet « roi ».

Mon histoire avec lui m'a bousillé les tripes. Je ne suis pas de taille à affronter ses multiples facettes. Peut-être que je suis lâche, ça m'est égal ! Franchement, je n'avais pas d'autre choix que d'en finir avec lui après avoir découvert son incroyable secret. Qu'il ait des types comme Crâne Rasé autour de lui se justifie, mais qu'il soit lui-même un hacker recherché, ça dépasse mon entendement. Cet aspect inexplicable de sa personnalité me terrifie. J'ai effectué des recherches sur lui, enfin plutôt sur son avatar. Très peu d'infos circulent sur le Net ; compilées, elles font à peine une page. Ce Trispik est un lanceur d'alerte qui avertit les polices du monde sur de futurs crimes, des attentats ou des réseaux de trafics en tout genre. Ça pourrait passer pour du civisme, mais les services secrets sont sur les dents à chacune de ses apparitions car ses renseignements sont toujours justes, précis et en avance sur eux, ils le soupçonnent donc d'être un agent double extrêmement dangereux.

Mais bordel, c'est le roi de Karanie ! Pas un quelconque criminel ! Non ! C'est un mec modelé par une éducation stricte, à la rigueur excessive, et à l'écoute de son peuple. Quand il a refermé la porte d'acier sur moi, j'ai compris non seulement que tout était terminé entre nous, mais aussi que j'avais besoin de recul sur notre relation, qui se révèle finalement ne pas en être une.

Plusieurs véhicules sont déjà garés sur Acacia Road, devant la propriété des Von Karan. Mark se précipite sur sa future fiancée quand nous sortons de la voiture mais en public, ils restent tous les deux très discrets niveau effusion. La gouvernante nous accueille avec un sourire plus chaleureux que la première fois. Celle-là, je ne l'aime pas, elle fait des courbettes hypocrites à Milly comme si celle-ci était la reine d'Angleterre. Mon amie ne mérite pas ce dédain déguisé, elle est trop géniale pour avoir à supporter ce genre de flagorneries. Derrière le dos de la vieille, je donne un coup de coude à Aloïse venue nous saluer et enfonce deux doigts dans ma gorge pour imiter une envie de vomir. La timide Anglaise manque de s'étouffer de rire, mais se retient car la gouvernante nous a entendues pouffer.

– Mademoiselle MacNee.

Je me fige aussi sec. Si les autres se sont retournés sur la voix autoritaire, je préfère prendre sur moi avant de le faire. Je croise les yeux soucieux de Milly, elle s'inquiète de ma réaction. J'ai promis de toujours me tenir. Pour elle. Je ne faillirai pas malgré l'effort insurmontable qui m'attend : regarder cet homme en tant que roi de Karanie et non comme Trispik le hacker ou pire, comme mon amant perdu. Je m'oblige à lui faire face avec mon plus beau et mon plus faux sourire.

– Majesté ? Quelle surprise de vous voir ici ! intervient Milly.

Oh ! Béni soit mon ange gardien de me donner des millièmes de seconde supplémentaires !

– Milly ! Je suis content de vous revoir, répond le roi en lui faisant une accolade qui surprend ma meilleure amie. Comment vont vos parents ?

Non, mais c'est quoi ce ton faussement naturel qu'il prend ?

– Très bien, merci.

– Vous permettez que je vous emprunte votre amie ? Quelques détails à régler à propos de ses recherches.

Milly me jette un coup d'œil interrogateur, croyant certainement que je pourrais faire un esclandre. Mais une promesse est une promesse et jamais je ne ferai quoi que ce soit qui puisse lui nuire.

– Aucun problème, Sire, indiqué-je en passant devant lui pour entrer sans sa permission dans son bureau.

Je le sens se raidir quand nous nous frôlons. *Losh*, je me fous de ne pas respecter à la lettre son protocole à la con. Si, chez lui, le roi entre en premier dans une pièce, chez moi, on est galant : d'abord les femmes. Et je l'emmerde s'il pense que je ne suis qu'une étudiante mal élevée de 23 ans et non une des femmes mûres et politiquement correctes dont il a l'habitude !

Il ferme la porte derrière lui puis s'appuie dessus, la main sur la poignée. Il croit quoi ? Que je vais m'enfuir en courant ? Il n'aurait pas tort, j'ai aussi l'option de la fenêtre qui donne sur la rue.

– Tu veux encore t'enfuir ? s'enquiert-il, contrarié.

– Je n'exclus pas cette idée, répliqué-je avant de lui faire face. Tu as décidé de recommencer à me traquer ?

Sa pomme d'Adam, visible par l'encolure de sa chemise blanche ouverte, monte et descend dans son cou.

Ouais, il n'y a jamais renoncé à mon avis...

Il a remonté ses manches sur ses avant-bras, sa cravate bleu foncé est négligemment desserrée autour de son col et il s'est fait couper les cheveux. Il est encore plus beau qu'avant.

Losh, comment c'est possible ? Ou alors, c'est moi qui craque un peu plus à chaque fois que je vois un bout de sa peau…

J'ai tapé dans le mille : il est là pour moi, la détermination dans ses yeux plissés en témoigne. Et moi, je ne veux pas être là pour lui.

Enfin, si… Un peu quand même… D'accord ! Beaucoup !

– Putain, Darian ! Qu'est-ce que tu fais à Londres ? Je ne serais jamais venue si j'avais su que tu étais là ! Tu m'as encore tendu un piège ? Faut que t'arrêtes !

– J'ai besoin de ton aide, lâche-t-il d'un ton grave.

– Pour faire des recherches historiques, appelle un historien diplômé, tu dois bien avoir ça dans ton interminable carnet d'adresses.

Il se plaque contre la porte, ses mains sur la poignée. Une crainte m'étreint la gorge, il est dans le même état que lors de ce fameux week-end à Letaspok : au bord de l'effondrement. Je remarque alors ses traits tirés, il a maigri et ses yeux acier sont traversés par la tourmente.

– J'ai besoin de toi, reprend-il, les mâchoires serrées.

– Pour quoi faire ? Même dans tes phrases, tu restes mystérieux, Darian. Tu ne vas pas bien et la raison ne me regarde sûrement pas, mais si tu veux que je t'aide, explique-toi clairement.

– C'est compliqué…

Je lève les bras au ciel. On n'y arrivera jamais !

– Ton frère et toute la bande m'attendent. Donc soit tu craches le morceau, soit je m'en vais !

– Tu me mets encore au pied du mur !

Nous nous défions du regard, aucun de nous ne veut céder. Lui parce qu'il est un souverain en charge du gouvernement de son pays, moi parce que je n'ai jamais eu peur de me heurter à un homme, roi ou pas !

Il se tient raide et tendu, les mains dans le dos. Sa posture royale lorsqu'il veut s'imposer. Il suit le chemin de mes yeux vers ses mains. Il prend une profonde inspiration et les ramène devant lui.

OK, ce geste peut paraître anodin mais il ne l'est pas du tout. Mon visage se détend et je reporte mon attention sur ses yeux moins tempétueux. À moi maintenant... J'avance d'un pas vers lui, pas assez pour le toucher mais assez pour voir ses mâchoires tressauter.

– Parle-moi, Darian.

Il a un mouvement de recul et se retient de remettre les mains dans le dos.

Losh, il a des automatismes de protection difficiles à vaincre !

– D'abord, commence-t-il avec fermeté, dis-moi si tu es venu à Londres pour coucher avec de Harsem ? Je sais que tu as fréquenté des hockeyeurs ces derniers mois et...

Losh ! Il a bien continué à surveiller mes moindres faits et gestes.

Je m'appuie de nouveau sur la bibliothèque, les bras croisés. J'hésite entre l'étrangler ou rire de ses sous-entendus.

– Et tu penses que j'ai baisé l'équipe entière ?

– Euh... Non... Mais...

Putain, c'est la première fois qu'il balbutie devant moi ! Et je fais ma peau de vache : je le laisse ramer, je me tais, dans l'attente d'une vraie explication.

– Tu ne comptes pas m'aider, là ? demande-t-il, vexé.

Je secoue la tête.

– OK, continue-t-il, les mains levées en signe de paix. J'outrepasse mes droits en te demandant des comptes. Si tu veux être avec de Harsem, je ne peux pas m'y opposer...

– Je n'ai été avec personne depuis Letaspok, Darian.

Il joint ses belles mains devant sa bouche et prend une grande aspiration avant de souffler dans ses doigts. Je fronce les sourcils : c'est quoi cet air soulagé qu'il a tout d'un coup ?

– Pourquoi ai-je l'impression que tu ne veux pas que je couche avec quelqu'un d'autre ?

– Parce que c'est le cas.

Sa franchise me scotche complètement. Je me désespère du son angoissé de la voix qui sort ensuite de ma bouche.

– Et si je te demande la même chose, tu le feras ?

– Je ne désire que toi, Elsie. Je suis incapable d'être avec une autre femme.

Il ne me touche pas, mais ses yeux remplis de sincérité font couler sur moi des billes d'acier en fusion. Cette conversation prend une tournure inattendue. Son aveu me fait littéralement fondre et je suis même prête à prendre le risque de disparaître dans les flammes si ça me permet d'être un peu avec lui.

Je sais, je suis maso.

Je fais un autre pas vers lui. Je pose ma main à la base de son cou et la descends doucement dans l'échancrure de sa chemise. Sa peau brûle le bout de mes doigts, je sens sa respiration s'accélérer, pourtant il ne bouge toujours pas.

Il me laisse l'initiative ?

Je me mords les lèvres car si j'écoutais mon intimité, je serais déjà nue et offerte à ses caresses.

Losh, depuis quand suis-je aussi raisonnable ?

Je remonte mes yeux vers les siens, nous avons envie l'un de l'autre mais nous ne pouvons pas faire attendre trop longtemps le reste du groupe. Je redescends ma main le long de mon corps, dépitée de devoir calmer ma fièvre intérieure. Il me la rattrape et la repose sur son torse.

– Reste avec moi ce soir.

– Darian… C'est impossible, tu le sais… Tu ne peux pas risquer ta réputation avec moi, et…

Il me lâche, puis, d'un pas décidé, sort du bureau. Intriguée, je le suis dans le couloir jusqu'au salon où notre bande bavarde avec animation, avec la voix de Rafaëlla qui domine celles des autres. La pouffiasse s'arrête dès l'apparition du roi. Elle a une main sur la cuisse de James, qu'elle ôte aussitôt, et ses yeux démontrent un appétit sexuel non déguisé pour Darian.

Je lui arracherais volontiers ses globes noirs à la petite cuillère...

Le groupe s'est immédiatement tu, Milly me lance un regard interrogateur. Je hausse une épaule, je ne sais pas non plus ce qui se passe.

– J'espère que vous passez un bon après-midi, commence Darian.

Chacun y va de son petit commentaire. Bien sûr qu'ils sont contents d'être là ! Ils forment le club le plus élitiste des étudiants d'Oxford. Évidemment, j'exclus ma meilleure amie du lot. Je suis injuste, certains sont sympas. Mark et Aloïse par exemple, mais quand je stresse, mon esprit marche à contresens.

– Mark vous a prévu un programme sympathique, continue Sa Majesté. Mais Mlle MacNee ne se joindra pas à vous, j'ai besoin d'elle ici.

Rafaëlla me tue mentalement, Erling est déçu, néanmoins, comme les autres, il n'ose émettre un commentaire. Quant à Mark et Milly, ils sont plus que surpris de la décision royale qui porte à spéculation.

Je suis dans la merde !

Le prince se lève et enjoint à sa future fiancée de faire de même. Les frères n'ont pas besoin de se parler pour se comprendre. Mark donne le signal pour partir et nous laisser seuls. Milly me murmure dans l'oreille avant de quitter la résidence :

– Tu sais ce que tu fais au moins ?

– Pour une fois, je n'y suis pour rien.

Elle me tient à bout de bras : nous pataugeons l'une et l'autre dans une totale incompréhension.

– Prends soin de toi. Et de ça, dit-elle en tapant sur mon cœur.

Maintenant qu'ils sont partis, je me demande bien ce qui va rester de moi à la fin de la soirée. J'ai soudain une envie furieuse de nager mille longueurs pour évacuer mon angoisse.

Quand je me retourne, Darian, appuyé contre le mur du couloir, m'observe, les mains dans les poches de son pantalon noir. Mes épaules s'affaissent : comment un homme aussi royalement sexy peut-il s'intéresser à moi ? Un autre mystère qui l'entoure, et peut-être le plus important…

– Tu as pris cette décision trop rapidement, lui assené-je, pas contente non plus qu'il ne m'ait pas consultée avant.

– Je ne prends jamais de décision à la légère, Elsie.

– Ouais, enfin là, c'est pas l'impression que j'ai… Ils vont se poser des questions.

Il balaie d'un geste de la main ma réflexion.

– Ce n'est pas grave. Je t'ai dit que j'avais besoin de ton aide. Je veux que tu viennes avec moi à Letaspok ce soir.

J'ouvre la bouche pour parler puis la referme devant son air sérieux. Il ne plaisante pas, n'est-ce pas ? Bien sûr que non ! Il ne sait même pas comment faire !

– Non, mais ça ne va pas ! As-tu pensé aux conséquences ? Parce que je suis sûre que cette garce de Rafaëlla s'empressera de le raconter à la presse si ça s'apprend !

– Ça m'est égal.

– Comment ça, ça t'est égal ? T'as perdu la tête ou quoi ? m'écrié-je, en stress total.

Il s'approche de moi, prend mon visage entre ses mains et se penche vers mes lèvres.

– Ça m'est égal que le monde entier sache que j'ai une petite amie.

Je sens mon sang quitter mon visage et même mon cerveau. J'ai mal entendu, c'est pas possible ! Il ne peut pas vouloir ça…

– Qui te dit que je veux l'être? répliqué-je.

Il a alors un franc sourire, celui qui a le don de réchauffer mon cœur, sans calmer pour autant la grosse peur qui l'écrase à cause des lourdes conséquences de mes prochaines décisions.

– Parce que ton corps le dit, parce que tes magnifiques yeux verts le disent et parce que ton adorable visage en cœur le dit aussi. Maintenant, je voudrais que cette bouche qui me hante jour et nuit approuve haut et fort.

Mon cerveau danse autour d'un feu de joie, brûlant au passage mes doutes sur la suite des événements. Je passe mes bras autour de son cou.

– Oh, Votre Majesté demande mon approbation? Une première dans l'histoire!

– Elsie, gronde-t-il.

Je redeviens sérieuse.

– Pourquoi?

Qui a dit que j'étais une fille facile à vivre? Il se détache de moi, passe nerveusement ses mains dans ses cheveux blonds et hoche la tête.

– Parce que maintenant, c'est possible.

– Qu'est-ce qui a changé?

– La raison se trouve à Strasa, c'est pour ça que je veux que tu viennes avec moi.

– Explique-moi ici, ce n'est peut-être pas la peine de faire un voyage pour rien.

Il regarde autour de lui, lève les yeux vers les moulures du plafond et secoue – encore – la tête.

– Pas dans cette maison. C'est ici que tout a commencé. Je ne peux pas.

Mon feu de joie intérieur est éteint d'un coup par une douche froide, il cherche à me cacher sa souffrance. Il est prêt à exposer au monde son intérêt pour moi mais pas à me montrer ses états d'âme. Il regarde sa montre et me dit :

– Nous partons dans trente minutes. Veux-tu manger quelque chose avant ?

– Tu avais déjà tout planifié ? m'exclamé-je. Et si je ne veux pas venir ?

– Je ne te demande pas de prendre en charge mon royaume. Juste d'alléger ma pression personnelle. Car j'ai besoin de toi pour affronter ce qui m'attend à Strasa.

– Pourquoi moi ? Mark ne peut pas t'aider ?

– Surtout pas lui ! Il faut absolument qu'il reste éloigné de cette merde !

Alors là, je suis étonnée de sa réaction : qu'y a-t-il de si grave que son frère ne puisse pas l'aider ?

– Dans mon entourage, personne ne peut être neutre sur… sur ce sujet. Et ce sera encore moins le cas quand la vérité éclatera, mais aucun n'osera faire de commentaire. Alors que toi…

– Alors que moi, je ne me gênerai pas pour te dire le fond de ma pensée.

– Oui. Tu te moques que je sois roi et dans ce cas précis, c'est tout ce dont j'ai besoin.

Il se décolle de la porte et m'entoure la taille d'un bras tandis que sa main caresse mes cheveux.

– J'ai besoin de ça aussi.

Et il m'embrasse. Que pensez-vous que je fasse ? Je crie intérieurement « merci » et réponds immédiatement car je suis en manque total de ses baisers. Depuis une heure, il me répète qu'il a besoin de moi, la réciproque est vraie. Je glisse mes mains dans le col de sa chemise pendant que je lui dévore la bouche. Si le concept de « petite amie » – en clair, la notion de partage – lui est inconnu, en revanche, il sait exactement comment me rendre dingue. Je me frotte à lui et nous gémissons ensemble de frustration. Nous n'avons pas le temps d'assouvir notre envie l'un de l'autre, mais je prendrai ce que je peux, alors j'enroule ma cuisse sur la sienne. Il attrape mes fesses puis me plaque encore plus contre son érection. Il grogne en me penchant en arrière, ses lèvres descendent dans mon cou puis remontent derrière mon oreille, ce qui me provoque plusieurs vagues de frissons. Ses dents viennent ensuite mordiller mon lobe. Il attise mon désir, il joue avec et je râle de devoir stopper quand son téléphone vibre dans sa poche de pantalon. Il se redresse et, sans me lâcher, il éteint la sonnerie. Il pose la main sur ma joue, caressant ma bouche de son pouce.

– Seigneur, ces lèvres ont un pouvoir magique.

33

Darian

Il fait nuit quand nous atterrissons en Karanie. Je respire avec bonheur la végétation méditerranéenne qui embaume l'air, Londres ayant été plongé plusieurs jours dans un *fog* pollué qui agresse les narines.

Ou est-ce parce qu'elle est à côté de moi que je respire mieux?

Elsie m'a subjugué dès que j'ai fait sa connaissance par sa passion pour l'histoire, sa nature joyeuse, son attachement à ses amis. La preuve qu'elle m'a pris dans ses filets: je lui ai rapidement accordé ma confiance, une vraie gageure avec mon caractère soupçonneux. Je ne le regrette pas, elle n'a rien dévoilé de notre relation si atypique. Elle s'est insinuée dans ma bulle petit à petit, bousculant mon équilibre et paradoxalement, j'ai l'impression qu'elle m'a remis sur mes deux pieds. Donc voilà où j'en suis maintenant: pour la première fois de ma vie, j'ai une petite amie!

Devant la porte du jet, j'ai eu un réflexe d'adolescent, je l'ai prise par la main avant d'emprunter l'escalier, mais elle l'a retirée aussitôt. Elle ne veut pour l'instant aucun battage médiatique sur nous deux, ça me convient parfaitement tant que j'ai l'exclusivité sur son corps.

Nous restons donc très discrets pendant le trajet, le protocole quatre étant appliqué autour de nous. Il consiste en une surveillance maximale sur un rayon d'un kilomètre, tant pour la sécurité que pour la presse. Personne n'est autorisé à nous approcher à moins de cent mètres. Mes agents ont millimétré chaque partie de notre parcours. Certes, le risque zéro n'existe pas, cependant un maximum de paramètres sont pris en compte. En principe, ce protocole est utilisé lorsqu'il y a un danger potentiel, mais aujourd'hui, je l'ai demandé pour Elsie et lui éviter d'être sur les réseaux sociaux dès notre descente d'avion.

Je ne sais pas comment l'idée que notre relation soit dévoilée au grand jour est devenue un mal nécessaire. Je me suis réveillé mardi après avoir dormi à peine trois heures, la tête sur le bureau du bunker, avec la certitude qu'elle était la solution à mes problèmes. En dehors du fait que je fantasme sur son corps même éveillé, elle a le pouvoir de rendre mon sommeil paisible. Quand elle est là, je redeviens la personne que j'étais avant le drame. Certes avec quelques tocs et quelques rides en plus, mais le poids de mes responsabilités semble s'alléger grâce à ce tourbillon d'énergie et ce brin d'insouciance qu'elle diffuse dans son sillage. Conclusion : si, pour l'avoir à mes côtés et continuer à ressentir ce fil tenu de légèreté disparu lors du drame, je dois accepter de révéler la vérité sur nous, je suis prêt à le faire puisqu'elle n'aime pas se cacher. Or, a priori, je me suis trompé, elle ne veut rien dire. Et ça m'intrigue.

Je l'aide à descendre du bateau pendant qu'Alfio l'attache à l'embarcadère de Letaspok.

– J'ai réfléchi à ton refus d'étaler notre liaison en place publique. Je n'ai rien contre pour l'instant, mais est-ce que ce ne serait pas en rapport avec des parents antimonarchie ?

Le regard noir qu'elle me jette me le confirme. Pour la première fois depuis longtemps, j'éclate de rire.

– Elsie MacNee ! Tu n'as pas peur des hordes de journalistes, mais tu as peur de tes parents !

Sous les yeux ahuris d'Alfio et de Janov qui s'occupent des bagages, elle me donne un coup de coude dans le ventre.

– Ça se voit que tu ne les connais pas ! Crois-moi, si tu te retrouvais face à ma mère, tu ferais moins le malin.

– Bah, ça ne peut pas être pire que la fille.

Elle se retourne et me toise du haut des marches, la moue boudeuse. Seigneur, qu'elle est adorable dans la clarté de la lune ! J'ai hâte de l'avoir nue dans mon lit. Enfin, avant j'ai la discussion de ma vie à avoir avec elle…

Mon chef a préparé des genres de tapas qu'Elsie mange avec plaisir, accompagnées d'un verre de vin d'Ice, tandis que Janov s'occupe de mes valises. J'ai orienté notre conversation sur ses études dont elle parle avec enthousiasme. Elle se passionne pour tout et je ne me lasse pas de l'écouter : son énergie inépuisable et sa sincérité naturelle transparaissent dans chacun de ses mots. Il n'y a qu'avec elle que je me sens normal, sans mon pesant fardeau de monarque sur les épaules ; je peux lui dévoiler mes propres opinions en toute confiance et surtout sans aucun filtre, ce que je ne m'autorise jamais. Je fais tourner le liquide rouge foncé avec lenteur et observe la robe couler doucement le long du cristal. Je connais maintenant l'appréhension qu'on a avant de sauter dans le vide. Dix-sept ans que je repousse ce moment fatidique. Dix-sept ans que j'occulte une partie de mes souvenirs pour ne pas souffrir. Mais quand je regarde dans le vert émeraude des yeux d'Elsie, je sais qu'elle m'accueillera à la réception.

Enfin, je l'espère.

– J'ai terminé de ranger vos bagages, Majesté. Avez-vous encore besoin de mes services ?

– Non, merci, Janov. À demain.

– Bilka m'a demandé de vous repréciser que votre rendez-vous est à huit heures.

– Je ne crains pas d'oublier celui-là, répliqué-je avec raideur.

Mon majordome se pince les lèvres. Je m'en veux de l'avoir rabroué sans raison. Je me rattrape avec un plus d'allégresse.

– Je vous souhaite une bonne soirée, Janov.

– Bonne soirée, Ludwig ! s'exclame fort Elsie en agitant la main.

Janov lui rend son sourire. Cette fille a le don de ramener la joie dans une pièce en un claquement de doigts. Et d'y mettre le bazar ! Son sac à main, une chose immonde qui semble venir d'une poubelle, traîne sur le sol, son manteau coloré pend à moitié sur une chaise de mon designer anglais préféré et son écharpe orange est coincée entre deux coussins de mon sofa. Elle bouscule mon univers de maniaque.

Elle prend une pomme dans la corbeille et croque dedans. Comment fait-elle pour rendre un fruit aussi sensuel ? Ses yeux verts s'amusent de la torture qu'elle m'inflige, elle voit bien que j'essaie de contrôler mon envie d'elle. Avec mon pouce, j'essuie un peu de jus de pomme resté sur sa lèvre inférieure et je suis enchanté de constater qu'elle arrête alors de respirer.

Elle est ma faille depuis le premier jour, celle qui révolutionne mon univers.

Mais je veux m'en tenir à mon programme. Je veux qu'elle accepte ma proposition en toute connaissance de cause, donc pas question que je fausse son jugement en lui sautant dessus maintenant.

– Suis-moi, lui demandé-je en évitant d'avoir mon ton autoritaire habituel.

Je sens sa réticence, mais elle m'obéit. Devant la porte d'acier, je tape le code d'ouverture sans le lui cacher malgré ce que cela implique : j'autorise une personne étrangère, dans tous les sens du terme puisqu'elle est britannique, à pénétrer dans mon QG. Je descends quelques marches mais elle ne me suit pas.

– Elsie ?

Elle penche la tête sur le côté.

– Tu vois, là, je suis en train de peser le pour et le contre, explique-t-elle. Parce que si j'entre là-dedans, je ne suis pas sûre d'aimer ce que je vais voir et franchement, je ne sais même pas si j'en ai envie.

– Ce que tu risques de ne pas aimer, c'est ce que je vais te dire, pas ce que tu vas voir.

Elle prend une grande bouffée d'air et descend l'escalier comme si elle était en apnée dans une piscine. Les lumières encastrées de la salle s'allument automatiquement. Les murs sont en acier trempé et le sol en béton noir. Sur mon immense bureau en U, trois ordinateurs, chacun doté d'un double écran. Derrière, des rangements intégrés, et de l'autre côté, un mur d'écrans et un canapé où je dors le plus souvent. Enfin, quand j'y arrive.

Elsie reste sur la dernière marche, elle frotte ses avant-bras de ses mains comme si elle avait froid. L'humidité et la basse température sont constantes dans cette pièce, ça peut expliquer ses frissons, mais elle n'est visiblement pas à l'aise ici.

– Assieds-toi sur le canapé. Tu veux boire quelque chose, un café ? un thé ?

– Un whisky sans glaçon, répond-elle. Je crois que je vais en avoir besoin.

Elle replie ses jambes sous elle en se calant sur les coussins. Elle inspecte la salle dans les moindres détails. Je comprends pourquoi son travail de recherche était aussi intéressant, elle fouille au fond des choses… Dans mon âme aussi.

Je lui sers un whisky japonais, édition limitée. Je suis sûr qu'elle l'appréciera. Je prends un fauteuil et le pose au milieu de la pièce pour m'asseoir face à elle. Je préfère ne pas être trop près de ce corps qui m'obsède. Et qui a le don de me relaxer un peu avant que je ne me lance dans mon périlleux discours minutieusement préparé. Les mains moites sur mes genoux, je commence :

– Cette salle est complètement sécurisée.

– Tu t'en sers pour votre société de jeux vidéo.

– Elsie ! Si tu m'interromps toutes les cinq secondes, je n'y arriverai jamais ! m'exclamé-je entre mes dents.

– OK, OK.

Les doigts crispés sur mes rotules, je reprends avec un affreux stress dans la poitrine :

– J'ai fait construire ce bunker deux ans après mon couronnement.

– Un euphémisme, murmure Elsie, en parcourant des yeux mes écrans.

Je ne relève pas, pressé d'en finir :

– Mon pays avait alors une économie fondée essentiellement sur le tourisme, mais je voulais lui donner d'autres opportunités d'ouverture. J'ai favorisé l'implantation de sociétés tournées vers les nouvelles technologies et créé en même temps avec mes collaborateurs une start-up de jeux vidéo. Qui est vite devenue une grosse entreprise cotée en Bourse. Tu as vu notre nouveau jeu, pas encore commercialisé, celui que Mark a prêté à vos amis.

– C'est vous qui l'avez créé ?! Waouh ! Les mecs l'adorent ! Bravo.

– Merci. Les dividendes de cette société sont reversés à diverses associations de notre pays ou nous servent pour financer des projets, notamment dans l'éducation. Voilà pourquoi celui de Milly s'intègre parfaitement à nos démarches commencées il y a plusieurs années.

– Vous pouvez être fiers de vous.

L'admiration que je lis dans son regard me va droit au cœur. Pourtant, je suis habitué aux remerciements pour nos actions, mais l'avis d'Elsie est devenu primordial pour moi. Tout ce qu'elle dit a de l'importance, d'où mon anxiété… Je ne tiens plus assis, je me mets à marcher, les mains derrière le dos.

– Mais je poursuivais aussi un autre but en créant cette pièce. J'ai installé un ordinateur super puissant qui me permet de traquer les criminels dans toutes les sphères d'Internet. J'ai mis en place un système de sécurité inviolable, unique au monde. Et…

Je m'arrête et la regarde droit dans les yeux.

– J'ai fait tout ça d'abord pour trouver une personne.

Elle change de position et avale une gorgée de whisky. Le plus dur est à venir…

– Qui c'est? demande-t-elle.

– Lee Davis, alias The Last. Le meilleur ami de mon frère aîné.

Je me remets à marcher en long et en large, des images plein la tête. Ernest et Lee faisant de l'aviron à Oxford, ou à un match de foot de Chelsea. Avant. Avant que tout ne dérape.

– Ernest et Lee étaient inséparables. Au début, personne dans ma famille n'a vu que leur complicité était malsaine. Moi, j'étais un ado plongé dans ses ordinateurs, et puis les activités de mon frère destiné à devenir roi ne m'intéressaient pas. Ma mère était souvent à Londres. Avertie par un professeur de certains faits, elle a commencé à s'inquiéter des idées radicales de Lee et de son côté manipulateur. Ernest et lui étaient entourés d'un groupe de personnes qui leur étaient entièrement dévouées. Après mûre réflexion, mes parents ont décidé de retirer Ernest d'Oxford et lui faire terminer ses études en Karanie.

Seigneur, que c'est difficile! Je m'écroule sur le fauteuil, j'ai chaud, alors j'enlève mon pull. Je surprends un petit sourire charmeur sur les lèvres d'Elsie qui fait réagir mon entrejambe. Je déforme mon pauvre tricot en cachemire sur mes genoux pour me contenir, ce n'est pas le moment d'avoir une érection!

– Tu t'entendais bien avec ton frère?

Sa question me détourne heureusement de la tentation qu'elle représente.

– Oui, ça allait, mais nous étions très différents et puis il avait quatre ans de plus que moi, ça compte à cet âge. J'étais surtout proche de mes sœurs, nous n'avions qu'un an d'écart.

Je baisse la tête, parler des jumelles est pire que tout. Je ferme les paupières un instant pour échapper aux images terrifiantes de mes sœurs.

– Darian.

Elsie est à genoux devant moi, elle a posé les mains sur mes cuisses. Sa chaleur me fait du bien.

– C'est bon, marmonné-je. Bref, quand Ernest est revenu à Letaspok, il avait beaucoup changé. Il était irascible, autoritaire, voire tyrannique. Tout le monde devait être à ses ordres, il voulait même destituer mon père, prétendant qu'il était trop laxiste dans ses décisions.

– C'est pour ça que tu ne veux pas qu'on te traite de tyran?

Je hoche la tête.

– Oui. Je refuse d'être comme lui. Mon modèle, c'est mon père. Certainement pas Ernest! Je ne sais pas s'il avait des prédispositions à la folie, quoi qu'il en soit, il devenait chaque jour un peu plus hargneux. On aurait dit qu'il était en manque d'une drogue. J'ai compris bien plus tard que c'était le cas. Lee était sa drogue. Par ses paroles manipulatrices, il avait profondément endoctriné Ernest. Ils communiquaient par Internet. Lee est aussi très doué en informatique. Et puis à l'époque, nous n'avions pas assez de recul sur les répercussions pernicieuses des nouvelles technologies et des réseaux sociaux. Nous n'avons rien vu venir.

Je soulève Elsie pour la mettre sur ses pieds et la pousse à s'asseoir à nouveau sur le canapé. Pour garder l'esprit clair, je ne peux pas la toucher plus. Je prends son verre et bois d'un coup le reste de son whisky. Il me brûle l'œsophage, mais ce que je m'apprête à dire est un bûcher sur ma langue.

– C'était le jour de la fête des Mères, en juin. Il faisait très chaud. Ma mère préférait déjeuner en famille dans la salle à manger climatisée. Nous en étions à son plat préféré, les brochettes marinées au paprika, quand Ernest a commencé à s'énerver contre mon père ; ma mère essayait de le calmer mais il hurlait de plus en plus fort ; il disait renier son héritage, qu'il voulait être un souverain puissant, traitant le roi de faible. Et puis soudain, il a sorti une arme cachée dans son dos et l'a braquée sur ma mère. Il avait prévu son coup, la détermination se lisait sur son visage, il ne tremblait pas et ses yeux étaient froids comme de la glace. Ma mère a crié qu'il faisait peur à nos sœurs qui se cramponnaient l'une à l'autre. Mon père a compris le danger avant tout le monde, il s'est jeté en travers de ma mère quand mon frère a tiré.

– Oh, mon Dieu ! s'écrie Elsie, les deux mains sur sa bouche.

Des tremblements remontent dans mes jambes, j'ai mal partout, je sens encore dans mes narines l'odeur métallique du sang qui s'est répandu en quelques secondes sur l'ensemble haute couture de ma mère.

– La balle tirée à bout portant a traversé mon père et le cœur de ma mère. Ils sont morts ensemble. Moi, j'étais pétrifié sur ma chaise, incapable de bouger. Quand il s'est retourné vers mes sœurs…

Dix-sept ans après, les larmes coulent enfin. Chaudes, humides, salées. Affreusement douloureuses, chacune étant un pieu dans mon cœur lacéré depuis ce jour fatal.

Elsie m'attrape les mains dans mon dos et les tient dans les siennes.

– Continue, m'encourage-t-elle.

– C'est ma faute, Elsie. Je n'ai pas compris.

– Compris quoi ?

– C'est ma faute, tu m'entends?! Je n'ai pas compris qu'Ernest était vide à l'intérieur. Plus rien ne comptait pour lui à part Lee. Il a tiré sur Aneli et Danka ! Il a tiré sur mes sœurs ! Il les a tuées et je n'ai pas bougé !

Elsie se mord les lèvres, elle est devenue blanche. Comprend-elle enfin que je ne suis qu'un gros lâche, indigne de ma famille?

– Où était Mark?

– Parti chercher la carte qu'il avait dessinée avec l'aide d'Aneli pour ma mère.

Parce que Aneli était si douée pour le dessin…

– Quand il a entendu du bruit, il s'est mis à courir vers la salle à manger, poursuis-je d'une voix lasse.

– Pourquoi Ernest ne vous a pas tués?

Oui, pourquoi ne suis-je pas mort ce jour-là ? Question qui me hante et m'obsède.

D'un geste brusque, je libère mes mains et les passe sur mon flanc gauche, la douleur de mes chairs déchirées est encore là.

– Quand j'ai vu la poignée bouger, j'ai su qu'Ernest n'hésiterait pas. J'ai couru et plongé devant Mark en le repoussant dans le couloir quand la porte s'est ouverte. Mais je me suis pris deux balles. Après, je ne sais que ce qu'on m'a raconté. La sécurité a débarqué à ce moment-là, mais Ernest s'était déjà tiré une balle dans la tête.

Je ne supporte pas de la regarder en face, j'ai cru que je pourrais mais non, je peux à peine me voir dans un miroir. J'étouffe comme à chaque fois que le drame de ma vie me revient en mémoire. C'est-à-dire très souvent. Je sors précipitamment de mon bureau et remonte en courant au salon, j'ai un besoin urgent d'air frais. J'ouvre une baie vitrée et m'accoude sur la rambarde de la terrasse, la tête dans mes coudes. Elsie a raison, je ne vais pas bien du tout et n'ai aucune idée de la manière dont je pourrais guérir. J'ai l'impression de vivre dans une boucle temporelle depuis dix-sept ans.

– Tu t'en veux de ne pas avoir sauvé tes sœurs, n'est-ce pas?

Je fixe les rochers gris en contrebas qui m'attirent comme à chaque fois que je les regarde; je suis incapable de me retourner et de lui avouer ma lâcheté:

– Oui.

La boule dans ma gorge a encore grossi et mes yeux sont gorgés de larmes que je tente, en vain, de retenir. Je frappe de rage plusieurs fois le marbre d'un blanc presque pur de la rambarde. À mon âge, on ne pleure plus!

– Tu crois vraiment que tu aurais pu les sauver?

Écœuré par sa question, je bondis pour lui faire face. Intuitivement, elle me laisse assez d'espace pour hurler ma peine, elle se tient à plus de deux mètres de moi. Ma souffrance explose dans ma bouche.

– OUI! J'aurais dû les sauver! Elles n'avaient que 17 ans! 17 ans, bordel! Et toute la vie devant elles. J'aurais dû mourir à leur place, tu m'entends! Mourir! Mais pas elles!

Je remarque alors le visage ravagé par les larmes d'Elsie, elle partage ma douleur. Ce n'est pas ce que je voulais…

Qu'est-ce que je veux vraiment?

Mes phalanges agrippent la pierre froide, je réalise ce que j'attends d'elle: une condamnation à mort. Qu'elle me dise que je suis un homme méprisable, que je ne mérite pas ma place dans ce monde.

Que je ne vaux pas mieux que The Last!

Elsie tire sur ses manches. Elle est ébranlée, mais en même temps, elle m'observe me débattre dans mon désespoir avec une certaine sérénité.

– Comment pouvais-je après ça me montrer en public? Je ne me suis pas levé pendant que mon fou de frère massacrait sa propre famille!

– Mais ensuite, tu t'es occupé de Mark et de ton pays.

– Évidemment, lui réponds-je en haussant les épaules. C'était mon rôle. Ça l'est toujours.

Appuyée contre l'encadrement de la porte, elle reste silencieuse quelques minutes. Elle porte un jean troué aux genoux et un sweat fuchsia, la tenue d'une étudiante de son âge. Si loin de mes critères féminins habituels. Pourtant, dans la lumière tamisée du salon derrière elle, je la trouve sublime, parce que son côté simple et sans complexe est une véritable bouffée d'oxygène dans mon univers aseptisé ; elle me rattache au sol, moi qui vis depuis si longtemps perché sur mon trône. Ses sourcils se froncent et elle se mord le coin de la lèvre inférieure, ce qui provoque aussitôt une puissante chaleur en moi.

Sait-elle à quel point elle est excitante en faisant ça ?

– J'ai une question, lâche-t-elle d'un ton très sérieux.

Intrigué, je croise les bras. Je suis impatient d'avoir son verdict alors que des sueurs froides descendent le long de ma colonne vertébrale. Elle recommence à triturer ses manches, elle est nerveuse. Et moi aussi.

– Ça a duré combien de temps ? demande-t-elle.

– Je ne comprends pas ta question.

– Combien de temps a duré la fusillade ? Tu m'as dit que ton frère était déterminé et que son acte était prémédité. Il a donc dû prendre amplement son temps pour apprécier son geste.

– Non. C'était très rapide. Il n'a pas hésité une seconde, il a vidé son chargeur en…

Mes mains en prière sur ma bouche sont glacées. Je suis à nouveau secoué de forts tremblements, réalisant petit à petit où elle veut en venir. Elle m'oblige à faire face à la vérité, la seule et l'unique à laquelle j'ai toujours refusé de me confronter à cause de mon immense sentiment de culpabilité. Les images ont toujours défilé au ralenti dans mes cauchemars. Elles sont si nettes que le temps semble s'y être figé, chaque millième de seconde durant une éternité. Je sens encore mon corps se tétaniser sur ma chaise et mon cerveau se noircir. Je sens l'odeur du piment supplantée par celle du sang et mes oreilles n'entendent que les souffles de vie de mes sœurs s'amenuisant dans un râle d'agonie. Seul l'appel rempli d'angoisse de Mark m'a permis de me secouer.

– Mark a crié « maman », murmuré-je, la gorge sèche.

Le film de cette journée maudite s'arrête souvent à Aneli, la tête sur mon épaule et sa belle robe jaune devenue rouge. Mais ce soir, la main froide d'Elsie sur ma joue me ramène dans la réalité. Ce n'est pas, pour une fois, mon cri retentissant dans la nuit après un énième cauchemar.

– Darian, tu n'as pas eu la possibilité de réagir à temps. Quand quelqu'un est déterminé à tuer, il n'hésite pas. Je ne croirai jamais que tu as été assez lâche pour laisser ton frère massacrer ta famille sans rien faire. Tu as sauvé Mark !

– Je n'ai rien vu venir, Elsie.

– Oui, mais tes parents ou tes sœurs non plus. Comment imaginer que quelqu'un de sa propre famille est capable d'un tel acte ? Personne ne le peut.

– Il y a eu des signes avant-coureurs.

– C'est toujours ce qu'on se dit après un drame. Pourquoi je n'ai pas fait ci, pourquoi je n'ai pas dit ça. Ou pas vu le problème, et la culpabilité ronge les survivants.

À 23 ans, Elsie se révèle plus lucide que moi. Embourbé dans ma souffrance, je ne me suis jamais posé les bonnes questions sur le drame, je me suis persuadé tout au long de ces années que j'étais le seul coupable, faute de n'avoir su réagir, Lee étant l'instigateur de leurs assassinats.

– En plus, ton frère s'est suicidé, Darian. Ça aussi, il faut que tu le digères, parce que tu n'auras jamais sa version des faits, continue-t-elle.

Ça non plus, je ne l'ai jamais admis. J'ai toujours refusé de porter le deuil d'Ernest et cela, je le jure, jusqu'à ma mort. Mais il est clair que j'ai toujours voulu au fond de moi savoir ce qui l'avait vraiment motivé ou s'il avait aussi des obsessions morbides.

– Lee connaît la vérité. Et je veux qu'il paie devant la justice de mon pays !

Ce psychopathe est la clé de mes insomnies. Le problème est que je ne suis pas certain de vouloir découvrir ce qu'il y a derrière la porte.

– C'est pour ça que j'ai besoin de toi demain, Elsie. Je voudrais que tu sois avec moi lors de son interrogatoire.

34

Elsie

Choix difficile. Est-ce que je veux vraiment être mêlée à cette affaire ? Les frères Von Karan ont vécu un truc horrible. Je n'ose même pas imaginer une seconde ce qu'ils ont pu traverser. Comment Darian a-t-il pu gérer autant de problèmes en même temps : sa souffrance d'avoir assisté aux meurtres de sa famille, ses blessures par balles, Mark petit garçon et la pression d'avoir à régner sur un pays entier ?

Losh, il avait tout juste 18 ans !

Une énorme bouffée de compassion s'empare de moi, accompagnée d'une autre émotion, très violente celle-là. Et consternante : mon cœur s'est rempli d'amour pour cet homme fissuré de toutes parts qui porte à bout de bras ce qui lui reste de famille et son royaume. Il s'est sacrifié durant des années. Il serait peut-être temps que quelqu'un le fasse aussi pour lui. Je passe mes bras autour de ses hanches. Il m'enlace aussitôt, ses yeux quémandant ma réponse.

– Une petite amie normale se doit de soutenir son petit ami en toutes circonstances, non ? fais-je remarquer en essayant de mettre un peu de gaieté dans mon ton.

Bien joué, Elsie ! Il a un petit sourire.

– Je n'ai aucune expérience en la matière, mais ce que je sais, c'est que je ne te qualifierai jamais de « petite amie normale ».

Je grimace et lui tire la langue :

– Je devrais me sentir offusquée !

– Mademoiselle MacNee ! Vous ne me laissez pas le choix…

Sa bouche impérieuse s'écrase sur mes lèvres. Il veut, il prend et je lui donne tout, mon cœur, mon âme. Ce baiser est différent, comme si nous voulions nous fondre l'un dans l'autre. L'ambiance bouleversante de notre conversation se transforme au fil des minutes en une tension sexuelle étrangement apaisante. Ses mains parcourent mon corps avec une tendresse inconnue, il descend avec lenteur la fermeture Éclair de mon sweat et glisse ses mains sous mon tee-shirt. Leur contact sur ma peau embrase mon désir, mes petits gémissements s'intensifient lorsque ses doigts passent délicatement sur la dentelle de mon soutien-gorge. J'aime. Non, j'adore ses douces caresses sur ma poitrine, il sait exactement comment titiller mes seins qui n'ont jamais été aussi sensibles qu'avec lui.

– Donc tu m'accompagnes demain matin ? demande-t-il en cessant ces délicieux frôlements sur mes tétons.

– Si tu veux une confirmation en trois exemplaires, tu as intérêt à continuer ce que tu étais en train de faire ! répliqué-je, frustrée.

– À vos ordres, mademoiselle MacNee.

Il me pousse à l'intérieur de la pièce et prend la précaution de tirer les rideaux – ainsi personne ne peut nous voir de l'extérieur, il garde une maîtrise des choses déconcertante. Il ne se libère jamais de son carcan royal. Pourtant, quand il se retourne vers moi, son regard enfiévré me suggère que son subconscient émotionnel tente de prendre le contrôle de ses actes, on dirait qu'il s'en veut presque de céder à ses pulsions. Il descend mon sweat de mes épaules puis le pose, plié sur le canapé. J'ôte mon tee-shirt que je balance en boule sur un coussin. J'ai droit à un haussement de sourcils.

OK, je ne suis pas la fille la plus organisée du monde…

Darian sourit quand il dégrafe mon sous-vêtement dans mon dos, les yeux dans les miens.

– Tu fais exprès de mettre du désordre chez moi, n'est-ce pas?

Avec mon index, je tape plusieurs fois sur sa tempe.

– C'est là que je devrais en mettre, du désordre.

– Tu y as mis assez de pagaille, crois-moi.

Impossible de répliquer car il appose ses lèvres sur mon sein gauche. Sa langue experte roule sur mon téton très réceptif, j'accroche mes mains dans ses cheveux, je ne veux pas qu'il arrête sa torture exquise. Mes « hum » et « han » l'incitent à honorer l'autre sein. Un pur délice qui m'aurait mise à genoux s'il n'avait pas stoppé.

– J'ai ma première confirmation, constate-t-il, railleur. À la suivante.

Il me prend la main et m'entraîne dans l'escalier, mais au milieu des marches, il se retourne. Je n'arrive pas à décrypter la lueur dans ses yeux d'acier. Il déboutonne lentement sa chemise; je suis chacun de ses mouvements et regarde avec une avidité non déguisée son torse sculpté se dévoiler petit à petit. Comme s'il ôtait son costume de roi. C'est ensuite au tour de son pantalon, dont il défait sans quitter mon regard le premier bouton.

Losh, il m'offre un strip-tease!

Et moi, je suis en transe totale d'avoir le vrai Darian face à moi!

Son pantalon rejoint sa chemise pendue sur la rambarde en marbre. À coup sûr, je ressemble à un poisson avec ma bouche grande ouverte devant la preuve irréfutable de son excitation, égale à la mienne. Cet homme est à tomber! Je monte une marche pour m'approcher, mes doigts me démangent de le toucher. Sa bouche dessine un demi-sourire narquois devant mon appétit si lisible sur mon visage. Je le nargue en passant ma langue sur ma lèvre supérieure. Une autre marche, et son regard s'intensifie. Arrivée à sa hauteur, j'effleure de la main ses pectoraux musclés, son ventre qui se contracte puis tout doucement, ses cicatrices guéries en surface mais encore profondément ouvertes à l'intérieur. Il respire vite, je pense un instant qu'il va se fâcher mais non, je crois qu'il apprécie car sa peau se couvre de frissons. En même temps, il s'occupe de mon jean, en descend le zip en frôlant sciemment ma culotte. J'ai un hoquet de surprise lorsque son majeur s'aventure sous le mince tissu et mes mains se crispent sur ses hanches. De sa main libre, et avec mon aide, il enlève mon pantalon. Il a un soupir de satisfaction parce que, ainsi, il a un accès facilité à mon intimité et mon pauvre corps implorant n'a plus aucune volonté.

– Deuxième confirmation, murmure Darian dans le creux de mon oreille.

Il joue avec moi et j'avoue, j'adore perdre à son jeu de séduction. Il grimpe ensuite quatre à quatre le reste de l'escalier. Dans sa chambre, il a allumé toutes les lumières, on se croirait presque en plein jour. Il veut peut-être me prouver qu'il en a définitivement fini avec son habitude de baiser dans le noir ? J'appuie sur un interrupteur du plafonnier.

– Je n'ai rien contre la lumière tamisée, précisé-je en l'enlaçant à nouveau.

– Je voulais être sûr de bien voir le troisième exemplaire de ma confirmation.

– Waouh ! Quel progrès, Votre Majesté ! Vous possédez plus d'humour que je ne le croyais.

Il me bascule sur un bras et l'autre passe sous mes jambes. Il me porte jusqu'à son lit où il m'allonge avant de se positionner au-dessus de moi.

– Une certaine étudiante en histoire écossaise déteint dangereusement sur moi.

– Et en quoi suis-je dangereuse ?

– Tu me rends fou de désir.

J'enroule mes jambes autour de ses cuisses et tire sur son cou pour accéder à sa bouche trop sérieuse d'un coup.

– Prends-en l'habitude.

Je plaque mes lèvres sur les siennes, mon sexe réclame en urgence d'être satisfait par une troisième confirmation…

***

Le bruit de la douche me réveille. Six heures du matin ! Putain, j'ai à peine dormi ! Je rabats le drap sur ma tête mais mon cerveau m'informe qu'il est prêt à lever mon corps fourbu après une nuit courte plus que torride. Quand je n'entends plus l'eau tomber, je me force à mettre les pieds par terre. Je ne sais pas à quelle heure Darian a prévu de partir pour la prison de Strasa, mais j'ai besoin d'un peu de temps pour me remettre en marche.

– Oh, bordel de merde ! m'écrié-je, paniquée, en courant vers mon sac à dos apporté par Janov dans la chambre.

Accroupie devant mes affaires étalées au sol, je me demande comment je vais bien pouvoir m'habiller ! J'ai juste des sous-vêtements et un tee-shirt propres « royalement » corrects ! Je ne peux pas mettre ma robe à manches courtes, parfaite pour une soirée en boîte de nuit mais pas pour se rendre dans un parloir, et je peux encore moins porter mon jean troué.

– Qu'y a-t-il ?

Je tourne la tête et la vision qui s'offre à moi est absolument fascinante, je crois que de la bave coule de ma bouche… Darian se tient nu sous l'arche qui donne sur sa salle de bains somptueuse, il se sèche les cheveux vigoureusement tandis que des gouttes perlent encore sur ses pectoraux. Je ne réalise toujours pas que ce corps sublime est celui qui m'a fait l'amour des heures, j'en tombe sur les fesses.

Littéralement !

Il a alors un petit sourire moqueur en coin plus que craquant qui me donne envie – encore – de lui sauter dessus. Je me secoue plusieurs fois pour me remettre les idées en place.

Losh, ce n'est pas le moment, Elsie !

Dépitée, je regarde mon sac, la tête entre les mains. *Losh !* Je dois aller en ville m'acheter des fringues avant le rendez-vous. J'espère juste qu'il y a des boutiques pas trop chères ici, parce que mes finances sont au plus bas en ce moment après l'achat de mes bouquins pour les cours. Je prends ma trousse de toilette et me remets debout.

– Il faut que j'aille m'acheter un pantalon, précisé-je en lui montrant mon sac. Je n'avais pas prévu de visiter une prison aujourd'hui.

– Ah…

La serviette autour du cou, Darian réfléchit à vive allure. Je le sais, il a les mains derrière le dos et arpente la chambre à grandes enjambées, tête baissée, puis il la relève : il a une idée.

– Prépare-toi, lance-t-il en disparaissant dans son dressing.

OK… Le retour du roi…

Je le rejoins devant un petit déjeuner gargantuesque. Si j'écoutais mon estomac, j'avalerais gaufres, pancakes et pains aux céréales en plus des fruits juteux. Bon, je ne suis pas dans un hôtel avec buffet à volonté, mais dans la maison d'un souverain qui boit son café entre la lecture de deux articles de journaux et des fils d'actualité sur trois portables différents. Je me contente d'un thé et d'un petit gâteau à la crème.

– Allons-y, annonce-t-il d'un ton sec.

Je le suis jusqu'à son bureau du palais, où Janov l'attend avec un attaché-case et quelques informations succinctes. Crâne Rasé est déjà assis aux commandes de l'hélicoptère. J'espère que lui au moins ne s'amusera pas à me faire peur. Je m'accroche à mon siège, les yeux fixés droit devant. À peine si je remarque les deux autres gardes du corps.

– Colonel, avant d'aller à la prison, nous ferons un arrêt au Micăt.

Quelques minutes d'angoisse plus tard, l'engin de mort atterrit sur le toit d'un bâtiment affichant un rond avec un grand H peint en blanc.

– Où est-ce qu'on est? demandé-je une fois les rotors éteints.

– Suis le colonel, m'ordonne le roi, le nez dans son téléphone.

Je me rembrunis. Il se renferme dans sa coquille et ça ne promet rien de bon pour sa rencontre avec ce Lee Davis. Crâne Rasé, tout aussi taciturne que son souverain, m'indique d'un hochement de tête une porte sécurisée par un code qui donne sur un escalier. Nous descendons deux étages puis le colonel tape sur un autre digicode qui ouvre une deuxième porte en acier.

Je suis tombée dans un film d'espionnage digne de Jason Bourne! Ils sont tous obsédés par la sécurité, dans ce pays!

Derrière la porte, quatre agents se mettent immédiatement au garde-à-vous. Je découvre stupéfaite que nous sommes dans un centre commercial immense, luxueux, où je reconnais quelques boutiques de marques internationales.

– Où voulez-vous aller? demande le Colonel.

– Qu'est-ce que j'en sais, moi! Je ne suis jamais venue ici!

Crâne Rasé soupire. Décidément, il n'apprécie pas d'être mon baby-sitter. Pas la peine que je demande des conseils à ces cinq types, ils ne connaissent que les vestes en kevlar. J'avise un panneau. Par chance, il est écrit en karanien et en anglais. Je montre au colonel l'étage en dessous où se situe un magasin d'une marque internationale pour femmes. La vendeuse me regarde bizarrement quand j'entre dans sa boutique et que les armoires à glace empêchent les autres clients de faire de même. Sans perdre une minute, je fonce vers les pantalons en toile, en prends un à ma taille et me faufile dans la cabine d'essayage. J'ai la chance d'être assez grande, donc pas de retouche à faire. Face au miroir, je suis obligée de constater les dégâts sur ma tête : je suis crevée. Je ne parle même pas de mon stress ! Je ne suis jamais entrée dans une prison, moi ! Ni vu de criminel de ma vie. Emportée dans un tourbillon d'émotions fortes et de sensations torrides depuis hier, je ne me suis pas posée une seconde. Ni n'ai réfléchi à ce qui m'attend tout à l'heure. Mais je suis surtout inquiète des réactions de Darian.

Et des conséquences.

Mon vieux jean sur le bras, je ressors de la cabine et paie mon achat. À suivre les agents de sécurité, je me dis que les contes de fées, c'est bon pour Milly. Moi, je me retrouve dans la version très *dark* des romans de *Waverley*[1], avec un fils qui tue sa famille.

Pourtant, pas une seconde je ne reviendrai sur ma décision ! Darian en vaut la peine !

1. Œuvres de l'écrivain écossais Walter Scott.

35

Darian

Lorsque Elsie réapparaît sur le toit du centre commercial, ma respiration redevient normale. Autant elle pouvait me taper sur les nerfs, autant sa présence est maintenant un puissant calmant. Lui faire l'amour est devenu une nécessité pour mon bien-être. J'aime la tenir dans mes bras, sentir son désir pour moi monter dans son corps parfait, admirer ses yeux étincelant lorsqu'elle jouit. Mais j'aime aussi discuter avec elle. Elle est tout à la fois : intelligente et folle, drôle et sérieuse, énervante et apaisante.

Oui, elle occupe mon cerveau, mon cœur, mon âme…

Elle parle avec mon colonel qui lui sourit, fait assez rare pour être souligné. Je me surprends à sourire moi aussi malgré la grosse angoisse qui m'étreint la gorge. Cette nuit, Elsie l'a effacée, je me suis concentré sur elle et son plaisir. J'ai assouvi mon désir charnel pour elle avant de m'endormir quelques heures. Je me suis réveillé moins fatigué que d'habitude, pensant que j'avais enfin repris le contrôle de mes pulsions, mais quand je l'ai vue alanguie dans mon lit, devinant ses formes exquises sous les draps, mon excitation est revenue encore plus forte. Je me suis forcé à me lever et à calmer mes ardeurs sous la douche.

Maintenant, le fait de la savoir assise derrière moi dans l'hélicoptère, prête à me soutenir dans cette épreuve, me permet d'appréhender la rencontre de ma vie un peu plus sereinement. Dolinšek se pose à l'intérieur de l'enceinte haute de sept mètres. J'ai fait démolir il y a quelques années la vieille prison insalubre ; la nouvelle est calquée sur un concept norvégien selon lequel la réadaptation s'effectue grâce à un cadre reposant – le complexe se situe dans un parc – et un personnel formé et bienveillant. Le directeur vient à notre rencontre et nous mène à travers de larges couloirs au quartier de haute sécurité.

– M. Davis est déjà dans le parloir avec son avocat, Sire, annonce le directeur de Zapor en me montrant une porte gardée par deux surveillants.

– Merci, monsieur le directeur. Colonel, vous resterez devant la porte de la pièce voisine où se tiendra Mlle MacNee.

Elsie se crispe, ses mains s'accrochent à son sac très laid. Je lui en offrirais bien un Gucci ou un Hermès, mais je ne suis pas sûr qu'elle l'accepte, elle serait capable de me frapper avec. À cette pensée, je souris et me relaxe. Un peu. J'ai appréhendé cette journée ; plus exactement, elle me terrifiait. Elsie a le don d'abaisser mon stress. Elle ne fait rien de spécial, elle est juste là. Pour moi. Elle réussit à me distraire pendant ces quelques minutes avant la rencontre fatidique et je la remercie mentalement de tout mon cœur. Elle regarde partout, mais il n'y a rien à voir à part des murs et un sol blancs. Ça doit être la première fois qu'elle met les pieds dans une prison. Un autre homme que moi la prendrait dans ses bras pour la rassurer, mais je suis roi et les effusions en public me sont interdites. Juste lui tenir la main me suffirait…

Nous ne pouvons pas rester dans une relation secrète, j'y perdrais mon self-control à un moment ou à un autre. Mon envie de la toucher est trop forte, je dois trouver une solution.

– Ça va? lui demandé-je, inquiet de son silence inhabituel.

Elle a un petit sourire et murmure:

– Je me fais du souci pour toi.

Elle a deviné mon état de stress maximum bien que je tente de le cacher. J'attends qu'elle entre dans la salle d'où elle pourra suivre la conservation, si tant est qu'il y en ait une, grâce à la vitre sans tain et aux haut-parleurs.

– Tu ne veux pas que je vienne avec toi? s'étonne-t-elle.

– Non.

Hors de question que The Last la salisse!

Dolinšek lui ouvre la porte et elle obéit à contrecœur. Je prends une grande inspiration et appuie sur la poignée de la porte du parloir. J'hésite une seconde avant de pousser dessus. Dix-sept ans de refoulement de la douleur remontent à la surface en un tsunami effrayant. J'ai l'impression d'aller à l'abattoir. Je jette un dernier coup d'œil à la porte d'à côté. Mon fantasme salutaire est là, elle me donne le courage de pénétrer dans la pièce…

The Last m'accueille avec un large sourire aux dents blanches mais ses pupilles perçantes derrière ses lunettes dorées me scrutent avec une froideur glaçante. Ses cheveux bruns sont toujours aussi bouclés sur ses épaules. Il ne s'est pas rasé. Peut-être une façon de dédaigner mon rang royal. Il n'a pas changé, à peine quelques rides supplémentaires au coin des yeux. Il me jauge et je l'inspecte des pieds à la tête. Comme les autres détenus, il porte ses propres vêtements, un tee-shirt blanc et une veste kaki sur un jean usé. Tenue simple alors que je connais le montant de ses avoirs sur ses multiples comptes en banque: il a les moyens de se payer les plus beaux costumes italiens de chez Kiton.

– Bonjour, Votre Majesté, salue l'homme à ses côtés qui s'est levé à mon arrivée.

Je n'ai même pas remarqué l'avocat, le ponte du barreau de Strasa. Oui, The Last a les moyens.

– Bonjour, maître Gregel, réponds-je en lui serrant la main.

– Bonjour, Darian.

Comment The Last ose-t-il m'appeler par mon prénom ?!

Mes poings me démangent de lui casser les dents. Ou de lui fracasser le crâne contre le mur. Je me contente de tirer une chaise et de m'asseoir face à eux, les mains sur mes cuisses croisées, et prendre quelques secondes pour me calmer. J'ai répété mille fois mon discours, j'ai conscience que la moindre erreur de ma part risque de remettre le procès en question. Or, j'ai un besoin vital qu'il ait lieu. Il est nécessaire qu'une victime voie son bourreau jugé dans un tribunal.

Et je suis une victime.

Elsie m'a permis de le comprendre. J'ai nié mon statut au prétexte de ma culpabilité. Peut-être aussi parce que me mettre dans la peau d'une victime était un aveu de faiblesse, vis-à-vis de moi-même, de mon royaume, de mon père… Je passe ma vie à essayer d'honorer sa mémoire mais au fond, je sais qu'il désapprouverait ma façon de vivre. Maman et lui ne voulaient que notre bonheur. Mark l'a trouvé en la personne de Milly. Jusqu'à aujourd'hui, j'avais échoué. Maintenant, j'entraperçois une lumière flamboyante derrière une nouvelle porte…

Je m'adresse en premier à Gregel :

– Maître, je sais que ma démarche est peu conventionnelle, mais je tiens à vous rassurer sur le fait que je ne contreviendrai pas aux droits de votre client.

Je remarque le rictus narquois de The Last ; malgré ça, je reste focalisé sur son avocat. L'arme de Lee est la déstabilisation de son interlocuteur pour ensuite le manipuler à sa guise. Mais je ne suis pas Ernest ! Et savoir Elsie dans la pièce d'à côté me permet de conserver mon impassibilité. Je ne sais pas pourquoi ni comment j'y arrive, j'y réfléchirai plus tard.

– Je suis là pour les garantir, réplique Gregel avec la vigueur d'un avocat qui ne se laisse pas impressionner par mon titre de souverain.

Je n'ai jamais discuté avec cet homme spécialisé dans le pénal, très estimé dans son milieu mais aussi dans le royaume pour son professionnalisme.

– J'ai déconseillé à mon client de vous rencontrer, mais il a insisté, continue l'avocat. Je lui ai aussi demandé de ne pas répondre à vos questions et de ne faire aucun commentaire.

Je me tourne alors vers The Last. Ses yeux marron reflètent son intelligence démoniaque bien que ses traits ne dénotent aucune émotion.

La partie de poker commence…

36

Elsie

Seule dans la pièce plongée dans la pénombre, je reste debout devant le miroir sans tain à tripoter le reçu d'achat dans la poche de mon pantalon neuf. Stressée, moi? Mais non! Je suis juste en pleine crise d'angoisse aiguë pour la première fois de ma vie. Je ne devrais pas, puisque je ne suis pas censée être concernée par cette affaire, et je devrais encore moins être ici!

Losh, je suis en train d'assister à un événement majeur de l'histoire de la Karanie!

L'arrestation de ce type qui paraît si banal permettra de comprendre le drame le plus important qu'ait vécu ce minuscule royaume en plus d'un siècle: les meurtres de plusieurs membres de la famille régnante, dont le roi lui-même.

Mais ma priorité est ailleurs. Je ne me préoccupe que de Darian, de sa douleur et de son courage parce qu'il affronte face à face son pire ennemi. Moi? Je ne suis jamais seule. J'ai toujours quelqu'un sur qui compter: mes parents et mes frères, parfois trop collants – pourtant je n'en voudrais pas d'autres –, mes nombreux copains et mes amis proches. Surtout, je n'ai aucun démon intérieur à combattre: je les élimine à leur naissance car je refuse de me pourrir la vie. Sauf que je n'ai jamais vécu les horreurs que Darian a été obligé de surmonter sans aide… Mon cœur saigne pour lui. Il est si seul sur ce trône dont il n'a jamais voulu.

Ce Lee Davis est d'une telle froideur malgré le sourire qu'il affiche, j'en frissonne. Je le croiserais dans la rue que je ne le remarquerais pas. Il ressemble à monsieur Tout-le-monde avec sa tronche quelconque, ses cheveux mal coiffés et ses vêtements tout droit sortis d'un surplus militaire, mais dès qu'on s'attarde sur ses yeux plus de quelques minutes, son machiavélisme transparaît. Putain, je ne connais rien de ce mec mais je n'aimerais pas être en tête à tête avec lui. Ses prunelles semblent pouvoir percer le plus sombre de vos secrets.

Darian croise les avant-bras sur la table et se tourne vers le prisonnier. Je ne vois que son dos, je ne peux donc que deviner son état d'esprit. À sa place, je serais dans une colère noire, mes mains déjà autour du cou de ce criminel jusqu'à ce qu'il crève! J'entends ensuite sa voix très calme dans le haut-parleur à ma gauche.

– Lee, tu seras jugé par la justice de la Karanie, pas par moi.

– Je m'appelle The Last maintenant, l'interrompt Davis.

– Pour moi, tu seras toujours Lee, réplique mon amant.

Losh, que je déteste le rictus malfaisant de cet homme!

Darian poursuit:

– Je ne t'apprendrai rien sur le fait que j'ai accumulé des tonnes de preuves contre toi pendant ces dix-sept dernières années. Je laisse maintenant le soin à la justice de faire son travail. Tu as demandé à me voir, je t'écoute.

Le prisonnier a les mains menottées à la table mais j'entends ses doigts taper sur le métal. Il a alors un sourire qui me glace les os.

– Je voulais voir mon œuvre par moi-même.

Darian se cale sur le dossier de sa chaise, l'avocat et lui regardent Davis, intrigués. Je ne comprends pas non plus le sens de sa phrase. Lee se penche vers Darian et plonge son regard effrayant dans le sien.

– Ernest n'a pu accomplir qu'une partie de sa mission, c'est moi qui l'ai terminée.

– Faux. Mark et moi sommes toujours en vie.

Mon corps entier se contracte par peur de la suite. Lee ne se départ pas de son horrible sourire, il cherche à pousser Darian dans ses retranchements.

– Mark ne sera jamais roi, il n'en a ni la carrure ni l'envie. Surtout maintenant qu'il va se fiancer avec cette sublime créature. Milly Watson, c'est ça? Selon les journaux, ils ont prévu de faire de grandes choses, ces deux-là.

Losh! Il a flashé sur Milly! Lee m'écœure avec son œil lubrique!

– Et toi, Darian, tu es tout seul sur un trône qui ne t'était pas destiné et…

– Monsieur Davis, intervient l'avocat. Je vous conseille de vous taire.

Lee n'a même pas la décence de regarder Gregel qui lui parle, il est obnubilé par leur confrontation. Moi aussi. L'homme de loi, les gardiens derrière la porte, les gens dans la rue n'existent plus, il n'y a plus que Darian et Lee.

– Tu t'es terré toutes ces années parce que tu avais honte, n'est-ce pas, Darian? Tu n'as jamais expliqué aux Karaniens que ton propre frère a tué tes parents et tes sœurs. Je suis sûr que Mark n'est pas au courant non plus.

La voix suave et lente de Lee a la saveur d'un poison acide qui s'infiltre chez son interlocuteur sous l'emprise de son charisme, comme l'est son avocat. Il a de grands yeux écarquillés, la bouche ouverte, complètement abasourdi par ce qu'il vient d'entendre. Lee a tout faux, le souverain n'a pas honte de son frère aîné, il a honte de lui-même et de la lâcheté dont il croit avoir fait preuve lors de l'attaque. Je croise les doigts pour que Darian ait enfin pris conscience de son erreur : il est une victime qui n'a pas eu le temps de réagir pour sauver tout le monde. Mark est la preuve vivante qu'il est un héros.

C'est comme ça que je le vois. Il a sauvé son petit frère au péril de sa propre vie et Dieu seul sait combien d'autres personnes ont été épargnées par la folie de criminels grâce à son alter ego Trispik.

Ouais, j'ai eu deux mois pour réfléchir au fait que Darian est un justicier de l'ombre. Il devrait être aussi fier de lui que moi je le suis.

Lee continue son monologue devant Darian, muet et raide sur sa chaise. Je regrette de ne pas voir son visage, je suis sûre qu'il a gardé son air « royal ». Le manipulateur cherche un contact plus intime, sa voix prenant un ton plus confidentiel :

– Tu vois que j'ai réussi ma mission. Ça a été si facile de faire en sorte qu'Ernest me mange dans la main… Sa faiblesse venait de son sentiment naturel de supériorité. Il a cru jusqu'à la fin que chacun de ses actes était mû par ses propres décisions.

– Tu l'as manipulé des mois durant, commente Darian d'une voix lugubre.

– Vous, les Von Karan, vous avez toujours pensé être invincibles, que votre trône vous protégerait des malheurs que le commun des mortels subit tous les jours. Je vous ai prouvé le contraire. Tes parents adorés sont morts, tes si précieuses jumelles sont mortes aussi. C'était quoi leurs noms, déjà ? Ah oui, Aneli et Danka. Toi, tu n'es pas mort physiquement, mais à l'intérieur, tu es vide. Tu m'as traqué dix-sept ans, mais moi aussi. Je sais ce que tu es devenu. Tu t'es isolé du monde et à part gérer ton pays, tu n'as rien, tu n'es plus rien ! Je t'ai tout enlevé !

Darian bondit de sa chaise, les poings serrés contre ses cuisses. Putain, il va craquer et Lee aura encore une fois gagné car si le roi le frappe, il n'y aura pas de procès. Déterminée à le sauver, je sors dans le couloir pour entrer dans la salle d'interrogatoire. Mais Crâne Rasé tend son bras et me barre la route.

– Je ne peux pas vous laisser entrer, mademoiselle MacNee.

Je lève un sourcil puis grince entre mes dents :

– Et moi, je vous ordonne d'ouvrir cette porte ou je vous garantis que les conséquences seront terribles !

Le colonel me toise de ses yeux plissés, il voit ma détermination ; avec tous les rapports qu'il a dû lire sur moi, il sait que je suis capable de créer une émeute au milieu d'une prison de haute sécurité. Il soupire avant de descendre la poignée.

– Ne me le faites pas regretter, marmonne-t-il.

Je lui fais un clin d'œil et pénètre, pas rassurée mais le visage faussement confiant, dans la pièce. Trois paires d'yeux stupéfaits pivotent vers moi et avant que Darian n'ouvre la bouche, je m'adresse à l'avocat et à l'autre taré :

– Bonjour, messieurs. Je vous interromps deux minutes.

Puis je me tourne vers Darian, absolument furieux de mon intrusion.

– Chéri, je te rappelle que nous partons bientôt pour l'aéroport. J'ai promis à Mark et Milly que nous irions dîner avec eux.

– Chéri ? siffle Lee.

Sa voix méprisante me hérisse aussitôt le poil. Mon cerveau est envahi par des envies de meurtre, mon sang d'Écossaise bout dans mes veines. Je suis prête à courir sur le champ de bataille, épée à la main, pour défendre Darian. Arc-boutée sur la table, je me penche pour être à la hauteur de sa tête de pervers.

– Écoute-moi bien, espèce de couille molle pourrie jusqu'à la moelle, lui dis-je droit dans les yeux. Cet homme que tu penses avoir brisé a plus de courage que tu n'en auras jamais, parce que toi, tu te sers des autres, tu es incapable de faire quelque chose par toi-même… Ah, encore une précision, c'est le plus génial des petits amis et je t'interdis de t'attaquer à l'homme que j'aime !

Une main m'attrape fermement par l'avant-bras, Darian me pousse devant lui jusque dans le couloir et referme la porte derrière lui. En proie à une méga fureur, je me débats. Je voudrais massacrer ce manipulateur ! Darian me bloque alors la tête de ses longues mains, m'obligeant à le regarder. Il voudrait rester neutre, mais ses yeux d'un bleu acier intense – qui ont la fâcheuse tendance à me faire chavirer sur mes pieds – montrent son trouble.

– Elsie, calme-toi, tout va bien, m'assure-t-il en me caressant les joues de ses pouces.

– Je ne pouvais pas le laisser faire, il te poussait à bout et…

Il me pose son index sur la bouche, ce petit geste nous provoque à tous les deux une flambée de désir. J'entrouvre légèrement les lèvres et son doigt les caresse avec douceur. Si nous étions seuls, nous nous serions déjà déshabillés dans ce couloir sinistre et blanc.

– Je te remercie de m'avoir évité de faire une grosse erreur. Lee a toujours su où frapper pour faire mal. Mais maintenant, laisse-moi gérer la situation.

– Si tu entres encore là-dedans, je viens avec toi.

– Elsie !

Sans l'écouter, je pénètre à nouveau dans la salle d'interrogatoire où les deux autres hommes s'arrêtent immédiatement de discuter. L'avocat ne paraît pas très à l'aise.

Losh, je lui souhaite bien du plaisir avec un client pareil !

Darian me suit. Il arbore un sourire énigmatique. Il me prend la main tout en fixant Lee.

– Tu as perdu, Lee. Mark va se fiancer avec Milly. Oui, elle est sublime et en plus elle est intelligente, elle sera un vrai atout pour le royaume de Karanie.

Ensuite, Darian porte ma main à sa bouche et embrasse mes doigts, sous le regard ahuri de l'avocat. Ouais, normal, son roi n'a jamais été vu en compagnie d'une copine.

– Quant à cette jeune femme, continue-t-il, elle s'appelle Elsie MacNee. Enregistre bien son nom parce que c'est ma petite amie officielle. Et tu ne la reverras jamais.

37

Darian

Lee est un dépravé sexuel, j'en ai la confirmation quand il se met à détailler Elsie de la tête aux pieds. Après ma déclaration fracassante, à laquelle je n'ai pas réfléchi un millième de seconde, elle est devenue un objet d'intérêt, une proie qu'il n'aura jamais puisqu'il restera longtemps derrière les barreaux. Son air de prédateur, doublé d'un charisme indéniable qu'il exerce autant sur les hommes que sur les femmes, m'apparaît maintenant en plein jour. Je m'interroge encore plus sur l'influence néfaste qu'il a eue sur mon frère. Jusqu'où est-il allé avec lui ? Je sais qu'il était collé à Ernest, ils étaient toujours ensemble. Quand ils étaient séparés, Lee le contactait quotidiennement par téléphone (ils passaient des heures à discuter) ou par mail. Le peu de fois où je suis venu à Londres à cette époque, je n'ai jamais réussi à avoir un moment seul avec mon frère, Lee était sans arrêt là. J'ai même des doutes sur leur sexualité, j'en ai toujours eu sur Ernest bien avant qu'il ne rencontre son « mentor », comme il l'appelait. Ce ne serait pas grave si ce psychopathe n'avait pas eu des tendances dangereuses qui lui ont permis d'avoir un ascendant néfaste sur mon frère aîné.

The Last ne pourra plus jamais faire de mal à quiconque. Surtout pas à moi. Aujourd'hui, je me suis libéré des chaînes que je m'étais fabriquées à cause de lui. Il m'a obsédé, jour et nuit. Ce cauchemar est terminé.

Grâce à Elsie.

Je la sens en moi, sa force de caractère et son soutien spontané se diffusent dans mes veines. Elle me tient tête, elle ne m'écoute jamais, elle est totalement imprévisible et bornée. J'en redemande car malgré son grain de folie, j'ai une confiance absolue en elle.

Je suis prêt pour la prochaine salve de Lee qui ne tarde pas : il éclate d'un rire cynique qui glace notre sang, même celui de son avocat, puis il s'arrête net et son visage devient lugubre.

– Si tu crois m'avoir avec votre mascarade grotesque, c'est que tu n'as rien compris à mon pouvoir.

Il est fou, je ne vois pas d'autre explication, il se prend pour un superhéros… malfaisant.

– Je ne vois pas de quoi tu parles, répliqué-je sèchement.

– Personne ne peut vouloir d'une coquille vide.

Lee est peut-être fou à lier mais il a vu juste : jusqu'à maintenant, je n'ai été que la façade que les gens attendaient de moi. Derrière, il n'y avait plus rien, mon frère aîné et lui – maudits soient-ils ! – ont tout détruit lors de ce dimanche de malheur.

Elsie me presse la main. Elle veut avancer vers la table mais je la retiens, je ne laisserai pas Lee la toucher d'une quelconque façon. Je la plaque contre moi, ses yeux verts m'interrogent mais elle comprend vite mon intention qu'elle devance en m'embrassant sans aucune retenue, pendue à mon cou. Instantanément, mon corps répond avec ma bouche qui dévore la sienne. Lee, la salle d'interrogatoire, le monde entier s'efface au profit de cette jeune femme unique. Une érection malvenue me force à me reprendre et à interrompre notre baiser avant que mon pantalon ne trahisse trop mon excitation.

Gregel, les joues rouges, est très gêné devant notre démonstration pour le moins intime, si loin de mon habituelle bienséance. Quant à Lee, il fulmine. Ses pupilles rétrécies par la colère me lancent des éclairs, il se tortille sur sa chaise et ses ongles crissent sur la table en métal. Je jubile devant sa défaite.

Et là, elle s'envole.

L'atroce douleur dans laquelle je m'étais enfermé volontairement n'est plus là. Cette compagne, que j'avais appris au fil des ans à tolérer, m'a quitté. J'ose dire, définitivement. Un soulagement incroyable m'étreint, j'espère en avoir fini avec ce jeu macabre dans lequel Lee nous a entraînés, ma famille et moi.

Échec et mat pour The Last.

– Adieu, Lee.

J'ai parlé d'une voix calme et posée, comme si je m'adressais à un enfant perdu. Je salue de la tête l'avocat et ramène Elsie dans le couloir. J'ai besoin de m'éloigner, d'être seul. Je plante tout le monde entre ces murs écrasants et marche d'un pas rapide vers la sortie, je dois me retenir de courir devant les employés de la prison. Une fois à l'extérieur du bâtiment, mains derrière la tête, je respire la bouche grande ouverte en arpentant la pelouse.

Je respire.

L'air est si agréable…

Je respire.

Mes poumons ne sont plus encrassés par la noirceur de Lee…

Je respire.

Mon esprit flotte au-dessus des nuages, face au soleil…

Sous mes paupières closes, le film des temps heureux défile en couleur. Aneli et Danka s'amusent dans la piscine, rient de bon cœur en faisant tournoyer Mark accroché à sa bouée ; je revois ma mère me lire *Le Petit Prince* en français tandis que je m'endors contre elle, ou mon père m'expliquer les armoiries de notre pays dans la bibliothèque dont les hauts rayonnages m'impressionnaient. Ces souvenirs que j'ai rejetés car affreusement douloureux, enfouis au tréfonds de mon cerveau, ressurgissent, parés de lumière. Ils ne sont plus ombrés de sang séché, de râles d'agonie ou de corps tordus, ils ne me font plus souffrir. Au contraire.

Je souris.

J'entends leurs voix comme si notre séparation datait d'hier. Danka chante « I Will Rock You » de Queen si faux que Aneli et moi la chatouillons pour qu'elle se taise. J'écoute ma mère expliquer à la cuisinière sa recette du gâteau de Noël. Ou encore, assis sous le bureau de mon père avec mes jouets, je prête discrètement une oreille au discours sur nos forêts de mon père au représentant slovène.

Je souris.

Je me dois de rassembler ces images pour les partager avec mon frère. Il a le droit de savoir que notre famille nageait dans le bonheur, il ne faut plus qu'il vive avec le jour du drame comme unique repère.

Je souris.

Mark, Milly et Elsie sont en sécurité : Lee Davis ne peut plus nuire, ni à eux ni à personne. Je suis fier du travail accompli par mes hommes. J'ai retrouvé la paix.

– Darian ? lance Elsie avec une réelle inquiétude dans la voix.

Je me retourne vers elle. Mon visage doit refléter mon soulagement car son angoisse disparaît instantanément.

– Nous lui avons cloué le bec ! s'écrie-t-elle en se jetant à mon cou.

À cette seconde, je me moque de sa spontanéité qui contredit mon protocole, parce que je comprends maintenant ce qui m'a permis de me libérer : l'amour. Elsie a trouvé la clé pour ouvrir la porte de mon âme emprisonnée. Je lui lève le menton et plonge mon regard dans ses yeux verts si magnifiques.

– Quand tu dis : « L'homme que j'aime », tu parles bien de moi ?

Devant sa mine déconfite et rougissante, je me mords la langue pour ne pas rire.

– Seigneur ! J'ai réussi à embarrasser Elsie MacNee ! Une première !

Je caresse avec mon pouce sa lèvre inférieure. J'adore sa bouche, je pourrais l'embrasser toute la journée. Son mutisme me dit que peut-être Lee avait raison : elle a joué la comédie. Je recule de plusieurs pas, mon euphorie soudain évaporée.

– Je suis désolé si j'ai mal interprété tes paroles.

Elle secoue plusieurs fois la tête avec une drôle de moue.

– T'es désespérant ! dit-elle en levant les bras.

– Elsie ! m'exclamé-je avec fermeté.

– Ouais, le naturel n'est jamais bien loin, soupire-t-elle.

Elle s'avance vers moi et m'enserre la taille. Du coin de l'œil, je vois les gardiens, mes agents de sécurité et mon colonel s'éloigner de nous pour s'abriter sous l'auvent du toit et nous laisser un peu d'intimité. Il commence à pleuvoir, mais je suis concentré sur la chaleur que me procure ma petite Écossaise.

– Darian, je suis venue ici en tant que ta petite amie. T'imagines bien que si j'ai accepté, c'est que j'ai un minimum réfléchi à notre situation. Ouais… Même beaucoup, j'ai eu deux mois pour ça… Bref, je sais que je suis impulsive, que je me moque souvent de ton protocole à la con, mais il y a une chose dont tu ne dois jamais douter : c'est de ma sincérité. Je suis amoureuse de toi, je n'y peux rien. Ça m'est apparu comme une évidence quand Lee a dit que tu n'étais plus rien. Je ne pouvais pas le laisser dire un truc pareil ! Tu es roi, mais tu es aussi tellement plus que ça ! Tu es généreux, consciencieux, attentif aux autres. Tu aimes ta famille. Tu es tout ce que Lee ne sera jamais : un homme d'honneur. Tu es tout ce que je veux, Darian.

J'appuie mon front sur le sien, nous sommes trempés mais tant pis.

– Tu es incroyable, Elsie.

Elle pose un léger baiser sur mes lèvres mouillées.

– Dans ton langage royal, ça veut dire que tu m'aimes aussi?

– Oui. Parce que tu me vois tel que je suis. Moi. Que moi, pas le roi! Tu m'acceptes malgré mes défaillances, mon caractère intransigeant. Tu crois en moi et en ma capacité à me reconstruire. Ces dernières semaines passées sans toi, j'ai appris que si je pouvais agir en tant que roi de mon pays, je n'étais en revanche plus qu'un robot sans âme. Je ne pouvais plus dormir, je ne pouvais plus respirer. Je n'existais plus sans toi. Alors oui, je t'aime avec toutes les conséquences que ça implique.

Je prends le visage en cœur d'Elsie entre mes mains, elle m'a écouté avec un magnifique sourire. Ses beaux yeux verts brillent derrière ses cils et j'essuie une larme qui se mélange aux gouttes de pluie sur sa pommette.

– Pourquoi faire simple alors qu'on peut faire compliqué, n'est-ce pas? murmure-t-elle dans un souffle.

Ma réponse est ma bouche appliquée sur la sienne pour faire durer encore un moment ce sentiment de liberté si rare. Je la dévore avec une passion que je ne veux plus retenir. Sous une pluie battante et froide, dans la cour d'une prison de haute sécurité, je renais sur les lèvres d'Elsie.

38

Elsie

Nous avons quitté la prison en voiture, j'ai eu trop peur de remonter dans l'hélicoptère à cause des pluies torrentielles qui se sont abattues sur la Karanie. Quand il pleut en Méditerranée, ça n'a rien à voir avec le crachin anglais. Un vrai déluge ! Avant de rentrer au palais, Darian a voulu se rendre au central de secours de Strasa pour s'informer de l'ampleur des dégâts sur la Karanie. En retrait dans un couloir, je réalise maintenant pourquoi il met un point d'honneur à toujours se contrôler : il le doit à son pays. Il a subi un vrai traumatisme lors de sa rencontre avec The Last, mais il fait passer son royaume avant lui. J'appréciais déjà avant son sens du devoir, j'admire son dévouement envers son peuple en toutes circonstances.

Je surfe sur le Net en l'attendant, encadrée par deux molosses ; j'ai froid et repars à Oxford bientôt. L'heure avance et je suis coincée là, à cogiter sur mon avenir.

Parce que oui, putain, mon avenir a pris un virage à trois cent soixante degrés ! Qui plus est, très glissant : la sortie risque d'être périlleuse. Bordel ! Moi, aux côtés d'un roi lors de réceptions officielles ?

Même pas en rêve !

Une porte s'ouvre et Crâne Rasé se poste devant moi au garde-à-vous.

– Eh, on se détend, colonel, lui dis-je. Pas besoin de vous mettre au garde-à-vous devant moi.

Le colonel tique mais reste droit comme un piquet, je préférais quand il me montrait son agacement.

– Le roi me demande si vous souhaitez retourner au palais.

– Non, je veux rentrer chez moi. Demain, j'ai cours.

Bon, ça ne doit pas être tous les jours que Crâne Rasé est désarçonné. Il croit quoi? Que je vais bouleverser ma vie d'un claquement de doigts? J'ai un diplôme à obtenir, moi!

Un quart d'heure plus tard, il revient avec son roi qui a revêtu une veste sur sa chemise mouillée. Darian a repris son visage de chef de gouvernement, mais je suis soulagée de constater que ses yeux clairs reflètent la sérénité après des années de tourment.

– La météo s'améliore dans une heure, mon jet pourra décoller pour te ramener à Oxford, m'informe Darian. Mais d'ici là, nous devons discuter.

– Pour sûr, oui!

Une fois dans la voiture, il remonte la vitre entre nous et son chauffeur puis se cale contre la portière, un bras sur le dossier du siège.

– Je tiens à clarifier notre situation, Elsie.

Oui, moi aussi, mais pas quand il met de la distance entre nous. Je glisse mes fesses sur sa banquette en cuir noir et avant qu'il ne comprenne mes intentions, je m'installe sur ses cuisses et passe mes bras autour de son cou.

– Qu'est-ce que tu fais? s'exclame-t-il.

Je pose un baiser rapide sur sa bouche.

– Je profite de toi en toute intimité.

Mes lèvres retournent à leur place, c'est-à-dire sur les siennes qu'il ouvre en grognant. Il ne peut pas me résister ! Et j'en éprouve une joie indescriptible car il a le même effet sur moi, j'ai toujours besoin de le sentir, de le toucher.

De l'aimer.

Quand nos bouches se détachent enfin, il secoue la tête en souriant.

– Qu'est-ce que je vais bien pouvoir faire de toi ?!

Pour une fois, c'est moi qui deviens sérieuse : je caresse son torse, sans le regarder. J'admire sa fine musculature à travers le tissu humide de sa chemise et une bouffée de chaleur se répand dans mon corps. J'ai de plus en plus de difficulté à rester loin de lui. Sa main sur mon menton, il me relève la tête et me fixe avec une telle intensité que je manque une respiration.

– Dis-moi à quoi pense cette jolie petite tête.

– Que ma vie s'est considérablement embrouillée.

– Je crois surtout que nous venons d'augmenter la charge de travail de Ludmilla.

– Ah non ! Hors de question qu'elle te concocte une campagne de communication à mon sujet ! Je te l'ai dit : pour l'instant, nous ne disons rien à propos de nous deux. Après, nous verrons.

Darian me repousse sur le siège à côté de lui, en colère.

– Après quoi ?

– Quand... Quand... bafouillé-je en balançant mes bras en l'air.

Je suis en panique totale, là. Je ne suis pas le genre de fille à avoir planifié minutieusement toute sa vie, mais j'avais quand même un fil conducteur que je comptais suivre. Sauf que maintenant, ce fil s'est cassé et que je n'en vois pas de nouveau, tellement tout ça me semble surréaliste.

– Elsie. C'est toi qui m'as forcé à sortir de ma tanière et à vivre enfin en pleine lumière. Et maintenant, c'est toi qui veux rester cachée ? Pourquoi ? Est-ce si difficile de t'imaginer à mes côtés ? À moins que tu ne trouves que ça soit trop lourd à supporter au quotidien ou...

– Je ne t'ai obligé à rien ! protesté-je.

Les lèvres pincées, il se tait une seconde avant de reprendre :

– À moins que ce ne soit trop compliqué pour toi de rester avec un roi…

Sa voix a diminué d'intensité sur les derniers mots à cause de ses doutes sur mes intentions. Je pose ma main sur sa joue, mes doigts caressent instinctivement sa peau bronzée.

– C'est sûr, le fait que tu sois roi n'est pas un atout en ta faveur, je dirais même que c'est un méga inconvénient.

Il lève les yeux au ciel et a un rire ironique.

– Il n'y a que toi pour sortir un truc pareil ! Sais-tu combien de femmes m'envoient des demandes en mariage par jour ?

– Quoi ? Tu reçois des demandes en mariage ? Non, mais c'est pas possible, ça !

De la fumée doit sortir de mes narines et de mes oreilles ! Darian m'attrape et me colle à lui.

– Mademoiselle MacNee serait-elle jalouse ?

– On ne convoite pas ce qui m'appartient !

Darian éclate de rire, un rire si spontané et joyeux que mon cœur pourrait exploser de joie : il est enfin lui et rien n'est plus précieux à mes yeux que sa tranquillité d'esprit après les événements horribles qu'il a vécus. Il prend ma main et embrasse mes phalanges.

– Oui, l'homme t'appartient, Elsie, mais le roi appartient au peuple de Karanie.

– Aucune objection à ça.

– Explique-moi tes réticences, alors.

– Mes parents.

– Nous y voilà… Je suis un bon parti, pourtant, rétorque-t-il, moqueur.

– Grrr… Tu ne les connais pas !

– Ben…

J'écarquille les yeux. Non, il n'a pas osé?

– Tu as aussi beaucoup enquêté sur ma famille?

Il n'a pas besoin de parler, son visage gêné me le prouve. Contrariée par ses intrusions récurrentes dans notre vie privée, je croise les bras; je suis encore trempée et ma peau est parcourue de frissons. Darian s'en aperçoit, il ôte sa veste et me la donne.

Hmm, j'adore son odeur, j'ai droit à un petit sourire de satisfaction quand il me voit sentir le revers du vêtement.

– Garde-la. Tu penseras ainsi à moi cette semaine.

– Cette semaine? Mais…

Il m'interrompt d'un geste de la main et son ton redevient autoritaire.

– Je ne veux plus me cacher, Elsie. Et encore moins TE cacher. Donc si tes parents sont le problème, nous allons le résoudre. Samedi prochain, je viens te chercher en jet à Oxford, puis nous irons à Inverness pour que je rencontre ta famille.

– Tu plaisantes?

– Non.

Je suis dans la merde! Pas jusqu'au cou, non. Je m'y noie! Je ne la sens pas, cette rencontre entre ma famille et lui. Mais alors pas du tout!

Losh, je suis une fille morte!

– Écoute, Darian, j'ai besoin de temps pour faire passer la pilule à mes parents.

– Elsie. Je ne peux pas attendre. Déjà parce que plusieurs personnes nous ont vus ensemble et les ragots ne vont pas tarder à circuler ici.

Devant ma moue interrogative, il poursuit:

– Ma rencontre avec Lee m'a fait comprendre une chose: aujourd'hui, je me suis libéré de mon passé et la sensation est tout simplement… Je ne sais même pas l'expliquer. J'ai l'impression que je peux enfin avancer. Voilà pourquoi j'ai besoin que notre relation soit construite sur des bases saines, sans mensonge. Mon amour pour toi est lumineux, je ne veux pas qu'il reste dans l'ombre. Si nous continuons à nous cacher, ma frustration prendra le dessus et je ne veux pas que tu souffres de mes sautes d'humeur.

– Pourquoi serais-tu frustré ? Nous nous sommes bien arrangés pour nous voir, jusqu'à maintenant.

– Ça ne me suffit pas, Elsie ! Je veux que le monde entier sache que tu m'appartiens comme je t'appartiens ! À commencer par ta famille. Je respecterai les traditions en parlant à ton père. Ensuite, les médias publieront un communiqué.

Devant son visage déterminé et son ton catégorique, je comprends qu'il ne plaisante effectivement pas du tout. Il veut officialiser notre relation dans les règles. Et pour mon malheur, dans les plus brefs délais. Comique, quand on sait que je me fous complet des conventions ancestrales. Je suis une jeune femme du nouveau millénaire, moi !

Mais que voulez-vous… Par amour, on peut renoncer à quelques principes…

– Sire, nous sommes arrivés à l'aéroport, signale le chauffeur par l'interphone.

Losh, je n'ai que quelques minutes encore à passer avec lui.

– D'abord, on en parle à mes parents. Fais en sorte que rien ne filtre avant ce week-end.

– Aucun problème pour ça, je m'en charge.

Il approche sa bouche au coin de mes lèvres et je frémis de frustration. Une semaine sans le voir, sans le toucher… L'enfer, quoi !

– Tu as six jours pour changer d'avis, prévient-il.

– Jamais.

Sur son visage flotte un drôle de sourire. Il se penche par-dessus moi et ouvre la portière de mon côté. Sous un parapluie aux couleurs du drapeau de la Karanie, Janov m'attend avec mon sac à dos. Je m'apprête à sortir de la voiture quand il murmure à mon oreille :

– Alors prépare-toi à devenir reine de Karanie.

Je réalise ce qu'il vient de dire quand je suis debout, dehors sous la pluie, à regarder éberluée son sourire ravageur, puis il claque la portière avant que je puisse répondre. J'essaie de la rouvrir mais il l'a verrouillée, je ne peux même pas le voir à travers les vitres fumées. Je suis sûre qu'il plaisante.

Il plaisante, hein ? Rassurez-moi…

– Mademoiselle MacNee, par ici, indique Janov en me montrant l'escalier en place du jet.

Impossible de le joindre pendant le vol, mais dès que je suis à l'aéroport d'Oxford, je remets mon téléphone en fonction et je l'appelle, les nerfs à vif.

– C'est quoi cette connerie, encore ?

– Je constate que tu es bien arrivée en Angleterre.

– Darian…

Son rire résonne dans le téléphone ; il me manque déjà… J'en ai mal au ventre d'être si loin de lui. Aucun doute, je suis folle amoureuse et ça ne va pas arranger mon cerveau naturellement survolté.

– Elsie, tu devrais savoir maintenant que je mesure toujours mes paroles.

Je m'engouffre dans le taxi que Ludwig m'a commandé et donne mon adresse au chauffeur.

– Eh bien là, ce n'est pas le cas ! C'est même du n'importe quoi !

– Nous en reparlerons, mais pas maintenant, tu as des oreilles indiscrètes à côté de toi.

– Putain, mais je m'en fous ! Tu oublies complètement ce que tu m'as dit, tu m'entends ?

Un nouveau rire, tonitruant celui-là. Je souris malgré moi de l'entendre – enfin – si joyeux.

– Je t'aime, Elsie. Je dois te laisser.

– Darian !

Mais il a raccroché, me laissant avec une boule géante dans l'estomac et l'esprit en vrac.

Il m'aime !

Darian m'aime...

Bienvenue au club des « guimauveries » de Milly !

Mais je fais un véritable blocage sur ses dernières paroles parce qu'elles me projettent dans un avenir impensable et angoissant au possible. Mon amie n'est pas encore revenue de Londres quand j'arrive à notre appartement, heureusement d'ailleurs : elle m'aurait assommée de questions auxquelles je suis encore moi-même incapable de répondre. En plus, je suis morte de fatigue à cause de la tension de ce week-end éprouvant. Je m'enroule dans ma couette, je réfléchirai tranquillement demain.

Sauf que ma meilleure amie, debout aux aurores, m'attend de pied ferme au comptoir de la cuisine. Elle a relevé ses longs cheveux blonds en un chignon flou sur sa tête.

Comment fait-elle pour être aussi belle de bon matin ?

Moi ? Cheveux en bataille et pas démaquillée. Je traîne mes pantoufles usagées jusqu'à la bouilloire à thé, en évitant son regard scrutateur digne d'un agent du MI6.

– Tu as passé un bon week-end ? demande-t-elle d'une voix mielleuse.

– Hm, hm, acquiescé-je, la bouche pleine de *baked beans*.

– Le roi va bien ?

– Hm, hm.

– Elsie Beth MacNee ! Raconte-moi ce que tu as fait ou je te jure que je t'étouffe avec les *beans* !

Appuyée sur le comptoir, je souffle dans ma tasse chaude ; encore une fois, je suis obligée d'éluder la vérité et ça me bouffe. Je déteste l'idée que les secrets fassent désormais partie de mon mode de vie.

– Nous avons été en Karanie.

– Pour si peu de temps ? s'exclame Milly.

– Darian avait une affaire urgente à régler.

– Et il l'a réglée ? entends-je derrière moi.

Je sursaute au son de la voix de Mark. Bordel ! Je croyais qu'il était reparti dans son pays, celui-là ! Il sait pourquoi nous sommes retournés en Karanie... À cet instant, il a vraiment l'allure d'un prince habitué à être obéi. Il est loin de l'étudiant d'Oxford qu'il était jusqu'à l'été dernier. Il a mûri, l'autorité semble être un trait de caractère des Von Karan.

Mais il ne m'intimide pas pour un sou.

– Oui. Tout va bien.

Je ne peux pas m'étendre sur le sujet devant Milly, c'est à lui de lui expliquer – ou non – la situation. Pas à moi. D'autant que certains pans de l'histoire doivent lui être révélés par son frère.

– Tu en es sûre ? demande Mark.

Je souffle fort. Putain, lui et son scepticisme !

– Oui, j'en suis sûre. Appelle ton frère si tu veux une confirmation.

– Je pourrais avoir une explication ? intervient Milly.

– NON !

Mark et moi avons répondu en même temps, ce qui a pour effet de mettre ma meilleure amie dans une colère noire. Elle s'approche de nous, son index levé, ses yeux lançant des flammes.

– Vous avez intérêt à parler ou je vous jure que...

Son futur fiancé lui prend la main et la plaque contre lui.

Non! Je ne veux pas voir ça! Je suis au régime sec pendant une semaine, moi!

– Milly, je te promets que je te dirai tout dès que j'aurai l'aval de mon frère.

– Pourquoi Elsie est au courant, alors?

– Parce que je suis sa petite amie officielle.

Comment empêcher un couple amoureux de s'embrasser? Rien de plus simple: vous leur servez le scoop du siècle sur un plateau d'argent.

– Bon, je vous laisse. Je dois prendre ma douche et aller en cours.

– Elsie! crie Milly alors que je m'enfuis dans la salle de bains où je m'enferme à double tour.

Mon amie tambourine sur la porte.

– MacNee! Je te jure que je te torturerai jusqu'à ce que tu me racontes tout!

Quelques minutes plus tard, je les retrouve tous les deux lovés dans le canapé. Je soupire de jalousie et de bonheur. Je me plante devant eux, les bras croisés.

– Je vous donne les grandes lignes: cette semaine, il vous est interdit de dire quoi que ce soit sur Darian et moi à quiconque, le temps que Ludmilla organise le bordel médiatique. Samedi, nous allons à Muir of Ord parce que Darian veut rencontrer mes parents et ensuite, je serai officiellement sa petite amie.

Milly cache sa bouche grande ouverte de surprise avec ses mains tandis que Mark est écroulé de rire, à moitié allongé sur le sofa qu'il frappe de ses poings.

– Alors celle-là, je ne l'ai pas vue venir! s'exclame le prince. Toi et Darian en couple officiel!

Au moins, il y en a un que ça fait marrer. Mais soudain, redevenant grave, il se redresse.

– C'est si sérieux, vous deux?

J'acquiesce, il me gonfle avec ses perpétuels doutes à mon sujet. Il se lève et me toise, sourcils froncés.

– Ce qui signifie que tu pourrais devenir…

Je le coupe, la main en l'air, avant qu'il n'aille plus loin, morte de trouille d'entendre encore ces mots.

– Stop ! Je ne suis que sa petite amie. Point.

– Tes parents vont te massacrer, ajoute Milly.

– Pourquoi ils feraient ça ? s'inquiète Mark.

Ma blonde préférée a un rictus narquois.

– Je dirai tout quand j'aurai l'aval de la future reine de Karanie.

Je plaque les mains sur mes oreilles et pars en courant hors de l'appartement. Je ne veux plus rien entendre sur cet hypothétique titre !

39

Darian

La porte de mon bureau au palais s'ouvre brusquement. Il n'y a que Mark qui peut débouler ainsi, sans être annoncé, un lundi au beau milieu de l'après-midi.

– Elsie ! s'exclame-t-il.

– Je n'ai pas droit à un bonjour ou à un « Comment vas-tu ? »

– Elsie, merde !

Mon frère s'écroule dans le fauteuil face à moi, visiblement agacé. Il balance ses bras en me parlant.

– Franchement, tu ne pouvais pas trouver quelqu'un d'autre ? Cette fille ne sait pas tenir sa langue !

Oh, si, elle sait ! Et quand elle ne le fait pas, je la lui mange…

Seigneur, à peine douze heures sans elle et je suis en manque ! J'ai prévu de m'abrutir dans le travail pour ne pas voir le temps passer jusqu'à samedi. Ça tombe bien, j'ai pris du retard avec l'arrestation de Lee.

– On ne choisit pas de qui on tombe amoureux, Mark.

Mon petit frère me regarde, incrédule. Après mes années de réclusion dans mon propre palais, il est en effet surprenant que je m'éprenne d'une petite étudiante écossaise. Et pourtant, ses grands yeux verts pétillants m'ont tout de suite fasciné par la joie qu'ils dégageaient. Ils reflétaient la lumière que je cherchais désespérément dans ce tunnel où je m'étais enfermé depuis le drame.

– Mais si ma relation avec elle te dérange, dis-le-moi tout de suite.

– Tu ne la quitterais pas même si c'était le cas. Je te connais, tu n'as pas pris ta décision à la légère et je ne peux pas m'y opposer.

Je me lève et viens m'asseoir à côté de lui, je tiens à ce que nous discutions entre frères, pas entre un roi et son sujet.

– Donne-moi ton avis, s'il te plaît.

– Darian. Elsie, admets-le, est une chieuse de première. Elle n'a aucun sens des conventions et sa franchise peut être un problème. Mais je sais aussi que Milly l'adore parce qu'elle est une amie fidèle et fiable. Et puis… Elle a réussi là où personne n'était arrivé.

– C'est-à-dire?

– Elle t'a redonné goût à la vie, mon frère, et rien que pour ça, je lui serai redevable à jamais.

Mon cœur se serre car je réalise maintenant les conséquences de mon comportement toutes ces années sur Mark. Elsie m'a permis de me libérer de mon addiction envers Lee, mais elle a aussi sauvé mon petit frère de mon emprise destructrice sur lui : je l'avais enfermé avec moi. La tête dans les mains, je respire un grand coup afin de contrer la boule qui s'est formée au fond de ma gorge.

– Je suis désolé, Mark, pour tout ce que je t'ai fait endurer.

Mon frère me tape plusieurs fois dans le dos.

– Darian, je n'ai rien oublié du jour de l'assassinat de notre famille. Je n'ai rien vu, mais je sais une chose : tu m'as sauvé et tu as pris deux balles pour moi. Je t'ai fait croire le contraire, que je ne me souvenais de rien parce que je te voyais lutter tous les jours pour que je sois heureux. Et je le suis plus que tu ne peux l'imaginer. Alors pourquoi veux-tu être désolé ? Je suis en vie grâce à toi, tu t'es occupé de moi sans jamais te plaindre et tu étais si jeune ! Je me suis toujours demandé si j'aurais été capable, à peine majeur, de supporter ces énormes responsabilités. Tu veux que je te dise ? J'aurais craqué. Tu es mon modèle et je t'aime.

Je relève la tête vers Mark, sidéré par ses confidences ; nous n'avons jamais parlé autant à cœur ouvert, par pudeur masculine, j'imagine. Mon frère est devenu un homme dont je suis extrêmement fier. Je me mets sur mes pieds, attrape son biceps et l'enlace, geste que je n'ai pas fait assez souvent, trop absorbé par mon travail et mon obstination à poursuivre Lee. Il a grandi sans le doux réconfort d'une mère ou les conseils avisés d'un père. Nous restons longtemps ainsi ; indéniablement, nous avons besoin de nous retrouver.

– J'ai beaucoup de choses à te dire, Mark. Il est temps que tu connaisses toute la vérité sur notre famille... Et sur moi.

***

Notre discussion se termine au milieu de la nuit chez moi, devant une bouteille d'Ice vide. J'ai raconté pendant des heures notre vie d'avant le drame pour qu'il ait des souvenirs, même si ce sont les miens. Je ne lui cache rien des meurtres non plus, il est en âge d'encaisser le choc maintenant.

Parce que c'en est un, même dix-sept ans après. Jusqu'à ce soir, Mark a cru à la version officielle, c'est-à-dire qu'un tueur inconnu manipulé par Lee Davis s'était introduit dans le palais et avait tiré sur tout ce qui bougeait. Il m'en veut de lui avoir caché la vérité si longtemps, néanmoins, je pense qu'il me pardonnera un jour : il sait que mon but a toujours été de le protéger. Surtout de l'insoutenable. Comment accepter que son frère aîné tue de sang-froid ses parents et ses sœurs sans aucune hésitation ?

Il s'écroule en pleurs dans mes bras. Je ne peux que le réconforter et l'aider à supporter la douleur, qui, je le sais maintenant, n'est plus insurmontable. Grâce à Elsie et son soutien.

Mon infaillible faille…

40

Elsie

– Allô, maman ?

– Oh, ma fille ! Comment vas-tu ?

Il m'a fallu vingt longueurs de crawl pour trouver le courage d'appeler ma mère à la sortie de la piscine.

– Ça y est, nous avons réservé les musiciens pour le mariage de Keith.

OK, elle est toujours en mode « mariage parfait » qui n'a lieu que l'été prochain…

– Vous avez presque fini les préparatifs, alors.

– Oh, non ! Il reste le plan de table. Un vrai casse-tête. Au fait, est-ce que tu comptes amener un cavalier ?

Ma mère et sa subtile façon de m'interroger sur mes éventuels petits copains…

– À ce propos… commencé-je.

– Elsie ! Tu vas nous présenter quelqu'un ?!

Quand je disais que ma mère avait un sixième sens avec ses enfants ! Elle sait avant nous ce que nous allons lui dire ! Je me tape la tête plusieurs fois sur le mur en béton de la piscine, la discussion s'annonce mouvementée…

– Je viens demain vous le présenter.

– Demain ? Mais… Les vacances sont dans un mois ! Comment vas-tu venir ? En train, en voiture ? Pourquoi c'est si urgent ? Tu n'es pas enceinte, au moins ?

Je stoppe net l'interrogatoire de ma mère.

– Maman ! Non, pour la millième fois, je ne suis pas enceinte. Je prends la pilule depuis mes 16 ans, c'est même toi qui m'as emmenée chez la gynéco !

– Ton copain met des préservatifs ? Parce que si vous n'avez pas fait de test…

– Maman ! Bien sûr que nous faisons attention !

– Pourquoi tu nous avertis à la dernière minute ? Toi et moi allons avoir une explication, jeune fille. J'espère que tu ne fréquentes pas un garçon louche.

– Rassure-toi, maman. Il est tout ce qu'il y a de plus convenable.

Ouais, sauf quand il me prend dans le noir au fond de son bunker…

– Alors, pour demain, nous serons à la maison vers quatorze heures, continué-je avant qu'elle se remette à imaginer je ne sais quel scénario improbable.

– Bien, j'ai le temps d'aller faire des courses le matin. De toute façon, les garçons avaient prévu de se retrouver à la maison pour le match. Ton copain pourra le regarder avec eux pendant que nous parlerons.

Je me laisse glisser le long du mur et m'assois dans l'herbe, tant pis pour mes fesses mouillées. Je suis foutue ! Mes frangins seront tous là aussi…

– J'espère que ton copain aime le rugby, sinon avec ton père et tes frères, ça ne va pas le faire.

Je n'en ai aucune idée…

– Il aime le sport, réponds-je, évasive.

– C'est quoi son nom ?

– Darian.

– Drôle de prénom. Et son nom de famille ?

– Euh, maman… Je dois y aller, il commence à pleuvoir. Je suis à la piscine, il faut que je rentre. Je t'appelle quand nous serons à Inverness.

– Elsie ! Qu'est-ce que tu me caches ?

– Au revoir, maman.

Je raccroche et coupe la sonnerie de mon téléphone. Je pédale comme une folle pour revenir à l'appartement. Mon cerveau surchauffe, je n'arrête pas de me dire que c'est beaucoup trop tôt pour que Darian rencontre ma famille. Je ne suis pas prête à franchir ce pas décisif. Pas parce que je doute de mes sentiments. Non. Mais parce que le clash est inévitable et que je me refuse à faire un choix entre eux.

Peut-être aussi parce que je suis terrorisée par l'avenir.

Tout va trop vite…

C'est exactement ça quand je vois le jet avec les armoiries des Von Karan sur le tarmac du petit aéroport d'Oxford le lendemain. Mes parents vont me tuer, puis m'étrangler ou pire me tourner le dos lorsqu'ils verront un monarque à la porte de leur ferme. Mais mes appréhensions sont reléguées sur la touche à la vue de Darian en bas de l'escalier. Son visage s'illumine au fur et à mesure que j'avance vers lui. La charmante fossette formée par son sourire en coin le rend absolument craquant, mon cœur se met alors à battre la chamade.

Losh, cet homme sexy, beau comme un ange blond, est à moi, rien qu'à moi.

Et son regard torride qui me détaille de la tête aux pieds n'a jamais été aussi bleu, il enflamme chaque parcelle de ma peau. Darian s'approche de moi en quelques enjambées énergiques, son long manteau couleur caramel flottant autour de lui, et m'enlace.

– Tu veux ma mort? chuchote-t-il dans mon oreille d'une voix rauque.

Je l'embrasse dans le cou et respire avec bonheur son parfum boisé. Consciente de mon petit effet, je le nargue :

– Oh, tu parles de mes cuissardes?

– De quoi vais-je avoir l'air si j'arrive chez tes parents avec une érection?

– Sire, je croyais que vous saviez vous contrôler… le taquiné-je.

– Avec toi, jamais.

Darian me prend par la main et nous nous installons dans l'avion. Après le décollage, il fait signe à l'hôtesse de disparaître. Elle ferme le rideau, nous laissant notre intimité. J'en profite donc pour défaire ma ceinture de sécurité et m'asseoir sur les genoux de Darian qui, pour mon plus grand plaisir, bande dans son pantalon. Je n'hésite pas à effleurer son membre de la main à travers son jean foncé. Les yeux clos, il cale sa tête contre le siège, s'abandonnant quelques minutes à mes caresses, mais son autorité refait vite surface. Il m'attrape par le cou et m'embrasse avec force, sa langue assiège ma bouche qui capitule sans aucune résistance. Je me colle à son torse, incapable de réfléchir plus longtemps. Je m'enivre de son odeur unique, du goût de ses lèvres, de sa respiration saccadée. Mes doigts glissent dans ses cheveux fins, je pourrais y rester accrochée des heures entières ; ils sont doux et soyeux, et j'aime sa mèche rebelle qui le fait ressembler à un vrai humain lorsqu'elle tombe sur son front. Peigné impeccablement, il paraît inaccessible au commun des mortels. Il se détache de mes lèvres et les frotte de son pouce.

– Seigneur, cette bouche m'a manqué.

– Que ma bouche? C'est vexant, répliqué-je en riant.

Son doigt descend ensuite sur mon menton, le long de la courbure de mon cou, puis entre mes seins dont les pointes sont visiblement dressées malgré l'épaisseur de mon pull.

– Ces deux-là aussi.

Il effleure avec délicatesse ma poitrine, ce qui entraîne quelques accélérations dans ma respiration. Il suit son doigt des yeux comme s'il voulait mémoriser chaque parcelle de mon ventre, et continue son chemin sur le bouton de mon pantalon jusqu'à mon entrejambe. Là, j'ai un hoquet d'impatience quand il appuie sur la couture, provoquant une irradiation de désir dans l'ensemble de mon corps.

– Ma faille, murmure Darian au creux de mon oreille.

Je remue sur ses cuisses, à la recherche d'une délivrance rapide. Depuis que j'ai goûté à ses doigts, les miens n'ont plus la même saveur.

– Darian, le supplié-je tout bas.

Il déboutonne mon jean puis plonge son index sous mon sous-vêtement. Le contact de sa peau sur mon intimité m'électrise aussitôt, il titille avec un plaisir plus qu'évident mon clitoris. Je rejette ma tête en arrière pour aspirer une bouffée d'air et me concentrer sur son majeur magique qui a rejoint son premier doigt. Sa bouche, enfouie dans mon cou, produit des sons rauques qui amplifient mon appétit. Il s'agite sous moi en même temps que sa main me caresse de plus en plus vite. Après une semaine de privation, je ne tarde pas à sentir l'orgasme m'envahir. J'étouffe mes cris en mordant dans sa veste de costume bleu nuit avant de me laisser aller sur son épaule. Darian me serre dans ses bras tout en embrassant ma joue, ma mâchoire et le creux de mon cou ; ses petits baisers tout doux me font frissonner de la tête aux pieds.

– J'ai hâte d'être à ce soir, dit-il.

Je me rassois sur mon fauteuil, peu convaincue que ma nuit sera bonne.

– Si tu es encore vivant…

Je vois bien qu'il est sceptique à propos de mes parents. Il a récolté des informations sur ma famille mais rien, j'en suis sûre, d'assez précis qui puisse le préparer réellement à leur rencontre. Il faut aussi dire que je le vois mal marcher dans la lande avec mon père au milieu des brebis ou manger le haggis de ma mère.

Et mes frères ? Je n'ose pas y penser. Calum risque d'être le plus virulent, il est engagé à fond dans la politique. La bonne nouvelle est qu'il ne connaît rien à celle de la Karanie. Keith, je l'espère, sera trop accaparé par son futur mariage (je compte aussi sur l'aide de Chloe). Angus voudra ériger un rempart autour de moi, mais j'ai un moyen de pression maintenant qui se nomme Emma. Et Elliott, ben, il est trop jeune pour m'emmerder.

Soyons positifs, je devrais gérer le truc.

Ou pas.

De toute façon, je ne peux plus faire marche arrière, j'aperçois à travers le hublot le pont à haubans de Kessock sur le Moray Firth aux rives en partie découvertes par la marée basse. Un fort *blowther* secoue le jet à l'atterrissage. Décidément, je ne suis pas copine avec les engins qui volent dans le ciel. Je préfère la terre ferme et les tourbières écossaises. Je m'agace pour me détacher, si bien que Darian le fait pour moi, une lueur narquoise dans les yeux.

– Ne sois pas si nerveuse, tout va bien se passer.

– Pff !

Il ne va pas rire longtemps !

Je m'empare de mon sac sans un mot, passe devant le pilote qui a ouvert la porte de la carlingue et sors respirer l'air frais de mon Écosse natale et sa senteur caractéristique de callune, la bruyère qui parsème la lande. Ludwig nous a précédés pour s'occuper des formalités ; Darian descend à son tour, suivi de très près, trop près même à mon goût, par l'hôtesse de l'air.

– Elle vient avec nous? demandé-je, suspicieuse, car cette femme est une vraie bombe.

– Oui, c'est mon garde du corps cette semaine. Six autres nous attendent à la sortie de l'aéroport.

– Tu choisis tes gardes du corps sur les podiums des défilés? marmonné-je, mécontente que ma mauvaise humeur se voie autant.

Darian prend ma main et m'oblige à stopper.

– Elsie, je suis ici, chez toi. C'est bien la preuve que je t'aime. Donc tu n'as aucune raison d'être jalouse de Brina.

Brina? J'aime pas ce prénom...

Il embrasse le creux de mon poignet, là où naissent les frissons...

– Aucune femme n'est aussi excitante à mes yeux que toi, surtout dans ces cuissardes.

L'hôtesse – garde du corps – se racle la gorge et nous montre le hall d'arrivée avec insistance.

Message compris, la blonde! On y va!

Darian s'écarte de moi, met ses mains dans le dos et marche rapidement vers l'aérogare. Les portes de sécurité à peine passées, nous voici entourés par une petite armada qui nous escorte jusqu'aux voitures de location. Le visage contrarié, Ludwig tend à son souverain une tablette.

– La nouvelle a filtré, Sire.

Darian lit un texte sur l'écran, puis il surfe sur le Net en grognant. Il est furieux mais il se contient devant ses employés. Devant le coffre de la voiture, il se tourne vers moi.

– Combien y a-t-il de temps de trajet pour aller chez toi?

– Environ une demi-heure.

Il acquiesce, prend une mallette (avec son logo dont je connais la signification maintenant) et s'installe dans le véhicule. Je m'assois à côté de lui, intriguée par l'ordinateur qui se cache à l'intérieur du bagage. Jamais vu un truc pareil, je suis sûre que si je sautais à pieds joints dessus, il ne se casserait pas.

Je comprends ensuite pourquoi il est énervé : l'annonce sur la tenue du procès a été divulguée plus tôt que prévu. Ludmilla et lui avaient préparé un plan de communication qui tombe à l'eau. Le pire provient de la chaîne d'info en continu karanienne : elle diffuse en boucle les photos de Lee et d'Ernest, The Last racontant sa propre version des faits.

– Davis a parlé à la presse, murmuré-je, dégoûtée par ce que je crois comprendre sur les images de la vidéo.

Les journalistes accusent le roi d'avoir caché la vérité parce qu'il avait honte de son frère aîné. Il n'y a que Lee pour dire une chose pareille. Son avocat apparaît devant les marches du palais de justice de Strasa, dénonçant un procès truqué à l'avance. Je pose ma main sur celle de Darian qui pianote vite sur son clavier de téléphone en même temps qu'il me traduit le reportage.

– Si tu veux rentrer en Karanie, je comprendrai, lui dis-je.

J'ai droit à un coup d'œil exaspéré, puis il se replonge dans ses messages. Par la vitre, je ne vois pas le paysage familier de mon enfance défiler, je réfléchis aux conséquences de cette mauvaise nouvelle. Darian a tellement l'habitude de tout contrôler que perdre la main vis-à-vis de Davis risque de lui faire péter un câble. D'autant qu'aujourd'hui, ce n'est pas le moment !

Il referme la mallette à l'entrée de Muir of Ord, pince les lèvres et soudain, son visage devient royalement impassible tandis que moi, mon anxiété augmente au fur et à mesure que nous nous dirigeons vers le loch d'Ord. Quand nous bifurquons sur la petite route à moitié terreuse et bordée de murets en pierres sèches qui mène chez moi, ma jambe se met à sautiller toute seule.

– Encore nerveuse ?

Il se moque de moi, là? Je me tourne vers lui et lui tire la langue. La seconde d'après, je réalise mon erreur: ses dents viennent mordiller ma lèvre inférieure, je ne peux m'empêcher de gémir de plaisir et d'effroi.

Losh, je suis à la maison, je ne peux décemment pas arriver devant mes parents le feu aux fesses et les lèvres rougies par ses baisers.

Mary, la copine d'enfance d'Elliott, nous regarde passer, perchée sur son magnifique étalon. Ouais, c'est pas tous les jours que de rutilantes voitures de luxe noires roulent sur cette route. En général, elle voit des tracteurs ou des 4x4 sales. Il a beaucoup plu ces derniers jours, le petit ruisseau le long des clôtures déborde et la terre est gorgée d'eau par endroits. J'ai bien fait de mettre mes cuissardes, mais je crains pour les chaussures hors de prix du roi.

– Je demanderai à Angus de te prêter ses bottes.

Darian lève un sourcil d'incompréhension, puis il remarque l'état du chemin de notre ferme et ses yeux s'assombrissent.

– Bienvenue en Écosse en plein hiver!

Mes parents ont entendu les voitures, ils nous attendent sous le porche d'entrée où sèchent les bottes de la famille. Mon père, grand gaillard robuste aux cheveux désormais clairsemés, a croisé ses bras massifs et ma mère a les mains dans les poches de son jean neuf qu'elle a sûrement acheté exprès pour accueillir comme il se doit mon petit ami… Mon rire s'éteint devant leurs mines sévères à la vue des superbes Audi.

Voilà, voilà, mesdames, messieurs, le big bang explosera dans dix secondes…

– Faut que je t'aime pour subir un truc pareil! râlé-je avant de descendre de voiture.

Je m'avance vers mes parents, mais ils ont le regard fixé derrière moi. Stupéfait, mon père décroise les bras puis ses yeux écarquillés passent de l'un à l'autre. Il secoue la tête plusieurs fois, se demandant sûrement ce qui vient de lui tomber dessus.

Papa, on est deux dans ce cas-là…

Ma mère s'est concentrée sur moi, elle m'agrippe l'avant-bras, me pose deux bises sur chaque joue pour ensuite me repousser à bout de bras.

– Explique-toi, jeune fille, dit-elle sévèrement.

– De toute évidence, vous n'avez pas besoin que je fasse les présentations, réponds-je d'un ton un peu sec que je regrette aussitôt quand maman a un mouvement de recul.

Darian marche vers mon père et lui tend la main. Papa la prend tel un automate. Il le dévisage de la tête aux pieds, sans un mot, mais je sais que ça doit tourner à plein régime dans son cerveau. Il n'est pas très causant mais réfléchit beaucoup, ce qui a permis à notre ferme de survivre jusqu'à maintenant.

– Bonjour, monsieur MacNee. Je suis Darian Von Karan.

Je soupire de soulagement, il a eu la présence d'esprit d'éviter de donner ses titres de noblesse bien que mes parents sachent très bien qui il est : le frère du fiancé princier de Milly, donc le roi. Son visage apparaît régulièrement dans les médias depuis qu'il a décidé de sortir de l'anonymat. Et telle que je connais ma mère, elle a surfé sur Internet pour chercher des infos sur Mark. En dehors du fait que Milly est ma meilleure amie et que nos mères se fréquentent depuis la primaire, maman est une vraie commère, curieuse de tout.

D'accord, j'aime bien fouiner aussi, les chiens ne font pas des chats, hein ?

Darian salue ensuite ma mère en se penchant légèrement vers elle.

– Enchanté de faire votre connaissance, dit-il, la main tendue.

Encore sous le coup de la surprise, Maman la prend sans prononcer un mot.

– Veuillez entrer, dit mon père d'un ton poli mais ferme en ouvrant la porte de la maison.

Darian le suit, les mains derrière le dos.

Après le big bang, l'apocalypse… S'il prend son attitude royale, mes parents vont le foutre dehors et moi, je finirai en bouillie dans l'auge des cochons. Ma mère me retient, sa colère fume à travers ses narines.

– Tu aurais pu nous avertir avant que ton prétendu petit copain était le roi de Karanie.

– Mon prétendu?

Ma mère hausse un sourcil.

– Je ne peux pas croire une seconde que votre histoire soit sérieuse.

– Pourquoi ça? m'exclamé-je.

– Ma chérie, tu es une MacNee. Les MacNee ne s'entichent pas d'un aristocrate!

Qu'est-ce que je vous disais? Ma famille et la noblesse ne font pas bon ménage.

– Ses ancêtres ne nous ont pas combattus à Culloden! répliqué-je.

– Encore heureux! souffle ma mère qui rentre dans notre maison d'un pas décidé.

Je suis en cursus d'histoire à Oxford car ma famille – principalement mon père et mon grand-père – raconte de génération en génération la bataille de Culloden et ses conséquences, avec des déformations de la vérité version MacNee, bien sûr. Bataille, je précise, qui a eu lieu en 1746. Elle a mené à l'épisode d'oppression dit des *Highland Clearances*: les chefs de clans ont poussé les pauvres paysans, dont nous sommes issus, à travailler le *kelp* pour une misère, à introduire les moutons qui rapportaient plus que les bovins et au bout du compte, à immigrer vers les Amériques, faute de pouvoir se nourrir. C'est vrai que les MacNee sont des survivants de cette époque dramatique. Et leur rancune est tenace!

Putain, c'était il y a trois siècles !

Dans la cuisine, je constate avec délice que ma mère a commencé à préparer le repas, le *Dundee cake* cuit dans le four et son fameux haggis mijote dans la marmite de ma grand-mère.

Pas sûr que j'en mange une part aujourd'hui si je suis obligée de battre en retraite…

Je m'arrête net sur la marche qui mène de la salle à manger au grand salon. L'électricité est palpable, chaque partie campant sur ses positions. Mes quatre frères, debout, jambes écartées et bras croisés, ont délaissé leur sacro-saint match de rugby à la télé pour faire face à Darian, dont les mains dans le dos sont blanches à force de serrer ses doigts entre eux. Ça donne une idée du degré de rancœur des MacNee envers la monarchie. Mon père observe la scène, amusé et fier de ses fils.

– Cette pièce pue la testostérone ! m'écrié-je en me plaçant près de Darian.

Je pointe mon index vers mes frères, prête à en découdre avec chacun d'eux.

– On n'est pas à la troisième mi-temps, là ! Non, mais c'est quoi ces manières d'accueillir les invités ?

Calum va pour parler mais je l'interromps :

– Je vous avertis, tous les quatre : si j'entends la moindre réflexion désagréable, je donne votre queue à manger aux cochons.

Je me tourne vers Chloe qui rit tout bas, assise sur le fauteuil où Keith et elle ont l'habitude de se blottir.

– Ouais, par pitié pour Chloe, je ferai juste un nœud à celle de Keith. Les autres, de toute façon, vous ne savez même pas vous en servir !

– Je vois que je ne suis pas le seul à subir son mauvais caractère, remarque Darian, hilare.

Je pivote sur mes pieds et lui lance un œil assassin : je viens de le défendre et il me plante un poignard dans le dos ?

Et là, l'atmosphère tendue change radicalement ; mes frères éclatent de rire, accompagnés par mon père, plié en deux, les mains sur les genoux. Puis papa se redresse, tape sur l'épaule du roi qui chancelle sous la surprise, et s'écrie :

– Vous avez tout compris ! Bonne chance, gamin, avec Elsie !

Je ne sais plus quoi penser et encore moins si je dois me réjouir que mon père accepte aussi facilement Darian à la maison ou que Darian mette d'instinct ses mains dans les poches de son pantalon, le visage détendu, le sourire aux lèvres et son attitude royale complètement effacée, semblant accepter que mon père le surnomme « gamin ».

– Allez, venez vous asseoir avec nous pour regarder la fin du match, propose mon père. Vous aimez le rugby au moins ?

Darian acquiesce :

– J'ai assisté à la finale de la dernière coupe du monde à Yokohama, entre l'Afrique du Sud et l'Angleterre.

– Waouh ! Ça devait être génial ! dit Elliott. J'espère que vous étiez pour l'Afrique du Sud !

– J'ai fait une partie de mes études en Angleterre, alors…

– Mon vieux, dans cette maison, il n'y a qu'une seule équipe qui compte : celle du chardon, intervient Angus d'une voix sourde, assis sur le rebord canapé, les coudes sur les genoux et les yeux à nouveau englués dans l'écran de la télé.

Angus ne parle pas beaucoup et le rugby est un sujet sensible dans cette maison, en particulier pour lui, ce qui ne l'autorise pourtant pas à se montrer grossier. Il a intérêt à rester respectueux envers Darian ou je me promets de le torturer avec Emma.

Ma mère m'appelle depuis la cuisine où elle épluche rageusement des légumes. D'un hochement de tête, elle me demande de l'aider. J'ouvre le tiroir et prends le vieil économe. Elle n'a encore pas dit un mot que je sais d'ores et déjà que je vais morfler.

– Les hommes de cette maison sont des idiots dès qu'on parle rugby, mais lui et toi ne m'aurez pas si facilement, ma petite. Tu as intérêt à tout me raconter et à être convaincante.

Gagné ! Je vais avoir droit au sermon maternel du siècle… et de ceux à venir, vu comme elle massacre les pommes de terre.

– Si je te dis que nous sommes amoureux, ça te va ? murmuré-je d'une voix pas rassurée.

Elle pose son couteau et me toise, d'en bas car elle est plus petite que moi, mais je jure qu'elle est quand même terrifiante avec ses yeux verts qui flamboient et sa bouche tordue par la contrariété.

– On ne tombe pas amoureux en une semaine de vacances ! Sauf si tu as oublié de me dire un tas de choses, Elsie MacNee.

J'en ai eu des punitions à cause de mes conneries avec Calum mais là, je vais prendre cher parce que je détiens des secrets qui ne sont pas les miens et ma mère devine toujours quand je lui mens. Seule solution : lui donner de vraies informations sans en rajouter.

Alors je pèse chacun de mes mots, ça me demande un gros effort de concentration. Je lui explique que pendant mon premier séjour en Karanie, nous avons sympathisé grâce à notre intérêt commun pour l'histoire. Qu'ensuite nous nous sommes revus quelquefois quand Mark venait voir Milly. Et pour finir, que je suis allée le week-end dernier à Strasa afin de décider de la façon d'annoncer notre relation et qu'il était important pour moi que ma famille soit au courant en premier.

Ça se voit que j'essaie de l'amadouer, là ?

Ma mère m'écoute sans m'interrompre, épluchant les pommes de terre à toute vitesse ; elle s'énerve sur ces pauvres tubercules qu'elle projette dans la passoire avant de les laver.

– Et tes projets d'avenir? grince-t-elle entre ses dents.

– Maman, rassure-toi, je vais terminer mes études à Oxford.

– Ah ça, c'est sûr! Tu es la première MacNee à intégrer cette prestigieuse université! Tu ne vas pas abandonner pour un roi!

– Il n'en a jamais été question.

– Ah, pour sûr, non, ma fille! Mais la question essentielle est: après? Que vas-tu faire une fois que tu auras ton diplôme? *Losh*, Elsie, te rends-tu compte que tu vas peut-être habiter dans un pays étranger, à des milliers de miles de nous? Que tu devras changer ta personnalité? Tu es pleine de vie, intelligente et drôle. J'ai peur que la jeune femme exceptionnelle que tu es devenue disparaisse dans les limbes d'un protocole étouffant.

– Ne craignez rien, madame MacNee, je veillerai personnellement à ce qu'Elsie reste elle-même, déclare Darian derrière nous.

Ma mère brandit son économe devant le nez du roi (par chance, les gardes du corps sont dehors, sinon, ils l'auraient déjà plaquée au sol).

– Je ne vous connais pas et je n'ai eu que quelques bribes d'informations par Rosie Watson sur votre frère et vous. Vous les avez éblouis à Noël avec votre palais et vos bonnes manières, mais je ne suis pas impressionnable, moi, monsieur. Ce qui compte le plus pour moi est l'épanouissement de mes enfants, et je ne suis franchement pas certaine que votre histoire avec ma fille soit ce qui lui convient le mieux!

– Maman! m'exclamé-je pour retenir un peu son excès de virulence.

Je ne mentais pas quand je disais que la fin était proche, elle est déjà là! Darian fixe l'économe des yeux, complètement ahuri et passablement agacé. Il doit avoir l'impression d'être tombé dans une maison de fous, notre famille est si loin de son monde.

– Votre fille m'a elle aussi menacé, mais avec une chaussette nauséabonde.

– Elle avait sûrement ses raisons, réplique ma mère, toujours en mode *Warrior Mom*.

– Elle n'avait pas tort, dirons-nous. Elsie est la seule personne que j'autorise à me dire mes quatre vérités.

Darian a pris son ton de négociateur royal qui fait baisser le bras de ma mère ; elle fronce les sourcils et observe sous toutes les coutures l'étrange spécimen que sa fille lui a ramené.

– Si vous continuez à fréquenter ma fille, il faudra vous habituer à ce que sa mère fasse pareil.

À ma grande stupéfaction, Darian hoche la tête en signe d'acceptation, puis il plonge ses yeux bleus dans les miens. J'y lis un mélange étrange de joie et de tristesse qui me transperce le cœur. Je l'enlace et plaque ma tête contre son épaule ; aussitôt, ses bras s'enroulent autour de ma taille. Il se penche pour me murmurer dans le cou :

– J'aurais aimé que ma mère soit encore là pour me défendre comme ça.

Et là, je comprends.

Je comprends à quel point ses parents lui manquent dans de telles circonstances. Mark et lui ont trouvé l'amour et ils ne peuvent pas partager leur bonheur avec eux.

Je comprends aussi qu'il m'aime suffisamment fort pour accepter des compromis avec mes parents, quitte à enfreindre quelques règles de son foutu protocole. Il sait que ma famille compte beaucoup dans ma vie et il ne veut pas me faire souffrir.

Ma mère nous observe avec une curiosité non dissimulée mais toujours avec un brin de scepticisme. Elle fera la paire avec Mark…

– Elsie, aide-moi à servir le thé, s'il te plaît.

Ma mère n'a rien à envier au roi question autorité ; avec un mari bourru, quatre fils hyperactifs et une fille rebelle, elle n'a jamais eu d'autre choix. Donc j'obéis au quart de tour, pas la peine que je la contrarie plus aujourd'hui sinon je creuserai ma tombe plus profond encore. Je devine qu'elle me tordrait volontiers le cou pour lui avoir ramené un roi sous son toit. Darian se détache de moi, pose un baiser sur mon front et retourne dans le grand salon où les autres attendent avec fébrilité le coup de sifflet final.

Ouais, pour moi aussi, la fin du match mère-fille s'annonce. Et pas en ma faveur…

– Sors le service de ta grand-mère, m'ordonne maman pendant qu'elle s'occupe des *Abernethy biscuits* et du *Dundee cake.*

Losh, ma mère chercherait-elle à impressionner son royal hôte avec les tasses Wedgwood de grandma ?

Je prépare le thé quand elle se décide à ouvrir enfin la bouche :

– Votre histoire ne durera pas longtemps, vous n'avez rien en commun ! À mon avis, il te trouve pour l'instant rafraîchissante, mais il n'a pas l'air idiot, il sait bien que tu ne cadres pas à son monde.

Je dispose les différents sachets sur le plateau puis me tourne vers elle, les lèvres pincées :

– Je sais, maman, je ne suis pas idiote non plus. Mais…

Je place la bouilloire à côté des thés de la Scottish Tea Factory, pour me donner le temps de trouver mes mots.

– Je veux tenter ma chance avec lui, maman. Je savais d'avance que papa et toi ne seriez pas contents parce que vous haïssez les aristos, mais…

Ma mère m'attrape le bras d'une poigne ferme, elle semble plus navrée qu'en colère.

– Elsie, nous vous avons appris à respecter les gens selon leurs actions et non selon leur titre ou leur compte en banque. Je m'aperçois que tu as transformé ça en rejet total de la noblesse de notre part. Ce n'est pas le cas, ma fille. Beaucoup de familles nobles ont aussi peu d'argent que nous, voire moins avec le patrimoine qu'ils ont à entretenir. Mais là…

Elle montre Darian de la tête.

– Mais là, tu plonges dans un autre univers.

Elle est loin de se douter que le côté royal de Darian n'est pas celui qui m'effraie le plus, je crains surtout son obsession de l'ordre qui déteint sur chaque acte de vie. Il ne connaît pas la spontanéité…

Nous sommes interrompues par les hommes qui s'installent autour de la table. Le thé dominical me manque lorsque je suis à Oxford ; pour autant, aujourd'hui, je m'en serais volontiers passée. Mon père désigne une chaise à ses côtés à Darian qui s'y assoit, mécontent, d'après ce que je lis dans ses yeux, de ne pas présider en bout de table. Néanmoins, ses traits gardent un aspect neutre, effort louable de sa part pour ne pas braquer ma famille avec son habituelle attitude autoritaire. Je me place en face de lui et frôle sa cheville pour le calmer. Une chaleur indécente se répand instantanément dans mes jambes et mon intimité a une réponse automatique à son regard bleu chargé de désir. J'inspire plusieurs fois, hors de question que je me liquéfie au milieu de la salle à manger de mes parents.

Et encore moins avec ma mère qui n'arrête pas de scruter le moindre de mes mouvements !

Mon trouble tire un sourire en coin à Darian.

Ah, il veut jouer ?

Je me sers un morceau de gâteau, prends une cuillerée de la délicieuse crème de ma mère et la mets dans ma bouche puis, les pupilles fixées sur ses billes d'acier, j'exagère mon geste en la passant sur ma langue. J'ai la satisfaction de le voir déglutir avec peine et crisper ses doigts sur sa tasse.

– Monsieur Von Karan, commence mon père, tous les regards soudain tournés vers lui. Quelles sont vos intentions vis-à-vis de ma fille ?

Non, mais c'est pas possible ! Il me fait quoi là, mon père ?! On est au vingt et unième siècle !

– Oui, on t'écoute, ajoute Calum qui a toujours été le plus protecteur des quatre envers moi, les bras croisés, ses sourcils se touchant tellement ils sont froncés.

Mes autres frères le regardent aussi, mines renfrognées.

Oh, oh, les gars, le match est fini, là !

Ils sont tous les trois accoudés à la table, genre en position de mêlée, prêts au placage au sol.

Je botte en touche ! Je ne veux pas assister à ça !

Darian redevient souverain. Il pose ses mains de chaque côté de son assiette à dessert, s'adosse sur la chaise et observe l'ensemble de ma famille un par un. Son visage grave ne reflète plus aucune émotion, sauf ses yeux qui brillent d'une forte détermination. Je suis aux aguets, aucune idée de ce qu'il va bien pouvoir répondre à cette question à la con et surtout, surtout par pitié, je ne veux pas l'entendre ! J'enfourne un biscuit dans ma bouche, le sucre m'a toujours aidée à passer les caps difficiles.

– Je compte l'épouser.

Sous le choc, je recrache mon gâteau, manquant de m'étouffer. Angus me tape de ses grandes mains dans le dos plusieurs fois à m'en déboîter presque l'épaule. Je recule ma chaise et me lève précipitamment, en proie à la panique ; mon cerveau roule au volant d'un bolide qui file droit s'écraser dans le mur.

Tout va trop vite !

Puis la colère prend le dessus. Comment peut-il annoncer une telle chose à mes parents sans m'avoir consultée au préalable ?

Autour de la table, le silence est total, ma famille est elle aussi scotchée par sa réponse nette et précise.

Et beaucoup, beaucoup trop prématurée !

Darian reste imperturbable, ce qui me rend encore plus furax.

– Dehors ! lui crié-je, mon doigt pointé vers la porte. On va discuter, toi et moi.

– Ça va barder pour ton cul ! dit Elliott, mort de rire.

Darian se lève, tranquille comme s'il n'avait jamais lâché une bombe en plein thé dominical, réunion familiale importante pour mes parents car si rare, maintenant que nous ne vivons plus tous sous le même toit.

C'est pas moi qui finirai au fond d'un trou cet après-midi, je vous le dis !

Au moment où je vais pour ouvrir la porte de la cuisine, quelqu'un frappe plusieurs coups rapides sur la vitre opaque. Je me retrouve nez à nez avec Ludwig et la sculpturale Brina sur ses talons.

– Argh ! C'est pas le moment ! m'exclamé-je en bousculant la garde du corps sans ménagement.

– Majesté, commence le majordome, un brin nerveux.

– Plus tard, Janov, coupe Darian derrière moi.

D'un pas rapide, j'avance jusqu'au poulailler de ma mère. Les bestioles accourent vers moi, persuadées que j'ai du grain dans mes poches.

– Pas cette fois, mes cocottes, murmuré-je, les mains accrochées au grillage pour calmer mes tremblements.

Par son charisme inné, Darian m'a impressionnée dès le premier jour ; je suis tombée immédiatement sous son charme irrésistible, je ne peux le nier. Il m'a envoûtée à la minute où j'ai posé mon regard sur lui, créant une singulière connexion entre nous contre laquelle ni l'un ni l'autre n'avons pu résister. Je ne parle même pas de ses yeux bleu acier qui me transpercent à chaque fois qu'il les pose sur moi. Comme maintenant, bien qu'il soit dans mon dos. Je bondis, prête à le confronter à sa connerie monumentale.

– Tu vas trop loin, beaucoup trop loin, Darian. Je ne suis pas ta chose dont tu peux disposer à ta guise et encore moins une vulgaire marionnette qui obéit sans un mot à tes volontés royales.

– Je n'ai énoncé que la vérité, Elsie.

– Non ! m'écrié-je, encore plus furieuse qu'il ne comprenne pas son erreur. C'est TA vérité. Je ne sais même pas comment je vais organiser ma dernière année à Oxford avec le travail qui m'attend et toi, en plein milieu de mon planning déjà hyper chargé, tu ne trouves rien de mieux à faire que de balancer à mon père que tu veux m'épouser alors que je ne sais déjà pas quand nous pourrons nous revoir ! Et ça, sans en discuter d'abord avec moi !

Son visage se crispe, il n'apprécie pas ma tirade mais tant pis, je continue :

– Et si ma réflexion ne te plaît pas, tu n'as qu'à te choisir une autre petite amie… Plus docile.

Je ne m'en remettrais pas mais je ne veux que son bonheur. Enfin, bon, pour l'instant, sa tête m'indique tout le contraire, j'ai l'impression qu'il va m'étrangler au milieu de la cour.

41

Darian

Pour la millième fois, elle me pousse à bout. Je préfère enfoncer les poings dans mes poches plutôt que de défoncer le poulailler de ses parents. Ce serait d'ailleurs dommage, la ferme des MacNee est un modèle du genre. Avec peine, je desserre les mâchoires pour répondre à Elsie car de toute évidence, nous ne sommes pas sur la même longueur d'onde.

– Je n'ai fait que répondre à ton père le plus honnêtement possible. Je ne me suis pas engagé avec toi à la légère, Elsie. Je pensais que tu l'avais compris. Le mariage est pour moi la suite logique d'une relation stable.

– Je le sais, que tu as mûrement réfléchi au fait que je sois ta petite amie officielle ! Mais tu vas beaucoup trop vite. Je te le redemande et cela pour la dernière fois : ne prends pas de décision à ma place ! Tu aurais dû m'en parler en premier, que tu voulais m'épouser !

– La tradition veut que le futur époux en parle au père de la future mariée.

– Argh ! On est au vingt et unième siècle !

– Je ne dérogerai pas à certaines traditions, Elsie. Même pour toi.

L'index pointé devant elle, elle fonce sur moi et me tape sur le torse. Je ne peux retenir un sourire parce que sa colère la rend encore plus désirable. Seigneur ! Avec elle, je passe du froid au chaud en une seconde. Mon obsession pour cette femme ne peut disparaître, elle me fait me sentir si vivant…

– Tradition ne rime pas avec autoritarisme ! Si tu veux que ça fonctionne entre nous, ne prends plus de décision quand ça me concerne aussi ! Et ôte ce foutu sourire de ton visage !

– Majesté ! s'exclame mon majordome derrière moi.

– Janov, je vous ai demandé de nous laisser tranquilles ! m'énervé-je en lui faisant face.

– Sire, c'est urgent.

Je remarque alors les têtes inquiètes de mon personnel, les gardes du corps sont aux aguets et l'une des trois voitures est partie je ne sais où. Quelque chose cloche. Mon instinct me dit que j'ai raison, d'autant plus que j'entends au loin le rotor d'un hélicoptère. Je fixe à nouveau mon attention sur Janov.

– Je vous écoute.

– Nous avons besoin de l'autorisation de M. MacNee pour l'atterrissage d'un hélicoptère dans son pré.

Je pivote vers Elsie qui regarde aussi le ciel avec angoisse. Elle se précipite sans un mot dans la maison et deux minutes plus tard, l'ensemble du clan MacNee est dehors, les yeux levés. Je m'avance vers le père de ma peut-être future épouse ; à cet instant, j'ai peur qu'elle refuse d'être ma femme un jour. L'idée de la perdre me rend malade, cependant, là, je dois régler rapidement un problème dont je ne connais pas la cause, mais j'ai confiance en Janov : ses inquiétudes sont toujours justifiées.

– Monsieur MacNee, pourriez-vous m'indiquer où cet hélicoptère pourrait se poser ?

– Pourquoi ? demande sa femme, bras croisés et mine revêche.

Seigneur… Elsie a raison de craindre sa mère quand celle-ci est en mode guerrière, mais j'ai l'habitude de traiter avec des requins de la finance ou de dangereux criminels, ce n'est pas une fermière des Highlands qui m'effraiera. Quoique... Avec ses cheveux cuivrés ébouriffés, ses sourcils froncés et ses yeux verts étincelant de mécontentement, elle pourrait presque me faire réviser mon jugement. J'appelle mon majordome qui arrive en courant.

– Janov! Expliquez-moi ce qui se passe.

– Nous devons vous ramener au plus vite au jet, Majesté. Davis a parlé aux journalistes. Les médias écossais affluent en masse vers la ferme.

Oh, non! Seul Lee a pu donner le nom d'Elsie aux vautours! Il me le paiera!

Je regarde les frères MacNee entourés de leurs parents, tous un peu éberlués par l'agitation de mes gardes et l'engin au-dessus de leurs têtes. Puis Elsie, qui a tout de suite compris, devient rouge de colère et pour une fois, pas juste envers moi.

– Faites atterrir ce putain d'hélicoptère là-bas! hurle-t-elle à Brina en contact avec le pilote.

Étonné par sa voix subitement autoritaire, je la vois s'avancer vers moi d'un pas décidé.

– Tu aurais dû mettre une muselière à Lee!

Je n'ai pas le temps de lui répondre que les mâles du clan MacNee sortent de la maison, fusils à la main... Même le plus jeune, encore mineur. Le père et l'aîné foncent vers un grand hangar gris dont ils ouvrent largement les portes, tandis que les autres filent sur la petite route d'accès à la ferme sous les yeux ahuris de mon personnel et de moi-même.

C'est quoi ce délire?!

– Elsie? marmonné-je entre mes dents avec la peur au ventre de voir la situation m'échapper.

Mais elle ne me prête aucune attention, elle est partie discuter avec sa mère. Je n'entends rien car deux gros tracteurs rouges vrombissent à ce moment-là hors du hangar. Keith agite les bras pour que mon chauffeur bouge la voiture qui l'empêche d'accéder à la route. Mon homme obéit aussitôt, persuadé comme moi que l'Écossais serait capable de rouler sur le véhicule. Par gestes, Janov me demande que faire. Je lui montre l'hélicoptère dans le champ plus loin. Si les MacNee ont, comme je le pense, l'intention de bloquer l'accès à leur ferme aux journalistes, ils nous donneront le temps nécessaire à notre évacuation.

– Déposez les mallettes dans l'hélico, Janov.

Ma priorité est de mettre Elsie en sécurité, je reviens donc vers le porche de la ferme d'où Mme MacNee me lance plusieurs coups d'œil venimeux, avant de changer complètement de visage. Elle porte ses deux mains à son cou, horrifiée. Elle se précipite alors vers moi et je ne peux éviter ses bras qui m'enlacent la taille. Aussitôt, je me fige, les bras ballants, raide, incapable de réagir.

– Oh, Darian, je suis tellement désolée pour votre famille, murmure-t-elle, la voix secouée par l'émotion.

C'est la première fois que quelqu'un d'autre qu'Elsie me serre dans ses bras pour me consoler depuis…

Depuis ma mère, quand notre vieux berger allemand est mort quelques jours avant le drame. Je n'ai plus jamais voulu de chien. Ici, il y en a trois qui gambadent joyeusement dans la cour et je m'aperçois que la complicité avec un animal me manque.

Et il y a Elsie qui me fixe de ses beaux yeux compatissants. Elle sait que je suis mal à l'aise mais elle ne vient pas à mon secours, elle m'oblige à accepter cet élan de tendresse de la part d'une parfaite inconnue qui appartiendra – je l'espère – un jour à ma famille. Étrange sensation d'avoir à nouveau le cœur entouré d'affection maternelle. Une seconde, j'ai envie de laisser mes émotions parler et de lui rendre son étreinte, mais mon sens des responsabilités est trop aigu. Je me dégage : nous n'avons plus une minute à perdre.

– Nous devons partir immédiatement, madame MacNee.

– Appelez-moi Jill.

J'acquiesce d'un hochement de tête, sûr que jamais je ne l'appellerai ainsi : j'utilise très peu les prénoms, trop personnels à mon goût. Sauf cas exceptionnel comme celui de la jeune femme qui me donne des frissons jusqu'à mon sexe en posant sa main sur mon épaule.

– Rentre bien, Darian, murmure-t-elle dans mon oreille parce que le bruit des pales est assourdissant.

– Quoi ?... Non ! Tu viens avec moi !

– Je reste avec ma famille pour les aider.

– Elsie ! Dans moins d'une heure, ça va être le chaos dans le coin, je ne veux pas que tu sois mêlée à ça ! Madame MacNee, s'il vous plaît, rappelez votre mari et vos fils, je m'occupe de tout.

Elsie se plante devant moi, les deux mains sur ses hanches, et me fusille de ses yeux devenus de vraies balles perforantes.

– Tu ne crois quand même pas que je vais laisser ma famille dans les griffes des journalistes qui sont là, je te le rappelle, à cause de nous. Pars et trouve une solution avec Ludmilla pour régler ce merdier !

– Si nous ne sommes plus là, ils repartiront d'où ils viennent !

– Oui, mais ils voudront quand même parler à mon père et mes frères, ou pire, à ma mère, et crois-moi, ce n'est pas une bonne idée.

Je perds le peu de patience que j'ai : j'ai horreur que l'on contredise mes ordres !

– Janov s'occupera des journalistes pour ta famille. Toi, tu viens avec moi ou je te jure, je te porte moi-même jusqu'à cet hélicoptère !

Devant ma détermination, elle commence à s'enfuir, mais je lui cours après à travers la cour malgré mes chaussures en cuir peu appropriées et les chiens aboyant autour de nous. Je la rattrape par la taille, la fais pivoter et la balance sur mon épaule. Elle se met à me frapper le dos et à crier.

– Maman !

– Débrouille-toi avec ton roi ! s'esclaffe sa mère au téléphone avec son mari. Jonas, reviens avec les garçons.

Au moins, il y a une MacNee raisonnable, c'est rassurant.

Grâce à la natation, mon énergique petite amie a acquis une certaine force, mais ma volonté de la protéger d'un gros tapage médiatique l'emporte.

– Lâche-moi !

Elle gigote tellement que je lui bloque les cuisses contre mes pectoraux. Tant pis pour ma veste pure laine salie par ses bottines boueuses.

– Ce que tu fais n'est pas digne d'un roi ! vocifère-t-elle en continuant à me lacérer les omoplates.

Mon rire se perd dans le souffle des pales, je frappe ses appétissantes fesses rebondies du plat de ma paume et m'écrie :

– Non, mais d'un petit ami, oui.

Le pilote qui s'impatiente a ouvert les portes de son engin, j'assois sans ménagement Elsie sur un siège puis prends son petit visage exaspéré entre mes mains.

– *Ljubica*, je ne laisserai ni ta famille ni toi en pâture aux journalistes. Fais-moi confiance, Janov est parfaitement capable de gérer la situation. Je suis sûr que Ludmilla lui a déjà envoyé un commentaire officiel à leur dire.

– Mais…

Je lui coupe la parole en m'emparant de sa bouche avec frénésie. L'adrénaline qui cogne dans mes tempes décuple mon désir. J'écarte ses jambes pour frotter mon érection causée par son joli petit fessier posé sur ma joue, juste au bon endroit, là où je voudrais être en permanence. J'entends ses râles de contentement et mes gémissements de frustration, je goûte sa langue qui danse dans ma bouche, je vois ses paupières à moitié closes par le désir et mes doigts caressent la pointe de son sein tendu à travers son pull fin. Je suis à la limite de la déshabiller au milieu des prés et de m'enfouir au plus profond de son sexe.

Mais le devoir avant tout…

Avec regret, je m'écarte de son corps chaud. Ses lèvres rosies par notre baiser forment une moue désapprobatrice et elle essaie de sauter à terre, mais je la retiens.

– Obéis-moi ! crié-je, car le pilote a relancé le moteur.

Je claque la porte, contourne l'engin et m'installe à côté de ma furie de petite amie qui, malgré tout, attache sa ceinture.

– Tu vois, quand tu veux, tu peux être raisonnable, observé-je en l'imitant.

– Je ne veux plus t'entendre !

Elle me tourne ostensiblement le dos, les muscles crispés de ses joues m'indiquent qu'elle fulmine. Je tape sur l'épaule du pilote qui décolle aussitôt. Elsie se cramponne au fauteuil, je crois qu'elle n'apprécie pas de voler en hélicoptère alors que j'adore ça : j'ai l'impression de devenir un oiseau, plus encore quand je suis aux commandes, mes rares moments de totale liberté. Je pose ma main sur la sienne pour la rassurer mais elle la retire.

Elle est plus en colère que je ne le pensais. Elle se cramponne au siège quand l'hélico s'incline vers la droite pour prendre la direction de l'est. À mon grand soulagement, les tracteurs reviennent vers la ferme tandis que deux des Audi se positionnent au bout de la petite route pour empêcher tout intrus de l'emprunter. Minuscule au carrefour, Janov est en pourparlers avec la police locale avertie par ses soins. J'ai vraiment un service de protection efficace. Plus loin, des camionnettes de télé et des voitures roulent à vive allure vers eux. Le troisième véhicule de location file quant à lui vers Inverness où mon pilote nous attend.

– Brina, dis-je à mon garde du corps assise devant. Mon portable.

Militaire de carrière, la jeune femme obéit sans hésitation ; elle me tend le téléphone sécurisé que j'ai configuré à ma façon. Ludmilla m'a informé par mail de sa nouvelle stratégie de communication : elle a convoqué quelques journalistes triés sur le volet pour une présentation officielle d'Elsie demain dans ma résidence de Londres. Je lui ai toujours laissé beaucoup de latitude dans son travail en principe parfaitement exécuté. Sauf qu'aujourd'hui, son idée ne me concerne pas uniquement et elle doit être approuvée par ma petite amie, pas très décidée à mon avis à me faciliter la tâche. Quand je l'observe, butée et insoumise, je ne peux que sourire parce que son caractère rebelle la rend encore plus belle à mes yeux.

Elle ne mentira jamais comme Ernest...

– Elsie, s'il te plaît. Lis.

Elle s'empare de mon téléphone et lit le mail de Ludmilla pendant que l'hélicoptère amorce sa descente sur le tarmac de l'aéroport d'Inverness où mon jet a déjà les hélices en rotation. Mon sourire disparaît peu à peu devant la non-réaction d'Elsie. Elle me rend le portable, défait sa ceinture puis saute dehors quand Brina lui ouvre la porte. Sans un regard vers moi, elle fonce vers mon Falcon. Je prends les mallettes moi-même puis sors à mon tour en baissant la tête, les cheveux sur le visage à cause du souffle des pales.

– Elsie ! crié-je à m'époumoner sur le béton de la piste destinée aux avions de tourisme.

Elle daigne jeter un coup d'œil vers moi par-dessus son épaule, mais poursuit sa course vers l'escalier qu'elle monte quatre à quatre. Une fois à l'intérieur, je constate qu'elle a déjà attaché sa ceinture mais surtout, qu'elle a choisi le fauteuil le plus éloigné du mien. Son obstination à m'ignorer commence à m'énerver sérieusement, mieux vaut que je m'installe à ma place avant que notre dispute ne vire au drame devant mon personnel. J'ouvre ma mallette et me plonge dans mon ordinateur. J'ai un millier de choses à organiser avec Ludmilla et Bilka, n'en déplaise à Elsie : je ne laisserai plus la situation m'échapper.

42

Elsie

Ma vie m'échappe.

Et ça ne me plaît pas du tout, mais alors pas du tout ! Darian doit croire qu'en lui obéissant, je suis devenue la petite amie modèle dont il rêve. Grossière erreur de sa part. J'ai accepté de le suivre pour éviter à ma famille une trop grosse pression médiatique, Sa Majesté n'a pas tort sur ce point. J'ai confiance en Ludwig, il gère depuis des lustres le quotidien millimétré et le caractère spécial de son roi, il s'occupera de la horde des journalistes avides de scoops. Quant à mes parents et mes frères, ils sauront répondre aux fouineurs qui réussiraient à venir jusqu'à eux… en leur claquant, au mieux, la porte au nez. Au contraire des Watson qui raffolent de les accueillir dans leur salon. J'imagine que Rose va s'empresser de donner des conseils à ma mère sur la façon de se comporter, que ma chère maman ignorera bien entendu.

Les nuages grisâtres défilent par le hublot, le silence règne dans la carlingue et je me torture le cerveau à imaginer mon avenir auprès d'un souverain régnant sur un petit royaume. Darian ne lève pas les yeux de son foutu ordinateur. Je lui ai jeté deux, trois coups d'œil, mais il ne regarde pas du tout dans ma direction. Maintenant, j'attends avec impatience mon retour à Oxford. Il n'est pas question que je suive le plan de Ludmilla : du fait que l'information sur notre liaison circule désormais à travers toute l'Europe (paraît que certaines têtes couronnées se sont déjà renseignées sur nos éventuelles fiançailles !), elle a organisé une conférence de presse pour officialiser notre relation au plus vite dans la résidence des Von Karan à Londres.

Putain ! Demain matin !

Elle a détaillé son plan par mail, des invités jusqu'à la tenue que je dois porter ! Et puis quoi encore ? Avec la bénédiction de son roi, elle peut peut-être dicter ses actes à Milly, mais elle et lui ne maîtriseront pas le moindre aspect de ma vie sans que j'aie mon mot à dire. Darian pianote sur son clavier, il ne redresse pas une fois la tête. Je comprends maintenant ce qu'il tentait de m'expliquer sur son addiction aux écrans : il peut y passer des heures, si concentré dessus qu'il ne voit plus rien autour. Ça dure depuis tant d'années qu'il s'est créé plusieurs mondes avec lesquels il jongle, celui de son royaume avec ses obligations gouvernementales, celui où évolue son frère avec leurs sociétés et leur inépuisable compte en banque – peut-être le plus sain de tous – et celui, dangereux pour son équilibre, du hacking où il assouvit sa soif de vengeance. Mais la réalité, la vraie, la normale quoi, celle où moi je vis, il est incapable de la voir.

À la descente d'avion, je n'ouvre pas ma grande bouche. Je ne dis pas un mot non plus dans la limousine jusqu'à Acacia Road, lieu de la résidence des Von Karan, où la police filtre les entrées dans la rue. Putain ! Davis nous a bien piégés en parlant aux journalistes ! Il me met au pied du mur et m'oblige à prendre une grave décision dans la précipitation. Je pensais gagner encore quelques semaines après la rencontre entre ma famille et Darian avant d'officialiser notre relation, j'espérais convaincre mon royal petit ami de me laisser du temps pour m'habituer à ma nouvelle vie.

Sauf que maintenant, je n'en ai plus, de temps!

Quand je prends des mains du majordome londonien mon sac de voyage, je tremble encore de rage. Je pénètre derrière Darian dans le hall où sont alignés les employés de maison. Avec en tête la gouvernante à la figure revêche.

– Votre Majesté, nous sommes ravis de vous revoir. Votre chambre est prête et le dîner sera servi à l'heure qui vous conviendra.

– Merci, répond Darian, très raide, sa mallette à la main.

La gouvernante se tourne vers moi avec un faux grand sourire et ébauche même une révérence.

– Mademoiselle MacNee, puis-je vous débarrasser?

Ah... maintenant que je suis la petite amie officielle, j'ai droit à un traitement de faveur.

Vieille bique!

– Non merci.

Darian me lance un regard de reproche mais je m'en fous. Et puis quoi? Je suis restée polie, il n'a rien à dire. Les employés s'éclipsent après que leur souverain leur a donné des instructions pour la soirée. Moi, je reste plantée dans l'entrée parce que je n'ai pas la moindre idée de l'endroit où je dois aller tandis que Darian avec son petit air narquois me tape sur les nerfs. Je pousse un long soupir d'énervement.

– Je fais quoi, moi, maintenant?

Amusé, il hausse les épaules:

– Tu ne veux pas que je te dicte ta conduite, alors fais comme bon te semble.

Il me laisse le choix? Le choix de quoi, d'abord? De partir et de ne jamais revenir dans sa vie? Et tant pis si je suis malheureuse pour le restant de mes jours? Ouais, au moins, je n'aurais jamais plus à suivre les directives des uns et des autres. Ou alors je peux rester, essayer de m'intégrer à son monde et me réveiller tous les jours, ivre de bonheur, dans ses bras ?

Parce que, putain de bordel, je l'aime ! Donc je n'ai aucun choix possible ! Il le comprend, ça ?!

Son téléphone vibre dans sa poche, il y jette un rapide coup d'œil avant de s'enfermer dans son bureau. Je suis censée faire quoi maintenant ? J'irais bien me boire une pinte de bière dans un pub de façon à décompresser un peu.

Non, je ne suis pas alcoolique, j'ai une super excuse : je suis étudiante.

D'accord, ça ferait désordre si les gardes du corps du roi me repêchaient sur un trottoir dans un piteux état. Je monte quatre à quatre l'escalier jusqu'à sa chambre et balance mon sac sur son lit immense. La journée ne s'est vraiment pas déroulée comme je l'imaginais. À bien y réfléchir, à chaque fois que je suis avec Darian, rien ne se passe normalement. Sa vie est planifiée minute par minute mais elle est tout sauf monotone. Alors que la mienne, entre les cours, les révisions et la natation, on ne peut pas dire qu'il y ait beaucoup d'imprévus. Même mes sorties du vendredi soir sont programmées parce que ma spontanéité naturelle n'est pas compatible avec mes études : je veux obtenir mon diplôme, je n'ai pas menti à ma mère. Après…

« Après » est une autre question épineuse.

J'enlève mes cuissardes puis pars à la recherche des cuisines, un bon sandwich épais et une crème glacée bien sucrée me remettront peut-être les idées en place. La vieille bique écarquille ses gros yeux marron à mon entrée. Il faut dire que je suis en chaussettes, en jean délavé et tee-shirt estampillé de la langue des

Rolling Stones. Bref, pas son style, à la gouvernante. Les autres employés cachent leur sourire. Pas impressionnée par son air pincé rempli de reproches, je m'approche du cuisinier.

– C'est possible d'avoir un sandwich, s'il vous plaît?

– Tout de suite, mademoiselle MacNee.

Il me prépare un truc digne d'un restaurant étoilé qui me fait saliver d'avance. Je stoppe la jeune femme qui veut me porter mon plateau et le lui attrape des mains.

– Merci, je me débrouille.

Mon attitude déplaît à Vieille Bique. Elle doit penser comme tout le monde, et moi la première, que je ne cadre pas avec le décor mais je m'en tape, j'ai besoin de me retrouver avec moi-même. Dans la véranda à l'arrière de la maison, je m'installe en tailleur avec mon plateau en argent sur les genoux sur un superbe canapé en rotin blanc. La mère de Darian avait la main verte d'après ses dires – et je le confirme –, elle a créé une vraie serre tropicale, super agréable même un soir d'hiver; elle a marché sur les traces de sa belle-mère. J'en serais incapable.

D'ailleurs, dans quel domaine suis-je douée? À part dans mes études? Dans RIEN! Ah, c'est sûr, je sais nourrir des poules, je sais rassembler des moutons pour les emmener à l'abattoir, laver l'auge des cochons ou conduire un tracteur. Ça ne sert à rien dans un cocktail mondain.

J'espérais que Darian sortirait de son bureau, que nous puissions discuter de demain, mais aucun signe de lui. Je ne ferai pas un pas vers lui! À chaque fois, il me donne ses directives, je n'ai droit à des explications qu'après coup. Tout est ordonné autour de lui depuis toujours, je refuse d'être un énième satellite. Je l'aime. Aucun doute là-dessus, mais je considère que dans un couple, chaque pièce est à égalité.

Et même si l'une des deux est roi!

Je me couche seule et me réveille seule. Il a dormi à côté de moi – les draps sont défaits –, mais peu car à cinq heures du matin, il est déjà debout. Je n'ai rien entendu, l'avantage d'avoir toujours eu un sommeil de marmotte. Je me prépare rapidement dans l'espoir de lui parler brièvement avant d'attraper mon train. Mais le jeune cuistot que je croise dans la cuisine m'annonce que Sa Majesté est partie à un rendez-vous et qu'il rentrera bientôt. J'avale vite mon thé avant de quitter la maison, sans un mot à quiconque. Les agents de sécurité n'ont pas bronché quand le taxi est venu me chercher pour m'emmener à la gare, ils n'ont sûrement pas eu le mémo *Comment stopper la fuite de la petite amie du roi*. Deux métros plus tard, je m'engouffre dans le premier wagon à la gare de Paddington et j'envoie enfin un message à Darian.

[J'ai cours aujourd'hui,
je ne serai donc pas
à ta conférence de presse.]

J'aurais sûrement dû lui dire le fond de ma pensée quand j'ai lu le plan de Ludmilla, car j'ai alors réalisé le chemin que ma vie allait prendre. Maman m'avait avertie…

Ou j'aurais dû sortir la tête du sable. Parce que je fais l'autruche depuis une semaine. Darian est logique dans son raisonnement : quand deux personnes s'aiment, à un moment donné, la question du mariage se pose. Sauf qu'avec lui, ça n'implique pas seulement un bout de papier signé à l'église… ça veut dire aussi une couronne sur ma tête.

Donc des responsabilités envers des gens.

Je ne serai jamais à la hauteur…

43

Darian

Assis au bureau de mon ambassade, je sens mon téléphone vibrer dans la poche de mon pantalon. Je lis le message d'Elsie plusieurs fois avant de comprendre réellement sa signification. Elle me plante à Londres à quelques heures de la conférence de presse !

– Bordel de merde ! m'écrié-je en frappant mon téléphone sur la table, ce qui fait sursauter mon ambassadeur, Feodor Bajc.

Il me regarde avec de grands yeux, pas habitué à me voir sortir de mes gonds. Je me frotte le visage à deux mains. Je suis crevé, j'ai travaillé toute la nuit à vérifier sur le Net les informations qui circulent sur le procès de Lee et l'assassinat de ma famille. Son enfoiré d'avocat s'est servi de notre entrevue pour essayer de mettre l'opinion publique de son côté, son principal argument étant que j'ai sciemment caché la vérité à mon peuple afin de ne pas dévoiler la folie d'Ernest, voire les tares génétiques des Von Karan.

Comment ose-t-il insinuer un instant que ma famille est dégénérée ? Je vais le massacrer dès que je rentre en Karanie. À ma façon… Je fouillerai dans les moindres recoins de sa vie, je trouverai de quoi le démonter morceau par morceau. Quant à son client, le dossier que j'ai rassemblé sur lui est si épais qu'il faudra une camionnette pour le transporter au tribunal.

– Feodor, j'ai une urgence. Nous terminerons notre discussion par visioconférence dès que je le pourrai.

– Bien, Sire, mais les Américains veulent savoir si vous viendrez vous-même signer le contrat de l'extension à Dulles.

– Je viendrai personnellement, lui affirmé-je en rassemblant mes documents dans ma mallette. Je dois y aller.

Je sors dans Grosvenor Square en proie à une exaspération qui me donne envie de hurler. J'aurais dû prendre le temps de discuter avec Elsie hier. Elle me l'a dit, elle m'accepte, moi, mes obsessions et mon statut de roi. Un package lourd, je l'admets. Pesant même, si on ajoute l'option « mariage » qui implique le couronnement de l'épouse. Au lieu d'aplanir le problème avec elle, je me suis enfermé dans mon bureau avec mes écrans. Je n'ai jamais fui mes responsabilités, mais je me rends compte que je suis incapable de gérer les émotions fortes. Or l'entrevue avec ses parents m'a chamboulé, plus que je ne l'aurais pensé ; j'ai accepté que cette famille entre dans mon espace vital. Mon mode de fonctionnement habituel s'en trouve profondément bouleversé et je n'y étais pas préparé. Agir de façon normale avec Elsie et les siens a ouvert une brèche dans mon cœur qui s'était blindé à la seconde où ma mère a expiré son dernier souffle… Si elles m'ont fait du bien, ces sensations m'effraient aussi ; je crains de m'écrouler complètement si ça tourne mal avec Elsie. Elle est si remontée contre moi… Alors depuis hier, je fais la seule chose qui annihile toute douleur éventuelle : je m'abrutis devant mes ordinateurs.

– Où allons-nous, Votre Majesté ? demande Janov, revenu d'Écosse, en m'ouvrant la portière de la limousine.

– Oxford.

Janov ne relève pas mais il a compris la situation. Pendant le trajet, j'informe la pauvre Ludmilla, qui doit arriver d'ici une demi-heure à Londres, du changement de programme et de mon départ pour la ville universitaire. J'imagine qu'elle n'appréciera pas, je songe à augmenter son salaire pour tous les tourments qu'Elsie et moi lui donnons…

J'essaie des dizaines de fois de joindre Elsie mais rien, je tombe systématiquement sur son répondeur. À bout de nerfs, je compose le numéro de Milly, je croise les doigts qu'elle ne soit pas déjà en cours.

– Allô, Milly, c'est le… C'est Darian.

– Majesté? répond ma future belle-sœur, interloquée.

– Elsie est-elle avec vous?

– Non, elle a juste déposé ses affaires avant de partir en cours. Puis-je vous aider?

– Non, merci. Bonne journée, Milly.

Mon chauffeur enfile les miles aussi vite que possible sur l'autoroute monotone à travers les banlieues tentaculaires de Londres auxquelles succèdent des villes de taille moyenne, toutes identiques à mes yeux, et la campagne pluvieuse anglaise. Je ne suis pas d'humeur à admirer le paysage. Je cherche une explication à la fuite d'Elsie. Pourquoi ne veut-elle pas me parler? J'ai merdé en me comportant avec elle comme avec tout le monde: je suis toujours celui qui décide en dernier lieu mais là, je ne lui ai même pas demandé son avis, persuadé qu'elle serait de toute façon d'accord avec moi sur la conférence de presse. Grossière erreur que je suis obligé maintenant de rattraper.

Mais elle aurait pu au moins m'expliquer son point de vue!

Elle ne se gêne pas d'habitude pour me remettre à ma place. Je n'aime pas sa colère froide, elle est plus inquiétante que son franc-parler. Je frotte mes mains glacées sur mon pantalon; j'ai peur de l'avoir perdue, de n'avoir pas su mettre mon ego tyrannique de roi de côté au lieu d'écouter mon cœur. Arrivé à Oxford, j'ai encore une heure à patienter avant la fin des cours. J'en profite pour travailler, mais mon cerveau a des difficultés de concentration, je jette des coups d'œil à la porte d'entrée de l'immeuble des filles toutes les trente secondes. Mais elle ne rentre pas. En revanche, apparaissent dans la rue des journalistes avec des micros et des caméras.

Seigneur ! Que font-ils là ?

Un appel urgent à ma directrice de communication s'impose.

– Ludmilla ?

– Oui, Sire ?

– Pouvez-vous m'expliquer pourquoi les médias sont devant chez Milly et Elsie ?

À l'autre bout du fil, son silence gêné ne me dit rien qui vaille.

– Ludmilla ? répété-je.

– La presse nous harcèle, Votre Majesté. Vous devez leur parler si vous voulez avoir la maîtrise de leurs articles, sinon ceux-ci risquent de ne pas vous plaire.

– Je m'en moque si ce qu'ils écrivent ne me plaît pas ! Ce que je veux, c'est discuter en toute tranquillité avec Elsie ! Ma vie privée m'appartient, Ludmilla ! Je ne vous autorise pas à vous en mêler ! J'ai pourtant été explicite dans mon dernier mail sur ce point !

Je ne lui ai jamais parlé d'un ton aussi cinglant, elle a outrepassé ses droits en faisant venir les journalistes à Oxford sans mon accord parce que maintenant, ma rencontre en tête-à-tête avec Elsie est compromise. Je raccroche, agacé de perdre la main sur les événements depuis quelques jours. Ma priorité maintenant est d'avertir ma petite étudiante du traquenard médiatique qui l'attend chez elle. J'aurais peut-être plus de chance de savoir où elle est avec Milly. J'ai vu juste : sa meilleure copine m'avertit qu'elle fait des achats dans une librairie.

Mon chauffeur se gare de l'autre côté de la rue, sur un emplacement de bus. Je m'empare du parapluie que Janov me tend et marche d'un pas déterminé jusqu'à la porte de la jolie devanture bleu roi de la boutique. Dès que j'y entre, ma volonté flanche. Serai-je capable de surmonter la douleur si elle ne veut plus de moi ? La réponse est non, j'en ai des sueurs froides rien que de penser à cette option…

La librairie est grande mais je ne la vois nulle part. À moins qu'elle ne soit à l'étage ? Je monte l'escalier quatre à quatre et enfin, je l'aperçois, à moitié cachée derrière un rayonnage. Je reconnaîtrais ses cheveux courts, son dos droit de nageuse et son pied jamais immobile n'importe où. Un groupe de trois jeunes filles, des étudiantes aussi je suppose, lorgnent vers moi et chuchotent entre elles puis pianotent sur leur téléphone. J'accélère vers Elsie avant que l'une d'elles ne me prenne en photo car à l'évidence, elles m'ont reconnu. Ma petite Écossaise ne m'entend pas, plongée dans un gros livre relié. J'aspire une grande bouffée d'air et plonge dans le creux de son cou.

– Elsie, murmuré-je, tous les sens éveillés grâce à son parfum vanillé qui se mélange si bien à l'odeur de sa peau laiteuse.

Elle sursaute et avec lenteur, pivote sur ses pieds pour me faire face.

– Qu'est-ce que tu fais là ? dit-elle tout bas. Non. Ne me dis pas, tu m'as encore fait surveiller par tes espions !

– Non, j'ai tout simplement demandé à Milly. Mais toi, explique-moi ce que tu fais là.

– J'ai cours aujourd'hui, répond-elle sur un ton sec.

– Si tu voulais repousser la conférence de presse à cause de tes cours, pourquoi ne m'as-tu rien dit ?

Les bras autour de son livre, elle forme une moue boudeuse avec ses lèvres qui me donne une furieuse envie de l'embrasser. Une main sur le rayonnage, je me penche vers elle.

– Pourquoi me fuis-tu, Elsie? Tu n'as rien à craindre de moi.

Elle me fixe droit dans les yeux, les siens aux magnifiques couleurs vertes de sa lande natale accélèrent mon rythme cardiaque.

– C'est de moi que j'ai peur, Darian. Je ne serai jamais à la hauteur de tes attentes.

Je secoue la tête d'incompréhension et pose mon front sur le sien. J'ai un vrai besoin de la toucher, de sentir ses émotions couler dans mes veines parce qu'il n'y a qu'elle pour me réanimer.

– Quelles attentes crois-tu que j'aie te concernant?

– Je ne serai jamais une bonne reine.

Surpris par sa réponse, je recule d'un pas. Puis, je remarque le titre de son livre: *Précis d'histoire de la Karanie*.

– Je n'ai aucun doute sur tes capacités d'adaptation, Elsie.

Je tire de ses bras le bouquin et le brandis devant ses yeux.

– Et pour quelqu'un qui craint de ne pas être à la hauteur, je trouve que tu y mets beaucoup du tien pour apprendre à connaître mon pays.

– J'ai eu un coup de foudre pour la Karanie.

– Oh… J'ai cru que c'était pour moi que tu avais eu un coup de foudre.

Sa bouche amorce – enfin – un sourire moqueur plus que charmant. Elle s'avance d'un pas vers moi et me murmure à l'oreille:

– Je suis tombée amoureuse de toi de façon irréversible. Donc tout ce qui touche de près ou de loin à Votre Majesté m'intéresse.

Elle m'aime, je ne l'ai pas perdue… Je n'ai jamais été aussi soulagé de ma vie. Sans elle, je redeviendrais un homme mort à l'intérieur, son amour m'est aussi vital que l'air que je respire.

– Je comprends tes craintes, *ljubica*. Merci de les partager avec moi. Je te jure que je serai toujours là pour te soutenir. Je t'ai…

Mon attention est soudain attirée par une certaine agitation au rez-de-chaussée, j'entends la libraire s'exclamer :

– Non, vous ne pouvez pas tous monter !

Je regarde derrière moi pour constater que les trois jeunes filles ont pointé leur téléphone vers nous et que sur les marches de l'escalier s'agglutinent des journalistes avec micros et caméras au poing. Avant qu'Elsie ne panique à nouveau, je prends alors appui sur la canne du parapluie avec mes deux mains et mets un genou à terre. D'une voix ferme et forte, je lui pose la question fatidique. Absolument pas préméditée…

– Elsie MacNee, tu es la reine de mon cœur, veux-tu devenir aussi la reine de Karanie ?

Ses beaux yeux verts s'écarquillent d'étonnement, elle scrute mon visage de longues, très longues secondes. J'espère qu'elle voit à quel point je suis sincère car là, je viens de me mettre à nu devant tout le monde. Elle se tourne vers notre auditoire, suspendu comme moi à sa réponse. Elle fronce ses beaux sourcils bruns.

Mon cœur s'arrête de battre.

44

Elsie

Je ne respire plus, mon cerveau a cessé de penser et mon cœur… Il a tout simplement arrêté de battre. Cette fois, je ne suis pas au pied d'un mur. Non, je suis devant une montagne immense. Dans mon esprit en vrac, ma vision, c'est genre l'Everest à escalader ! Sans équipement et surtout sans oxygène !

Darian me demande d'avoir assez confiance en lui pour la grimper avec lui. Sa question ne me semble tellement pas préméditée que je reste abasourdie par la spontanéité dont il vient de faire preuve.

Il me veut à ses côtés.

Mieux : il m'aime. Vraiment. Au point de le déclarer haut et fort devant ces putains de journalistes qui se pressent dans l'escalier. La boutique est bondée, la pauvre libraire est prostrée derrière son comptoir, attendant à mon avis que nous dégagions des lieux. Je baisse la tête vers Darian, toujours un genou à terre. Moi qui exprime toujours mes idées ou mes émotions, je n'ai pas été capable d'être franche avec lui. La peur de mal faire m'a poussée à me réfugier là où je me sens bien : auprès des livres. Depuis mon enfance, ils m'ont aidée à m'évader à travers le temps et l'espace, à vivre mille et une vies. Pourtant, je reviens volontiers sur terre pour m'amuser, bien consciente que notre courte vie n'est pas un conte de fées. Or, aujourd'hui, Darian me propose de sauter à pieds joints dans une réelle histoire enchantée.

Qui croit au prince charmant ? Pas moi.

Je crois au roi arrogant et sexy qui coince une simple étudiante dans son bunker et qui la harcèle de Karanie jusqu'en Écosse en passant par Oxford, jusqu'à ce qu'elle craque d'amour…

– Depuis la première minute, tu es mon roi de cœur, Darian Von Karan. Alors oui, j'accepte d'être ta reine.

Darian bondit tandis que des cris de joie se répandent dans la librairie. Il enlace mon visage dans ses mains et m'embrasse avec une fougue non retenue qui entraîne les applaudissements de la foule. Jamais il n'avait montré la moindre émotion intime en public. Moi ? Je m'en fous complet que des gens nous regardent. L'important est d'être dans ses bras, j'enroule les miens autour de son cou et me plaque contre son torse où son cœur bat super vite. Dommage que nous ne soyons pas seuls, parce que mon envie de lui est indéniable avec mes seins qui pointent à travers mon pull fin.

Putain ! J'ai dit oui !

Ma vie va devenir un enfer. Et vous savez quoi ? Je m'en tape ! Parce que j'aime le roi de mon conte de fées déjanté.

– Majesté ! Un mot pour le *Daily News* ! s'écrie une journaliste au maquillage impeccable.

– Majesté ! Sire !

Nous sommes soudain cernés par des dizaines de personnes qui avaient retenu leur souffle dans l'attente de ma réponse, mais qui maintenant ne se gênent pas pour se presser autour des étals de livres ; elles se précipitent vers nous avec micros et caméras, nous interpellent dans un chaos assourdissant ou nous bousculent sans ménagement. Je tente de leur sourire malgré mon envie de fracasser leurs crânes à grands coups de livres. Je n'ai qu'un souhait : me retrouver seule avec mon fantasme royal, mais difficile de rejoindre l'escalier. Dans cet énorme brouhaha domine soudain la voix stridente de Ludwig qui se faufile parmi les gens avec quatre gardes du corps hyper balèzes.

– Dégagez ! Pardon ! Poussez-vous de là !

Darian m'enserre par la taille et nous positionne, aussitôt qu'ils nous atteignent, entre ses agents. Ses traits sont redevenus ceux du roi : en total contrôle.

– Mesdames, messieurs, commence-t-il d'un ton assuré. Je vous présente Elsie MacNee, ma fiancée. Elle est étudiante en histoire ici à Oxford. Je vous remercie d'avoir été témoins de ma demande en mariage. Maintenant, pour toute demande d'interview, je vous prierai de voir avec mon secrétaire que voici, M. Ludwig Janov. Si vous voulez bien nous excuser, ma fiancée et moi avons un rendez-vous urgent.

Sans conteste, Darian sait gérer les médias, les journalistes s'écartent avec déférence devant nous. Les gardes du corps nous encadrent jusqu'à la porte sous le regard des clients et des autres reporters qui n'ont pas pu accéder à l'étage. D'ailleurs, je me demande bien comment ils ont su que nous étions là. Je ne suis pas au bout de mes surprises : dehors, malgré la pluie battante, une foule impressionnante attend notre sortie en brandissant leur téléphone portable.

OK, les réseaux sociaux ont ameuté étudiants et habitants du coin devant la librairie. Voilà un aperçu de mon avenir. Bonjour l'angoisse, moi qui suis la reine des bourdes !

Pas perturbé le moins du monde, Darian ouvre son parapluie et m'entraîne jusqu'à sa limousine noire où les drapeaux de la Karanie flottent sur le capot. Une fois à l'intérieur, il remonte la vitre entre nous et le chauffeur.

Enfin un peu d'intimité!

Nous nous regardons et là, nous éclatons de rire.

– Tu l'as eue, ta conférence de presse, articulé-je entre deux hoquets.

La pression redescendue, il me prend la main et m'attire sur ses genoux. J'adore les plis rieurs aux coins de ses yeux.

– Elle a été à ton image: délirante.

– Oh, je suis vexée! réponds-je avec une fausse moue boudeuse. Tu peux m'expliquer pourquoi les journalistes étaient là?

– Ludmilla ne pouvait pas annuler la conférence sans leur offrir un os à ronger. Elle les a envoyés devant ton appartement. J'ai cru les avoir semés mais à l'évidence, ils sont malins.

– Toi qui es toujours si prudent dans tes déplacements…

Darian passe son index sur mon nez avec un gros soupir.

– J'étais trop préoccupé par ta fuite pour faire vraiment attention à eux. Hier soir, nous aurions dû discuter ensemble de la conférence. Tu m'as dit plusieurs fois de te demander ton avis avant de prendre une décision nous concernant, mais j'ai l'habitude de diriger, Elsie. J'ai des automatismes ancrés très profondément en moi. Je te promets de faire des efforts à ce sujet.

– Je suis aussi coupable que toi, Darian. J'aurais dû te parler plus tôt de mes doutes à propos de notre relation. J'étais consciente que mon rôle de petite amie officielle ne durerait pas, que ça aboutirait à un moment ou à un autre à un mariage. C'est comme ça que les monarchies fonctionnent, non?

Il hausse les sourcils avant d'acquiescer d'un hochement de tête.

– Devenir ta femme n'est pas le problème. C'est plutôt le côté « reine » qui m'inquiète. J'ai eu peur, alors j'ai pris le prétexte de mes cours pour m'enfuir.

Il prend ma main et embrasse mes phalanges.

– Hier, j'ai agi comme d'habitude quand je suis confronté à un problème, je me suis enfermé dans mon bureau avec mes écrans. Nous devons apprendre à communiquer. Je t'avertis, pour ma part, ça ne sera facile.

– Et moi, je te promets de…

Je me mords les lèvres pour ne pas rire avant de terminer ma phrase.

– Je te promets d'être moi.

Le visage de Darian s'éclaire :

– En gros, tu me promets d'être franche, casse-pieds et de me pousser à bout ?

– Et pire encore… ajouté-je avant de l'embrasser à nouveau.

Cette fois, je stoppe notre baiser en premier ; certains points essentiels restent à régler.

– Rencontrer ma famille t'a perturbé, n'est-ce pas ? J'ai vu comme le câlin de ma mère t'avait secoué.

Ces derniers mois, il a bouleversé son mode de vie pour Mark et Milly. Aujourd'hui, il a franchi un pas de géant pour moi : il a montré ses émotions en public. Sans aucun doute, ces changements auront des répercussions sur son mental. Mais lesquels ?

– Toi et ton intuition… Oui, ça m'a perturbé parce qu'avec elle, j'ai aussi compris que ma vie allait définitivement changer. Que des gens autres que mon entourage habituel partageraient dorénavant mon espace vital. Que mon avenir ressemblerait à mon passé, avec des moments de joie et de peine. Que plus rien ne serait lisse et terne.

– Et que tu devrais faire face à tes émotions.

Darian me serre contre lui et respire fort dans mon cou. J'ai touché le point sensible. Il pose ses lèvres sur ma joue puis remonte vers ma bouche avant de s'en emparer avec une avidité dévorante. Notre baiser semble éternel, magique. Celui qui scelle notre amour.

– Je ne veux plus dissimuler mes émotions, Elsie. Je ne veux plus vivre comme ça, passer à côté des personnes auxquelles je tiens.

Émue, je prends son visage entre mes mains et dépose un smack sur sa bouche.

– Au fait, c'est quoi notre rendez-vous urgent?

Darian glisse sa paume sous mon pull pour caresser la peau de mon ventre, l'autre approche ma tête de la sienne. Entre ses mains, je n'ai plus aucune volonté, surtout quand nous sommes si proches, physiquement et émotionnellement, que nos souffles se mélangent dans un désir brûlant l'un de l'autre.

– Nous avons rendez-vous avec ton lit. Parce qu'il n'est pas question que je passe une minute de plus sans m'enfouir dans ce corps qui m'appartient.

– Le roi est bien sûr de son coup.

– La reine l'a mis échec et mat.

45

Darian
Un an plus tard

– Jill, puis-je vous servir un autre verre de vin?

– Darian, ce Cuvée des moines est absolument divin!

Qui l'eût cru? J'appelle ma future belle-mère par son prénom. Je n'ai pas eu trop le choix non plus, Elsie avait raison: tout le monde craint la colère de cette femme, moi le premier. J'ai vu son fils aîné partir en courant de leur ferme, poursuivi par sa mère armée d'un rouleau à pâtisserie car il avait sali sa cuisine avec ses bottes pleines de boue qu'il avait oublié d'enlever, ou leur voisin s'excuser platement pour l'une de ses vaches qui avait piétiné ses salades.

La famille MacNee au complet est arrivée à Letaspok il y a une semaine. Des congés qui s'apparentent à un vrai casse-tête pour Jonas, il lui a fallu trouver un remplaçant à la ferme. Il a bien sûr refusé que je paie les frais engendrés. Notre discussion à ce sujet m'a permis de saisir le sens exact des mots « chef de clan ». Mon père aurait beaucoup apprécié cet homme franc et entier.

Nous déjeunons à l'ombre de la grotte, face à une mer turquoise et un ciel sans nuage. Au bout de la table, Keith caresse doucement le ventre de Chloe, ils se sont mariés le mois dernier avec un bébé déjà en route. Ce dernier saura sûrement conduire un tracteur avant de savoir marcher. Le jeune Elliott discute jeux vidéo avec Mark, qui s'est fiancé au printemps, et Will. Celui-ci n'est pas encore rentré dans mes bonnes grâces, cependant j'ai accepté la requête d'Elsie de l'inviter. Enfin, de toute façon, même si je n'avais pas voulu, il serait venu, parce que ma fiancée le considère presque comme son cinquième frère. Si ces derniers mois, il a été d'un grand soutien pour Milly et elle face aux médias, il continue à les entraîner à certaines fêtes étudiantes. Angus regarde discrètement sous la table un match de rugby sur son téléphone. Réservé et taiseux, il impressionne avec sa carrure d'ailier droit. De toute sa famille, il est celui qui est le moins à l'aise ici. Cependant, grâce à lui, j'ai réalisé à quel point la réaction d'Elsie vis-à-vis de son futur statut était inévitable : je l'ai plongée dans un univers si différent du sien que je ne la remercierai jamais assez de sacrifier son insouciance pour moi.

Enfin… En partie parce que le week-end dernier, Keira et elle ont fait une virée avec les hockeyeurs des Oxford Vikings qui jouaient contre Newcastle. La savoir entourée de ces grands gaillards du même âge qu'elle a réveillé mes pulsions. Elle a piqué une crise quand je lui en ai parlé, m'expliquant en quelques mots grossiers que ma jalousie déplacée était idiote. Elle veille aussi à ce que mon addiction aux écrans diminue. Quand elle est en Karanie, je n'ai aucun problème à ce niveau-là : je me concentre principalement sur sa personne.

Quant à Calum, après des débuts difficiles, il est devenu mon meilleur ami. Nous nous sommes méfiés l'un de l'autre jusqu'au moment où nous avons compris que notre but commun était le bonheur d'Elsie. Il est le seul ami que j'aie jamais eu. Actif dans sa communauté, il a une juste vision de son territoire et de son développement possible autour d'une réelle économie durable. Il a une approche locale de la terre dont je m'inspire maintenant avec les acteurs professionnels de mon pays. Le seul aussi qui me comprend quand Elsie me pousse à bout. Parce que ça, ça n'a pas changé en un an et je ne pense pas qu'un jour, les choses changeront. En même temps, je n'en ai pas envie : ma vie est devenue nettement plus intéressante depuis que ma petite Écossaise a déboulé en Karanie.

Assise en tailleur sur un énorme rocher, Elsie discute avec Milly et Keira, elle est resplendissante dans son vieux short en jean et sa marinière. Lorsque nous sommes à Letaspok, elle est elle-même, mais dès qu'elle sort de l'île, elle m'épate par la prestance et l'élégance dont elle fait preuve. Elle s'est adaptée très vite. Par amour pour moi, me dit-elle, mais aussi pour le royaume dont elle est tombée amoureuse. J'ai la conviction maintenant que mes parents approuveraient mon choix.

Elle me lance un regard espiègle, et bien que le soleil d'août brille haut dans le firmament, son sourire illumine mon monde.

Demain, elle sera la plus belle.

Demain, elle sera ma faille pour toujours.

Demain, elle deviendra ma reine.

ÉPILOGUE

Elsie
Un an plus tard

Allongée dans mon immense lit, je m'étire, les bras en l'air. Le soleil filtre à travers les persiennes, il va faire encore beau. Oui, évidemment, nous sommes dans le Sud, en plein été, loin du climat de mon Écosse natale. Je me lève sans bruit et enfile le léger peignoir en soie rouge que mon mari m'a offert pour mon anniversaire.

Mon mari… Un mot qui a pris sa place immédiatement dans ma bouche le jour de notre mariage. Un an déjà…

Un an que je suis la femme de Darian.

Un an que je suis la reine de Karanie.

J'ouvre avec précaution la porte-fenêtre et m'accoude sur la balustrade en marbre de la terrasse. Il est tôt mais quelques voiliers sillonnent déjà les eaux limpides de la Méditerranée. Ice est encore dans la brume matinale; plus près, Cõlc: je distingue bien l'île des pêcheurs où Darian et moi adorons dîner le soir quand les touristes sont repartis. J'aime mon pays d'adoption, ça s'est fait facilement et naturellement; beaucoup moins évident d'en apprendre la langue mais je peux aujourd'hui dire avec fierté que je sais tenir une conversation. Plus qu'utile dans mon travail car je me suis attelée à une tâche titanesque: traduire en anglais avec un groupe de linguistes l'incunable familial des Von Karan. Je tiens à ce que l'histoire de la Karanie soit connue. Et relatée avec le plus d'objectivité possible.

L'« affaire Lee Davis » est terminée depuis peu. Lorsque les journaux du monde entier s'en sont emparés, le déferlement médiatique a engendré un chaos indescriptible. Nous étions harcelés quotidiennement et le service d'ordre a été renforcé autour de Milly et moi, tandis que Mark et Darian ont dû faire face à des journalistes, parfois très virulents, jusqu'au procès de Lee qui s'est déroulé hors caméra. Mon mari a dû se décider à accepter une interview retransmise à l'international afin de donner la vraie version de l'assassinat de sa famille. Il a fait son mea-culpa. Assise à ses côtés, je n'ai pu empêcher mes larmes de couler devant sa souffrance à révéler publiquement le rôle d'Ernest dans cette terrible tragédie. Il ne pardonnera jamais à son frère aîné, mais dire enfin la vérité à son peuple l'a apaisé. Il a multiplié les apparitions en Karanie car les habitants lui en ont néanmoins voulu, mais beaucoup ont compris son traumatisme et sa volonté de protéger son jeune frère. Et notre incroyable mariage nous a donné l'opportunité de rassembler les Karaniens autour de notre amour.

Quant à Lee Davis, il a pris la perpétuité. Plusieurs pays souhaitent aussi le juger pour d'autres actes criminels. Depuis sa sentence, il refuse même de voir Me Gregel. À son tour d'être enfermé…

Un souffle dans mon cou me donne la chair de poule, je ne suis toujours pas immunisée au bout de deux ans…

En fait, ça n'arrivera jamais.

– Impatiente ? murmure Darian au creux de mon oreille, là où il sait me faire gémir.

Je me retourne et m'accroche à son cou.

– Oh, oui ! Ils sont partis depuis six mois ! J'ai trop de choses à raconter à Milly !

– Vous vous parlez presque tous les jours !

Je secoue la tête.

– Tss, tss, c'est pas pareil, voyons ! Argh, t'as toujours rien compris aux femmes !

– Ah oui ?

Darian se baisse, passe son bras sous mes genoux et me ramène dans notre chambre pour m'allonger sur notre lit. Il se couche sur moi en écartant les pans de mon peignoir, descend sa main directement sur mon sexe et y glisse un doigt. Je me cambre aussitôt, emportée par une chaleur intense dans tout mon corps. Sa bouche au milieu de mes seins, il gronde :

– Je ne comprends peut-être rien aux femmes mais je sais très bien ce qu'aime MA femme !

Je ne le contredirai pas, pas quand son index et son pouce magiques m'emportent vers l'orgasme !

***

Trois heures plus tard, Darian et moi sommes sur le quai de Letaspok à attendre impatiemment l'arrivée d'Alfio et de ses deux passagers. J'ai mis mon immense chapeau de paille pour éviter à ma peau blanche de rougir, ma robe à rayures blanches et bleues d'un grand couturier a une forme des années cinquante et mes petites chaussures sans talon coûtent horriblement cher. Mais rien n'a été choisi par Ludmilla. J'apprécie beaucoup cette femme, cependant elle a été obligée de me laisser faire sur certains points, notamment sur ma garde-robe.

À l'approche du Riva, Milly et moi nous faisons de grands signes. Je trépigne d'impatience. Mark et elle sont partis à travers le monde pour promouvoir leur projet finalisé l'année dernière, ils ont réussi à y faire adhérer un grand nombre d'entreprises et de gouvernements. Mais elle m'a manqué. Je descends les marches pour les accueillir. Dès que ma meilleure amie est sur l'escalier, nous nous précipitons dans les bras l'une de l'autre. Nous sautons sur place en tourbillonnant avec de grands cris de joie. Quand enfin nous nous arrêtons, nous éclatons de rire devant les deux frères Von Karan qui nous regardent avec des yeux écarquillés, la bouche ouverte.

– Elles sont folles, murmure Mark.

Darian tape sur l'épaule de son frère et réplique :

– Pour ma femme, je le savais déjà…

Bras dessus, bras dessous, Milly et moi les suivons jusqu'à la cour sud où notre déjeuner sera servi. Dans le grand couloir, nous croisons le va-et-vient des employés du palais et des serveurs du traiteur pour la réception de ce soir.

– Dis-moi, vous avez prévu une grande fête pour votre anniversaire de mariage, s'étonne mon amie en voyant le fleuriste porter un énorme bouquet dans un gros vase.

Je soupire avec une grimace.

– Oui. Volonté royale… Je serai d'ailleurs obligée de te laisser un peu cet après-midi, je dois superviser encore plusieurs trucs dans la salle.

Milly hausse un sourcil en penchant sa tête de côté. Ses cheveux sont encore plus blonds qu'avant, elle est resplendissante.

– Dis donc, tu t'es drôlement investie dans ton rôle de reine.

– Faut bien.

La journée file à toute allure, entre les dernières vérifications avec Bilka qui n'a toujours pas trouvé de remplaçante (je crois surtout qu'elle est trop contente de rester utile au palais), l'accueil de ma famille et de quelques amis et bien sûr le papotage dans mon immense garde-robe avec Milly qui inspecte chacune de mes tenues. Certaines choses ne changent pas…

– Celle-là, dit-elle.

J'approuve son choix, attrape le cintre et face au miroir, pose la robe devant moi. Le bustier vert sombre contraste avec la large jupe en taffetas nacré. Darian va l'adorer.

À vingt heures précises, j'arrive presque devant les portes de la salle de réception. Tous nos invités sont déjà installés, ils n'attendent que nous. Je m'arrête une minute avant d'être en pleine lumière pour contempler l'homme dont je suis follement amoureuse, celui qui, tous les jours, me prouve que j'ai pris la bonne décision en l'épousant. Il est toujours autoritaire, strict et perfectionniste ; cependant il a réussi à sortir de la prison mentale dans laquelle il s'était enfermé. Aujourd'hui, il est souriant, ouvert au monde, il peut même plaisanter en public et s'il reste réservé, il est moins asocial.

Et il est toujours, toujours aussi beau, surtout dans son smoking noir tout neuf taillé sur mesure.

Et sexy…

Et craquant avec ses yeux bleu acier qui me déshabillent.

Il avance vers moi, un petit sourire narquois sur les lèvres. Il lève les mains et redresse mon diadème en diamant. Pourvu qu'il ne tombe pas pendant la soirée parce qu'avec mes cheveux courts, ce n'est pas pratique de porter ça.

– Il était un peu penché, explique-t-il. Tu es sûre de vouloir le garder ?

– Oui, répliqué-je. Je suis la reine de Karanie, non ?

Darian se mord les lèvres pour ne pas rire. Vexée, je lui tire la langue.

– Tu sais ce qui arrive quand tu fais ça ? murmure-t-il en me tendant son bras.

Devant les portes ouvertes, face à nos proches, je glisse ma main sur son poignet et réponds :

– J'ai hâte de voir ce qui va m'arriver…

FIN

REMERCIEMENTS

Petite, j'ai beaucoup lu de contes de fées. Adolescente, j'ai plongé dans la romance. Maintenant, je remercie les Éditions Addictives de m'avoir offert l'opportunité d'écrire ma propre vision d'un conte de fée moderne. J'avoue avoir maudit ce roi mais grâce au travail avec mes éditrices, Marianne et Morgane, il a su m'amadouer.

Merci à ma fille et à ma sœur, mes premières lectrices, qui me donnent toujours en toute franchise leur opinion.

Mention spéciale à Anne Cantore, auteure de talent. Merci à toi de ton soutien et de m'avoir autorisée à utiliser à ma façon ton patronyme.

Extrait

COLOC AVEC MON ENNEMI

Mélodie Chavin

1
NEW YORK TO WASHINGTON

Lexie

New York, début juin. Notre Master of music and Graduate diploma enfin en poche, nous terminons de préparer nos cartons, avec ma meilleure amie. Je peine à réaliser que nos six années d'études à la Julliard School sont enfin terminées. Le temps a filé si vite… La cérémonie de remise des diplômes fut riche en émotions, pour tous. Voir dans les yeux de mes parents leur fierté n'a pas de prix. Nous avons effectué le célèbre hat throwing[1] qui marque enfin la fin de nos études. J'en ai des frissons rien que d'y repenser… Miley, ma meilleure amie depuis le primaire, ferme le dernier carton avant de se redresser.

Avec Miley, nous partageons tout ! On a fait les quatre cents coups ensemble. C'est à deux que nous avons vécu nos premières règles, nos premiers émois, et le même petit copain à la middle school ! Bon, on n'avait que 13 ans… On ne fait plus ça maintenant !

---

1. Lancer du *mortarboard* (chapeau du diplômé) dans les airs.

Parfois, nos mères respectives se demandent si nous ne sommes pas sœurs jumelles. Nos caractères sont similaires, on a le même humour, la même folie. Nous sommes inséparables, Lexie ne va pas sans Miley, Miley ne va pas sans Lexie. La blonde et la brune. Précision : je suis la blonde au carré court, elle est la brune aux mèches longues et ondulées. Miley est vraiment jolie, pas très grande – comme moi – à la taille de guêpe. Elle envoûte qui passe sur son chemin avec son regard vert pistache.

Nous avons effectué nos études dans la même école, sauf que Miley joue du violon, tandis que je suis pianiste et dans les arts vocaux. On a œuvré dur pour en arriver là, et on en est fières. Même si nos parents sont bourrés de fric, ça ne nous a pas empêchées de bosser correctement à l'école afin de parvenir à nos fins.

C'est encore une fois ensemble qu'on s'apprête à quitter notre appartement.

– Et voilà, une page qui se tourne… s'exclame Miley en posant son bras sur mes épaules.

Une mèche égarée de son chignon lui chatouille le front. Elle la repousse du plat de sa main.

– Oui… soupiré-je en observant les lieux enfin vidés de nos affaires personnelles.

Dorénavant seules devant le battant de bois brun, nous nous observons comme deux quiches. Sans prononcer un seul mot, nous comprenons que ces six belles années – et dures, il faut l'avouer – d'études sont enfin terminées. Nous aurions pu continuer de faire notre vie ici, mais on aime trop notre ville natale, et on a à cœur de retrouver nos familles, ainsi que nos amis restés là-bas. Tous sauf un, parti étudier à Yale, mais qui sera de retour, comme nous, aujourd'hui.

Une fois que le petit camion de déménagement quitte les lieux, Miley s'installe au volant de son cabriolet rouge flamboyant. Elle place ses lunettes noires au-dessus de son crâne, rabattant en même temps sa longue chevelure brune en arrière, tout en remuant la tête en rythme avec la musique qu'elle vient de mettre en route. J'éclate de rire, « La Bamba » de Los Lobos résonne à fond dans toute la rue. Nous partons demain pour un mois et demi de farniente à Cancún et ma meilleure amie me rabâche cette chanson depuis une semaine. Je n'en peux plus ! Je vais finir par la détester si ça continue – la musique, pas ma meilleure amie. Elle, on ne peut que l'aimer…

Miley klaxonne un grand coup en me criant de me dépêcher. Je me secoue et saute par-dessus la portière avant de m'installer sur le siège passager.

La voiture rouge démarre et nous quittons le Lincoln Center, direction Washington ! J'ai hâte mais, en même temps, j'appréhende. C'est bête car notre groupe d'amis existe depuis dix ans maintenant, mais depuis six ans que nos routes se sont séparées, nous avons grandi et mûri. Nous avons revu Scott et Noah l'été dernier. Cependant, quelques jours ne suffisent pas pour profiter du peu de temps ensemble. La priorité a été notre famille à chacun, nos études, les petits jobs d'été… Bref, tout un panel de choses qui nous ont obligés à garder la tête baissée dans les rouages du temps qui file à vive allure. Aujourd'hui, nous respirons enfin. Ce qui nous a motivés plus que de raison, ce sont ces vacances que nous nous sommes promises avant d'entrer à l'université. Cet été-là, le dernier jour avant de nous quitter, tous assis autour du feu de camp, alors que nous venions de fêter nos 18 ans, on a fait le serment qu'une fois notre master en poche, on irait s'éclater pour des vacances de folie à Cancún. Et tout ça est sur le point d'arriver. Après-demain, nous prenons l'avion pour le Yucatán. Rien que d'y songer, j'en suis tout excitée !

Un peu moins de quatre heures de route nous attendent lorsque la décapotable s'engage sur l'Interstate 95. Nous retrouverons le groupe des garçons vers seize heures, afin de préparer la soirée qui nous attend.

Mes pensées vont vers le troisième mec de la bande : Calum. Lui qui est parti depuis six ans et qu'on n'a pas revu, ou alors si, une fois au Nouvel An il y a deux ans. « Meilleurs ennemis » comme les autres s'amusaient à nous appeler. A-t-il changé ? A-t-il, lui aussi, validé son master ? Si je me souviens bien, il est parti faire des études d'informatique à Yale. Je sais que Scott et Noah ont souvent de ses nouvelles, mais je n'ai pas souhaité en prendre. Au lycée, il ne faisait que de me taquiner afin de me faire sortir de mes gonds. Je me demande d'ailleurs s'il a changé sur ce point-là. D'un côté, j'aspire à ce que ce soit le cas, alors que d'un autre, non. Il m'agaçait plus que de raison, certes, mais nous deux, on a toujours été comme ça : chien et chat. Une relation étrange, assez marrante au lycée. On se tapait sur les nerfs, mais cette guerre animait aussi le groupe. On n'a pas spécialement eu d'amitié « douce » et « forte » comme je peux avoir avec Miley, Noah ou Scott. Non, juste le casse-bonbons qui faisait en sorte que mes journées ne soient pas ennuyeuses.

Ah ben ça, c'est sûr ! Quand Calum était dans les parages, je ne m'ennuyais pas ! Pas une seule seconde !

Malgré ces chamailleries perpétuelles, je n'ai jamais songé à ce qu'il ne fasse plus partie de notre groupe. C'était comme ça. Notre bande ne serait pas la même sans lui… Alors, bien entendu, il est le bienvenu avec nous à Cancún ! Pourtant, une petite appréhension étreint ma poitrine… Nous ne sommes plus des gamins, et nous allons partager des vacances ensemble. Je chasse cette inquiétude de ma tête, reporte mon attention sur la route et le paysage qui défile sous mes yeux.

– J'ai hâte de revoir Noah ! lâche soudain Miley.

Je souris, et me souviens que ma meilleure amie s'est envoyée en l'air avec lui avant notre départ pour New York. Les choses n'ont jamais évolué depuis. Voyons ce qu'il va se passer entre eux durant cet été… Je suis curieuse de savoir mais, en même temps, j'ai un peu peur pour notre bande… Peur de ce qu'il pourrait se passer par la suite, s'ils recouchent ensemble. Cela risque d'être bizarre, ou pire :

que l'amitié se brise. Cette éventualité m'effraie, car cette bande d'amis compte beaucoup à mes yeux.

– Qu'est-ce que tu comptes faire ? lui demandé-je.

Miley tourne le regard un instant sur moi, me sort son sourire aux dents blanches hyper bien alignées avant de me faire son clin d'œil qui veut tout dire. J'éclate de rire.

– Ben quoi ? D'accord, ça fait six ans, mais au fond, ça n'a toujours été que lui.

Son aveu me tire un sourire attendri. Noah et Miley auraient pu former un joli couple si nos études ne nous avaient pas menés aussi loin les uns des autres.

– Allez, dis-moi ton plan par rapport à Noah ? insisté-je.

– Il n'y a que lui qui a toujours su trouver le bon bouton sur moi, le seul qui sache m'exciter comme une dingue, donc je compte bien le ramener dans mes filets.

– Je te le souhaite, et je pense que ces vacances au Mexique seront le lieu idéal pour votre rapprochement !

En espérant que ça ne gâche pas tout…

Toutefois, je n'en dis rien. Miley est ma meilleure amie, et quelle copine je fais si je l'empêche d'aller vers le mec pour lequel elle a toujours eu un faible ? Si ça se trouve, j'ai tort de m'inquiéter et tout se passera bien.

– J'espère qu'il garde une place au chaud pour moi, et qu'il ne s'est pas trouvé une nana entre-temps, ce serait bien ma veine, ça.

– Il n'en a pas.

– Comment tu sais ça ?

– C'est Scott qui me l'a dit.

Elle fronce les sourcils.

– Tu lui as demandé ?

– Non, ris-je, il m'a sorti ça au détour d'une conversation, comme quoi Noah était toujours célibataire, blablabla.

– Ah, d'accord. Eh bien, parfait !

Je souris, puis me rends compte qu'on est enfin arrivées.

Ma meilleure amie se gare derrière la voiture de Scott, puis appuie sur le bouton du frein à main. De la musique s'échappe déjà de la petite maison que partagent Noah et Scott. Nous descendons, récupérons nos affaires et avançons en direction du porche. La porte s'ouvre alors à la volée, nous faisant hurler toutes les deux de stupeur.

– Les filles ! s'extasie Noah, les cheveux toujours en bataille.

S'est-il coiffé depuis la dernière fois qu'on s'est vu ? C'est-à-dire l'été dernier ?

Noah a les cheveux mi-longs, bouclés, qui lui arrivent aux épaules, mais la plupart du temps, il les attache en un chignon qui ne ressemble à rien, au-dessus de son crâne. Bien que les mecs aux cheveux longs ne soient pas mon genre, il faut reconnaître que Noah est plutôt mignon. Sans parler de son accent de Frenchy. Oui, car Noah a des parents français, et de la famille qui réside encore au pays de la grande gastronomie. Il nous a promis un voyage de rêve un jour à Paris, j'espère qu'il tiendra sa promesse !

– Tu nous as fait peur, grondé-je.

– Les gars ! Les filles sont là ! crie-t-il derrière son épaule.

Les gars ? Donc Calum est déjà arrivé ?

Ça y est, mon esprit s'échauffe et voilà que quelques bribes de ses crasses me reviennent en mémoire. Une fois, cet enfoiré s'était installé à la table juste derrière moi en cours de biologie, avait pris une paire de ciseaux et s'était amusé à me couper mes longs cheveux de l'époque. Sans parler du jour où il avait planté ma tête dans ma pizza à la cafétéria. J'en passe et des meilleures ! Calum, ça a toujours été ça : un goujat insupportable avec moi ! Bon, certes, je le lui rendais bien… Un sourire espiègle vient fendre mon visage quand je repense à ce fameux jour où il avait un rencard avec une jolie blonde. J'ai fait croire à la fille en question qu'il avait la chlamydia. Oh, ce que c'était drôle !

En revanche, ça, je l'ai payé pendant trois semaines ! OK, je reconnais que j'ai un peu abusé, mais bon… Le parfait meilleur ennemi, quoi !

Deux têtes apparaissent et se superposent au-dessus de celle de Noah. Tout sourire, ces benêts nous observent sans nous laisser un petit passage pour nous glisser à l'intérieur. J'ai bien l'idée d'essayer de passer sous le bras de Noah, mais tel que je connais Calum, il serait capable de m'attraper à la volée et de me maintenir prisonnière en me retenant par la nuque.

– Bon, tu comptes nous laisser entrer ou nous laisser passer la soirée devant la porte ? demandé-je à la touffe de cheveux qui nous a ouvert.

Noah ouvre en grand la porte de la coloc et nous pénétrons enfin dans la maison.

– T'es à peine arrivée que tu râles déjà, Oompa Loompa, me lance Calum dans mon dos en m'ébouriffant les cheveux.

Allez, il commence !

Eh bien, finalement, me voici soulagée, rien n'a changé ! Notre mode de communication est resté le même depuis le lycée. Tout est naturel : il m'agace déjà, il m'envoie des piques. Il a même gardé ce surnom stupide qui me compare à ces créatures de Charlie et la chocolaterie2, tout ça parce que je suis minuscule. Eh, c'est pas parce que je mesure un mètre cinquante-quatre que je ressemble à un Oompa Loompa ! Mais bon, ça, allez lui dire, à cet imbécile… J'en fais vite fi finalement, car je suis heureuse : notre bande est enfin réunie, comme avant !

– Casanova ! Comme tu ne m'avais pas manqué ! rétorqué-je, contente – je l'avoue – de pouvoir de nouveau jouer avec lui.

– Je vais vous aider à monter votre valise, nous propose Scott en s'emparant de nos bagages.

2. *Charlie et la Chocolaterie (Charlie and the Chocolate Factory)* est un film américain réalisé par Tim Burton, sorti en 2005. C'est une adaptation du roman de Roald Dahl, sorti en 1964.

– C'est gentil, merci.

– Pas d'quoi, me répond-il d'un signe du menton.

Tandis que Scott rejoint l'étage en direction de la chambre d'amis que je partagerai avec Miley le temps d'une nuit, je retrouve Noah et Calum au salon.

– Miley Cyrus, comment vas-tu depuis le temps ? la charrie Noah.

– Je t'ai déjà dit d'arrêter de m'appeler comme ça, grogne-t-elle.

– « I came in like a wrecking ball ! » braille-t-il, ce qui fait éclater de rire Calum qui recrache la bière qu'il venait de faire couler dans sa bouche.

Miley lève les yeux au ciel mais ne peut s'empêcher de lâcher un petit sourire. Je sais qu'elle aime ça. Oh, oui, elle aime ça, rien qu'à voir ses yeux pétiller en cet instant, non pas comme ceux d'une midinette, non, ses yeux disent bien plus. Six années se sont écoulées et elle a l'air toujours accro. Bon, nous nous sommes un peu tous revus entre-temps. Mais un coup de vent ne suffit pas à déclencher une tempête. Je secoue la tête et ris discrètement. Enfin, pas si discrètement que ça puisque, lorsque je détourne le regard, celui-ci tombe dans l'or profond des yeux de Calum. Je dois admettre que ça me fait tout drôle de le revoir. Enfin de retour… Six ans… Enfin, deux… Mais six quand même.

Parce qu'un coup de vent, blablabla…

Bref, c'est court, mais c'est long à la fois. C'est alors que je me mets à le détailler. Il a beaucoup changé, il m'a l'air plus grand et plus imposant que dans mon souvenir. Il n'a plus rien à voir avec ce lycéen joueur de football populaire, qui nous a quittés il y a quelques années. Sa voix a gagné une octave, elle s'est chargée en testostérone, et rien que de l'entendre s'exprimer me donne la chair de poule.

Sa carrure s'est épaissie. Et je distingue même quelques tatouages qui n'étaient pas présents auparavant. Tout a changé chez lui, sauf quelques détails : son foutu sourire taquin fiché sur son visage de séducteur est encore là, sa mâchoire carrée aussi, ses yeux dorés qui soutiennent toujours le regard…

Je m'égare.

Bref, le Calum sexy du lycée a laissé place à un homme au charme renversant. Son regard si profond est différent : il est plus fort, plus déstabilisant, et un brin… torturé. Casanova – si tel est encore le cas – est carrément devenu une bombe atomique ! Casanova, c'est le surnom que les garçons lui ont attribué, car comme il est facile de le deviner, Calum est un vrai Casanova avec les filles. Du moins, il l'était, je ne sais pas ce qu'il en est aujourd'hui. Si je me souviens bien, il tenait un tableau de chasse au lycée. Il aurait même atteint le chiffre de cent nanas baisées. Mais il est aussi et surtout mon meilleur ennemi, je ne l'oublie pas. Et puis, de toute façon, les bombes au bout d'un moment, ça explose et ça fout la merde, donc… voilà.

En bref, il est aussi sexy qu'il est pénible. Parce que sur ce point-là, il n'a pas changé, vu le sourire malicieux qu'il m'envoie.

Fuyons !

addictives

Rose Becker
Le Bébé, mon milliardaire et moi (aussi en poche)
Torride, sexy & dangereux
Dangerous

Aimée Bianca
B.O.S.S. Beau, Odieux, Sexy, Snob

Phoebe Campbell
Lui résister… ou pas – l'intégrale

Mia Carre
Bad for You
Teach Me Everything
Charmant connard !

Mélodie Chavin
Campus Rules
Fucking Wedding
Coloc avec mon ennemi

Alexia Clemens
Red Python. Save Me

Sonia Eska
Ne me tente pas

Emma Green
Toi + Moi : L'un contre l'autre (aussi en poche)
Toi + Moi : Envers et contre tout (aussi en poche)
Toi + Moi : Seuls contre tous (aussi en poche)
Love Me if You Can
Kiss Me if You Can
Bliss. Le faux journal d'une vraie romantique – volumes 1 et 2
Jeux interdits
Jeux insolents
Jeux imprudents
Une toute dernière fois
Fallait pas me chercher ! – volumes 1 et 2
Corps impatients (aussi en poche)
Cœurs insoumis (aussi en poche)
Âmes indociles (aussi en poche)
Cent facettes de Mr Diamonds – l'intégrale
Bliss. Le faux journal d'une vraie romantique – l'intégrale
(Im)parfait (aussi en poche sous le titre *Fais-moi une place*)
Love Me if You Can – l'intégrale
Kiss Me if You Can – l'intégrale
It's Raining Love !
The Boy Next Room
Call Me Baby – l'intégrale
Call Me Bitch – l'intégrale
PS : Oublie-moi !
Fallait pas me chercher ! – l'intégrale
Recherche coloc : emmerdeurs, râleurs, lovers… s'abstenir !
10 bonnes raisons de te détester !
Just 17
Love & Lies on Campus
Bien plus forte que toi !
If You Wanna Be My Lover…
The Boy on Fire
La Vie en vrai

Megan Harold
Breaking the Rules
Initiation with My Boss

Ludivine Hart
Arrogant & Tattooed

Amy Hopper
Gone Boy
Le Coloc

Charlie Lazlo
Mon insupportable boss

Sienna Lloyd
Mords-moi !

Caroline Mongas
Mariage forcé. Un contrat indécent

Zoé Murat
Boss Me Around

Lina Parker
Campus at Sea

Gaëlle Sage
Kiss, Kill & Ride
Lost Rider

Ana Scott
Dark Ride
Last Ride
Vicious Ride
The Dominant
Evil Ride
Sensual Stepbrother
Un enfoiré, mais un coup d'enfer !
Say Yes to the Boss
Le Meilleur Ami de mon frère

Camilla Simon
Le voisin parfait est un enfoiré
Initiation with My Enemy
Le mec parfait est un inconnu... ou presque !
Le rockeur parfait est insolent et tatoué

Liv Stone
Love Lessons

Lisa Swann
Adore-moi ! – l'intégrale

Louise Valmont
Campus Initiation
Mon insupportable voisin !

Chloe Wilkox
Extreme Lover – l'intégrale
Immoral
Dominant Boss. Apprends-moi
The Virgin's Price

Luv

Ana K. Anderson
Indompté
Scottish Bastard

Sophie Auger
Be with Me

Sonia Birdy
L'Initiation
Touchdown. Campus Star

Laura Black
Dark Initiation
Games of Desire
H.A.R.D. Hot, Arrogant, Rebelle, Déterminé
Sulfurous Bad Boy
Italian Boss

Margot D. Bortoli
Too Young

Anne Cantore
Promets-moi. Louise et Marco

Sarina Cassint
Avec toi... peut-être
Insolent Boss

Romy Cole
Never Kiss a Soldier

Mary Ann Davis
Coach Me Love

Gwen Delmas
Noël, toi & moi
Sex Friends. Pas de contraintes, que du plaisir !

Sarah Dheilm
Hot Reward

Eugénie Dielens
Imprévisible boss
The Boss Next Door

Cléa Dorian & Ninon Vars
Dark Love

Laurie Eschard
Love Naked

Lil Evans
Boss Affair

Lou Garance
Can You Keep a Secret?
Foutu coloc!

Alexandra Gonzalez
Shades of You

Erin Graham
Teach Me Love
The Boss
Secret Stepbrother
Strong Addiction
Coloc avec mon boss
The Initiation
Un boss dans mon chalet

Joh Harper
Crazy Love
Broken but Alive

Marie Hayle
Under Control
Lover Next Door

Missie Heart
Dark Domination

Ellie Jade
About Last Night

Emma S. James
Under the Rain

Sara June
Rider in the Dark
Sexy Wild Rider

Emily Jurius
Love to Hate You

Antinea Kane
In Love with My Enemy

Allie Krown
High School Challenge

Marion Laurent
Mr Alpha
I Want You in My Bed!

Pauline Libersart
Tiger. Entre ses griffes

Nina Loren
Breaking the Ice
Teach Me Again. Impossible Desire

Ella Lores
Mariée par accident à un connard arrogant rencontré la veille...
My Best Enemy
Fucking King

Jessica Lumbroso
Emma X. Secrète et insoumise

Lili Malone
Coloc avec un inconnu

Mila Marelli
Dark Man in Love
Crazy Wedding

Mag Maury
My Hipster Christmas

Billie Morgan
Free Fighter

Aurore Nox
Foutu menteur!

Alix Parks
Never Kiss the Boss

Jeanne Pears
Insupportable coloc
Colocs & Sex Friends
H.O.T. Hypnotique, Obstiné, Ténébreux
The Most Insolent Man

Alexia Perkins
Arrogant Fake Lover

Sophie S. Pierucci
L'Inconnu de l'ascenseur & Moi (aussi en poche)

My Stepbrother. L'initiation

Silvia Reed
Darkest. La dernière heure
Too Close

Anita Rigins
No Rules
My Rules
J'aime pas Noël ni les voleurs de taxis !

Jana Rouze
Effet de vague – saisons 1, 2 et 3

Isla A. Rowley
Le Coloc de mon frère

Ana Scott
À corps brisés

Adora Sky
Decadent Lover

Léana Soal
Fight & Hope

Cara Solak
Perfect Obsession

Izia Soley
Fauve
Initiation. On Your Skin

Liv Stone
Initie-moi. Mes jours contre tes nuits

Lena K. Summers
Perfect Bad Boy
Donovan, roi des connards

Kaly Swann
Austin. Breathe with Me

Fanny Twice
Burning First Love

Anna Wendell
Arrogant Bad Boy
Apprends-moi le désir
Colosse. Le maître du jeu
Break Your Chains

Mina Zadig
Just Sex & Tattoos
Arrogant Highlander

New adult addictives

Sonia Birdy
California High School

Mélodie Chavin
Stepbro' Next Door

Juliette Duval
Falling for my Stepbrother

Sianna Milano
High School Initiation

Isla A. Rowley
Toxic Games

addictives POCHE

Rose Becker
Le Bébé, mon milliardaire et moi
(aussi en grand format)
Désirs & Désastres

Marjorie Burbaud
The Campus Teacher

Olivia Dean
À lui, corps et âme – volumes 1 et 2

Sonia Eska
My Last Chance

Lou Everly
Bad Boy Crush

Erin Graham
Nos amours contraires
Back to Campus

Emma Green
Seuls contre tous (aussi en grand format sous le titre *Toi + Moi : Seuls contre tous*)
L'un contre l'autre (aussi en grand format sous le titre *Toi + Moi : L'un contre l'autre*)
Envers et contre tout (aussi en grand format sous le titre *Toi + Moi : Envers et contre tout*)
Corps impatients (aussi en grand format)
Cœurs insoumis (aussi en grand format)
Âmes indociles (aussi en grand format)
Fais-moi une place (aussi en grand format sous le titre *(Im)parfait*)

Kim Grey
Fausse fiancée & vrais ennuis

Megan Harold
Sublime-moi !

Charlie Lazlo
Kiss Me I'm Famous
The Duke

Jeanne Pears
Jamais avec mon coloc !

Sophie S. Pierucci
L'Inconnu de l'ascenseur & Moi (aussi en grand format)
Deep & Dark

Lise Robin
Forbidden Stepbrother

Alexane Tolley
The Boss Rules

Chloe Wilkox
Your Game, My Rules

Faux fiancé, faux coloc... C'est tellement bon de faire semblant. Encore faut-il ne pas se prendre trop au jeu...

Entre un bébé fourni sans mode d'emploi, une mère azimutée et quelques secrets en passe d'être révélés, la vie de Valentine est devenue un enfer.

Surtout qu'Antoine, son boss un peu trop sexy, ne vit que pour son boulot et qu'il attend de Valentine qu'elle en fasse autant…

Il a besoin d'elle ? Qu'à cela ne tienne, elle a besoin de lui, elle aussi ! Alors marché conclu : en échange de l'aide de la jeune femme sur les dossiers brûlants, Antoine se fera passer pour son fiancé et le père de son bébé. À domicile, bien entendu !

Le deal semble parfait !

Quant à leur attirance forte et évidente ? Ils sont capables de gérer. Enfin, normalement…

Auteure : Ella Lores

Edisource – Éditions Addictives
100, rue Petit, 75019 Paris
Imprimé par FINIDR – Lipova cp. 1965 – 73701 Cesky Tesin,
République tchèque
Dépôt légal : novembre 2022 – Achevé d'imprimer : octobre 2022
ISBN : 978-2-37126-533-2
Réf. contrat : ZROI_001